Sauve mon âme !

Rachel Vincent

Sauve mon âme !

DARKISS

Titre original :
MY SOUL TO KEEP

Traduction de l'américain par EMMANUELLE DEBON

Photos de couverture
Halo de couleurs : © JOHN RENSTEN/CORBIS
Ciel étoilé : © ONIMAGE/PLAINPICTURE
Jeune femme : © ROYALTY FREE DIVISION/MASTERFILE
Feuillage : © MARGARITA SARRI/FLICKR RF/GETTY IMAGES

83-85 boulevard Vincent-Auriol, 75646 PARIS CEDEX 13.
Tél : 01 42 16 63 63
Service Lectrices — Tél. : 01 45 82 47 47
www.harlequin.fr
ISBN 978-2-2802-1377-6 — ISSN 2109-7631
Loi n°49-956 du 16 juillet 1949 sur les publications destinées à la jeunesse.

Pour Amy, Michelle et Josh.
Le souvenir que je garde de vous, à l'époque où nous étions tous au lycée, rend pour moi vivante et vraie la vie « humaine » de Kaylee…

1

Tout a commencé par une histoire de footballeur ivre et de voiture bonne pour la casse. En tout cas, c'est ce que je croyais. Mais, comme d'habitude, les choses se sont révélées un peu plus compliquées que ça…

— Alors, ça fait quoi, de retrouver sa liberté ?

Nash s'appuya contre ma voiture, m'adressant ce sourire auquel j'étais incapable de résister — ce fameux sourire qui creusait ses fossettes et faisait étinceler ses yeux. Je fondais littéralement, dans ces cas-là.

J'inspirai une grande bouffée d'air frais.

— Ça fait… comme de revoir le soleil après un mois d'obscurité.

Je claquai la portière de ma voiture puis la verrouillai. Je n'aimais pas me garer dans la rue ; ce n'était pas, selon moi, le meilleur endroit pour laisser sans surveillance mon bien le plus précieux. D'accord, ma voiture ne valait pas un clou ; elle avait plus de dix ans, et ce n'était pas le genre de véhicule sur lequel on s'extasie. Mais elle était *à moi*, j'avais fini de la payer et, contrairement à certains de mes camarades de classe plus fortunés, je n'aurais jamais les moyens d'en racheter une autre si un imbécile venait à la serrer d'un peu trop près.

Seulement voilà : à notre arrivée, l'allée privée de la maison de Scott Carter était déjà encombrée. Pare-chocs contre pare-chocs, les voitures se succédaient jusque sur la chaussée. Des voitures toutes bien plus belles que la mienne. Et, bien entendu, il y avait peu de chances qu'elles soient assurées au tiers…

Le bon côté des choses, c'était que la soirée avait lieu dans un quartier très calme de notre petite banlieue de Dallas — un quartier où l'entretien des pelouses coûtait l'équivalent de ce que mon père gagnait en six mois.

— Détends-toi, Kaylee.

Tout en marchant, Nash m'attira à lui.

— A te voir, on dirait que tu préférerais te couper un bras plutôt que d'être ici, avec des amis…

— Ce sont *tes* amis, pas les miens, soulignai-je tout en dépassant la troisième décapotable garée dans la rue.

La maison de Scott se trouvait au fond d'une impasse privée. Elle était vivement éclairée, et il s'en échappait déjà les sons de basse d'un morceau que je ne parvenais pas encore à identifier.

— Ce seraient aussi les tiens si tu leur donnais une chance de mieux te connaître.

Je ne pus m'empêcher de lever les yeux au ciel.

— C'est clair que tous ces fils à papa n'attendent qu'une chose : que quelqu'un comme *moi* leur accorde un regard !

Nash haussa les épaules.

— Ils savent tout ce qu'il y a à savoir sur toi : tu es intelligente, jolie et follement amoureuse de moi, rétorqua-t-il, taquin, en resserrant son étreinte.

Je laissai échapper un rire.

— Qui a lancé cette rumeur stupide ?

Ce n'était pas le genre de déclaration que je m'étais risquée à lui faire jusque-là. Certes, j'étais accro à Nash, et, grâce à lui, je me sentais unique. Mais il n'était pas question que je lâche des mots comme *amour* et *toujours* — du moins, pas encore. J'avais besoin d'être sûre. Et d'être sûre que *lui* soit sûr. *Toujours* peut durer très longtemps, pour un *banshee*, et, jusqu'à présent, Nash s'était plutôt fait connaître au sprint que comme coureur de marathon. D'autres garçons, dont la fidélité n'était pas non plus le trait de caractère principal, m'avaient blessée avant lui.

Quand je levai la tête, je croisai le regard de Nash fixé sur moi ; dans la lumière orangée des réverbères, des remous verts animaient ses prunelles noisette. L'émotion dans les yeux de quelqu'un… Quel dommage, aucun humain n'aurait jamais l'occasion d'assister à pareil spectacle ! C'était un truc de *banshee* exclusivement, et sans conteste mon préféré dans la palette de dons que la récente révélation de mon état m'avait amenée à découvrir.

— Tout ce que je sais, c'est que ce serait cool de pouvoir être à la fois avec mes amis et avec ma copine.

De nouveau, je levai les yeux au ciel.

— D'accord, ça va ! Je vais essayer d'être à la hauteur de ces gens fantastiques.

Du moins Emma serait-elle là pour me tenir compagnie — depuis peu, elle sortait avec l'un des coéquipiers de Nash ; à l'époque, j'étais encore consignée chez moi. Et, pour être honnête, tous les copains de Nash n'étaient pas aussi infects que je voulais bien le dire. Leurs copines, en revanche…

Et quand on parle du loup — ou plutôt de la hyène…

Le claquement d'une portière de voiture nous parvint depuis l'allée. Sophie, ma cousine, était plantée près de la décapotable bleu métallisé de Scott Carter. Sous la lumière des réverbères, ses immenses yeux verts paraissaient plus grands encore.

— Nash !

Elle lui sourit — rien qu'à lui. Elle s'appliquait à m'ignorer alors que, jusqu'au récent retour de mon père, arrivé d'Irlande en septembre, nous avions passé treize des quinze années de sa vie sous le même toit.

Ou peut-être était-ce justement *à cause* de cela qu'elle faisait mine de ne pas me voir...

— Tu peux m'aider ?

Tandis que nous allions à sa rencontre dans l'allée, elle contourna la voiture de son petit ami, un pack de bière maladroitement calé contre la poitrine. Elle était vêtue d'un débardeur rose moulant et d'un jean de marque. A ses pieds, deux autres packs attendaient d'être enlevés, et je ne pus m'empêcher de regarder autour de moi pour vérifier qu'aucun voisin ne se trouvait à proximité tandis que ma cousine se donnait en spectacle, les bras chargés de boissons alcoolisées. Mais les voisins étaient sans doute tous sortis — ils devaient passer leur samedi soir au théâtre, au ballet, ou dans un de ces restaurants où même le parking était trop cher pour moi.

Et leurs enfants, pour la plupart, se trouvaient chez Scott, attendant qu'on leur apporte de la bière.

Nash me lâcha pour débarrasser Sophie de son pack de bière avant de se pencher et d'en attraper un autre. Elle lui décocha un sourire radieux puis, apercevant la veste toute simple que je portais, me lança une grimace de dédain et tourna les talons — des stilettos — pour le suivre en direction de la maison.

Je ramassai en soupirant le dernier pack et les

rejoignis. La porte d'entrée s'ouvrit avant que Nash frappe. Un élève de terminale, grand et massif, arborant la veste vert et blanc aux armes de l'équipe de football, lui tapa sur l'épaule et lui prit un pack des mains. Nash pivota, son bras libre tendu, prêt, de toute évidence, à l'enrouler autour de ma taille. Mais c'est Sophie qu'il trouva derrière lui. Il fit un pas de côté pour l'éviter, passant outre sa moue aguicheuse, s'empara du pack dont j'étais chargée, puis s'effaça pour me laisser entrer la première.

— Hudson !

Scott Carter avait dû crier pour se faire entendre par-dessus la musique. Empoignant l'un des packs, il nous ouvrit le chemin en direction de la cuisine. Bien que vaste, celle-ci débordait d'adolescents légèrement vêtus et luisants de transpiration. Malgré la fraîcheur de la saison, il faisait chaud et humide dans la maison, et le taux d'hormones, d'après ce que j'en percevais, augmentait à chaque nouveau morceau de musique qui passait.

J'ôtai ma veste, révélant mon chemisier rouge ajusté. Presque aussitôt, je me sentis mal à l'aise et j'eus envie de me couvrir. Certes, je n'avais pas grand-chose à montrer mais, pour le coup, tout se trouvait maintenant en vitrine : le haut qu'Emma avait choisi pour moi cet après-midi me semblait soudain beaucoup plus osé qu'au moment où je l'avais essayé dans ma chambre.

Nash déposa le dernier pack sur le comptoir pendant que Scott mettait le sien au réfrigérateur.

— Kaylee Cavanaugh ! lança Scott en se relevant, comme s'il me voyait pour la première fois.

Il me détailla de la tête aux pieds et je résistai à l'envie de croiser les bras sur ma poitrine.

— Pas mal, dis donc…

Son regard vint se poser sur Sophie, puis revint vers moi ; si les yeux de ma cousine avaient été des mitraillettes, je serais morte dans l'instant.

— Il y a un air de famille, je commence à le voir.

— Et moi, tout ce que je vois, c'est toi, murmura Nash en resserrant son étreinte.

Le lent déploiement de couleurs dans ses iris suffit à me convaincre de sa sincérité. Il l'avait senti, ni Sophie ni moi n'appréciions la comparaison établie par Scott.

Cédant à un élan, je lui souris et l'embrassai.

Quand je me détachai enfin de lui, j'avais les joues en feu. Pendant ce temps, Scott achevait de ranger les bières dans le réfrigérateur. Il lui colla une canette dans la main.

— Tu vois ? dit-il. C'est ce que je disais : un air de famille.

Puis, décapsulant sa propre bière, il s'éloigna pour rejoindre la foule, avec Sophie à ses basques. Trois pas plus tard, ils se balançaient au rythme de la musique. D'une main, Scott tenait sa bière, de l'autre il caressait les reins de ma cousine.

Nash détourna mon attention des visages familiers de nos amis qui parlaient, dansaient, buvaient ou s'occupaient d'autres façons, en me murmurant :

— Ouah, pour une surprise… ! Je ne m'attendais pas à ça.

Je mis un instant avant de comprendre qu'il parlait du baiser que je venais de lui donner.

— Bonne ou mauvaise, la surprise ?

— Très, très bonne.

Il posa sa cannette sur le comptoir, derrière moi, puis m'attira contre lui, prêt à rejouer la scène, les mains sur mes hanches. Mais je sentis qu'on me tapait sur l'épaule. Et comme je me tournai, entre les bras de Nash, je me trouvai nez à nez avec Emma Marshall, ma meilleure amie. Elle nous fixait avec un petit sourire amusé.

— Salut, vous deux !

Son sourire s'élargit tandis qu'elle nous toisait à tour de rôle.

— Vous bloquez l'accès au frigo.

Du menton, Nash désigna le couloir.

— Il y a une glacière dans la pièce d'à côté.

Emma haussa les épaules.

— Ouais, mais il n'y a personne qui se donne en spectacle devant. C'est moins drôle.

Elle ouvrit le frigo, s'empara d'une bière qu'elle

décapsula tout en refermant la porte d'un coup de ses jolies hanches rondes. Ce n'était pas juste : Emma et ses sœurs avaient hérité de courbes à tomber. Côté gènes, elles avaient touché le jackpot. Tandis que tout ce que ma famille m'avait légué, à moi, c'était un arbre généalogique complètement tordu.

Par moments, j'aurais volontiers échangé la totalité de mes « dons » de *banshee* contre certaines des caractéristiques d'Emma. D'ailleurs, est-ce qu'une voix à faire trembler les vitres ou bien la capacité de voyager entre le monde des humains et celui des ténèbres étaient vraiment des « dons » ? Parfois j'en doutais, et ça me déprimait. Pour l'heure, heureusement, je ne me trouvais pas dans une de ces phases pessimistes. Pas avec les mains de Nash sur mes hanches, le goût de ses lèvres sur les miennes et ces couleurs dans ses yeux, qui dansaient nonchalamment, témoignant de son désir flagrant. Pour *moi.*

Emma but une gorgée. J'attrapai alors les clés qui pesaient dans sa main, les agitai sous son nez d'un air entendu, puis les fourrai avec les miennes dans la poche arrière de mon jean. Mon amie pourrait très bien passer la nuit chez moi, et je la reconduirais le lendemain matin pour récupérer sa voiture. Emma sourit et approuva mon geste d'un signe de tête.

Elle commençait à bouger au rythme de la musique quand une voix venue de l'entrée du salon l'interpella, assez fort pour couvrir la musique.

— Hé, Emma !

Tournant la tête, j'aperçus Doug Fuller. Il était appuyé contre le chambranle, tous biceps dehors.

— Viens danser, Em.

Emma vida sa cannette puis s'éloigna vers le salon en dansant. Doug l'attrapa au vol et posa les mains sur ses hanches ondulantes. Nash et moi leur emboîtâmes le pas. Il salua les uns et les autres, pendant que nous nous frayions un chemin. Mais, ensuite, il fut tout à moi. Malgré le bruit et la chaleur, nous bougions en musique comme si nous étions seuls au monde dans la pièce.

J'avais réussi à voler Nash à la foule de ses admirateurs.

Et cela grâce à l'affinité secrète qui nous liait.

Une affinité qu'aucune autre fille au monde ne pourrait jamais partager avec lui.

Nous étions des complices. Nous avions associé nos talents de *banshee* pour ramener ma meilleure amie d'entre les morts ainsi que pour reprendre une âme damnée au démon qui l'avait achetée. Nous avions sauvé des vies, combattu le mal, et nous avions failli mourir ensemble. Le genre de choses en face desquelles même une très jolie fille n'aurait pas fait le poids.

Une heure plus tard, Emma reparut en me tapant sur l'épaule, et désigna la cuisine du doigt. Je secouai la tête : pas question de la suivre. Après avoir été privée de Nash pendant des semaines, j'aurais pu danser toute la nuit avec lui sans m'interrompre !

— Tu veux faire une pause ? lui demandai-je néanmoins, voyant qu'il jetait des coups d'œil vers la porte de la cuisine, bien après qu'Emma y fut entrée.

Il sourit, apparemment soulagé que je le lui propose.

— Rien qu'un instant, s'il te plaît.

Il me remorqua à travers la foule. J'avais le cœur qui battait la chamade, et nous étions tous deux en nage.

Dans la cuisine, Emma sirotait une bière de plus pendant que Doug et Brant Williams discutaient d'une erreur d'arbitrage au cours d'un match de basket que je n'avais pas vu.

— Tiens ! dit Nash en me tendant une canette de soda glacée. Je reviens tout de suite.

Comment ça ? Sans un mot d'explication, il se fraya un chemin parmi les danseurs. Je considérai Emma, contrariée, mais elle se contenta de hausser les épaules. Pendant ce temps, la discussion entre Doug et Brant s'était réduite à un échange de chuchotements inaudibles. Du coup, Emma s'approcha, et me parla, sans m'épargner aucun détail, de sa sœur Carla qui avait refusé de lui prêter un chemisier qui, pourtant, la boudinait affreusement. Nous en étions là quand quelqu'un cria mon nom. Brant. Il me dévisageait.

— Tu m'as dit quelque chose ?

Apparemment, j'avais loupé un épisode.

— Je te demandais où est ton mec.

— Euh… aux toilettes, peut-être ?

Brant secoua la tête, l'air affligé.

— Hudson manque à tous ses devoirs. On danse, en attendant qu'il revienne ? Je ne te mordrai pas, promis.

Il me tendit sa main, une main immense. Brant Williams était un garçon de grande taille. Il avait la peau mate et ne se départait jamais de son sourire. Etudiant de dernière année, c'était le botteur de l'équipe de football, et le sportif le plus sympathique que je connaissais, en dehors de Nash. S'il y avait une seule personne ici avec qui je puisse accepter de danser, Emma mise à part, c'était bien lui.

J'accordai deux danses à Brant mais sans cesser de chercher Nash du regard. Où était-il passé ? Je commençais à me demander s'il n'était pas malade quand je le repérai de l'autre côté de la pièce — face à Sophie, sous une porte voûtée menant à un couloir sombre. Je le vis repousser la mèche qui barrait le front de ma cousine et se pencher sur elle pour lui parler à l'oreille.

Soudain, je me sentis oppressée.

Nash dut sentir mon regard. Nos yeux se rencontrèrent. Il s'écarta de Sophie et considéra Brant d'un air rogue. Puis il me fit signe de le rejoindre. Alors, je remerciai Brant de m'avoir fait danser et entrepris de traverser la pièce, le cœur serré et m'attendant au pire. Nash venait de me laisser choir au beau milieu d'une soirée et de reparaître en compagnie de Sophie ! Tout au fond de moi, j'avais toujours su que ce jour viendrait. Que Nash finirait par aller chercher ailleurs ce qu'il n'avait pas obtenu de moi au cours des deux mois et demi passés ensemble. Mais que, pour ça, il ait choisi Sophie… Je sentis la colère enflammer mes joues. Je ne me serais pas sentie moins humiliée s'il m'avait craché à la figure. Sophie avait un petit ami, certes, mais ça ne voulait pas dire qu'elle ne me piquerait pas le mien.

« Pitié, faites que je me fasse des idées… »

Je m'immobilisai à quelques pas de lui, chaque battement de mon cœur menaçait de me faire exploser.

D'un seul regard, Nash embrassa mon visage, puis s'attarda sur mes yeux dans lesquels il devait certainement lire les couleurs de la souffrance et de la rage que, à ce moment, j'étais incapable de dissimuler. Puis il se concentra de nouveau sur Sophie, que je continuais à fixer. Et, là, je vis qu'il me comprenait. Il sourit et me prit la main.

— Sophie cherchait Scott, c'est tout. D'accord ?

Sur ce, il m'entraîna dans le couloir sombre, plantant là ma cousine seule au milieu de la foule.

— Voilà, chuchota Nash en me poussant dans l'encoignure d'une porte. Ici, on va pouvoir parler.

D'avance, la perspective de sentir bientôt son corps solide pressé contre le mien me faisait fondre ; mais, d'abord, j'avais besoin de balayer mes derniers doutes.

— Tu as parlé avec elle tout le temps que tu étais parti ? murmurai-je, le souffle court.

— Je suis sorti quelques instants pour me rafraîchir et, quand je suis rentré, elle a commencé à me coller. Rien d'autre.

Il tâtonna, dans mon dos, à la recherche de la poignée, et la porte s'ouvrit d'un coup sur le bureau du père de Scott.

— Tu me le jures ?

— C'est vraiment nécessaire ?

Nash fit un pas en arrière afin que je puisse voir les nuances de ses yeux malgré la faible lumière diffusée par la lampe de bureau. J'y lus la vérité, une vérité virevoltante : il ne voulait pas de Sophie, quelles que soient les faveurs qu'elle était prête à lui accorder et que, moi, je lui refusais pour l'instant.

Je sentis la honte me monter aux joues.

— Je suis désolée. Je croyais que…

Nash ferma la porte et, d'un baiser, coupa court à mes excuses. Sa bouche avait un goût délicieux. Un goût de menthe. Dans la seconde, nous échouâmes sur le divan de M. Carter, et j'eus à peine le temps de me dire que les psychiatres gagnaient trop bien leur vie que, déjà, les lèvres de Nash avaient trouvé les miennes, rendant toute réflexion impossible.

— Tu sais que Sophie ne m'intéresse pas, chuchota-t-il. Je ne te ferais pas un coup pareil. Ni à Scott.

Il se pencha et m'embrassa de nouveau.

— Il n'y en a pas d'autre que toi, Kaylee.

De doux frémissements envahirent mon corps. Grisée, je laissai mes lèvres errer sur le visage de Nash. Un visage que sa barbe naissante rendait un peu rugueux.

— Et blablabla !

Une voix blasée, et que nous ne connaissions que trop bien, venait de s'élever, gâchant notre intimité par un flot glacé de sarcasmes.

— Et que je t'aime par-ci, et que je t'adore par-là, et regarde comme on est un beau petit couple bien ringard…

— Nom d'un chien, Tod !

Nash s'était redressé d'un bond. Pour ma part, je fermai les yeux en soupirant. Le cuir du canapé crissa tandis que nous nous asseyions pour affronter le frère de Nash — un non-mort —, pour une fois complètement matérialisé. Assis à califourchon sur une chaise, les bras croisés sur le dossier, il nous observait en affichant un air d'ennui qu'atténuait à peine le léger sourire de sa bouche angélique.

— Si tu n'arrêtes pas une bonne fois pour toutes de jouer les voyeurs, s'écria Nash, je vais avertir ton patron que tu quittes ton poste pour aller reluquer les couples qui s'embrassent !

— Il est au courant, rétorqua Tod en même temps que moi.

Je rajustai mon chemisier en grimaçant à l'adresse de l'intrus ; ma colère, cependant, s'estompait déjà. Car, contrairement à Nash, j'avais du mal à en vouloir longtemps à Tod. Ses récentes apparitions me semblaient même de bon augure. Après le décès de son ex-petite amie en octobre — une fille morte sans son âme —, il ne s'était plus montré pendant près d'un mois. Nous ne l'avions pas *vu*, au sens propre du terme. Tod était un Faucheur et, en tant que tel, il décidait de l'heure, du lieu et des témoins de ses apparitions.

Aujourd'hui, il était enfin de retour et, forcément, il avait repris ses mauvaises habitudes. Lesquelles consistaient essentiellement, semblait-il, à nous empêcher, Nash et moi, de partager un tant soit peu d'intimité. Sur ce point, il valait mon père.

— Tu ne devrais pas être au boulot ?

Je passai les doigts dans mes longs cheveux bruns pour me recoiffer.

Tod haussa les épaules.

— C'est ma pause déjeuner.

Nash et moi, nous fronçâmes les sourcils.

— Mais tu ne manges pas !

Pour toute réponse, Tod sourit.

— Casse-toi, grogna alors Nash.

D'un mouvement de tête, il désigna la porte. Comme si Tod avait besoin d'une porte pour sortir… L'un des autres avantages à être mort, techniquement parlant, c'était cette capacité à traverser les murs. Ou simplement à disparaître puis à réapparaître ailleurs. Voilà, pour résumer, c'est ça : j'ai des yeux qui tourbillonnent et la faculté de briser les vitres d'un seul cri, et Tod a reçu le don de téléportation et d'invisibilité. Il n'y a vraiment aucune justice dans le monde surnaturel.

Tod se leva et poussa la chaise de côté en passant la main dans ses boucles blondes que même la mort ne parvenait pas à dompter.

— De toute façon, ce n'est pas pour vous deux que j'étais venu.

Génial. Je considérai le Faucheur d'un air menaçant et plissai les yeux. Cette fois, il avait réussi à m'agacer.

— Je t'ai dit de la laisser tranquille ! s'exclama Nash.

Emma l'avait rencontré une fois, brièvement, et nous avions commis l'erreur de lui expliquer qui il était. A une ou deux reprises, il l'avait observée en cachette, mais, après la mort d'Addison et l'évident chagrin qu'il avait éprouvé, je croyais qu'il avait cessé de l'épier !

Bras croisés, Tod singeait l'attitude de son frère.

— Alors comme ça, tu ne veux pas que je l'approche, mais ça ne te dérangerait pas qu'elle monte en voiture avec un type bourré ? J'avoue que ta logique m'échappe.

— Et m… !

D'un bond, Nash s'était levé. Je fis de même, remerciant Tod d'avoir fait passer le message. Mais il avait déjà disparu du bureau. Puis j'entraînai Nash dans le couloir et à travers le salon bondé, renversant au passage la canette de bière qu'une fille de l'équipe de danse tenait en main. Nous nous précipitâmes vers la porte d'entrée. Quel froid, dehors ! Des frissons coururent sur ma peau. J'aurais dû prendre le temps de récupérer ma veste au passage.

Arrivés au bout de l'allée, nous ralentîmes le pas et je repérai Emma à l'entrée de l'impasse privée.

— Là-bas ! criai-je, le doigt pointé en direction de l'endroit où j'avais vu briller les longs cheveux blonds de mon amie.

Nous reprîmes notre course et arrivâmes juste au moment où Doug ouvrait la portière passager. Il pressait Emma contre la voiture, l'embrassant à pleine bouche ; il avait même glissé une main sous son T-shirt.

Emma était à fond dans l'action. A mon avis, sans l'effet de l'alcool, elle ne serait pas allée si loin avec Doug. Mais, après tout, c'étaient ses affaires. En revanche, monter en voiture avec un conducteur ivre relevait de l'inconscience plus que de la bêtise, et je ne pouvais pas la laisser faire.

— Emma, lançais-je, pendant que Nash, d'une bourrade, poussait Doug en arrière.

— Mais qu'est-ce que tu fous ? marmonna Doug.

Sa main était encore prise dans le soutien-gorge d'Emma. J'entendis l'élastique claquer sur la peau de mon amie.

Quant à Emma, elle me sourit et s'affaissa sur mon épaule. J'adressai un coup d'œil furieux à Doug. Elle n'était plus en état de savoir ce qu'elle faisait ; lui, en revanche, se conduisait comme un parfait imbécile.

— Emma, tu sais ce qu'on avait dit ? rappelai-je à mon amie.

Elle trébucha et je la rattrapai par la taille.

— On arrive ensemble, on reste ensemble…

— … On part ensemble, compléta-t-elle, les yeux ronds comme des soucoupes, affichant une expression faussement sérieuse. Sauf qu'on n'est pas arrivées ensemble, Kay…

— Je sais, mais le principe reste valable.

— Fuller, elle a bu, alors lâche-la, ordonna Nash.

Puis il poussa Doug et celui-ci s'effondra sur le siège de sa voiture, dont la portière était ouverte.

— Et tu ne vaux guère mieux.

— Noooooon, gloussa Emma en me soufflant son haleine dans la figure. C'est celui qui ne boit pas qui conduit, alors lui, il conduit !

— Emma, il est plein comme une huître, souligna Nash, avant de me lancer un coup d'œil en désignant la maison d'un signe de tête.

— Ramène-la à l'intérieur.

J'entrepris donc de raccompagner Emma, m'efforçant de la calmer tandis que nous avancions d'un pas incertain sur le trottoir. Elle m'expliqua à quel point Doug était gentil. Elle n'était pas seulement soûle, elle était complètement *barrée.* J'aurais dû mieux la surveiller.

Une minute plus tard, Nash nous rattrapa au moment où j'aidais Emma à s'asseoir sous le porche.

— Tu as récupéré ses clés de voiture ? lui demandai-je.

Nash fronça les sourcils. Et là, alors qu'il faisait demi-tour pour revenir à la voiture de Doug, le rugissement d'un moteur déchira la nuit, et un sentiment de malaise me saisit. Nash se mit à courir.

— Tod ? criai-je en balayant du regard le jardin sombre, heureuse qu'il n'y ait aucun témoin pour m'entendre parler toute seule.

— Qu'est-ce qu'il y a ?

Je sursautai en entendant la voix s'élever derrière moi. Mais pourquoi le Faucheur apparaissait-il toujours dans mon dos ?

— Tu peux t'asseoir avec elle une minute ?

Il grimaça en dévisageant Emma qui nous regardait, ses grands yeux largement ouverts, vivante image de l'innocence… à quelques grammes d'alcool près.

— Tu m'as dit de ne pas m'approcher d'elle.

— Hé, je t'ai déjà vu, toi ! bredouilla Emma. Tu es mort !

Nous choisîmes de l'ignorer.

— Je sais, dis-je à Tod. Contente-toi de la surveiller un instant, et ne la laisse pas monter en voiture. S'il te plaît.

Sur ce, je fonçai rejoindre Nash à l'entrée de l'impasse, certaine de pouvoir faire confiance à Tod pour prendre soin d'Emma. Certaine, d'ailleurs, que, s'il avait pu, il se serait volontiers occupé d'elle toute la nuit.

Devant moi, la voiture de Doug fendait déjà lentement l'obscurité. Mais, soudain, au moment où j'arrivai à la hauteur de Nash, je vis Doug s'effondrer sur son siège. La voiture dévia sur la droite.

Il y eut un bruit d'impact, un froissement métallique, et enfin un énorme fracas. Un sentiment de malaise s'empara de moi.

— Merde !

Nash piqua un sprint et je le suivis. Cependant, avant même de voir, je savais ce qui était arrivé. La rue était pleine de véhicules coûteux, très bien assurés, appartenant à des gens qui avaient parfaitement les moyens de les remplacer — mais c'est dans *ma* voiture que cet idiot était rentré !

En m'approchant, je constatai que non seulement il l'avait percutée, mais qu'il l'avait aussi poussée sur le trottoir si violemment qu'elle avait *traversé* la clôture de briques du voisin.

Ma voiture était écrabouillée.

La portière conducteur était défoncée. Des briques et des restes de mortier jonchaient le trottoir.

Derrière nous, la porte de la maison de Scott s'était ouverte. Des éclats de voix trouèrent l'obscurité. Me retournant, j'aperçus Tod qui entraînait Emma loin de la foule envahissant le jardin. Rassurée sur ce point, je reportai mon attention sur ma pauvre vieille voiture.

Jusqu'à ce qu'il me vienne à l'esprit que Doug n'était pas encore sorti de la sienne !

Horreur.

Nash appela à ce moment.

— Viens m'aider.

Je contournai la voiture tandis qu'il ouvrait la portière de la Mustang. La tête dolente, Doug murmurait des mots sans suite, sans doute des paroles d'ivrogne.

— … avec moi. *Quelqu'un* dans ma voiture, mec.

Nash se pencha à l'intérieur de l'habitacle pour déboucler la ceinture de sécurité — curieux, pour un ivrogne, de penser à s'attacher —, mais il ne réussissait pas à se glisser entre son ami et le volant.

— Kay, tu peux t'occuper de la ceinture ?

Je soupirai et me faufilai, tâtonnant pour trouver la boucle.

— M'a fichu une de ces *trouilles...*, entendis-je Doug marmonner. *Il* était là, sorti de nulle part !

— Tais-toi, dis-je. Il n'y a personne. Tu es soûl.

J'étais très tentée de l'abandonner dans la voiture jusqu'à l'arrivée de la police ! Enfin, je parvins à défaire la ceinture. Et, en m'extirpant, je reçus l'haleine de Doug en pleine face.

Je me figeai. Un profond malaise s'empara de mon corps comme une douloureuse crampe. Des doigts glacés me cramponnèrent le cœur tandis qu'un sentiment d'horreur se répandait dans mes veines. Car Emma n'avait pas menti : Doug n'était pas soûl, il ne sentait pas l'alcool mais quelque chose de bien plus terrifiant. Apparemment, le défenseur du lycée d'Eastlake, un garçon on ne peut plus humain, avait trouvé le moyen de mettre la main sur la substance la plus dangereuse du monde des ténèbres : il sentait à plein nez... le souffle de démon.

2

— Tu en es sûre ? chuchota Nash, la mine sombre.

— Oui, certaine.

Derrière lui, un homme massif vêtu d'un blouson maculé de graisse accrochait le pare-chocs défoncé de ma voiture à l'énorme chaîne qui pendait de l'arrière de sa dépanneuse.

Du souffle de démon… Nash ne voulait pas y croire. Je n'avais humé, un mois plus tôt, que deux petites bouffées de cette substance, mais l'odeur piquante, douce-amère, plus proche d'un relent de parfum que du parfum lui-même, restait inscrite dans ma mémoire, dans la même case que d'autres souvenirs inoubliables — comme la morsure sur ma peau des liens qui m'avaient sanglée de force à un lit d'hôpital psychiatrique.

— Où a-t-il bien pu s'en procurer ? murmurai-je en remontant la fermeture à glissière du gilet que Nash m'avait trouvé.

Un bruit de moteur se mit à résonner dans la rue ;

le treuil entraînait la chaîne, soulevant ma pauvre voiture.

— Je n'en sais rien, soupira Nash.

Il m'enveloppa de ses bras et je me laissai aller à ce bien-être rassurant.

— Les humains ne peuvent pas passer dans le monde des ténèbres, et les démons ne peuvent pas passer dans le nôtre.

Tant qu'il était le seul à pouvoir entendre, je me permettais de penser à voix haute.

— C'est donc qu'il existe une manière de rapporter du souffle sans attirer ici le démon qui le fournit.

Le nom de cette substance était une évocation littérale de son essence — souffle de démon : exhalaisons toxiques d'un démon, drogue très violente dans le monde des ténèbres, et substance qui fait faire aux humains de vrais trips d'enfer.

Pire encore : puisque le souffle était capable de corrompre l'âme d'un Faucheur qui le gardait trop longtemps dans ses poumons, la chose se vérifiait-elle également pour les simples mortels ? Doug en avait-il inhalé suffisamment pour endommager son âme ?

Mais d'abord, comment avait-il mis la main dessus ?

— Je vais jeter un coup d'œil dans les « parages », murmurai-je à Nash.

Il secoua la tête.

— Pas question !

Il se rapprocha davantage de moi.

— Tu ne peux pas traverser sans danger maintenant que tu t'es mis Avari à dos. Les démons sont mauvais perdants, et tu peux être certaine qu'il va pister ton âme pour le restant de tes jours, Kaylee.

Mauvais souvenir. Lors de notre dernière traversée vers le monde des ténèbres, nous étions venus rechercher les âmes des sœurs Page et j'avais réussi à sauver la mienne.

— Juste un petit coup d'œil, promis.

Ce serait un peu comme observer le monde des ténèbres depuis une fenêtre au lieu de réellement passer la porte qui y menait.

— De toute façon, Avari ne sera pas là.

Je grimaçai.

— Ici.

Pour ainsi dire.

— A la soirée de Scott.

Le monde des ténèbres était une sorte d'image déformée de notre propre monde. Les deux mondes étaient reliés par certains points, des connexions par où s'écoulait l'énergie humaine qui permettait d'ancrer le monde des ténèbres au nôtre, un peu comme un pic de bois à travers les multiples couches d'un sandwich.

— Franchement, Kaylee…

D'un regard, j'interrompis Nash. Ce n'était pas le moment de discuter.

— Reste bien devant moi pour que personne ne me voie faire. J'en ai pour une seconde.

Il hésita un instant, et j'en profitai pour esquisser un pas de côté et me cacher derrière lui. Je fermai les yeux. Puis j'évoquai le souvenir d'une mort.

Je remontai à la première fois — du moins, la première fois dont je me souvienne — où j'avais *pressenti* la mort de quelqu'un et m'efforçai de revivre ce cauchemar, cette certitude que ce pauvre gamin en fauteuil roulant allait mourir, les ombres qui se pressaient autour de lui, à travers lui… Un obscur savoir qui n'appartenait qu'à moi.

Aussitôt, je sentis le cri se préparer tout au fond de ma gorge. Le hurlement d'une *banshee* est annonciateur de mort et permet de retenir l'âme du défunt assez longtemps pour qu'un mâle *banshee* puisse la conduire ailleurs. Mais mon cri me permettait également — à moi, et à n'importe quel autre *banshee* assez proche pour m'entendre — de regarder sans être vue dans le monde des ténèbres. Et de traverser pour m'y rendre, si je le souhaitais.

Sauf que je n'avais aucune envie de retourner dans le monde des ténèbres. Plus jamais.

Je retins donc mon cri, l'enfermant dans ma gorge et dans mon cœur de telle sorte que Nash lui-même ne percevrait qu'une plainte discrète, que personne n'entendrait par ailleurs.

Nash me prit la main. Hélas, je ne sentais déjà plus la chaleur de ses doigts. J'ouvris les yeux. A présent, devant moi, la rue où habitait Scott Carter était enveloppée d'un fin voile gris, comme si un nuage d'orage s'était posé au sol. Notre monde n'avait pas disparu — la police, deux dépanneuses, une ambulance et un rassemblement de curieux — mais au-delà, au-dessous de tout cela, se trouvait le monde des ténèbres.

Les rafales d'une brise que je savais glaciale creusaient de longues traînées dans un champ de blé aux teintes olivâtres. Si je m'étais réellement trouvée là, j'aurais même pu entendre le tintement des tiges bousculées par le vent — ces tiges que je savais fragiles, mais tout aussi acérées que des lames de rasoir. Le ciel pourpre était strié de vert et de bleu, comme autant d'hématomes sur la face du monde.

C'était un tableau magnifique — et pourtant terrifiant. Dieu soit loué, j'en étais la seule spectatrice. Aucun démon à signaler, pas le moindre monstre à l'horizon. Pas trace non plus de créature mangeuse d'homme, ou pourvoyeuse de cette drogue qu'avait inhalée Doug Fuller. Si tant est, de toute façon, qu'il ait existé entre ces deux mondes un passage accessible à tous.

— Nickel, rien à signaler. On rentre! chuchota Nash.

Je ravalai mon cri.

Le gris commença à se dissiper et toutes les couleurs répugnantes s'estompèrent pour laisser place au décor moins intimidant du lotissement luxueux. A présent que j'avais vu ce qui se trouvait dessous, je me sentais moins impressionnable. Dans sa version ténébreuse, le quartier où habitait Scott n'était guère plus reluisant que le mien.

Je resserrai mes bras autour de Nash, étourdie par la vision d'un monde qui, tout récemment, avait fait de son mieux pour nous engloutir l'un comme l'autre.

— Je ne sais pas comment il en a eu, mais, en tout cas, ce n'était pas une livraison directe : pas de démon dans les parages.

Je me préparai à affronter la réalité.

Les fêtards qui n'avaient pas détalé malgré l'arrivée de la police n'étaient guère nombreux. A présent, tous regroupés autour de Scott, sur la pelouse, ils observaient les opérations de déblaiement à distance respectueuse. Les policiers étaient au courant pour la soirée, et savaient aussi que Scott avait consommé de l'alcool. Cependant, aussi longtemps que celui-ci demeurait cantonné dans son propre jardin et ne se risquait pas à prendre le volant, ils semblaient tout disposés à regarder ailleurs — grâce soit rendue à ses talents de sportif et à l'influence considérable qu'exerçait son père dans les environs !

Emma n'aurait pas cette chance. Dieu merci, en attendant que je puisse la ramener, elle avait trouvé refuge en compagnie de Sophie quatre maisons plus loin, dans le salon de Laura Bell, la meilleure amie de Sophie et l'une de ses partenaires dans l'équipe de danse. Cependant, Laura n'avait laissé entrer Emma que parce que Nash avait usé de l'influence envoûtante et rassurante de sa voix de *banshee*. Au cas où, tout de même, nous avions dépêché Tod afin qu'il veille sur Emma. En toute invisibilité, bien entendu.

Les bras de Nash se resserrèrent autour de moi tandis qu'un agent de police marchait d'un pas pesant dans notre direction.

— Mademoiselle…

Il hésita, jeta un coup d'œil sur le bloc-notes qu'il avait en main.

— Mademoiselle Cavanaugh, avez-vous besoin qu'on vous raccompagne ?

— On va me ramener, ne vous inquiétez pas.

Je lui laissai entendre que Nash serait mon chevalier servant et j'évitai ainsi d'évoquer Emma. L'agent dévisagea Nash. Il y avait au moins deux heures qu'il n'avait pas bu, mais, tout à coup, je craignis que ce policier lui fasse faire des tests d'équilibre, ou l'oblige à souffler dans le ballon. Heureusement,

Nash demeura impassible, si bien que le policier se désintéressa de lui.

— Voulez-vous que je prévienne vos parents ? me demanda-t-il.

J'eus un instant d'hésitation, histoire d'avoir l'air de me poser sérieusement la question. Et puis je secouai la tête.

— Non, merci, affirmai-je en montrant mon téléphone portable. Je vais appeler mon père.

— Votre voiture va être remorquée à la casse sur la Troisième Avenue. Ils vous diront ce qu'ils peuvent faire d'ici à deux ou trois jours. Personnellement, j'ai idée que, sur un simple coup de fil de votre avocat, M. et Mme Fuller seront disposés à vous racheter une voiture. D'après ce que j'ai vu, c'est tout à fait dans leurs moyens.

L'agent s'interrompit pour lancer un regard dédaigneux par-dessus son épaule.

— … et je vous parie une année de salaire que ce gamin, c'est la prunelle de leurs yeux. Ils l'emmènent au Airlington Memorial. Alors, franchement, si j'étais vous, je m'arrangerais pour que mon avocat ait accès aux résultats de ses analyses sanguines.

J'acquiesçai, quoiqu'un peu éberluée. Le policier reporta son attention sur Nash.

— Débrouillez-vous pour la ramener chez elle en toute sécurité.

Nash hocha la tête. Quand le flic fut hors de portée

de voix, je me tournai et vis que les iris de Nash tournoyaient calmement. De nous deux, j'étais donc la seule à être encore inquiète ?

— Tu crois que les analyses de sang donneront quelque chose ?

— Aucune chance. Aucun laboratoire humain n'est doté des équipements capables de détecter une substance provenant du monde des ténèbres.

Il me donna une pichenette sur le nez avec un sourire rassurant et, un court instant, j'eus l'impression d'être non seulement une *banshee* mais aussi un fin limier.

— On y va ?

— Je suis prête.

La première dépanneuse s'éloignait, avec ma voiture, tandis que la seconde manœuvrait pour s'approcher de la Mustang de Doug.

Lui était assis à l'arrière de l'ambulance, entre les portes grandes ouvertes, jambes pendantes. Un officier de police lui tendit un petit appareil électronique équipé d'un embout. Doug souffla ; le policier jeta un coup d'œil à l'indicateur avant de frapper l'appareil contre sa paume, comme s'il ne fonctionnait pas. Forcément. L'Alcootest avait dû enregistrer au moins une bière mais rien qui permette d'expliquer que Doug soit si défoncé. Nash avait donc raison : les êtres humains et leur technologie n'étaient pas en mesure de détecter des traces de souffle de démon.

Devais-je m'en réjouir ? Ou bien en être affreusement terrifiée ?

Tandis que l'ambulance s'éloignait, suivie de près par la seconde dépanneuse qui remorquait la voiture de Doug, nous allâmes frapper à la porte de Laura Bell. Celle-ci nous fit traverser un spacieux hall d'entrée carrelé qui débouchait, quelques marches en contrebas, sur un salon habillé de teintes sombres et de meubles coûteux.

Emma était assise dans un fauteuil bergère ; elle semblait hagarde et à moitié endormie. Au moment où je tendis la main pour l'aider à se lever, Tod se matérialisa près d'elle. Une fois de plus, je sursautai. Décidément, je ne m'habituerais jamais à ces apparitions !

— Elle va bien, m'assura Tod qui me voyait chercher le regard d'Emma.

Comme personne ne réagissait à la présence du Faucheur, pas même Nash, j'en déduisis que j'étais la seule à pouvoir le voir et l'entendre.

— Elle va dormir, après ça ira mieux. Surtout si elle évite la compagnie de ces harpies piaillantes qui vous tiennent lieu d'amies.

En ce qui me concernait, je ne considérais pas Sophie et Laura comme mes amies, mais je ne pouvais guère le dire à voix haute sans passer pour folle auprès de tous ceux, autour de moi, qui n'avaient pas conscience de la présence de ce garçon à la fois mort, vivant et invisible. Je me contentai donc de grimacer tout en soutenant Emma, tandis que Nash m'aidait à la mettre debout.

— Sophie, tu veux qu'on te ramène ? lançai-je en passant devant ma cousine qui se tenait plantée dans le salon, dans une pause avantageuse.

Elle eut une moue de mépris.

— Je croyais que Doug venait d'encastrer ton tas de boue dans une boîte aux lettres ?

— On prend la voiture d'Emma, rétorquai-je en serrant les dents.

Sophie se laissa tomber sur le canapé et croisa ses jambes maigres.

— Je vais rester avec Laura.

— Parfait.

Elles allaient très bien ensemble.

— Merci d'avoir veillé sur elle, ajoutai-je à l'adresse de Tod en articulant silencieusement les syllabes.

— Il fallait bien que quelqu'un le fasse.

Et, sur ces mots, le Faucheur s'évapora de nouveau. Probablement pour retourner à l'hôpital, où il aurait dû se trouver depuis longtemps.

— Débrouillez-vous pour qu'elle disparaisse avant que mes parents rentrent, lâcha Laura. Ils n'aiment pas que je traîne avec des pétasses.

Dans ce cas, j'étais étonnée qu'elle soit amie avec Sophie ! Au lieu de lui balancer ça, je me mordis la langue et me contentai de claquer violemment la porte en sortant.

J'appelai mon père sur le chemin du retour. Une fois de plus, il faisait des heures supplémentaires et je tombai sur son répondeur. Alors je raccrochai sans laisser de message ; il me semblait que « Salut, papa, ma voiture vient de se faire exploser par un footballeur shooté au souffle de démon » était plutôt le genre d'annonce à faire de vive voix.

Il était presque minuit, mon couvre-feu officiel, quand j'engageai la voiture d'Emma dans l'allée qui menait chez nous. Mon amie s'était endormie sur le siège arrière. Nash la transporta à l'intérieur et la déposa sur mon lit. Je lui retirai ses chaussures, puis retournai dans le séjour et me pelotonnai contre Nash sur le canapé, un bol de pop-corn à la main, avant de mettre à la télé une chaîne de science-fiction qui diffusait la version originale de *La Nuit des morts-vivants,* grand classique de week-end.

La porte d'entrée s'ouvrit au moment même où, à l'écran, le premier zombie se frayait un chemin à grands coups de dents pour pénétrer dans la ferme, et je sursautai, répandant tout le pop-corn sur le canapé.

C'était bien un zombie qui apparut dans l'encadrement de la porte, vêtu d'un jean délavé et d'une chemise de flanelle : à force d'enchaîner les heures supplémentaires pour boucler nos fins de mois, il était exténué. Il fit quelques pas puis sembla se raviser et ressortit sous le porche. Evidemment, il cherchait ma voiture…

— Où est ta voiture ?

Dans sa voix, je perçus l'angoisse qui le disputait à l'épuisement.

Il balança sa veste sur le dossier d'une chaise.

Je me levai pendant que Nash commençait à ramasser le pop-corn éparpillé.

— Eh bien, il y a eu un problème…

— Tu n'as rien, au moins ? coupa mon père, immédiatement soucieux.

Il me détailla de la tête aux pieds.

— Non, je n'étais même pas à l'intérieur de la voiture.

Gênée, je me cherchai une attitude en enfonçant les mains dans les poches arrière de mon pantalon.

— Où étais-tu, alors ?

— A une soirée. Quand Doug Fuller est parti, il a accidentellement… embouti ma voiture.

Mon père se rembrunit encore.

— Tu avais bu ?

— Non.

Dieu merci, c'était vrai. Je suis sûre qu'il aurait été capable de me faire passer des tests. Franchement, il aurait fait un agent de probation de premier ordre.

Il me dévisagea longuement, et je décelai le moment exact où il décida que je ne mentais pas. Ce premier problème réglé, il s'intéressa à Nash, qui se tenait à présent debout derrière moi, le bol de pop-corn en main.

— Nash, rentre chez toi.

Un grand classique de son répertoire.

Nash me tendit le bol.

— Tu veux que je ramène Emma ?

— Emma… ? reprit mon père en soupirant.

Il passa une main lasse dans ses épais cheveux bruns.

— Où est-elle ?

— Sur mon lit.

— Ivre ?

J'envisageai de mentir. Après tout, je ne savais absolument pas comment il allait réagir. Seulement, comme Emma sentait la bière à plein nez, mon mensonge ne tiendrait pas longtemps la route.

— Ouais, ivre. J'aurais dû faire quoi ? Lui balancer ses clés de voiture en lui souhaitant bonne chance ?

Mon père soupira de nouveau. Puis, à ma grande stupéfaction, il me donna raison.

— Non, tu as fait ce qu'il fallait.

— Alors elle peut rester ?

Je n'en croyais pas mes oreilles. Il n'avait même pas l'air en colère.

— Pour cette fois. Mais si ça se reproduit, j'appelle sa mère. Nash, on te voit demain, je suppose ?

— Oui, monsieur.

Nash serra fort ma main puis se dirigea vers la porte. Il habitait à deux pâtés de maisons ; il allait repartir à pied, comme après chacune de ses visites à l'époque où j'étais consignée chez moi.

Mon père verrouilla la porte derrière Nash puis s'écroula dans son fauteuil favori tandis que je m'installais sur le canapé. Je me tâtais : devais-je ou non lui dire toute la vérité ? En particulier en ce qui concernait le souffle de démon. Jusque-là, il s'était montré plutôt cool en m'écoutant ; mais le côté monde des ténèbres de toute cette affaire risquait de le faire sortir de ses gonds.

— Il y a beaucoup de dégâts ? demanda-t-il.

Je soupirai en me préparant psychologiquement aux retombées de l'explosion qui n'allait pas manquer de suivre.

— Doug a enroulé ma voiture autour de la boîte aux lettres du voisin.

— Il avait bu, n'est-ce pas ?

Le ton de mon père était comminatoire, et je réprimai un sourire. Moi qui avais craint de le trahir et qu'il ne devine cette histoire de souffle de démon — par le biais d'une fonction télépathique bizarre, un de ces traits *banshee* dont j'ignorais peut-être encore l'existence —, voilà qu'il réduisait l'affaire à un problème d'ados de base. Sauf erreur de ma part, cette idée semblait même le soulager un peu, et je n'allais certainement pas le détromper.

— Je ne sais pas, peut-être. Il est débile.

— Et où est ta voiture, maintenant ?

— La dépanneuse l'a emportée à la casse sur la Troisième Avenue.

Mon père se leva et m'adressa un vrai grand sourire, tout à sa joie d'être enfin confronté aux mêmes problèmes que les autres parents, les parents *normaux* d'enfants *normaux*.

— J'irai jeter un coup d'œil dans la matinée. Je suppose que ce Fuller est assuré ?

— Oui. Les policiers m'ont donné ça.

Je montrai le formulaire où étaient inscrits les coordonnées de Doug et le numéro de sa compagnie d'assurances.

— Et il a dit qu'il paierait pour les dégâts.

— Ça, je te prie de croire que oui !

Mon père s'empara du formulaire et se dirigea vers la cuisine où la lumière était plus vive.

— Va dormir un peu. Vous travaillez, Emma et toi, demain matin, non ?

— Oui.

De midi à 16 heures, nous vendions des tickets de cinéma et du pop-corn au Cinemark pour payer l'essence que brûlaient nos voitures quand nous les utilisions pour aller travailler — un processus sans fin qui tenait du cercle vicieux.

La confrontation avec mon père enfin achevée, je quittai la pièce avec le sentiment d'avoir évité de peu la peine capitale. J'enfilai mon pyjama, me brossai les dents et m'allongeai dans le lit à côté d'Emma. Tout en l'écoutant respirer, je ne pouvais m'empêcher de penser à la façon dramatique dont les choses auraient tourné si elle était vraiment montée dans cette voiture. J'avais déjà perdu Emma une fois, et je n'avais pas l'intention de revivre l'expérience dans les années à venir.

Ce qui impliquait que je découvre comment son petit ami avait bien pu mettre la main, une main *humaine,* sur du souffle de démon. Et, bien sûr, que je fasse en sorte que cela ne se produise plus. Jamais.

3

— Kaylee ! Entre vite ! s'exclama Harmony Hudson en repoussant les mèches blondes qui lui tombaient sur le visage.

Elle me tint la porte tandis que je pénétrais dans le salon petit et bien tenu, mes mains gelées enfoncées dans les poches de ma veste.

— On a un cours, ce matin ?

— Non, je suis juste venue voir Nash.

— Ah !

Elle sourit et ferma la porte au courant d'air glacé qui se glissait à l'intérieur.

— Alors tu dois avoir fini ta peine.

— Depuis hier.

Nash avait été puni, lui aussi, mais il n'avait écopé que de deux semaines. Je pense qu'il avait bénéficié du fait d'être majeur. Ce n'est pas si simple, de priver de sorties un garçon de dix-huit ans. Quant à Tod… non seulement il était adulte, non seulement il était décédé, techniquement parlant, mais il avait en plus un accès illimité au monde des ténèbres. Sa mère ne réussissait déjà pas à le faire rester dans une pièce assez longtemps pour lui crier dessus, alors le sanctionner…

— Il dort encore. D'ailleurs, qu'est-ce que vous avez fait hier soir ?

Je posai mon blouson sur le canapé, faussement nonchalante. Je détestais l'idée de cacher quoi que ce soit, à Harmony encore plus qu'à mon père.

— Une fête chez Scott. Doug Fuller a défoncé ma voiture avec sa Mustang.

— Oh non !

Harmony se figea à l'entrée de la cuisine, maintenant d'une main la porte battante.

— Tu es assurée, au moins ?

— Je suis au tiers.

C'est tout ce que je pouvais me permettre en travaillant douze heures par semaine au Cinemark.

— Mais les parents de Doug sont blindés, et personne ne peut prétendre que j'étais en tort puisque je n'étais même pas dans la voiture.

— Voilà au moins un bon point dans tout ça, non ?

J'acquiesçai et elle désigna le petit couloir qui partait de l'autre extrémité du salon.

— Va réveiller le loir et essaie de le décider à venir manger quelque chose. J'ai fait des muffins à la pomme et à la cannelle.

Harmony passait son temps à pâtisser, et toujours avec les moyens du bord. De ce point de vue, elle ressemblait plus à une grand-mère qu'à une mère — en dehors du fait que, physiquement, on aurait dit la grande sœur de Nash. A quatre-vingt-deux ans, elle avait le visage et le corps d'une femme de trente ans.

Jusqu'alors, c'était le seul avantage que je voyais à être *banshee* : après la puberté, les *banshee* vieillissaient très, très lentement. Ainsi, mon père était âgé de cent trente-deux ans et n'en paraissait pas plus de quarante.

Je frappai à la porte de Nash. Comme il ne répondait pas, je me glissai à l'intérieur puis refermai la porte et m'appuyai contre pour le regarder dormir. Seulement vêtu d'un short, le visage enfoui dans l'oreiller et une jambe emmêlée aux draps, il semblait tellement vulnérable !

Je m'agenouillai auprès du lit et caressai son front. Il faisait chaud dans la chambre mais sa peau était fraîche.

J'allais remonter le drap sur lui pour le couvrir quand je le vis grimacer.

Ses yeux restèrent clos.

Sa respiration était trop rapide, presque haletante.

Il grinça des dents puis laissa échapper une sorte de gémissement désespéré. Ses bras se raidirent et ses poings serrèrent le drap tout froissé.

Un cauchemar. J'étais le témoin extérieur du

cauchemar de Nash. Devais-je le réveiller ou laisser le rêve se dérouler jusqu'à son terme ?

Avant que je puisse en décider, ses yeux s'ouvrirent brusquement et il prit une inspiration sonore. Le regard vague, il dégringola du matelas, torse nu, le souffle court, puis s'adossa vivement contre le mur, les yeux fixés sur moi. Pendant quelques secondes, ses iris tourbillonnèrent de terreur, jusqu'à ce qu'il comprenne où il était et qu'il me reconnaisse.

Entre-temps, mon propre cœur, en écho à la frayeur de Nash, s'était mis à battre la chamade.

— Kaylee…

Il avait chuchoté mon prénom, comme s'il n'était pas certain de pouvoir faire confiance à ses yeux.

— Oui, c'est moi.

Je restai immobile devant lui tandis que sa respiration ralentissait et qu'il se calmait.

— Cauchemar ?

Il se frotta le visage des deux mains et, quand son regard rencontra de nouveau le mien, il avait recouvré tout son calme et repris le contrôle de ses expressions. Et de ses iris.

— Oui, je crois.

— Tu me le racontes ?

— Je ne m'en souviens plus.

Soucieux, il se laissa tomber sur le matelas.

— Je sais juste que c'était atroce. En revanche, ajouta-t-il en m'attirant sur ses genoux, le réveil est très agréable, jusque-là... Alors comme ça, j'ai droit à un réveil personnalisé ?

Il rassembla mes cheveux d'un côté et, soudain, je pris nettement conscience que nous étions très proches et qu'il était à moitié nu.

— Nos coups de fil ne te suffisent plus ? chuchota-t-il en déposant dans mon cou des baisers légers comme des plumes.

Il me renversa sur le lit et, avant que je réalise ce qui arrivait, j'étais allongée sous lui et il pesait de tout son poids sur mon corps, me clouant au matelas. Ses lèvres effleurèrent de nouveau ma nuque tandis que ses mains partaient à l'aventure le long de mon T-shirt.

Je n'avais pas envie qu'il s'arrête. Il avait déjà tellement attendu. J'avais simplement envie de le laisser faire...

Ma respiration était devenue haletante, et les battements de mon cœur, désordonnés.

— Je... euh...

Qu'étais-je en train de dire ? Que m'avait-il demandé ? Tout à coup, cela n'avait plus aucune importance, maintenant qu'il glissait la main sous mon T-shirt.

Le contact de ses doigts glacés me fit retomber sur terre.

— Est-ce que par hasard tu utiliserais ton influence sur moi ?

Je me dégageai et m'assis, furieuse. Nash haussa

les épaules ; un demi-sourire lascif flottait sur ses lèvres.

— Je t'aide juste à te détendre.

Sa voix continuait à s'insinuer dans mon esprit.

— Je t'interdis, Nash ! Je t'interdis de m'influencer !

Je me levai, luttant pour entretenir ma colère.

— Ne refais plus jamais ça, sauf si je suis en train de chanter pour une âme.

Dans ces moments-là, sa voix parvenait à adoucir ma plainte de *banshee.* Mais, pour l'heure, nous n'étions pas dans ce cas de figure. Loin de là.

— Je déteste perdre le contrôle. Ça me donne l'impression de tomber d'une falaise au ralenti. Ou d'être droguée.

— En tout cas, ce n'est pas pour *ça* que je suis venue, déclarai-je en désignant le lit d'un geste de la main.

Nash se rembrunit, et je sentis se dissiper en moi cette fausse sensation de calme irrésistible, cette plénitude trompeuse qu'engendrait sa voix. A la place, j'éprouvai un vide glacé face à l'évidente irritation qu'il ressentait lui-même.

— Et comment veux-tu que je le sache ? Je me réveille avec toi dans la chambre, porte fermée. Qu'est-ce que je devrais imaginer ? Que tu as envie de faire une partie de Scrabble ?

— Je…

Comment formuler ma pensée ? Lui avais-je envoyé un signal ? L'avais-je assailli en arborant une banderole qui disait : « J'en ai assez d'être vierge, passons aux choses sérieuses » ?

— Mais ta mère est dans la pièce d'à côté ! répondis-je.

— Laisse tomber.

Il soupira et, me saisissant la main, m'attira près de lui.

— Tu me pardonnes ?

— Seulement si tu me promets de jouer franc-jeu.

— Je te le jure. Alors, quoi de neuf ?

Il s'adossa à l'oreiller posé contre la tête de lit, les mains nouées derrière la nuque, toute musculature dehors… au cas où je changerais d'avis.

— Tu avais dit que tu me prendrais.

Ses yeux brillèrent de malice et je sentis le rouge me monter aux joues en réalisant la façon dont ma phrase pouvait être interprétée.

— Tiens donc… Je croyais que tu n'étais pas prête ?

Je venais de découvrir les causes de la combustion spontanée. Je m'attendais à prendre feu à tout moment.

— Que tu me prendrais *en voiture*, précisai-je. Pour m'emmener au *travail*.

— Oui, on peut faire ça, pour commencer…

— Je suis sérieuse !

Pas assez, toutefois, pour m'empêcher de dévorer Nash des yeux. Mais, après tout, c'est ce qu'il m'invitait à faire…

— J'ai besoin que tu m'emmènes au travail. Et, avant, je voudrais qu'on s'arrête quelque part.

— Où ça ?

Je fermai les yeux et inspirai profondément.

— Chez Doug Fuller.

— Kaylee…, commença-t-il.

Dans sa voix, je perçus tout de suite la protestation qui n'allait pas manquer de suivre. Il se redressa.

— Si Doug s'est fourré dans une sale affaire, ça ne nous regarde pas.

— C'est du *souffle de démon*, chuchotai-je avec un regard nerveux en direction de la porte fermée, espérant que sa mère se trouvait toujours dans la cuisine. Et toi, tu voudrais qu'on fasse comme si de rien n'était ?

Il se leva et attrapa un T-shirt sur le dossier de sa chaise de bureau. J'insistai.

— Tu ne veux pas savoir comment il se l'est procuré ? Il aurait pu tuer quelqu'un, cette nuit. Et s'il continue d'en prendre, il va certainement se tuer, lui.

Nash se laissa tomber sur la chaise.

— Tu dramatises, Kaylee.

— C'est toi qui sous-estimes la gravité de la situation. Est-ce qu'on n'est pas censé veiller sur ses amis ?

— Et tu veux que je fasse quoi ? Que je me pointe chez Fuller en disant : « Dis donc, mon pote, je ne sais pas comment tu as récupéré ce vieux bol d'air tout droit sorti des poumons d'un démon dont tu ignores jusqu'à l'existence, mais il faut que tu décroches avant d'en crever » ? Tu ne crois pas qu'il va trouver ça bizarre ?

D'un coup de pied, il envoya valser une chaussure à l'autre bout de la pièce.

Je croisai les bras et luttai pour ne pas hausser le ton.

— Tu as peur d'avoir l'air bizarre devant un type qui, lui, se défonce en sniffant du souffle de démon ?

— Qu'est-ce que ça peut te faire, de toute façon ? rétorqua Nash. Doug n'est pas spécialement ton pote.

— Ce n'est pas une raison pour que je le regarde mourir à petit feu.

Surtout si on prenait en compte le fait que sa mort imminente déclencherait chez moi un incontrôlable hurlement de *banshee*, et que cela nous obligerait alors à décider s'il fallait ou non essayer de le sauver.

— Et je ne le laisserai pas entraîner Emma dans tout ça.

La colère de Nash s'estompa, laissant place au désarroi.

— Qu'est-ce que tu veux dire ?

— Hier soir, ils s'embrassaient à pleine bouche,

Nash. Doug était défoncé au souffle de démon. Et ce n'était sûrement pas la première fois. Elle pourrait inhaler par accident l'air qu'il recrache.

Le visage de Nash se figea dans une expression d'horreur qui fit tournoyer des cercles vert et brun dans ses iris. Puis il ferma les yeux et ses traits se détendirent avant même que je sois certaine de ce que j'avais vu, comme s'il m'avait évincée de son train de pensées.

Je m'appuyai contre la tête de lit et me mis à jouer nerveusement avec sa taie d'oreiller.

— D'après Tod, on devient très vite dépendant, et les humains finissent *toujours* par en mourir. Qu'est-ce qu'on va faire si elle devient accro, elle aussi ? Ou si elle l'est déjà ?

Nash soupira et s'assit lourdement sur le lit, face à moi.

— Ecoute, on n'est même pas sûrs que Doug soit vraiment accro, d'accord. On sait seulement qu'il en a pris hier soir. Et pour qu'Emma soit contaminée, il faudrait qu'elle se soit branchée directement sur les poumons de Doug, juste après qu'il aurait sniffé. Les chances que ça se soit produit de cette façon sont quasiment inexistantes. Tu ne crois pas ?

— Comment peux-tu l'affirmer ? Doug empestait encore suffisamment pour que je m'en aperçoive ! Et avec Emma, ça fait deux semaines qu'ils n'arrêtent pas de s'embrasser ! Tu es sûr qu'elle n'a pas pu en respirer même un peu ?

— J'en doute vraiment, Kaylee.

Mais avant qu'il puisse maîtriser son émotion, la vérité m'apparut dans ses iris : non, Nash n'était pas sûr. Et il avait peur.

Il soupira puis planta son regard dans le mien.

— Bon, très bien : on va essayer de savoir s'il est conscient de ce qu'il prend, et où il se l'est procuré. Mais s'il n'a pas idée de ce qu'est le souffle, tu ne lui diras rien, d'accord ? On laisse tomber les grandes révélations. On l'a fait avec Emma, c'est largement suffisant.

— Parfait.

De toute façon, je n'avais pas particulièrement envie de révéler à d'autres que je n'étais pas humaine.

— Il faut que tu sois au travail à midi ?

J'acquiesçai tandis qu'il ôtait le T-shirt qu'il venait d'enfiler ; il le lança dans son panier à linge à la façon d'un ballon de basket.

— Je me douche, et on y va.

— Après le petit déjeuner, rectifiai-je en me dirigeant vers la porte, ravie d'avoir emporté la partie. Ta mère a préparé des muffins.

De retour dans la cuisine, je m'assis sur une chaise bancale devant la vieille table ronde et regardai Harmony faire la vaisselle en attendant Nash.

— Alors, heureuse d'être de nouveau libre d'aller et venir ? me lança-t-elle en se tournant à demi tout en s'affairant.

— Je n'ai pas vraiment eu l'occasion d'en profiter, jusqu'à maintenant, répondis-je avec un haussement d'épaules.

Elle essuya un fouet, le rangea dans un tiroir puis s'appuya au comptoir et me dévisagea sans masquer sa curiosité.

— Est-ce que ça en valait la peine ?

— La peine d'être privée de sorties ? demandai-je. Oui. Et non. Mille fois oui si c'était le prix à payer pour récupérer l'âme de Regan, mais…

Quelques semaines d'assignation à résidence n'étaient rien en comparaison de l'éternité de souffrances que Regan aurait endurée sans son âme.

— … mais on n'a rien pu faire pour Addy.

Chaque fois que j'y pensais, mon estomac remontait dans ma gorge comme si j'étais en chute libre ; cet échec me faisait éprouver un mélange de culpabilité et d'horreur.

— Tu as toujours des nouvelles de Regan ? poursuivit Harmony en voyant que je ne m'étendais pas sur le sujet.

— Rarement. Je crois que c'est plus simple pour elle d'oublier carrément ce qui est arrivé à Addy.

Oublier que sa sœur était condamnée à subir d'éternels tourments parce qu'elle était morte dépouillée de son âme. Et que rien ne pourrait jamais la soulager, hormis une bouffée de souffle de démon.

Une angoisse me vint alors.

— Vous croyez que tout ira bien pour Regan ? Je veux dire, à cause de cette histoire de souffle de démon. Tod a dit que c'est vraiment dangereux.

Harmony eut un hochement de tête distrait tandis qu'elle ouvrait le four pour vérifier la cuisson des muffins.

— Ça peut l'être, sans aucun doute. Le souffle de démon ronge l'âme. Il fait pourrir les parties d'une personne qui font qu'elle est unique.

Même pas peur…

— Mais, vu de l'extérieur, il agit un peu comme une drogue hallucinogène très puissante. On voit et on entend des choses qui n'existent pas.

Voilà qui expliquait que Doug ait été persuadé que quelqu'un se trouvait avec lui dans sa voiture…

Harmony poursuivit :

— C'est également une drogue très addictive et, quand elle ne tue pas rapidement, son usage à long terme provoque des lésions cérébrales et des troubles psychotiques.

Une boule s'était formée dans ma gorge. Je déglutis péniblement et répétai, d'une voix, qui, je l'espérais, lui paraîtrait normale :

— Des troubles psychotiques… Vous voulez dire que ça rend fou ?

— En gros, c'est ça. On perd complètement le contact avec la réalité.

A l'aide d'une manique, elle retira du four la plaque où cuisaient les muffins, puis referma la porte du pied.

— Et je ne te parle pas de l'état de manque. C'est encore pire. Tout le système nerveux entre en état de choc et, là encore, ça peut être fatal, même pour quelqu'un qui n'a pas succombé à la substance elle-même.

Ce qui, en d'autres termes, signifiait qu'en subtilisant les doses de Doug nous risquions de le tuer plus sûrement encore qu'en le laissant inhaler du souffle de démon.

— Génial..., murmurai-je.

— Ne t'inquiète pas pour Regan, me dit aussitôt Harmony en voyant ma tête décomposée. Elle ne s'est pas droguée ; le souffle lui a juste permis de tenir tout le temps qu'elle était privée de son âme. Ça n'a absolument rien à voir ! Bien sûr, ça reste dangereux, concéda-t-elle. Comme tout ce qui relève de la vente d'âme. Mais, physiquement, elle ne risquait pas grand-chose.

— Parce qu'elle n'avait pas d'âme, conclus-je en réfléchissant à toute allure. Mais maintenant qu'elle l'a retrouvée, si elle inhalait du souffle de démon... ?

— Dans ce cas, elle aurait de sérieux problèmes.

***

Une heure plus tard, Nash engageait la voiture de sa mère dans une allée bordée de briques menant à une immense maison de brique et de pierre. Et dire que j'avais trouvé la maison de Scott délirante ! Je ne savais pas quel métier exerçaient les parents de Doug, mais ça devait rapporter gros.

— Tu crois qu'il est chez lui ? demandai-je à Nash.

Nash désigna la voiture garée sur le trottoir : une décapotable sport dernier cri, flambant neuve, arborant sur le pare-brise l'autocollant d'une société de location.

Il coupa le moteur et fourra les clés de contact dans sa poche.

— Finissons-en avec tout ça.

Doug ouvrit la porte au troisième coup de sonnette. Il était vêtu d'un simple caleçon ; c'était sans doute la tenue dans laquelle il avait dormi. Il s'effaça pour nous laisser entrer dans un hall lumineux ouvert sur les autres pièces. Nous le suivîmes jusqu'à un grand séjour en contrebas. Un écran de télévision occupant tout un pan de mur affichait un jeu vidéo que je ne parvins pas à identifier. L'image était figée sur un pistolet qui semblait pointé contre nous.

— Désolé pour ta voiture.

Doug se laissa tomber sur un fauteuil cinéma de

cuir noir sans même m'accorder un regard. J'allais répondre mais avant que j'aie pu même exprimer un embryon de pensée, il balaya l'air d'un geste de la main et attrapa la manette de jeu posée sur l'accoudoir du fauteuil.

— Mon père paiera pour les dégâts. La boîte de location doit te livrer une voiture cet après-midi. Je t'ai pris un V6.

Rien que ça ? Est-ce qu'il plaisantait ? Alors, comme ça, mon karma, c'était d'avoir des visions de mort et un cri supersonique, et celui de Doug, de pouvoir sortir des liasses de dollars de sa manche ?

— Fais-moi confiance. Ça va te changer de ton épave.

Mes poings se serrèrent au fond de mes poches. Comment Emma arrivait-elle à supporter ce gars-là ?

— Euh, merci, répondis-je à défaut de trouver une réplique intelligente.

Puis je quêtai silencieusement le feu vert de Nash. Qu'attendait-il pour lancer le vrai sujet ?

Il s'assit sur un sofa de cuir noir et je le rejoignis.

— Ton père a dû être fou en voyant les résultats de tes analyses ! commença-t-il. Tu devais être complètement défoncé pour emboutir une voiture à l'arrêt !

Nash s'enfonça dans le canapé. Il avait parlé sur

un ton presque envieux, et il avait dû viser juste, car Doug se mit à sourire et abandonna son jeu.

— J'étais carrément en *orbite*, mon pote !

Il posa la télécommande sur l'accoudoir et prit une cannette de Coca dans le porte-gobelet.

— Par contre, les analyses étaient nickel, à part quelques traces d'alcool. Le toubib des urgences a dit à mon père que c'était sans doute le choc qui m'avait rendu euphorique.

— Mais qu'est-ce que tu avais pris, bon sang ?

Nash se pencha en avant et sortit deux Coca d'un minibar qui servait aussi de table basse.

— Un truc qu'on appelle du « givre ». Ça donne l'impression de sniffer un chiffon à poussière à l'intérieur d'un congélateur, mais, avec ça, tu planes pendant des heures…

Des frissons coururent sur ma peau et je frémis en me remémorant les hordes d'affreuses créatures qui rampaient les unes sur les autres dans le monde des ténèbres, prêtes à tout pour une bouffée de souffle de démon, de préférence inhalée directement à la source.

Nash me tendit une cannette et leva un sourcil pour savoir si j'allais bien. Mon frisson ne lui avait pas échappé. Je hochai la tête et ôtai la languette de mon Coca.

— Et qui t'a fourgué ça ? poursuivit Nash en s'adossant au canapé, son soda à la main.

— Un type qui s'appelle Everett. Je crois que c'est son nom de famille. J'ai un bilan de santé mardi prochain, et il m'a juré que sa came n'apparaîtrait pas dans les analyses sanguines.

Le regard de Doug se posa sur moi.

— Dis, Kaylee, tu sais si Emma travaille, ce soir ?

— Oui. Je crois qu'elle fait la fermeture.

En réalité, nous finissions toutes deux à 16 heures cet après-midi, mais je ne voulais pas qu'elle s'approche trop de Doug tant que subsistait le risque qu'il lui gèle les poumons chaque fois qu'il l'embrasserait.

Nash posa sa cannette sur le minibar.

— Et tu en as encore, de ce givre ?

— Non. J'avais un ballon de rabe, mais je l'ai vendu hier.

Le coin de sa bouche tressauta à deux reprises, et mon cœur bondit. Mon Dieu, la créature infernale à laquelle nous avions eu affaire dans le monde des ténèbres présentait exactement le même tic.

Un tic provoqué par le *manque.*

— Et j'ai fini le mien hier soir.

— C'est fourni dans un ballon ?

Nash devint sombre, et je vis ses iris se figer, comme s'il venait de fermer brusquement la vanne par où s'écoulaient ses émotions.

— Ouais. Des ballons de baudruche noirs, un peu comme ceux qu'on faisait éclater au fond de la classe pour faire sursauter la remplaçante de Mlle Eddin. Tu te rappelles, en quatrième ?

Nash acquiesça, l'air absent.

De mon côté, je frissonnai de nouveau.

— A qui ? lançai-je alors, affolée, les mains crispées à me faire mal autour de mon Coca. A qui as-tu vendu l'autre ballon ?

Mais je pressentais la réponse.

Doug ramassa sa manette de jeu ; sa main tremblait.

— Scott Carter.

Mon cœur s'arrêta. J'avais vu juste : Doug Fuller avait vendu l'autre ballon au petit ami de ma cousine, Sophie, qui était pourtant déjà bien assez « givrée ».

4

— Hallucinant ! m'écriai-je.

Je bouclai ma ceinture tandis que Nash enclenchait la marche arrière.

— Doug met Emma en danger, ensuite il vend la moitié de sa came à Scott qui, à son tour, va entraîner Sophie dans ce gâchis. Ça va être une épidémie. Et tu peux me dire, toi, comment on arrête une épidémie ?

— Ça n'a rien à voir avec une épidémie, rétorqua Nash. Ce sont juste deux types qui ne savent pas dans quoi ils se sont fourrés.

A demi tourné sur son siège, il effectuait une marche arrière pour sortir de l'allée. La voiture fit une légère embardée au moment où les pneus quittèrent le chemin pour le revêtement plus lisse de la route.

— Et je ne crois vraiment pas qu'ils peuvent mettre Emma ou Sophie en danger parce qu'elles inhaleraient les résidus du souffle de démon qu'ils ont eux-mêmes respiré. Du souffle de seconde main. Voire de troisième…

Il tenta d'accompagner sa plaisanterie d'un sourire, mais le cœur n'y était pas.

— Tout ça, ce ne sont que des suppositions. En fait, tu n'en sais rien, pas vrai ? Tu n'as aucun moyen d'être sûr qu'elles n'ont pas pris de givre, d'une façon ou d'une autre.

— Non, mais je pense…

— Pourquoi prends-tu tout ça tellement à la légère ? Ce n'est pas comme boire de l'alcool à une soirée, ou se cacher derrière le supermarché pour fumer une cigarette. On parle tout de même d'êtres humains qui inhalent la force vitale et toxique de démons d'un autre *monde*.

C'était sans doute la phrase la plus timbrée que j'aie jamais prononcée à voix haute.

— … et, d'après ta mère, s'ils survivent à la dépendance et au manque, et c'est un « si » énorme, ils auront le cerveau tellement en vrac que, en comparaison, même Ozzy Osbourne aura l'air rationnel et cohérent.

Personnellement, la folie et ses corollaires, en particulier le fait d'être enfermé dans une quelconque institution psychiatrique, me semblaient pires que la mort. La mort ne faisait, après tout, que mettre un terme au drame et à l'angoisse propres à toute existence humaine. Sauf, bien sûr, pour ceux qui étaient assez stupides pour vendre leur âme, comme l'avait fait Addy.

Le silence de Nash me fit relever les yeux sur lui. Il me jetait des coups d'œil furieux.

— Tu as questionné *ma mère* au sujet du souffle de démon ?

Il y avait dans sa voix une dureté dont il avait rarement fait preuve auparavant. J'avais le sentiment que ses mots formaient un mur de brique contre lequel j'allais immanquablement m'écraser.

— Seulement au sujet de Regan, répondis-je en frottant mes paumes moites sur mon jean. Je n'ai pas parlé de Doug ou d'Emma.

Du moins, pas dans la phrase où j'évoquais également le souffle de démon.

— Je ne suis pas idiote, Nash.

— Ma mère non plus !

Je sursautai quand il frappa le volant du plat de la main, puis sa colère me parcourut la colonne vertébrale comme une décharge électrique.

— Elle sait. Tu n'as pas pu tenir ta langue, et maintenant elle est au courant de tout. Bravo, Kaylee. Merci.

— Elle n'est au courant de rien, affirmai-je en m'interdisant de hausser le ton. C'est quoi, ton problème ?

— Même si elle ne sait pas encore, si cette histoire prend le tour catastrophique que tu décrivais tout à l'heure, elle va bien finir par comprendre pourquoi tu posais ces questions, et alors je te garantis qu'on va avoir de sacrés problèmes, Kaylee!

Je levai les yeux au ciel.

— Si ça tourne mal — auquel cas ce *sera* en effet aussi catastrophique que je le prédisais —, la colère de ta mère sera le cadet de nos soucis.

Je m'interrompis, laissant à Nash le temps d'assimiler mes paroles et de recouvrer son calme. Quand je vis ses mains desserrer leur étreinte sur le volant, je poursuivis, même s'il serrait encore les dents et semblait tendu comme un arc.

— Il faut qu'on sache si Scott a commencé à en prendre.

Et, donc, si Sophie était en danger ou non.

— Nous devons aussi lui confisquer ce ballon et trouver auprès de qui se fournit ce fameux Everett.

Nash poussa un long soupir et répondit, sans me regarder :

— Ouais. Tu as raison.

Mais il ne semblait guère convaincu.

Le reste du trajet se déroula en silence, dans une atmosphère pesante. Je lui en voulais de s'être mis en colère contre moi, et je n'avais aucune idée de l'attitude à adopter en pareille situation. C'était notre première véritable dispute.

Nous continuâmes donc de garder le silence et je me perdis dans mes propres pensées; j'essayai de comprendre, pour commencer, de quelle façon le souffle de démon avait pu arriver jusque dans le monde des humains, et ensuite comment nous allions pouvoir l'arracher des mains des petits bourgeois friqués de l'équipe de football d'Eastlake sans devenir, tous les deux, à leurs yeux, des rebuts de la société.

Je m'endormis sans m'en rendre compte. Quand j'ouvris les yeux, nous étions arrivés sur le parking du Cinemark et j'avais le visage collé à la vitre froide de la voiture. Désorientée, je clignai des yeux et me redressai dans le siège ; Nash m'observait, soucieux. De nouveau, il serrait le volant de toutes ses forces.

— Ça va ?

Il semblait préoccupé, mais ne fit pas mine pour autant de tendre la main pour me toucher.

— Ouais.

J'avais des fourmis dans la jambe gauche, qui ne s'était pas réveillée en même temps que le reste de mon corps.

— Je suis juste embêtée à cause de cette histoire de givre.

Je consultai la pendule du tableau de bord, surprise de constater que je devais prendre mon travail dans dix minutes.

— Et fatiguée aussi, je crois.

Nash hocha la tête sans se départir de son expression inquiète.

— Ecoute, je suis désolé d'avoir crié. Je vais me

débrouiller pour savoir si Scott a commencé à en prendre.

— Merci.

Je souris, bien décidée à croire Nash sur parole. Je ne comprenais pas son brusque revirement, mais j'étais heureuse qu'il ait changé d'avis.

— Tu auras besoin que je te ramène chez toi ? s'enquit-il pendant que j'ouvrais la portière et attrapais mon blouson à l'arrière de la voiture avant de le poser sur mes genoux.

— Emma le fera. Je t'appelle quand je rentre.

Cette fois, son sourire me sembla plus naturel.

— Ton père fait toujours des heures sup ?

— Oui.

— J'apporte la pizza, tu choisis le film.

— Vendu.

Il se pencha pour m'embrasser et je lui rendis son baiser en m'efforçant de penser que tout irait bien.

— Et ne t'inquiète pas pour le ballon de Scott, conclut-il, je m'en occupe.

Je me rendis aux toilettes pour enfiler ma tenue de travail — un affreux uniforme en polyester rouge et bleu — et rassembler mes cheveux en queue-de-cheval. Puis je rejoignis Emma au guichet où elle était déjà en train de compter l'argent de son tiroir-caisse. Elle avait réussi à s'arranger pour que nous soyons toutes les deux à la vente des billets, ce qui n'arrivait presque jamais. En général, il y en avait toujours une des deux qui se retrouvait à servir du pop-corn ou à vider les poubelles.

Je fis ma propre caisse en silence, indécise sur le comportement à adopter : devais-je ou non lui intimer de se tenir à distance de Doug ? Et, dans l'affirmative, quelle raison invoquer ?

Savait-elle qu'il prenait de la drogue ? Même dans ce cas, je me voyais mal lui expliquer ce qu'était exactement le givre. Pas sans courir le risque de la terroriser, en tout cas. Autant que possible, j'essayais de maintenir une politique de cloisonnement très stricte entre Emma et tout ce qui concernait le monde des ténèbres.

Dans ces conditions, comment aurais-je pu me douter que le monde des ténèbres viendrait de lui-même à Emma ?

Finalement, deux heures plus tard, après avoir servi un flot ininterrompu de clients et pris une pause déjeuner durant laquelle je n'avais guère fait qu'approuver son bavardage par des hochements de tête, je la vis soudain se figer sur le tabouret qui jouxtait le mien. Au beau milieu d'une conversation avec une cliente, elle se tut. Se redressant, elle adressa un large sourire à la fenêtre qui nous faisait face. Je levai les yeux et distinguai un visage familier à mi-chemin de la file d'attente devant le guichet d'Emma.

Doug Fuller.

Il fallut que je donne un coup de coude à Emma pour qu'elle se décide à rendre sa monnaie à la vieille dame qui accompagnait un marmot. Emma glissa la monnaie et le reçu sous l'Hygiaphone, puis m'adressa un clin d'œil tandis que le client suivant lui réclamait deux places pour un film d'horreur japonais.

— Doug est là, chuchota-t-elle.

Je finis d'encaisser un paiement par carte, puis déposai celle-ci dans le tiroir prévu à cet effet sous le panneau de verre afin de la faire passer au client.

— Je vois bien.

Et je n'aimais pas ce que je voyais.

Oh, je pouvais comprendre qu'elle soit sous le charme. Il était grand et ténébreux, indéniablement sexy, et juste assez déjanté — peu lui importait ce que les autres, y compris ses amis, pensaient de lui — pour susciter la curiosité d'Emma. Mais Doug était dangereux, et pas seulement comme un type qui se dit : « Elle a tellement bu qu'elle ne sait plus ce qu'elle fait. » C'est surtout qu'il était du genre à se retrouver dans une cellule capitonnée pour le restant de ses jours. Et encore, c'était sans doute le moins catastrophique des scénarios.

— Je savais que j'aurais dû attendre pour prendre ma pause.

Emma glissa trois tickets et un reçu à son client par l'Hygiaphone sans cesser de lancer des coups d'œil à Doug chaque fois qu'elle en avait l'occasion.

— Emma, franchement, qu'est-ce que tu lui trouves ? En dehors de son physique, je veux dire.

Parce que, évidemment, un physique pareil, c'était l'idéal pour s'offrir de bons moments, dans un contexte sain, et à court terme.

Elle haussa les épaules et passa deux autres tickets à un client.

— Je ne sais pas. Il est sexy et il m'amuse. Ce n'est pas obligé d'être plus profond que ça, si ? Tous les ados de seize ans ne cherchent pas à s'engager pour la vie, Kay.

— Je ne cherche pas…

Je commençai à argumenter puis décidai de laisser tomber. Je ne savais pas vraiment ce que j'attendais de ma relation avec Nash, mais, en tout cas, pas une amourette éphémère.

— Emma, je crois que tu ne devrais pas…

— Chut !

Doug était arrivé à son guichet, affichant un sourire charmeur qui lui creusait une unique fossette dans la joue, et je sus que je venais de perdre Emma. Elle sourit et se pencha par-dessus le comptoir. Comment son uniforme pouvait-il ainsi mettre ses formes en valeur alors que le mien, quand je l'enfilais, semblait suspendu à un cintre ? Inexplicable.

— Salut.

— Salut. Dis, tu passes chez moi après la fermeture ? lança-t-il.

— Ce n'est pas moi qui ferme, répondit Emma. On est en semaine, j'ai cours demain. Je finis dans deux heures.

— Mais Kaylee m'a dit…

Dans la file d'attente qui s'allongeait derrière Doug, des grognements se firent entendre. De mon côté, occupée à enregistrer le paiement d'un client, je luttai pour ne pas gémir à haute voix. *Cent bonnes raisons de ne pas mentir,* par Kaylee Cavanaugh. La première d'entre elles : ça ne marche jamais.

Doug me lança un regard et je baissai les yeux, soulagée de constater que le client juste derrière lui venait de changer de file et de se glisser dans celle de mon guichet, me donnant un prétexte pour ne pas répondre.

Emma manifesta son mécontentement.

— Eh bien, Kaylee s'est trompée, répliqua-t-elle. Tu me rejoins à 17 heures ?

— Euh, j'ai des trucs à faire avant.

Doug avait la main posée sur le comptoir. Je remarquai qu'elle tremblait légèrement. Horreur. Un tic.

— Je passe te prendre à 19 heures.

— O.K.

Emma lui adressa un sourire, mais ne daigna pas m'accorder un regard tandis que Doug s'éloignait et se dirigeait vers l'escalier menant au parking. Elle servit le dernier client en silence pendant que je rendais la monnaie ; après quoi le hall resta momentanément désert.

Emma se tourna vers moi. Je suivais Doug du regard. Il avançait vers la voiture de location que j'avais aperçue devant chez lui, et qui se trouvait à présent garée à cheval sur deux emplacements réservés aux handicapés.

— C'est quoi, ce plan, Kaylee ?

Comment limiter les dégâts ? Je n'en menais pas large.

— Je suis désolée. C'est juste que… je ne crois pas que ce soit quelqu'un de bien pour toi.

— Tout ça parce qu'il a embouti ta voiture ? C'était un accident, et je suis certaine qu'il paiera les réparations.

— Je sais. Il m'a déjà trouvé une voiture de prêt.

— Alors, c'est quoi, le problème ?

Je soupirai, me creusant la tête pour trouver une manière de lui expliquer sans… eh bien… sans lui expliquer. Mon besoin de la protéger de tout ce qui avait trait au monde des ténèbres était plus fort que tout ; et, pour le moment, je n'avais rien d'autre que mon courage pour défendre ma position.

— Tu n'es pas en sécurité avec lui, Emma.

Elle leva les yeux au ciel.

— La sécurité, je m'en fous. Je veux m'amuser, et Doug est fun.

— Ouais, tellement fun qu'il a essayé de t'embarquer dans sa voiture alors que tu étais soûle. A ton avis, qu'est-ce qui se serait passé après, Emma ?

— Uniquement ce que j'aurais bien voulu qu'il se passe, rétorqua-t-elle en croisant les bras. Quoi ? Tu crois que Nash est un ange ?

Je sentis mon pouls s'accélérer en repensant à la façon dont il m'avait influencée pour pouvoir passer les mains sous mon T-shirt ce matin. Mais Emma n'était pas au courant de cet épisode.

— Qu'est-ce que tu entends par là ?

— Rien.

Emma soupira et posa ses deux coudes sur le comptoir, regardant à travers la vitre Doug qui, sur le parking, se dirigeait vers sa voiture.

— Je veux seulement dire que la plupart des mecs sont faits sur le même modèle, et on ne peut pas dire que Nash ait cassé le moule. Alors garde tes réflexions sur mon copain et occupe-toi plutôt du tien.

Qu'est-ce que je pouvais lui répondre ? « D'accord, Nash se montre un peu entreprenant, mais ce n'est rien en comparaison de Doug qui te fait profiter de son haleine de démon à tout bout de champ » ?

Dans le parking, Doug ouvrit sa portière. De légers mouvements incontrôlés agitaient son bras. Emma ne le remarqua même pas. Mais je savais, moi, ce que signifiaient ces mouvements incontrôlés, et j'étais presque sûre de savoir aussi quel genre de « trucs » il avait à faire avant de passer la chercher. Il fallait que je dise quelque chose ! Si je n'arrivais pas à la tenir à l'écart de Doug, je devais au moins avertir mon amie du danger.

Alors, je pris une profonde inspiration et fis pivoter ma chaise pour affronter Emma. La voiture de Doug sortait du parking.

— Emma, Doug est accro à une nouvelle drogue. Un truc vraiment terrible. On appelle ça du givre.

Elle fronça les sourcils.

— De quoi tu parles ?

— Ecoute-moi. S'il te plaît. On le trouve dans des ballons de baudruche noirs, et c'est *mortel*. Si toi aussi tu en inhales, même un peu, ça pourrait te tuer. Ou te rendre folle. Pour de vrai.

L'incompréhension d'Emma s'accentua.

— Tu es sérieuse ?

— A fond.

Je plongeai mon regard dans ses yeux, espérant qu'elle pourrait lire la sincérité au fond des miens.

— Nash et moi, on t'a sauvé la vie une fois, et c'est ce que j'essaie de faire cette fois encore. Si tu vois Doug avec un ballon noir, ou simplement s'il se met à se comporter de façon étrange, rentre chez toi. D'accord ? Tu laisses tomber ce que tu es en train de faire et tu rentres.

Les yeux d'Emma s'écarquillèrent et ses mains agrippèrent le comptoir.

— Kaylee, tu me fiches les jetons.

— Je sais.

Je lui saisis les deux mains au moment où elle se tournait vers la vitre.

— Tu dois me promettre que tu rentreras chez toi s'il fait mine d'agir bizarrement. Promets-le-moi.

— Très bien, c'est promis, répondit-elle.

Deux retardataires s'étaient approchés de nous et s'étaient plantés devant nos guichets ; comme nous ne leur prêtions attention ni l'une ni l'autre, l'un d'eux s'était mis à frapper à l'Hygiaphone d'Emma, doucement d'abord, puis de plus en plus fort. L'autre client attendait devant moi. Emma, pourtant, voulut ajouter un mot.

— Mais je vais te dire une chose : en ce moment, c'est toi qui agis bizarrement, Kaylee.

Ça aussi, je le savais. Sauf que mon comportement, si bizarre qu'il paraisse, ne risquait de tuer personne.

Personne d'autre que moi, en tout cas.

— Tu veux quoi, en premier ? Les bonnes ou les mauvaises nouvelles ? demanda Nash sitôt que j'ouvris la porte.

Je saisis la pizza qu'il me tendait et il entra, refermant la porte derrière lui.

— D'abord les mauvaises.

J'étais plutôt du genre à me débarrasser des choses désagréables le plus vite possible. Je posai la boîte de pizza sur la table basse et partis chercher deux sodas dans la cuisine. Il lança sa veste sur l'une des chaises accolées à la table de notre coin repas.

— D'accord. Carter a essayé le ballon, et je crois qu'il était encore bien défoncé quand je l'ai vu cet après-midi. Il parlait à toute vitesse et il sautait du coq à l'âne. J'avais du mal à le suivre.

— Mais Doug ne se comportait pas comme ça. Il avait du mal à articuler et tournait plutôt au ralenti. Et il avait des visions.

— Je sais, répondit Nash en ouvrant d'un coup de pouce la boîte de pizza avant de se laisser tomber sur le canapé, apparemment, ça leur fait des effets différents. Mais la bonne nouvelle, c'est que Sophie a une réunion de comité pour la collecte de fonds de la kermesse d'hiver ; du coup, ça limite les risques qu'il lui fasse inhaler quoi que ce soit ce soir. Si tant est que ce soit possible. Elle est sans doute en sécurité jusqu'à demain.

— Ce n'est pas ce que j'appelle une vraie bonne nouvelle.

Je déposai une cannette de Coca sur l'accoudoir du canapé, près de lui.

— O.K. Alors qu'est-ce que tu dis de ça… ?

Il m'attira sur ses genoux et ma cannette encore fermée m'échappa des mains et roula sous la table basse.

— J'ai convaincu Carter d'apporter le ballon demain au lycée pour pouvoir le « tester ».

Nous sourîmes de concert.

— Et on s'en débarrassera avant qu'il ait l'occasion de partager, c'est ça ?

Le sourire de Nash s'élargit, et il m'embrassa avant de me faire basculer sur le canapé près de lui.

— C'est le plan, en effet.

— D'accord, cette partie-là me plaît. Bon, comment allons-nous récupérer le ballon ? On demande à Tod d'apparaître et de le faucher pour nous ?

— J'ai encore mieux.

Il se pencha sur le côté et plongea la main dans la poche de son pantalon dont il sortit une clé de voiture électronique accrochée à un simple anneau de métal.

Je fronçai les sourcils :

— Tu as volé la clé de la voiture de Scott ?

Certes, c'était pratique, et cela impliquait que nous n'aurions pas à fracturer le véhicule de Scott, ce qui n'était pas très légal. Pourtant…

Nash secoua la tête.

— Je l'ai juste empruntée, elle était dans le tiroir de sa cuisine. Il la garde au cas où il enfermerait son autre clé à l'intérieur de sa voiture. Donc, il ne s'en apercevra pas avant que ça se produise. Et avec un peu de chance, je l'aurai remise à sa place d'ici là. Comment crois-tu qu'on aurait pu rentrer dans sa voiture, sinon ?

— Tod peut s'en charger sans avoir à voler de clé.

Il leva un sourcil dans une expression de défi et entreprit de se servir une part de pizza.

— Et ça rend le procédé plus acceptable, moralement ?

— Non, ça le rend plus simple et plus sûr. Tod ne se fera pas prendre, et on ne sera pas arrêtés pour vol avec effraction dans l'enceinte du lycée.

— Tod a eu des ennuis à cause de son absentéisme au boulot, rétorqua Nash. Du coup, il est obligé de bosser quarante-huit heures d'affilée. Apparemment, il a raté la crise cardiaque d'une pauvre vieille qui doit se languir en attendant que la seconde fasse son office…

« Génial… »

— Par conséquent, à moins que tu ne saches comment crocheter une serrure de voiture, c'est ce qu'on a de mieux.

Nash balançait la clé au bout de ses doigts. Sa nonchalance me mettait mal à l'aise mais, malheureusement, il avait raison.

Le fait de pénétrer illégalement dans un véhicule était-il pire que de commettre un vol, de toute façon ? Et le fait de dérober une substance toxique en provenance du monde des ténèbres constituait-il vraiment un vol ?

Je hochai la tête avec réticence et Nash rempocha la clé.

— Tu ne me fais pas confiance.

— Ce n'est pas une question de confiance. Je ne tiens pas à me faire surprendre en train de fouiller la voiture de Scott.

— On ne se fera pas prendre. Et si ça arrive, il ne se mettra pas en colère. Personne n'est jamais en colère contre moi, Kaylee. J'ai une façon bien à moi de parler aux gens, je peux être très convaincant…

Il s'inclina pour se rapprocher de moi et, taquin, m'offrit ses lèvres, la bouche à peine entrouverte, juste assez pour m'inviter à l'embrasser. Juste assez pour que ses lèvres me manquent dès qu'elles s'éloigneraient.

— Moi, j'étais très en colère contre toi, ce matin, murmurai-je.

Nash m'attira avec lui au fond du canapé et, doucement, m'installa à califourchon sur ses cuisses. Comme je me penchais sur lui, il me sourit.

— Oui, mais c'est passé.

Il m'embrassa, et son étreinte me fit tout oublier. Je ne voulus plus rien d'autre que me perdre dans ses bras et laisser derrière nous la peur, le danger et la mort, et tout ce qui n'était pas lui, ou moi, ou nous deux. Juste quelques minutes, oublier tout le reste. Grâce à Nash, c'était possible. Il y arrivait chaque fois.

Je me sentais tellement bien, avec lui. Je me sentais belle, désirée et, surtout, indispensable ; personne ne m'avait jamais fait ressentir cela auparavant. Il me donnait l'impression que j'étais tout pour lui ; que, s'il ne m'avait pas eue, ç'aurait été comme s'il n'avait *rien*.

Et je voulais qu'il m'ait. Je voulais l'avoir. Mais à cause de ce qu'avait dit Emma, je ne pouvais pas. Car si elle avait raison, que se passerait-il ? Que se passerait-il si Nash était vraiment comme tous les autres ? Si, après avoir obtenu ce qu'il voulait de moi, il lui prenait soudain l'envie de me remplacer par une autre qui lui serait devenue tout aussi indispensable ?

Il parcourut mon cou du bout de la langue et je rejetai la tête en arrière, contre le coussin du canapé. Mes yeux se fermèrent. Je sentis sa main glisser sous mon T-shirt et je me cramponnai au coussin qui se trouvait sous ma tête. Je sentais Nash sous la barrière de nos vêtements. Il était prêt. Il avait envie de moi.

Mais il avait raison : je ne lui faisais pas confiance. Je n'y arrivais pas. Je savais très bien qu'il n'était pas un ange, mais je ne parvenais pas à accepter cette vérité. Pas encore. J'avais envie de coucher avec lui, bien sûr, seulement ce n'était pas ce dont j'avais *réellement* besoin.

J'avais besoin qu'il soit différent de tous les autres.

Qu'il soit unique.

— Attends.

— Mmmh ?

Il m'embrassa avant que je puisse répéter. Sa main s'aventura plus loin, ses doigts frais serpentèrent le long de mes flancs. Sa bouche pressait la mienne, m'empêchant de parler. Je pouvais tout juste respirer.

Mais quand son autre main se posa sur la ceinture de mon jean, je tournai la tête pour me dégager et le repoussai à deux mains.

— Je t'ai dit d'arrêter.

Il fronça les sourcils.

— C'est quoi, le problème ? Je ne me sers pas de mon influence.

— Je sais. Mais… ne va pas si vite.

Il se redressa, l'air ennuyé, tandis que je tirais sur mon T-shirt pour le rajuster.

— Si on ralentit, on va finir par remonter le temps. Ça fait des mois que tu m'allumes, Kaylee. N'importe qui d'autre t'aurait laissée tomber, depuis le temps.

Je sentis mes joues s'enflammer, comme s'il m'avait giflée.

— Je ne suis pas une allumeuse, mais toi, tu commences à parler comme un abruti de première. Tire-toi si tu veux, tu n'auras aucun mal à trouver quelqu'un de plus coopératif que moi.

Nash soupira en se frottant le visage à deux mains.

— Je ne veux pas trouver quelqu'un d'autre. C'est toi que je veux.

Ouais. Sauf qu'il voulait de moi un peu plus que ce que j'étais prête à lui offrir. Et pourtant… moi aussi, je le voulais.

— Et si on regardait le film, au lieu de se disputer ?

— D'accord.

Mon cœur me faisait mal, et cette douleur éclipsait toutes celles que je tâchais d'ignorer par ailleurs. Hélas, avant que j'aie réussi à lui montrer que j'étais prête à lui pardonner sans pour autant avoir l'air de baisser les armes, il s'était levé et avait traversé la pièce pour mettre en marche le lecteur de DVD.

Je passai les mains dans mes cheveux ; j'avais besoin de trouver un nouveau sujet de conversation, quelque chose qui fasse repartir de zéro la soirée tout entière.

— Doug est venu au Cinemark cet après-midi, dis-je en attrapant ma cannette de Coca qui avait roulé au sol.

J'en tapotai le sommet pour faire descendre les bulles.

— Il passe prendre Emma ce soir, alors je lui ai fait promettre de rentrer chez elle s'il commençait à faire des trucs bizarres.

En espérant qu'elle n'aurait pas d'états d'âme à

emprunter pour cela la voiture de location de Doug, vu qu'elle n'avait pas la sienne.

Nash se tourna pour me regarder, soupçonneux.

— Tu ne lui as quand même pas dit…

— En quoi consiste réellement le givre ?

Je secouai la tête.

— Je lui ai seulement dit qu'elle allait au-devant de graves problèmes.

J'observai son visage, pensant y trouver de la désapprobation ; mais ses yeux n'exprimaient qu'un reste de frustration.

— Il fallait bien que je lui dise quelque chose.

— Je sais, répondit Nash en saisissant la télécommande posée sur la télévision afin de changer de canal. Et Doug, il avait l'air comment ?

— Agité.

Je pivotai et posai mes pieds sur ses genoux quand il se laissa tomber de l'autre côté du canapé, télécommande en main.

— Je crois qu'il récupère un autre ballon, ce soir.

Il faudrait que je pense à appeler Emma avant d'aller au lit ; je voulais être sûre qu'elle allait bien et que Doug n'avait pas perdu les pédales devant elle.

Tandis que je sirotais mon Coca, je laissai les pensées — ou plutôt les hypothèses les plus pessimistes — envahir mon esprit comme une coulée d'eau boueuse.

— Et Scott, est-ce qu'il a parlé d'Everett ? Il le connaît ?

— Non.

Nash s'empara de la part de pizza qu'il avait entamée un peu plus tôt et m'en tendit une autre.

— Il ne l'a jamais rencontré. Il croit que Doug veut garder ça pour lui.

Il mordit dans la pizza et poursuivit :

— Alors, à ton avis, ça se fourgue à combien, dans la rue, un ballon de baudruche ?

Il souriait, mais son effort pour détendre l'atmosphère fut vain : l'image d'un clown cauchemardesque vendant sous le manteau des ballons remplis de souffle de démon au beau milieu de la ville me flanquait une trouille bleue, et j'eus du mal à me débarrasser de cette vision.

Et si, dans toute cette affaire, on était arrivés trop tard ? Que se passerait-il si le dealer de Doug avait déjà fait circuler sa marchandise dans toute la région ou, pire, dans tout l'Etat du Texas ? Ou même dans tout le sud du pays ? Après tout, quelles étaient les probabilités que nous allions au lycée avec le seul être humain qui sniffe du souffle de démon ?

Non, insistait mon sens de la logique. Si, à l'heure actuelle, les gens s'étaient mis à tomber comme des mouches ou qu'il se produisait des admissions en masse dans les établissements psychiatriques, nous en aurions entendu parler. La propagation du givre ne faisait que commencer, ce qui signifiait que nous pouvions encore l'arrêter. Nous *devions* l'arrêter.

Je pris une profonde inspiration puis avalai une nouvelle gorgée de soda.

— Je crois que la vraie question, c'est : qui est Everett ? Ou *quoi* ? S'il est humain, où se procure-t-il la drogue ? Sinon, qu'est-ce qu'il fait ici, dans ce monde ?

Nash haussa les épaules.

— Rien de bon, à mon avis. Le mal, c'est un peu la spécialité des Ténébreux.

— D'accord, mais le côté foncièrement diabolique du plan m'échappe un peu : amener une bande d'ados à se défoncer et les rendre accros jusqu'à ce que mort s'ensuive… je trouve ça fumeux.

Je regardais ma pizza sans me résoudre à la manger.

— Ce que je veux dire, c'est qu'ils vont avoir du mal à pérenniser l'entreprise si tous les clients meurent.

Nash continua de mâcher sa pizza ; mon idée semblait le plonger dans des abîmes de réflexion.

— Personne n'est mort, pour le moment, finit-il par dire.

Mais nous savions tous deux que ce n'était qu'une question de temps.

Quoique… comment en être certain ?

Je n'avais pas touché à ma part de pizza, et je la

replaçai dans la boîte avant de m'emparer de la télécommande. Je m'acharnai sur le bouton pause jusqu'à ce que l'image se fige à l'écran.

— Peut-être que personne ne va mourir d'avoir consommé du givre. On ne peut pas mourir si notre heure n'est pas venue, si je ne m'abuse ? Il faut que notre nom soit sur la Liste ?

La Liste des Faucheurs contenait le nom de tous ceux dont l'âme devait être récoltée à une date donnée. Tod, quand il évoquait la liste, laissait entendre qu'elle était griffonnée de la main du Destin lui-même, et donc irrévocable.

Bien sûr, la folie n'était pas une option beaucoup plus attrayante que la mort. L'avantage, c'est que je ne serais pas obligée de pousser mon cri pour ceux qui finiraient en camisole de force.

Nash n'avait pas l'air tellement soulagé.

— Kay, ce n'est pas comme ça que ça marche. Le souffle de démon est un élément du monde des ténèbres. Il outrepasse les règles de la Liste.

J'en eus un coup au cœur. Et ma gorge était tellement serrée que j'avais du mal à respirer.

— Alors, même si on demande à Tod de se débrouiller pour mettre la main sur la Liste, il ne pourra pas nous dire qui court le plus grand risque de mourir à cause du givre ? Ni quelles proportions ça peut prendre ?

Nash secoua lentement la tête.

— Nous n'avons aucun moyen de savoir comment ça se propage, et qui va en mourir. Pas avant que…

Il n'avait pas besoin de poursuivre. Je savais.

— Pas avant que je me mette à hurler.

5

— Mais qu'est-ce que tu as, aujourd'hui ? lança Emma en plantant sa fourchette dans une tomate cerise.

Elle avait pris une salade, laquelle se composait d'une montagne de laitue iceberg coiffée de croûtons et noyée de fromage, de jambon et de sauce. Emma n'était pas une adepte de la diététique, et je l'avais toujours admirée pour cela.

— On dirait que tu t'attends à ce qu'une bombe explose d'une minute à l'autre.

Pas une bombe. Un joueur de foot. Le matin même, nous avions croisé Scott Carter dans le hall ; ses yeux brillaient d'une fièvre qui m'était familière, et cependant son haleine était doucereuse et *froide*, comme s'il avait mâché de la glace. Il était défoncé. Au givre. Dans l'enceinte du lycée.

Lui faire apporter le ballon ici n'était peut-être pas une si bonne idée que ça, finalement…

Avant que je puisse répondre, le regard d'Emma s'était égaré au-dessus de l'épaule de Nash, et une lueur s'alluma dans son regard. Ça ressemblait à du désir ou de l'excitation, en plus fort. En plus fervent. Je pivotai sur le banc ; Doug se frayait un chemin au travers d'un groupe de secondes qui faisaient la queue devant les pizzas.

Emma lui adressa un sourire béat qui me donna envie de m'ouvrir le crâne en deux contre le mur de brique blanche derrière moi.

Autour de nous, la cafétéria bourdonnait de conversations dont s'échappait de temps à autre un mot intelligible ; les voix étaient étouffées par le brouhaha permanent. A la suite d'un incident qui avait eu lieu dans le parking deux semaines après la rentrée, il avait été décidé que personne n'aurait le droit de sortir du lycée entre midi et 14 heures pendant toute la durée du premier trimestre. Ceci expliquait que près d'un tiers des élèves soient entassés dans les quatre rangs de tables rudimentaires de la cafétéria. Tout au long de l'année, Emma et moi préférions généralement déjeuner dans la cour extérieure. Mais en ce moment, même au Texas, seuls les plus courageux — ou ceux qui ne pouvaient pas se passer de leur cigarette clandestine — se risquaient à braver le froid de décembre.

— Alors, je suppose que ça s'est bien passé, hier soir ?

Je plongeai une chips de maïs dans ma sauce puis l'en retirai sans la porter à ma bouche ; j'étais trop occupée à observer mon amie, à l'affût du moindre signe attestant que son attirance envers Doug dépassait l'habituel raz-de-marée hormonal. Mais son comportement, tout en œillades et en mèches de cheveux savamment rejetées, restait celui qu'elle réservait aux garçons en âge de boire de l'alcool, ou, en tout cas, de sortir avec ses sœurs aînées.

— Mais qu'est-ce qu'elle lui trouve, à ce crétin ?

Tod venait d'apparaître. A côté de moi. Sur le banc où j'étais assise. De surprise, je brisai la chips que je tenais entre mes doigts. Pourtant, pour une fois, je réussis à ne pas bondir, évitant ainsi d'avoir l'air idiot devant Nash et Emma pour qui, de toute évidence, le Faucheur était demeuré invisible.

N'était-il pas censé être consigné à Airlington Memorial pendant encore un jour ou deux, celui-là ? Je ne pouvais pas lui poser la question sans passer pour folle devant la moitié des membres de l'équipe de foot du lycée, assis de l'autre côté de la table.

— Trooop bien.

La voix d'Emma était basse et rauque ; je jetai un bref coup d'œil à Tod, sourcil levé dans une mimique lui signifiant que cela devait répondre à sa question.

Il eut une moue dédaigneuse puis disparut. J'essuyai la sauce au fromage sur mes doigts à l'aide d'une serviette en papier. Moi, j'avais des griefs contre Doug, mais Tod ? Pourquoi se préoccupait-il des fréquentations d'Emma ? Moi qui m'étais dit que son penchant pour elle lui passerait quand, un mois auparavant,

Addison était revenue dans sa vie, pour en ressortir presque aussitôt, je m'étais trompée, apparemment. Et en réalisant ce que cela impliquait, je sentis un lourd malaise s'installer dans mon ventre. De quelle façon un Faucheur — par définition libéré des limitations liées à l'existence terrestre — allait-il s'y prendre avec un concurrent potentiel comme Doug Fuller ?

Non…

Quelqu'un revendait du souffle de démon dans le monde des humains, et Tod avait un accès illimité au monde des ténèbres.

Doug avait juré ses grands dieux que quelqu'un, dimanche soir, s'était matérialisé dans son siège passager quand il avait embouti ma voiture, et Tod avait la sale manie de surgir n'importe où, n'importe quand et devant n'importe qui…

Etait-ce possible ?

Non. Tod n'aurait jamais fait une chose pareille. Certes, il n'hésiterait pas à jouer selon ses propres règles s'il se mettait en tête de séduire Emma pour de bon. Mais il ne ferait jamais rien qui puisse compromettre son boulot. Parce qu'un Faucheur au chômage était un Faucheur mort. Même Emma, rare chose chère au cœur de Tod, ne lui ferait pas prendre ce rique.

Et pourtant… Je me promis de mentionner à Nash cette possibilité, si improbable fût-elle, la prochaine fois que nous serions seuls.

— Salut !

Doug s'était assis près d'Emma ; à califourchon sur le banc, il pressait sa cuisse gauche dans le dos de mon amie. Il se pencha au-dessus de la table pour saluer Nash en lui frappant dans la main, puis se tourna vers moi.

— Sympa, non, la voiture que je t'ai trouvée ?

— Super.

Je trempai une nouvelle chips dans ma sauce et me concentrai pour ne pas laisser Emma percevoir la haine que j'éprouvais envers Doug. Ce serait difficile de la protéger si elle décidait de ne plus m'adresser la parole.

Doug passait lentement la main le long du dos d'Emma.

— Qu'est-ce que tu fais après les cours ?

— Je bosse. Mais je serai chez moi. Toute seule.

— Tu as besoin de compagnie ?

— Peut-être…

Elle mordit dans un cube de jambon planté sur sa fourchette, et la main de Doug bougea lentement sous la table, sans doute occupée à remonter le long de sa cuisse. Soudain, quelque chose derrière moi attira son attention, et il adressa à quelqu'un un signe de la tête par-dessus mon épaule.

Je me retournai ; Scott Carter traversait la cafétéria pour nous rejoindre, un plateau dans une main. Il avait passé l'autre bras autour des frêles épaules de

Sophie. Scott s'assit à côté de Doug. Sophie attrapa une pomme rouge sur le plateau que Doug avait déposé sur la table, et mordit dedans. Dans un silence plein de colère, elle s'absorba dans la mastication du fruit tout en s'efforçant d'éviter mon regard.

A moins qu'elle n'ait tout bonnement craint d'être vue en ma compagnie.

— C'est toujours d'accord, pour cet après-midi ? demanda Scott à Nash.

Il tordit la capsule de sa bouteille de Coca puis la reposa sur le goulot pour empêcher le soda de déborder.

— Je suis garé côté ouest, près du gymnase.

Son regard me paraissait moins embrumé, et je ne percevais plus de relents de souffle de démon dans son haleine. Il était en train de redescendre de sa précédente défonce, et je ne pus m'empêcher de me demander combien de temps il lui faudrait avant d'avoir besoin d'une nouvelle dose. Et de quelle façon ce besoin se manifesterait.

Sophie allait-elle remarquer que quelque chose ne tournait pas rond ? Et ses profs ? Quant à ses parents, ils étaient encore en voyage…

— Ouais.

Nash enfourna la dernière bouchée de son hamburger et saisit son soda.

— J'y serai juste après la dernière sonnerie.

Ce qu'il avait planqué dans sa voiture, en revanche, n'y serait plus.

— Tu as toujours ce que je t'ai donné ?

Doug avait compris de quoi il était question, et son regard passait de Nash à Scott, plein d'anxiété.

— Ce que tu m'as *vendu*, corrigea Scott.

— Peu importe.

Doug finit par ôter sa main de la cuisse d'Emma pour se rapprocher de Scott. Je continuai à mâcher, faussement indifférente aux regards surpris qu'échangeaient Emma et Sophie, pour une fois en phase.

— Il faut que je te le rachète, mais je t'en trouverai d'autre pour ce week-end.

Scott vida un sachet de moutarde sur son hamburger.

— Je croyais qu'on t'en livrait aujourd'hui ?

Doug secoua la tête.

— Mon plan a foiré. Vends-moi le tien. Je te le rachète avec un bonus.

— Pas question.

Scott secoua la tête et saisit son hamburger. Sophie et Emma n'essayaient même plus de faire bonne figure, à présent, et elles se désintéressaient de leur assiette.

— Mais Nash et toi, vous pourrez en prendre une bouffée après les cours, poursuivit-il avec un mouvement de tête en direction de Nash. A condition que tu me donnes le nom et le numéro du type qui te fournit.

Doug se crispa et il plissa les yeux.

— Je t'ai déjà donné son nom, et je n'ai *pas* de numéro de téléphone. Mais je le vois ce week-end à coup sûr. Je pourrai t'en fourguer un autre à ce moment-là si tu paies d'avance.

A côté de moi, je sentis Nash se figer, et je sus qu'il pensait à la même chose que moi. Ce week-end. C'était notre meilleure chance.

— Même prix que la dernière fois ? demanda Scott.

Emma me lança un regard interrogateur et mon estomac se noua.

— Ouais, dit Doug.

Sophie, ses ongles vernis de rose brillant plantés dans la peau de sa pomme, leva les yeux au ciel.

— Je m'ennuie, gémit-elle. Vous êtes vraiment des somnifères.

— Tu as un sujet de conversation plus intéressant ? aboya Scott en trempant une frite molle dans son ketchup. En dehors de ta kermesse d'hiver ?

La moue boudeuse, Sophie grogna.

— La kermesse a lieu dimanche, et vous autres, vous m'avez *promis* que vous me donneriez un coup de main cet après-midi pour les stands !

La saison s'étant achevée sur une défaite en finale du championnat fédéral, tous les footballeurs avaient en effet leur après-midi libre.

— J'ai pas très envie, Sophie.

Scott fronça les sourcils, puis sa grimace se mua en sourire lubrique.

— Mais tu peux sûrement réussir à me convaincre…

Il repoussa son plateau sur la table et se redressa, fixant ma cousine d'un air provocateur.

Instantanément, Sophie passa de mégère à succube, et enfourcha Scott de façon tellement éhontée que je regardai autour de moi, certaine de voir débouler un prof prêt à les décoller l'un de l'autre.

Mais aucun professeur ne se montra. Les deux qui étaient de faction étaient trop occupés à essayer de confisquer son téléphone portable à un élève de terminale qui exhibait des photos de sa copine nue.

Sophie se montrait aussi douée qu'une otarie de cirque, et j'en étais mortifiée pour elle — il ne lui serait même pas venu à l'idée, à elle, d'avoir honte de son propre comportement — mais je ne parvenais pas à détourner les yeux du spectacle qu'elle offrait. Jusqu'à ce que la main de Scott passe insensiblement sous la ceinture de son jean taille basse.

— Sophie, ça suffit ! Tiens-toi comme il faut, ou tu vas finir par être collée.

Le regard qu'elle me jeta aurait suffi à refroidir définitivement Satan en personne, mais elle obtempéra et, d'une ondulation de tout le corps, elle se leva des genoux de son copain tout en se passant la langue sur les lèvres, comme pour y retrouver le goût de sa bouche. Pendant ce temps, Doug, Scott et le reste de l'équipe la dévoraient des yeux avec la même expression que s'ils avaient assisté à un numéro de *pole dance*. Je fusillai Nash d'un regard où il était censé lire *Qu'est-ce que tu fiches avec cette bande d'abrutis ?* Mais la fureur que j'y avais mise se perdit. Car lui aussi avait les yeux rivés sur Sophie. Seule Emma me prêtait attention, avec une moue qui signifiait clairement : *Je t'avais bien dit qu'il n'était pas un ange.*

Contrariée, je donnai un coup de coude à Nash tandis que Sophie retouchait son rouge à lèvres à l'aide d'un miroir de poche.

— Bon…

Elle referma le miroir d'un claquement sec et le jeta dans son sac à main.

— Il y a des volontaires ?

— Je viens, dit Scott.

Je compris alors que la petite démonstration que Sophie venait de nous faire n'était qu'un avant-goût de ses talents. Etait-ce ainsi qu'elle obtenait tout ce qu'elle voulait ?

— Vous avez un peu de temps devant vous cet après-midi, les gars ?

Du regard, Scott avait fait le tour de la table.

Nash hocha la tête, mais Emma se pencha au-dessus de Doug et répondit pour nous deux :

— Kaylee et moi, on bosse.

— Dans ce cas…

Sophie haussa les épaules, et la vipère en elle se réveilla.

— Vous allez nous manquer, les chéries…

Comme à l'habitude, ce que ses yeux exprimaient était à mille lieues des mots prononcés par sa bouche.

Quand la sonnerie retentit, alors que tous les élèves se levaient pour aller poser leur plateau, Nash entrelaça ses doigts aux miens, et nous nous dirigeâmes vers la cour, remontant le flot des fumeurs qui rentraient à l'intérieur du bâtiment. Huit minutes plus tard, quand la sonnerie se fit de nouveau entendre, nous fîmes discrètement le tour du lycée — du côté du gymnase qui n'avait pas de fenêtres — et pénétrâmes dans le parking, fonçant entre les voitures, jusqu'à ce que nous ayons repéré celle de Scott. Heureusement, celui-ci s'était garé assez loin de la sortie du bâtiment pour que nous soyons hors de vue.

Scott avait relevé la capote de son cabriolet bleu métallisé, et l'examen de l'intérieur du véhicule à travers le pare-brise arrière me révéla un habitacle propre et en ordre ; il l'était même tellement, à vrai dire, que je me demandai si Scott n'exigeait pas de Sophie qu'elle se déchausse avant de monter dans sa voiture. Sur le plancher, devant la banquette arrière, j'aperçus un grand sac de sport vert.

— C'est soit là-dedans, soit dans le coffre, dis-je à voix basse, bien qu'il n'y ait personne dans les parages.

Nash fouilla dans sa poche gauche et en extirpa la clé de la voiture de Scott.

— Dans ce cas, passons à l'action.

Il introduisit la clé dans la serrure — afin, je suppose, d'éviter qu'on entende le claquement révélateur de l'ouverture automatique — et jeta un coup d'œil en direction du bâtiment pour vérifier que personne ne nous observait.

Une fois ouverte la portière côté conducteur, il se pencha à l'intérieur pour déverrouiller la portière arrière. Puis il l'ouvrit et désigna la banquette.

— A toi l'honneur.

Levant les yeux au ciel, je me coulai néanmoins sur le siège arrière et attrapai le sac pour le poser sur mes genoux. Le cœur battant la chamade, j'ouvris la fermeture à glissière, soudain certaine que Scott avait rangé le ballon dans le coffre. Mais non, il était bien là : une baudruche noire épaisse qui côtoyait un ballon de foot et un short de sport vert d'une propreté douteuse. Je saisis la baudruche à deux mains et la fraîcheur qui m'envahit aussitôt les doigts me coupa la respiration. Le ballon était tellement froid qu'il semblait sortir du congélateur. Sa surface aurait dû être recouverte de plaques de glace qui s'en seraient détachées pour fondre au contact de ma peau.

Et pourtant, en dehors de sa température et du lourd fermoir de plastique noir qui le maintenait hermétiquement clos, le ballon ressemblait à n'importe quelle baudruche de latex utilisée dans les fêtes. Il était seulement gonflé à moitié, et je me demandai jusqu'où il était rempli auparavant, et quelle quantité de givre Scott avait déjà inhalée. J'en pressai doucement la surface ; la trace de mes doigts s'y imprima, et le caoutchouc parut refroidir davantage.

— C'est froid, chuchotai-je sans quitter le ballon des yeux, c'est *glacial*…

Nash hocha la tête.

— Ce n'est pas pour rien qu'ils appellent ça du givre. Tu te souviens de ce qu'Avari a fait dans ce bureau quand tu l'as contrarié ?

Comment aurais-je pu l'oublier ? Au moment où la colère s'était emparée du démon, un voile de glace s'était formé depuis la table où il se trouvait jusque sur le sol, gagnant peu à peu du terrain dans notre direction et s'étendant plus rapidement chaque fois que sa colère atteignait un nouveau sommet.

— Très bien, referme le sac et allons…

— Hudson ? tonna une voix depuis le parking.

Mon sang, soudain aussi froid que le ballon, se figea dans mes veines.

C'était M. Rundell, l'entraîneur de l'équipe de foot.

A quelques centimètres de ma tête, je vis la main de Nash s'agiter, m'enjoignant de me baisser. Aussitôt, je me jetai en travers de la banquette arrière, le ballon collé contre mon ventre. Dans le mouvement, je distinguai l'entraîneur entre les appuis-tête de cuir. L'ancien athlète, un homme entre deux âges, sortit du gymnase par la double porte et s'avança vers nous d'un pas lourd, sa silhouette trapue engoncée dans un survêtement de sport vert et blanc dont la veste était distendue au niveau du ventre.

— L'accès au parking est interdit pendant les heures de cours, Hudson ! aboya l'entraîneur. Vous le savez bien !

Cette règle absurde était censée empêcher les élèves de faire du trafic de cigarettes ou d'aller s'embrasser à l'arrière des voitures, mais était aussi destinée à éviter d'éventuelles effractions de véhicules. Ce à quoi nous étions occupés à ce moment précis.

L'affolement m'envahit et, tandis que le froid du ballon traversait mon T-shirt pour gagner mon estomac, je tendis la nuque et aperçus Nash qui fouillait frénétiquement dans la poche de son jean.

— Désolé, monsieur. J'ai laissé mon livre ici en arrivant, et j'en ai besoin pour aller en cours.

— Ce n'est pas la voiture de Carter ?

Nash haussa les épaules.

— C'est lui qui m'a amené, ce matin.

En réalité, Nash était venu avec moi, dans la voiture que Doug avait louée pour moi. Mais Rundell n'allait pas soumettre l'un de ses meilleurs joueurs à un interrogatoire. Même s'il pensait qu'il mentait.

— Dans ce cas, prenez ce que vous êtes venu

chercher et retournez en classe. Vous avez besoin d'un mot d'excuse ?

— Oui, s'il vous plaît, dit Nash.

Je soupirai intérieurement pendant qu'il se penchait à l'intérieur du véhicule, derrière les appuis-tête, là où son entraîneur ne pourrait le voir clairement.

Ben voyons. Un membre de l'équipe de foot dérobe les clés de la voiture d'un copain, pénètre dans celle-ci par effraction, et, pour la peine, on lui fait un mot d'excuse. A sa place, j'aurais sans doute été renvoyée du lycée.

Nash pressa la clé de la voiture de Scott contre la paume de ma main.

— Attends qu'on soit rentrés, et enferme le ballon dans ton coffre. Tu as compris ?

Je secouai la tête tout en empochant la clé à contrecœur.

— Je vais carrément le crever. Comme ça, personne ne pourra mettre la main dessus.

La panique envahit les yeux de Nash, faisant tournoyer ses iris.

— Tu ne peux pas le faire *éclater*, Kaylee : tu risques d'en respirer accidentellement !

A cette idée, je sentis mon pouls s'accélérer, et une soudaine crainte me glaça aussi sûrement que le ballon dont je m'étais mise à presser sans m'en rendre compte la surface froide contre mon ventre.

— Est-ce que c'est... aussi dangereux pour les *banshee* que pour les humains ? murmurai-je.

Nash soupira.

— Non, mais...

Il s'interrompit et secoua vivement la tête, comme pour s'éclaircir les idées.

— Je ne sais pas. Ce n'est pas pour rien que cette substance est surveillée de si près. Il y a des précautions à prendre pour s'en débarrasser. Je vais donner le ballon à Tod pour qu'il l'emmène au centre de traitement dans le monde des ténèbres. D'accord ?

J'approuvai, réticente.

— Très bien.

Nash déposa un baiser rapide sur ma joue puis se pencha au-dessus de moi afin d'attraper le livre de physique-chimie que j'avais apporté pour la pause déjeuner.

— Je te le rends après les cours.

Avec un peu de chance, l'entraîneur ignorait que Nash n'avait pas pris l'option physique cette année...

Il ressortit de la voiture, brandissant le livre à l'intention de l'entraîneur, puis claqua la portière, me laissant seule dans la voiture de Scott avec ses clés et sa dose de drogue, aussi rare que coûteuse.

« Du calme, Kay, tout ira bien. »

Je lançai un regard furtif entre les appuis-tête, attendant que Nash et l'entraîneur disparaissent au détour du gymnase, puis je m'assis, le ballon glacé sur mes genoux. Je le poussai et il tomba sur le sol de l'habitacle. Refermant le sac de Scott, je le reposai à l'endroit exact où je l'avais trouvé, puis jetai un dernier coup d'œil alentour avant d'ouvrir la portière sans bruit. Quand je fus certaine d'être seule, je ramassai le ballon, me faufilai hors de la voiture, refermai doucement la portière puis appuyai sur le bouton de verrouillage automatique de la clé. Je traversai alors le parking aussi vite que je le pus, tenant le ballon par le fermoir afin d'éviter que le latex froid n'entre en contact avec ma peau.

Courant sur l'asphalte, je glissai la clé de Scott dans ma poche arrière puis fouillai dans celle de devant à la recherche de ma propre clé. Ainsi, je serais prête à ouvrir ma voiture dès que j'arriverais devant elle. J'interrompis brutalement ma course quand j'arrivai derrière le véhicule de prêt ; je glissai la clé dans la serrure et tournai. A mon grand soulagement, le coffre s'entrebâilla à la première tentative. C'était la première fois que j'essayais de l'ouvrir et, à en croire la fameuse loi de Murphy — qu'on aurait facilement pu rebaptiser *loi de Kaylee* —, il aurait dû rester bloqué au moment fatidique.

Je balançai le ballon à l'intérieur du compartiment tapissé de moquette, heureuse de le voir disparaître dans l'ombre, lesté par son fermoir. Je claquai ensuite le coffre et m'éloignai vers le bâtiment en me concentrant, pas après pas, pour calmer ma respiration et les battements de mon cœur.

Débarquer en cours les joues en feu et le souffle court était bien la dernière chose à faire.

Quoique, en y pensant, cela pouvait me donner un alibi convaincant : si j'arrivais dans cet état, tout le monde serait persuadé que Nash et moi étions tellement *occupés* que nous avions loupé la sonnerie.

Cette pensée m'égaya, et j'entrai dans la classe d'anglais avec un large sourire ; toutes les têtes se tournèrent vers moi. C'est à ce moment que je réalisai que j'avais oublié de m'arrêter à mon casier pour y prendre mon livre.

— Mademoiselle Cavanaugh, lança M. Tuttle.

Il était assis sur un coin de son bureau, et son pied chaussé d'un mocassin pendait à quelques centimètres du sol. Il ne portait pas de chaussettes.

— Comme c'est gentil de votre part de vous joindre à nous ! Je suppose que vous n'avez pas de mot d'excuse ? Ni votre livre, d'ailleurs ?

Je secouai la tête sans répondre et sentis mon visage s'enflammer. Moi qui voulais éviter les rumeurs…

— Eh bien, maintenant, ce que vous avez, en revanche, c'est une heure de colle.

Bien vu ! Les colles sont le meilleur moyen de récompenser quelqu'un qui essaie de sauver son lycée d'une substance toxique venue du monde des ténèbres, non ?

6

— Il t'a mis une colle alors que c'était ton premier retard ? lança Nash d'un air sceptique.

Il claqua la porte de son casier et jeta son sac à dos sur son épaule. Tout autour de nous, on entendait le grincement de l'ouverture — ou le claquement de la fermeture — des autres casiers. Formant un brouhaha constant, le bourdonnement ininterrompu des voix résonnait dans le hall d'entrée. La dernière sonnerie avait retenti trois minutes plus tôt, et l'ensemble des élèves du lycée s'était divisé en deux parties : la plupart des prolétaires affluaient en direction de la porte principale devant laquelle attendait une longue file de bus jaunes, et le gros des aristos se dirigeait vers le parking.

— C'était le troisième, admis-je en me tournant vers Nash qui venait de passer son bras libre autour de ma taille. Je suis arrivée deux fois en retard le mois dernier parce que *quelqu'un* trouvait amusant de m'offrir une visite guidée des vestiaires du gymnase pendant la pause déjeuner de M. Rundell.

L'expression que je lus sur le visage de Nash relevait de l'autosatisfaction plutôt que de la contrition.

— Ouais, désolé pour ça.

— Je parie que personne ne t'a fait remarquer ton retard, à *toi.*

Il haussa les épaules.

— Tout le monde s'en fiche quand on arrive en retard à l'étude.

Je levai les yeux au ciel.

— C'est sûr, du moins tant qu'on porte un blouson vert et blanc.

— Je te le prête, si tu veux.

Un large sourire aux lèvres, il entreprit, avec force contorsions, d'ôter le bras de sa manche. A présent que nous avions délesté Scott de son fardeau infernal, Nash avait l'air beaucoup plus détendu.

— Non, merci. J'ai ma fierté.

— Par rapport à quoi ?

Il avait froncé les sourcils, mais un éclair de malice continuait à briller dans ses yeux.

— Par rapport au fait que je refuse d'être l'exception aux règles que nous autres, représentants de la plèbe, sommes obligés de respecter.

— Quelles règles ?

Doug Fuller déboucha devant nous, un bras passé autour de la taille d'Emma. Sa main se promenait sur la bande de peau nue visible entre l'ourlet de son T-shirt et la ceinture de son jean taille basse.

Je le fusillai du regard.

— Ça confirme ce que je voulais dire.

— Nash, ta copine est beaucoup trop sérieuse.

Doug lâcha son sac et passa une main dans son épaisse tignasse brune et bouclée tout en attirant Emma plus près de lui.

— Ce n'est pas sa faute, la pauvre ! lança derrière moi une voix froide aux accents familiers.

Me retournant, je découvris Sophie et Laura Bell, adossées à une rangée de casiers. La méchanceté allumait dans leurs yeux les mêmes étincelles que le soleil sur la pointe d'un couteau.

— Elle a laissé son humour au vestiaire des urgences psychiatriques la dernière fois qu'elle y est passée.

L'humiliation et la colère me submergèrent simultanément et, pendant un bref instant, j'envisageai la possibilité de la laisser sniffer une dose du ballon de son petit copain. Pourquoi me donnais-je tant de mal pour sauver une fille qui aurait préféré me voir morte plutôt que de me rendre service ?

— Ne te retourne pas tout de suite, Sophie, mais tu as ton manque de confiance en toi qui dépasse. Un peu comme une repousse de racines sur une blonde décolorée…

Emma avait accompagné sa phrase d'un sourire charmant avant de fixer son regard sur la chevelure platine de Sophie. Puis elle effectua un demi-tour sur ses talons compensés et remonta le hall d'entrée en direction du parking. Secoué de rire, Doug la rejoignit au petit trot.

Nash et moi leur emboîtâmes le pas. Derrière nous, Sophie était restée sans voix.

— Tu sais qu'elle adore que tu la laisses te mettre en colère sans réagir ?

— Non, c'est vrai ? Merci du renseignement, papa ! répondis-je sèchement. Et si je réagis, elle arrêtera de me persécuter, c'est ça ?

— Non.

La main de Nash s'était resserrée autour de la mienne et, en levant les yeux, je vis que son regard était fixé sur moi.

— Je pense qu'elle sera infecte quoi que tu fasses. Mais tu n'as aucune raison de lui rendre les choses faciles. Donne-lui un peu de fil à retordre.

C'était plus facile à dire qu'à faire.

— Ça me *tue* de penser qu'elle ne se doute pas un seul instant qu'on lui a sauvé la vie. Ou même qu'elle serait exactement comme moi si elle n'avait pas tiré le gros lot côté gènes.

Le père de Sophie — le frère cadet de mon père — était un *banshee* ; comme il avait épousé une humaine, Sophie avait autant de chances d'être l'un que l'autre. Le destin, le hasard, ou la bonne étoile qui, quelle qu'elle soit, veillait injustement sur sa vie de privilégiée, avait doté Sophie d'une séquence génétique humaine standard, en même temps que d'impressionnantes prédispositions à la mesquinerie, laquelle semblait gagner en nocivité à chaque instant qui passait.

— Tu ne peux rien y faire, Kaylee.

Nash poussa la porte qui donnait sur le parking ; une bourrasque d'air froid s'engouffra dans mes cheveux quand je sortis.

— De toute façon, dans la mesure où sa mère est morte et où son copain dépense des fortunes pour se défoncer en sniffant la mauvaise haleine d'une créature démoniaque, je dirais qu'elle est mieux partie que toi pour finir en hôpital psychiatrique. Toi, au moins, tu sais qui tu es, souligna-t-il avec une logique exaspérante. Sophie se rend compte qu'on lui cache certaines choses. Des choses qui ont à voir avec sa famille, et avec la façon dont sa mère est morte. Et elle ne saura sans doute jamais la vérité.

Oncle Brendon, le père de Sophie, préférait en effet lui cacher certaines choses — en particulier le fait que sa mère, en échange de la jeunesse éternelle, avait volé cinq vies et âmes innocentes, y compris, et par accident, celle de sa propre fille.

Nash haussa les épaules.

— En ce qui me concerne, le fait d'avoir pitié d'elle m'aide un peu à supporter sa stupidité.

Un sentiment de satisfaction réconfortant m'envahit tandis que je prenais conscience que, en effet, envisager ma peste de cousine comme un objet de pitié m'était également d'une grande aide, ne serait-ce que parce que cette idée à elle seule aurait suffi à l'horrifier.

— Et sinon, Kaylee, je suis désolé pour hier soir. Vraiment désolé, tu sais.

— Je sais.

Il était plus calme et plus gai, à présent. Moins excessif que la veille au soir. De toute évidence, il avait pris son compte de sommeil et levé le pied sur la caféine.

— Merci.

Je me mis sur la pointe des pieds et nous échangeâmes un baiser parfumé à la menthe — un baiser plus appuyé que ce que nous nous permettions généralement dans l'enceinte du lycée. Ce ne fut qu'en entendant des cris provenant de l'autre bout du parking que nous nous interrompîmes.

Scott venait de constater la disparition de son givre.

— Allons-y…

Nash se précipita, et je me lançai à sa suite en ajustant les bretelles de mon sac à dos. Mes bottes claquèrent sur le bitume tandis que nous dépassions ma voiture de prêt, celle de Doug, et des dizaines d'autres voitures encore garées sur le parking. Nous devions être présents afin d'avoir l'air surpris par la découverte de Scott.

Doug et Emma, serrés l'un contre l'autre, se tenaient

sur la place inoccupée à gauche de la voiture de Scott, les mains enfoncées dans les poches de leur veste pour se protéger du froid. Doug semblait presque aussi en colère que Scott. A côté de lui se trouvait Brant Williams, à qui on avait sans doute aussi promis une dose de givre. D'autres étudiants, un peu partout sur le parking, regardaient dans notre direction, simplement curieux.

Soudain, je me sentis réellement heureuse que nous ayons subtilisé ce ballon malgré tous les risques que cela comportait. Il y avait trop de monde. Comment aurions-nous pu protéger le lycée tout entier ?

— Tu es sûr de l'avoir apporté ?

Doug remonta son sac sur son épaule et sa main tressauta sur la bretelle.

— Bon sang, évidemment que j'en suis sûr !

Scott donna un coup de poing dans le siège avant qu'il avait replié pour libérer de la place à l'arrière.

— J'en ai pris une dose ce matin avant de sortir de la voiture, et après j'ai mis le ballon dans mon sac de sport. Et maintenant, il a disparu.

— Que s'est-il passé ? demanda Nash.

Je m'étais avancée, passant devant la petite foule de curieux, afin de rejoindre Emma. Elle coinça une longue mèche de cheveux blonds derrière son oreille ornée d'un piercing puis, d'un haussement d'épaules, me fit comprendre qu'elle n'avait aucune idée de ce qui se tramait.

— Quelqu'un est entré dans ma voiture et m'a piqué ma *came* ! aboya Scott.

Je ne fus pas la seule à être surprise par la fureur à peine contenue que recelait sa voix. Il ne s'agissait pas seulement de colère, de frustration ou d'incrédulité. Les vociférations de Scott dégoulinaient de *rage*, elles laissaient transparaître un besoin sombre et désespéré dont personne ne semblait comprendre la teneur. Pas même Doug. Mais en voyant sa main convulser, je compris.

Scott commençait à être en manque. Pour de vrai. Il n'avait pas seulement envie d'une dose de givre — il était accro, physiquement, psychologiquement, et peut-être même spirituellement. Il en était arrivé au stade où il ne pouvait plus vivre sans givre.

Sauf que ce n'était pas possible. Il n'avait eu qu'un ballon, et celui-ci était encore à moitié plein. La dépendance pouvait-elle s'installer aussi vite ?

Cette pensée fit naître une nouvelle crainte qui me tordit l'estomac. Avions-nous aggravé la situation en dérobant le ballon ? Selon Harmony, l'état de manque pouvait s'avérer aussi mortel que le souffle de démon lui-même…

Mais alors, qu'étions-nous censés faire ? Lui rendre le ballon, avec notre bénédiction ? Le laisser se griller le cerveau et s'enfoncer dans la folie, de préférence en entraînant Sophie dans l'aventure ?

— Calme-toi, mec, intervint Doug.

A mon grand soulagement, je constatai que sa voix, un peu forcée et nasillarde dans le vent glacé, était posée. Il prenait du givre depuis plus longtemps que Scott et en plus grande quantité et, malgré cela, sa dépendance semblait bien moindre.

— Sauf si tu tiens à expliquer à l'entraîneur pourquoi tu es en train de hurler.

Pour toute réponse, Scott grimaça et replongea à l'arrière de la voiture pour fouiller dans le sac de marin vert et blanc. Il avait cependant suffisamment réduit le volume sonore de sa colère et de sa frustration pour éviter d'être repéré par les professeurs qui surveillaient le parking depuis l'entrée ouest du lycée.

Nash déposa son sac à mes pieds. Il s'agenouilla pour examiner la portière du véhicule de Scott. Ses mains rougies par le froid ne tremblaient pas tandis qu'il détaillait le joint à la base de la vitre, et j'en fus impressionnée.

— Ça n'a pas l'air d'avoir été forcé, mais en même temps il suffit d'un cintre ou d'une tige métallique…

Il se releva et s'essuya les mains sur son jean avant d'ouvrir la portière en grand ; il manipula le loquet automatique pour montrer qu'il fonctionnait.

— Apparemment, il n'y a pas de dégâts…

Mais Scott ne l'écoutait pas. Avec des gestes saccadés amplifiés par la colère, il continuait de retourner le contenu de son sac, comme si un ballon de baudruche noir à moitié plein pouvait encore se cacher au milieu des vêtements de sport sales.

Je balayai le parking du regard, à la recherche de Sophie ; je la vis qui observait la scène en compagnie de deux amies de son club de danse. Emmitouflées dans leur manteau, elles étaient occupées à décharger des seaux de peinture et des pinceaux neufs du coffre de la voiture de Laura. Sans doute pour peindre les stands de la kermesse d'hiver.

— Mais qu'est-ce qui lui arrive ? chuchota Emma, fascinée par le comportement de Scott. Il flippe à mort !

Haussant les épaules, j'enfonçai mes mains gelées dans mes poches.

— J'ai l'impression que le givre ne court pas les rues… Il est en manque, Emma.

Mon amie soupira, exhalant un nuage blanc qui resta en suspens dans l'air froid.

— C'est quoi, d'abord ? Un truc qui s'inhale ?

— Peut-être, je ne suis pas très sûre…

Mentir à Emma me mettait mal à l'aise, même si c'était pour son bien ; je compensai donc en rajoutant quelques éléments de vérité.

— En tout cas, c'est dangereux. Regarde dans quel état est Scott.

La colère de Scott, contenue jusqu'à présent, semblait sur le point d'éclater. Heureusement, la petite foule des curieux s'était dispersée — en dehors des personnes les plus proches de la scène — et il ne restait guère de témoins. Nash et Doug s'escrimaient à calmer leur ami. Moins d'une minute plus tard, ils durent s'avouer vaincus.

— Casse-toi ! cria Scott en balançant le sac dans sa voiture.

Il rebondit contre la vitre passager avant de retomber sur le plancher.

— Il ne peut pas être là.

Il se glissa derrière le volant et introduisit sa clé dans le contact. Puis, claquant la portière, il fit vrombir le moteur avant de démarrer en trombe pour traverser le parking. La lumière vive du soleil d'hiver alluma des reflets sur son pare-chocs arrière tandis qu'il s'élançait à toute allure entre deux voitures, faisant battre en retraite les élèves qui se trouvaient sur sa trajectoire.

De l'autre côté du parking, les professeurs qui étaient de surveillance se croisèrent les bras sur la poitrine en signe de désapprobation ; mais ils ne pouvaient pas faire grand-chose, à part se réjouir que personne n'ait été renversé. Et, sans doute, recommander au principal de retirer à Scott sa carte de parking.

A présent que Scott avait disparu et que Nash et Doug, plantés sur la place qu'il venait de libérer, s'entretenaient à voix basse, mon regard vint se poser sur Sophie. Elle se tenait seule devant la voiture de son amie, les mains crispées sur ses seaux de peinture. Elle avait la bouche grande ouverte et le nez rougi par le froid ; je vis passer sur son visage une expression fugace de douleur et de déception. C'était très rare chez elle. Mais elle se reprit vite et afficha son habituelle moue dédaigneuse avant de quitter le parking d'un pas décidé dans ses mocassins branchés — comme s'il lui était complètement égal que son petit ami vienne de faillir à sa promesse en la plantant là.

Et devant tout le monde.

— Tu es sûr que Scott est en état de conduire ? demandai-je à Nash.

Il avait posé ses mains de part et d'autre de mes hanches, à plat sur le capot de ma voiture. J'étais sa prisonnière, mais une prisonnière volontaire, *délicieusement* volontaire. Aussi, quand il se pencha pour m'embrasser, je me haussai sur la pointe des pieds pour accueillir ses lèvres.

— Oui, ça ira.

La bouche de Nash se posa brièvement sur la mienne, et il continua de me parler à l'oreille, ses lèvres frôlant ma joue, ce qui donnait à ses paroles un caractère intime très excitant en dépit du sujet évoqué.

— Il est en colère, pas défoncé.

Un autre baiser, plus profond et plus long.

— J'irai voir comment il va dès qu'on en aura fini ici.

Doug et lui avaient décidé de rester pour donner un coup de main au comité de la kermesse afin d'honorer la promesse de leur ami qui avait manqué à la sienne… Le temps, décidément, était au manquement… ou, pour certains, au manque tout court.

— Tu m'appelles quand tu sors du travail ?

Je passai ma main sur sa manche. Le contact du cuir était glacial.

— Oui. Mon père travaille tard, et j'aurai peut-être besoin que tu me donnes un coup de main en anatomie.

Les sourcils de Nash se soulevèrent.

— L'anatomie n'est pas au programme de première !

Je souris :

— Je sais !

Le baiser qui suivit dura encore plus longtemps que le précédent. Un raclement de gorge nous interrompit grossièrement : sans prendre la peine de lui adresser la parole, Sophie signifiait à Nash qu'il était temps de l'aider à transporter les seaux de peinture blanche. Mais il ne se détourna pas de moi et se contenta de lui lancer :

— Pose-les ici, je te les apporte dans une minute.

Sophie s'éloigna d'un pas impatient, visiblement irritée, mais silencieuse pour une fois.

— Au fait, laisse-moi récupérer le ballon avant que tu partes.

Nash vérifia d'un regard que personne ne se trouvait à portée de voix tandis qu'il ouvrait la fermeture de son sac à dos presque vide.

— Pourquoi tu ne le prendrais pas ce soir, quand tu passeras ? dis-je tout en ouvrant la portière avant.

Nash fronça les sourcils.

— Est-ce que ton père a eu le temps de jeter un œil à la voiture ?

— Non. Il s'est endormi juste après le dîner, hier soir.

— Et s'il rentre plus tôt que prévu ce soir et décide de l'inspecter ? Tu veux qu'il trouve ça dedans ?

— Mais enfin, Nash, il ne va pas fouiller dans le coffre !

Son regard se durcit.

— Donne-moi quand même ce ballon, Kaylee, rétorqua-t-il sèchement.

Je reculai d'un pas, surprise.

— Non, mais c'est quoi, ton problème ? Tu as vu comment tu me parles ?

De toute évidence, il se passait quelque chose qui allait bien au-delà de petites tensions entre amis.

Nash soupira et ferma les yeux.

— Pardon. C'est juste que je ne tiens pas à ce que

tu te balades avec ce truc dans ta voiture. S'il te plaît, laisse-moi m'en charger, ça m'évitera de me faire du souci pour toi.

— Parfait.

C'était très loin d'être *parfait*, mais je ne voulais pas qu'on se dispute. Pas une fois de plus.

— Donne-moi ton sac.

Je fis le tour de la voiture et ouvris le coffre, prête à bondir, comme si le ballon lesté risquait d'en surgir et de s'envoler. Evidemment, cela n'arriva pas. Au lieu de me tendre son sac comme je le lui avais demandé, Nash l'introduisit dans le coffre et se pencha pour y fourrer le ballon. Puis il referma le sac avant qu'on ait pu voir ce qu'il trafiquait.

— Ne te fais pas prendre avec ça, l'avertis-je.

Aucun professeur ne comprendrait de quoi il s'agissait, mais les témoins de la scène de tout à l'heure, eux, auraient leur petite idée sur la question.

— Et n'oublie pas de remettre la clé de Scott à sa place.

Il sourit, sa bonne humeur revenue.

— Je suis un grand garçon.

— Je sais.

Et cependant, en me rendant au travail avec Emma, je ne pus détacher mes pensées de l'image de Nash déambulant dans le lycée avec un ballon de souffle de démon dans son sac à dos, à portée de main de n'importe qui.

Je finis plus tard que prévu au Cinemark, et je ne l'appelai qu'une fois rentrée, alors que je me préparais pour aller au lit — je me savais incapable de m'endormir tant que je ne serais pas certaine qu'il avait déposé le ballon dans un endroit sûr. Il m'affirma qu'il l'avait confié à Tod, puis nous discutâmes pendant une demi-heure, jusqu'à ce que mon père frappe à ma porte et m'intime de raccrocher et de dormir.

Avec une moue exaspérée, je souhaitai bonne nuit à Nash et éteignis ma lampe de chevet. Mais, même une fois pelotonnée dans mon lit, une jambe enroulée autour de mon deuxième oreiller, je ne parvins pas à interrompre le film qui se rejouait derrière mes paupières.

La voiture de Doug qui emboutissait la mienne.

La crise de Scott dans le parking.

Nash qui tenait dans ses bras le ballon volé.

Nous pataugions jusqu'au cou dans le souffle de démon. Alors que j'étais allongée dans l'obscurité de ma chambre, quelque chose me disait que confisquer la dose de Scott allait se révéler aussi efficace que boucher une brèche dans un barrage avec du chewing-gum…

7

— Nooooon !

L'écho de mon propre hurlement ricocha dans ma tête comme un coup de feu dans une chambre close, me propulsant dans un état de semi-conscience en dépit de l'épais brouillard gris qui s'enroulait paresseusement autour de mes chevilles. Un brouillard qui tenait plutôt de la fumée — il était plus lourd que l'air et on ne voyait rien à travers — sauf qu'il n'en émanait ni chaleur ni relents de débris calcinés.

Hésitant à me déplacer alors que je n'y voyais pas à deux mètres à la ronde, je tournai sur place dans un sens puis dans l'autre, fouillant le brouillard d'un regard désespéré, à la recherche d'un repère connu. Ou même d'un repère *inconnu*. N'importe quoi susceptible de m'indiquer où je me trouvais. Mais je ne vis rien, seulement du gris et, au-delà, encore du gris, comme si j'étais devenue aveugle et que, derrière mes paupières, au lieu de cette obscurité pleine d'étincelles et d'électricité qui s'installe quand on ferme les yeux, il n'y avait plus qu'une étendue de gris, vaste et uniforme.

Un paysage de cauchemar.

« Allons, Kaylee, réfléchis ! m'intimai-je en silence. Pourquoi étais-tu en train de hurler ? »

Pendant un long et terrifiant moment, aucune réponse ne me vint. Je ne *savais* pas pourquoi j'avais hurlé. Puis je pris une profonde inspiration ; je la retins dans mes poumons en me concentrant sur le goût épais et comme huileux que l'air gris et amer laissait dans ma bouche. J'avais envie de le recracher, mais je ne pouvais faire autrement que de l'inhaler, dans la mesure où je n'avais rien d'autre à respirer — pas d'air frais en tout cas.

C'est alors que la réponse me vint, s'infiltrant lentement dans ma tête comme un serpent dans l'ombre d'un buisson. Espérant qu'on ne le remarquerait pas.

J'avais eu une prémonition. J'avais crié parce que quelqu'un allait mourir.

Tu parles ! J'étais dans le monde des ténèbres. C'était obligé, parce que je ne connaissais aucun endroit, dans mon monde, où le brouillard se mettait à ramper de cette façon le long de mon jean pour s'enrouler autour de mes mains et caresser mes doigts comme des tampons de coton humide.

Stop. Là encore, quelque chose ne collait pas. Je n'avais jamais réellement *vu* de brouillard dans le monde des ténèbres. J'avais simplement constaté sa présence comme un rideau à travers lequel, depuis ma propre réalité, je regardais l'autre monde en cachette. Etais-je seulement en train de regarder ? Et si c'était le cas, pourquoi étais-je maintenant capable de sentir le brouillard sur ma peau alors qu'il n'était jusqu'alors qu'un simple élément visuel ?

Quelque chose n'allait pas. Je ne me trouvais pas dans le véritable monde des ténèbres. J'étais dans une version stylisée, comme si…

Comme si je rêvais.

Voilà ! J'étais endormie, et je rêvais de la mort de quelqu'un. Ce qui m'amenait dans une sorte de version onirique du monde des ténèbres, la meilleure approximation que mon inconscient était en mesure de produire. Et, alors même que cette pensée s'installait dans mon esprit, le hurlement enfla de nouveau dans ma gorge, comme une salutation lancée à la forme sombre et indistincte émergeant du brouillard pour se diriger vers moi.

Un mort-vivant.

C'était humain. Ou humanoïde en tout cas, car la forme était dotée d'une tête et d'épaules de proportions raisonnables, et sans doute des paires de bras et de jambes qui allaient avec. Elle se trouvait maintenant à quelques mètres de moi ; pourtant, je ne parvenais pas à distinguer à quel sexe appartenait la créature, car la brume grise qui m'entourait m'empêchait d'y voir clair et semblait s'épaissir d'instant en instant.

Je serrai hermétiquement les mâchoires pour

retenir le hurlement qui déchirait ma gorge et serrai les poings, assez fort pour que mes ongles creusent des sillons sanglants dans mes paumes. J'espérais que la douleur me réveillerait. Je voulais quitter cette version du monde des ténèbres avant de connaître l'identité de celui dont je rêvais la mort. Une mort que mon subconscient annonçait avec une certitude obstinée, et que soulignait chacun des cris qui se frayaient un chemin depuis mon corps assoupi jusqu'à ma bouche.

Mais rien ne se passa. Je ne sentis aucune douleur dans mes paumes, et je ne me réveillai pas. Et la silhouette continuait d'avancer.

Elle n'était plus qu'à deux mètres de moi maintenant, et ses pas ne faisaient aucun bruit sur le sol. Un mètre cinquante, et toujours aucun son, ni le crissement du tissu, ni le claquement des talons.

Un mètre. Les traits de la créature apparurent à travers le brouillard ténébreux. Un nez. Deux yeux profondément enfoncés dans des orbites aussi creux que les cavités d'une lanterne d'Halloween. Et une bouche immense et sombre, un gouffre noir…

Ma gorge me faisait affreusement mal, comme si elle était entièrement obstruée. J'avais l'impression d'avoir avalé un bouquet de roses, épines comprises, et que quelqu'un s'acharnait à me l'arracher de la gorge.

Et cependant le cri continuait de monter.

Avant que le brouillard ne se dissipe, avant que les traits de la créature ne deviennent assez nets pour que je puisse les identifier, mon hurlement passa le barrage de ma gorge et déchira la nuit — ou le jour ? — comme une corne de brume sur une mer démontée.

Devant moi, tandis que la douleur me figeait dans une posture de pantin désarticulé, la créature trébucha et mit un genou à terre. Une main fantomatique s'avança vers moi et, pendant un instant qui me parut atrocement long, je vis des doigts lacérer le brouillard. Puis la main retomba et fut, comme le reste du corps, complètement absorbée par la brume.

Je n'avais pas cessé de crier.

J'essayai de lever une main à hauteur de ma bouche pour la couvrir et empêcher le son de vibrer contre mes dents. Mais mon bras restait collé contre mon flanc, bien que rien ne l'empêchât apparemment de se mouvoir. Mes membres étaient paralysés et, quand j'en pris conscience, ma panique redoubla, libérant une nouvelle dose d'adrénaline en plus de la panique prémonitoire qui alimentait déjà mon cri.

Pour finir, n'ayant plus rien à perdre, je fermai fort les yeux — soulagée de constater qu'eux, au moins, semblaient encore m'obéir — et me préparai à passer le cap de mon hurlement.

Quand la dernière note, aussi rauque que le dernier soupir d'un agonisant, eut franchi ma bouche, je me léchai les lèvres puis déglutis avec précaution. Ma gorge était aussi douloureuse que si je m'étais gargarisée avec des éclats de verre.

Une brise glacée se plaqua contre mes jambes nues, faisant naître un frisson qui me parcourut tout le corps, et j'entendis alors un étrange tintement, comme des milliers de carillons que le vent agitait tous ensemble.

Une seconde. Mes *jambes nues* ? Où était passé mon jean ?

J'ouvris les yeux d'un coup et la vérité m'assaillit, terrifiante et dévastatrice, me clouant sur place aussi sûrement que si j'avais eu les pieds pris dans le béton. Mais ce n'était pas le cas. J'étais seulement coincée au milieu d'un buisson d'herbe coupante, et le tintement ne provenait pas de carillons, mais des centaines de tiges olivâtres, aussi tranchantes et fragiles que du verre soufflé, qui se frôlaient les unes les autres.

Je n'étais plus sûre de savoir où finissait le rêve et où commençait l'horrible réalité mais, apparemment, je m'étais réveillée à un moment ou un autre et, mon cri aidant, j'étais accidentellement passée dans le monde des ténèbres. En débardeur et short de pyjama. Pieds nus et transie.

L'horreur !

Adieu mon lit douillet, mes oreillers moelleux et mon tapis usé jusqu'à la trame. Au lieu de ça, j'étais debout dans la poussière — d'une étrange teinte grisâtre —, le gros orteil pressé contre la base d'une tige froide et fragile d'herbe coupante. Une autre tige, poussée dans ma direction par le vent, m'effleura le coude ; je me figeai pour éviter de la briser et de me retrouver criblée de milliers d'échardes aussi effilées que du verre.

Harmony prétendait que ce n'était pas possible. Que nous ne pouvions pas traverser par accident, parce que, pour aller d'un monde à l'autre, outre la plainte de *banshee*, c'était l'*intention* qui comptait. Mais alors, que signifiait tout ceci ? Que je souhaitais secrètement traverser ?

Dans ce cas, c'est un secret que j'avais bien gardé. Même moi, je n'étais pas au courant.

Mais il serait toujours temps de tirer cela au clair plus tard — en tout cas, je l'espérais. Dans l'immédiat, ma principale préoccupation était d'extirper mon pauvre petit corps de *banshee* du monde des ténèbres avant qu'un machin à grandes dents ne déboule pour le dévorer. Et, chez les Ténébreux, le premier élément venu était susceptible d'être doté de grandes dents. A commencer par la flore locale.

Cette fois, quand j'invoquai ma plainte pour traverser dans l'autre sens, j'avais de l'intention pour deux. Mais rien ne sortit, à part un coassement faible et enroué. J'avais perdu ma voix en m'époumonant pour *entrer* dans le monde des ténèbres, et, à présent, je n'avais plus de moyens d'en sortir. Et je ne pouvais pas non plus bouger de l'endroit où je me tenais sans risquer de me taillader la plante des pieds sur chaque tige d'herbe que je mettrais en miettes.

La panique m'envahit et mes mains se mirent à trembler, autant de froid que de la crainte de ne pouvoir quitter le monde des ténèbres. C'est alors qu'un carillonnement furieux me fit sursauter. Mon coude heurta la tige d'herbe sur ma gauche et la brisa en échardes minuscules, pointues comme des aiguilles. Certaines d'entre elles touchèrent ma jambe en tombant ; trois ou quatre se logèrent sous ma peau, mais je ne pouvais pas me pencher pour estimer les dégâts sans briser davantage d'herbe. Je restai donc aussi immobile que possible, réfléchissant à toute vitesse pour trouver un moyen de m'en sortir, sursautant chaque fois que le volume du tintamarre à ma gauche augmentait.

Ce bruit ressemblait à celui des tiges d'herbe coupante quand elles se brisaient, l'écho en plus, et chaque éclat était précédé d'un énorme fracas métallique.

Au bord du désespoir, je rassemblai mes souvenirs de la mort d'Emma — je me rappelai la façon dont elle s'était effondrée sur le sol du gymnase, les yeux atrocement vides, les mains flasques abandonnées de chaque côté du corps — tout en tâchant de produire assez de salive pour déglutir et soulager la douleur de ma gorge. Ce qui, espérons-le, suffirait à me permettre de crier assez longtemps pour traverser vers le monde des humains.

Mon sang courait à toute vitesse dans mes veines. Mes paumes commençaient à être moites en dépit du froid qui plantait ses morsures dans ma peau, faisant écho à celles des échardes dans ma chair. Le vacarme n'avait pas cessé, et chaque nouvelle explosion de bruit me faisait tressaillir.

Je déglutis convulsivement ; j'aurais aimé avoir assez de liberté de mouvement pour me masser la gorge, j'aurais aussi voulu, plus que tout, avoir quelque chose à boire. Quelque chose de chaud et de sucré, comme le thé brûlant qu'Harmony me préparait chaque fois que j'avais émis ma plainte.

Au craquement suivant, dangereusement proche, mon estomac me remonta dans la gorge. Celui d'après s'éleva encore plus près de moi — à quelques dizaines de mètres seulement. Sur ma gauche, des lames d'herbe tranchante s'aplatissaient de chaque côté d'une ligne droite, comme une raie de cheveux coiffés en nattes. Mais les épis situés au sommet des tiges étant à hauteur de mes yeux, je ne pouvais guère distinguer que le mouvement lui-même.

Saisie d'un nouvel accès de panique, j'ouvris la bouche et me forçai à crier. Je n'émis qu'un faible coassement qui faiblit et mourut, me laissant au bord du désespoir.

J'avalai de nouveau ma salive et serrai les poings.

Une fois de plus, je me représentai le visage d'Emma, exsangue et mort, et libérai ma plainte avec tout ce qui me restait de force et de volonté.

Un cri sortit de ma bouche, aussi douloureux que le précédent, mais loin d'être aussi sonore. Le son se disloqua et je luttai pour lui rendre sa cohérence, les yeux fermés afin de mieux me concentrer. Quand les notes se raffermirent enfin, je rouvris les yeux et constatai que l'herbe autour de moi était immobile. Je ne percevais plus les craquements mais, de toute façon, il était rare que je perçoive quoi que ce soit par-delà ma propre plainte. Et, cependant, je sus d'instinct que la créature qui se trouvait avec moi dans l'herbe avait cessé de bouger, apeurée ou surprise par mon chant funèbre.

Les tiges s'inclinaient de nouveau dans ma direction. Je criai plus fort. Des fragments d'herbe volèrent en éclats. Mon pouls s'accéléra. Ma gorge me brûlait terriblement. Mon estomac, mon corps tout entier se révoltaient. Jusqu'à ce qu'enfin un brouillard familier s'insinue dans mon champ de vision, annonçant mon retour imminent dans mon propre monde.

Il était moins une.

Et, tandis que ma chambre commençait à se reformer autour de moi — les murs pâles et les meubles étrangement superposés à l'image encore réaliste du champ olivâtre —, la créature que je supposais être à l'origine du fracas m'apparut soudain distinctement.

Je faillis éclater de rire.

Il ne s'agissait pas d'un monstre infernal venu du monde des ténèbres pour me dévorer. Ce qui avait provoqué ce bruit terrible, c'était un simple couvercle de poubelle. Un disque de métal à l'ancienne, pourvu d'une poignée sur le dessus. Et celui qui s'était approché de moi s'en était servi comme d'un bouclier pour briser les tiges devant lui et éviter d'être découpé en rondelles par les lames végétales.

Franchement, c'était une idée géniale. J'aurais aimé y avoir pensé.

Mais tout cela ne me disait pas *qui* il était. Ami ou ennemi ? Ne s'était-il approché de moi que pour me secourir, armé de son bouclier de fortune comme un chevalier servant de banlieue ?

Le bouclier improvisé commença à s'abaisser et, tandis que j'aspirais une dernière bouffée de l'air vicié du monde des ténèbres, mon regard se posa sur une paire d'yeux bruns qui éclairaient un visage guère plus âgé que le mien, assombri d'une barbe naissante, et surmonté de boucles brunes emmêlées.

Peu à peu, ce regard s'estompa, ne laissant qu'une trace floue derrière mes paupières, et je me retrouvai dans ma chambre.

— Mais habille-toi, alors ! Harmony, il faut que tu viennes *tout de suite* ! hurla mon père

La terreur dans sa voix évoquait des hurlements poussés du fond d'une grotte.

Mes pieds glissèrent sur une surface douce et élastique, et j'ouvris les yeux d'un coup. Mes orteils étaient enfoncés dans un pli de ma couette, encore couverts de la poussière grise du monde des ténèbres, et constellés de minuscules piqûres provoquées par les échardes d'herbe coupante. Mon père se tenait au pied de mon lit, dos tourné, combiné à l'oreille.

— Elle a traversé, et je ne peux pas aller dans le monde des ténèbres sans ton aide ! hurla-t-il encore.

— Papa ?

Il se retourna brusquement, les yeux ouverts comme des soucoupes tandis que le soulagement détendait la ligne de sa mâchoire.

— Laisse courir, elle est revenue, murmura-t-il dans le combiné.

Puis il raccrocha et laissa tomber le téléphone sur les couvertures à mes pieds.

— Kaylee, ça va ?

— Ça va, soufflai-je.

Je suivis son regard qui s'était posé sur les fines échardes d'herbe coupante saillant de ma cuisse gauche tachée de sang.

— Juste quelques égratignures, ajoutai-je en tendant la main pour retirer les fins éclats plantés dans ma peau.

Je les rassemblai avec précaution dans la paume de mon autre main et soupirai, soulagée que l'herbe tranchante, bien que douloureuse, ne soit pas vénéneuse.

— *Bon sang*, mais où étais-tu passée ?

Il contourna le pied de mon lit d'un pas lourd et me souleva du matelas comme si j'avais été un jeune enfant pris en train de sauter sur le lit.

— Je t'ai entendue hurler, mais, le temps que j'arrive, tu avais traversé. Qu'est-ce que tu faisais ?

— C'était un accident, grommelai-je, la bouche contre son épaule.

Il me serrait si fort que je n'arrivais pas à reprendre mon souffle. Sa barbe de trois jours me griffait le cou et je sentais les battements affolés de son cœur à travers mon débardeur.

— J'ai rêvé que quelqu'un mourait, et je me suis réveillée dans le monde des ténèbres.

— Comment ? Mais c'est impossible !

Mon père secoua lentement la tête. Il m'écarta de lui pour me tenir à bout de bras, essayant de lire dans mes yeux la trace d'un mensonge ; mais il ne dut pas en trouver, car il ne se mit pas en colère. En revanche, il avait peur, cela se voyait sur ses traits. C'était une peur évidente et immense — une expression terrible sur le visage d'un homme censé représenter pour moi la force et la sécurité.

— Tu as traversé pendant ton sommeil ?

— Oui.

Je déposai les échardes sur ma table de nuit puis me laissai tomber sur le bord de mon lit, gardant mes pieds sales loin du matelas.

— Papa, je t'en prie, dis-moi que ça n'arrivera plus jamais ! Mais sois plus convaincant qu'Harmony, s'il te plaît, parce qu'elle m'a assuré qu'on ne pouvait pas traverser par accident, et maintenant je sais qu'elle avait *tort*.

Il s'assit d'un air las sur ma chaise de bureau, les yeux emplis de tourbillons bruns et dorés qui révélaient sa peur.

— J'aimerais pouvoir être aussi affirmatif, Kay, mais je n'ai jamais entendu parler d'une chose pareille. Comment est-ce arrivé ? De qui rêvais-tu ?

Je haussai les épaules et tendis la main pour attraper ma bouteille d'eau sur le chevet ; le mouvement provoqua un tiraillement sur mes jambes meurtries et je grimaçai.

— Je ne sais pas. Et, même dans mon rêve, je ne suis pas certaine que je le savais.

J'avalai une gorgée d'eau tiède sous les yeux inquisiteurs de mon père. Je soutins son regard.

— Et si ça se reproduit, je fais quoi ?

Ma voix était assourdie par la peur et enrouée à cause de ma gorge douloureuse.

— Il faut juste qu'on fasse en sorte que ça n'arrive plus.

La fatigue que je perçus dans le soupir que poussa mon père ne masquait pas sa détermination.

— Un chocolat chaud, ça te dirait ?

Je consultai mon réveil et fus frustrée de constater qu'il n'était que 3 h 45 en ce mercredi matin.

— Si tu fais du café, je suis partante.

Il était clair que je ne me rendormirais pas cette nuit. En fait, je ne dormirais plus jusqu'à avoir trouvé comment éviter de me réveiller en plein monde des ténèbres.

— Tu bois du café, maintenant ?

Mon père fronça les sourcils et me suivit dans le couloir, ramassant le téléphone au passage.

— Pas quand je peux faire autrement.

Nous étions entrés dans la kitchenette. Le téléphone qu'il tenait en main se mit à sonner ; il jeta un coup d'œil à l'écran puis me le tendit.

— C'est Harmony. Rassure-la avant que Nash et elle ne débarquent avec la cavalerie.

Je décrochai et assurai à Harmony — et, par extension, à Nash — que j'allais bien en dépit de mon escapade impromptue dans le monde des ténèbres. A sa voix, je perçus qu'elle se sentait presque aussi horrifiée que moi. Elle me promit de voir ce qu'elle pouvait trouver pour m'éviter de réitérer cette performance. Puis elle me passa Nash pour qu'il me dise bonne nuit — ou plutôt bonjour — et quand nous raccrochâmes, l'odeur du café frais — plus agréable, à mon avis, que son goût — flottait dans la cuisine.

Tout en dégustant mon café au lait bien sucré, je racontai à mon père mon aventure dans le champ d'herbes coupantes qui se trouvait dans la version ténébreuse de notre domicile. J'évoquai également le jeune homme qui l'avait traversé en brandissant un couvercle de poubelle devant lui. Quand nous eûmes épuisé nos hypothèses concernant à la fois ce mystérieux garçon et mon voyage improvisé, il remplit de nouveau nos mugs et refit du café.

Ainsi, pendant les trois heures qui suivirent, je restai assise à la table bancale avec mon père, abordant le seul sujet — en dehors de notre appartenance à l'espèce *banshee* — que nous avions en commun : ma mère. Jusqu'alors, il s'était toujours montré réticent à me parler d'elle ; cette fois, pourtant, il me raconta tout ce dont il se souvenait la concernant, sans doute parce que, pendant quelques minutes, il avait bien cru m'avoir perdue, moi aussi. Il répondit même aux questions que je lui posai, l'interrompant de temps à autre dans son récit. Nous nous refusâmes seulement à évoquer ma mort — suivie de celle de ma mère qui s'était sacrifiée pour me sauver.

Malgré toutes les questions que j'avais en tête, cette partie de la discussion devrait attendre. Nous étions tous les deux trop fatigués et perturbés par le choc que je venais de subir pour affronter des souvenirs aussi éprouvants.

Pourtant, quand j'entendis mon réveil sonner, je sentis, pour la première fois depuis mes trois ans, que je connaissais vraiment ma mère.

Et aussi un peu mieux mon père.

8

Les bras de Nash m'enlacèrent au moment où je refermais mon casier. Il se tenait derrière moi et sa voix m'apaisa mieux que toute autre chose.

— Salut, beauté, murmura-t-il en déposant un baiser dans mon cou, juste sous mon oreille. La nuit a été dure ?

— Ce n'est rien de le dire. Tu ne peux pas imaginer à quel point c'était l'horreur.

En soupirant, je me laissai aller contre lui ; la chaleur de son torse dans mon dos soulagea une partie des tensions provoquées par mon excursion interdimensionnelle. Mais Nash ne pouvait m'aider à lui seul à effacer la fatigue. Aussi, pour la combattre, j'avais fourré deux grandes cannettes de boisson énergisante dans le sac à dos qui contenait mes cours ; elles sortaient du frigo et, avec la condensation qu'elles dégageaient, mon devoir de chimie — que j'avais oublié de finir — devait maintenant être transformé en papier mâché.

— Tu as vraiment traversé en dormant ?

Je pivotai entre ses bras pour lui faire face et posai ma joue sur le *E* blanc tissé en relief sur sa veste.

— Oui, c'était trop bizarre. Flippant. J'étais endormie, et j'ai rêvé que quelqu'un mourait ; j'étais debout au milieu de cette espèce de brouillard gris qu'on voit quand on regarde en cachette…

Je levai la tête pour vérifier que personne ne pouvait m'entendre. De l'autre côté du hall, un petit groupe d'élèves étaient rassemblés autour d'une fille qui frimait avec ses résultats à un devoir d'algèbre, mais ils ne semblaient pas avoir remarqué notre présence. Devant le casier contigu au mien, un élève de seconde coiffé à l'iroquoise fouillait dans ses affaires ; le volume de son casque de MP3 était assez fort pour que je reconnaisse la ligne de basse d'*Evolution* de Korn — aucun risque de ce côté-là, donc.

— … dans le monde des ténèbres, poursuivis-je à voix basse, par précaution. Je ne voyais pas qui était en train de mourir, et je n'arrivais pas à bouger. Je ne pouvais rien faire, à part crier.

Nash resserra son étreinte autour de moi, attentif à mes paroles. Dans ses yeux, des spirales vertes et brunes s'étaient mises à tournoyer.

— Et quand je me suis réveillée, je criais pour de vrai et j'avais déjà traversé. J'étais plantée au beau milieu d'un champ d'herbe coupante, pieds nus. En pyjama.

Avant que Nash puisse répondre, l'Iroquois claqua

bruyamment la porte de son casier et s'éloigna dans le hall pour rejoindre le flux des élèves qui commençaient à arriver.

— Oh, Kaylee…

Nash s'assit sur le carrelage froid au pied des casiers et m'entraîna avec lui, écartant au passage une feuille de carnet froissée.

— Comment ça a pu arriver ?

Je secouai lentement la tête, presque submergée par la vague de peur qui m'assaillait chaque fois que je ne disposais d'aucune des réponses dont j'avais besoin.

— Mon père pense que c'est parce que j'ai inconsciemment réprimé mon héritage *banshee* pendant tellement longtemps…

Vu que personne ne m'avait informée que je n'étais pas humaine.

— … Du coup, il cherche à être reconnu en se manifestant deux fois plus fort.

J'hésitais à poursuivre ; je n'avais guère envie de mentionner la seconde théorie de mon père.

— L'autre explication, c'est que j'ai établi une connexion trop forte avec le monde des ténèbres.

Ou avec quelqu'un — ou quelque *chose* — dans ce monde.

Nash pâlit, et sa réaction me fit presque paniquer. Je m'étais attendue de sa part à une attitude plus optimiste que celle de mon père, même si j'étais reconnaissante à celui-ci de s'être montré honnête. Mais Nash n'essaya même pas de me rassurer.

— C'est le truc le plus flippant que j'aie jamais entendu !

Levant les yeux au ciel, je posai mon sac à dos sur mes genoux.

— Merci, Nash, rétorquai-je vivement. Ça m'aide beaucoup.

Je venais de dépasser la dose de peur et de frustration que j'étais capable d'endurer. Du moins, dans l'état de fatigue où je me trouvais.

— Désolé.

Il se tourna pour me faire face.

— Tu es sûre que tu ne te rappelles pas qui mourait, dans ton rêve ?

J'acquiesçai.

— Même au moment du rêve, je ne suis pas sûre que je le savais. Tout ce que j'ai vu, c'est une silhouette dans le brouillard. Je ne sais même pas si c'était un homme ou une femme.

— Tu crois que c'était un rêve normal, ou qu'il y avait aussi une part de prémonition ? C'est peut-être comme ça que ton cerveau les traite quand tu dors ?

Haussant les épaules, je m'appuyai contre le casier de l'Iroquois.

— Je ne vois pas comment il aurait pu s'agir d'une prémonition. Je n'en ai qu'au sujet de personnes dont je suis physiquement proche sur le moment, et, à part moi, il n'y avait personne à la maison, sauf mon…

Oh non… De terreur, mes terminaisons nerveuses s'enflammèrent les unes après les autres, jusqu'à ce que j'aie l'impression que tout mon corps était en feu. Je me redressai et regardai Nash ; à son expression, je compris que mes iris s'étaient mis à tournoyer à toute vitesse.

— Et si c'était mon père ? chuchotai-je, horrifiée.

J'avais déjà perdu ma mère et venais à peine de retrouver mon père. Je ne pouvais pas le perdre de nouveau, si vite. Je ne pouvais *pas.*

— Non.

Nash secouait calmement la tête tout en me caressant le bras, par-dessus ma manche.

— Ce n'est pas possible. Quand tu as une prémonition, quelqu'un meurt aussitôt après, pas vrai ?

J'acquiesçai, encore réticente à m'accrocher à l'espoir qu'il m'offrait.

— Dans l'heure qui suit, en général.

— Tu vois bien. Et ce rêve, tu l'as fait au milieu de la nuit, non ?

Jetant un coup d'œil à ma montre, je calculai mentalement le temps écoulé.

— Ça fait presque cinq heures.

— Et ton père est toujours vivant, pas vrai ?

Nash souriait de toutes ses dents, comme s'il venait de découvrir le sens de la vie, les racines du mal ou n'importe quel autre truc tout aussi improbable. De mon côté, je m'étais mise à fouiller dans mes poches à la recherche de mon téléphone.

— Qu'est-ce que tu fais ? Tu l'as vu juste avant de partir !

— Oui, mais je préfère être sûre.

J'appelai mon père depuis le numéro enregistré dans mon répertoire, en espérant que le règlement du lycée concernant l'interdiction d'utiliser les portables ne s'appliquait pas avant la première sonnerie de la journée.

— Allô !

La voix de mon père, étouffée par les bruits de la circulation sur l'autoroute, me parvint à l'oreille. De soulagement, je laissai ma tête retomber contre les casiers.

— Kaylee ? Il y a un problème ?

— Pas du tout.

Je pouvais presque entendre le sourire dans ma propre voix.

— Je voulais juste m'assurer que tu ne t'étais pas endormi au volant, vu que je t'ai fait lever tellement tôt.

— Tout va bien.

Il s'interrompit, et je distinguai le clic-clac de son clignotant.

— Mais c'est gentil de t'inquiéter pour moi.

— Pas de souci. Il faut que j'y aille.

Je raccrochai et rangeai mon téléphone dans ma poche.

— Tu te sens mieux ? demanda Nash.

— Vaguement.

Au bout du hall, les portes s'ouvrirent en grand, laissant entrer un courant d'air glacé en même temps que quelques dizaines d'élèves de seconde et de première. Les bus venaient d'arriver et les cours commençaient dans moins de dix minutes.

— Il faut que je finisse mon devoir de chimie, dis-je en prenant appui sur la poignée du casier au-dessous du mien pour me remettre debout.

Nash se releva en même temps que moi.

— Je t'accompagne.

J'entourai son torse de mes bras, profitant du simple plaisir de me serrer contre lui et de respirer son odeur — et puis les mots qu'il prononça me firent l'effet d'une douche froide. Comme si j'avais été endormie au soleil sur la plage et qu'une vague glacée était venue s'écraser sur moi, balayant brusquement chaleur et bien-être.

— Tu as croisé Scott, ce matin ?

— Non.

En fait, je ne l'avais pas revu depuis qu'il avait quitté en trombe le parking du lycée lundi après-midi. Il avait séché les cours mardi — ses parents étaient toujours absents, mais le bruit circulait qu'il avait convaincu la femme de ménage de le faire porter pâle.

Le manque le rendait sans doute trop malade pour qu'il puisse aller au lycée sans éveiller les soupçons. Jusqu'à ce matin, grâce à ma quasi-nuit blanche, il m'était complètement sorti de l'esprit.

— Sa voiture est dans le parking, poursuivit Nash.

Le hall était maintenant à moitié rempli d'élèves, et il parlait à voix basse pour éviter qu'on ne nous entende.

— Sauf qu'on n'a pas de cours ensemble avant cet après-midi, et j'ai peur qu'il...

— Le voilà.

Je venais d'apercevoir Scott Carter qui tournait à l'angle du couloir menant au gymnase, l'air aussi fanfaron qu'à l'accoutumée.

Nash suivit mon regard.

— Il a l'air content.

Ce qui, à moins qu'il n'ait découvert un remède miracle à la dépendance ou au manque, ne pouvait signifier qu'une chose : il avait déniché le fournisseur de Doug et s'était procuré une nouvelle dose de givre.

— Peut-être qu'il guérit supervite ? suggérai-je, bien décidée à me montrer optimiste.

Il faut dire que la seconde option me donnait envie de m'arracher les cheveux un par un.

— On saura ça dans une minute.

Nash leva le bras et héla son ami d'une voix forte :

— Hé, Scott, où tu étais, hier ?

Scott serpenta à travers la foule pour nous rejoindre, saluant ses connaissances en chemin, puis frappa la main ouverte de Nash. A l'instant où il le toucha, je vis les traits de mon copain se figer. Et au cas où j'aurais encore eu des doutes sur la situation, ils furent balayés une seconde plus tard quand la main de Scott, par hasard, effleura la mienne.

Sa peau était glacée, et, à son haleine, j'estimai qu'il avait sniffé un démon *entier*.

— Malade, répondit Scott qui souriait béatement et sans raison apparente. Je n'ai même pas réussi à sortir de mon lit. J'ai été obligé de demander à Carlita d'appeler ici pour les prévenir. Heureusement qu'elle commence à baragouiner un peu l'anglais, hein ?

Nash haussa les épaules.

— Tu as beaucoup de cours à rattraper ?

Mais Scott ne l'écoutait déjà plus. Sourcils froncés, yeux plissés et mâchoire serrée, il fixait maintenant quelque chose par-dessus mon épaule. Je me retournai pour voir ce qu'il regardait et ne distinguai que nos propres ombres étirées sur les casiers, projetées par la lumière vive provenant de la fenêtre d'un bureau. Mais je ne pus m'empêcher de me demander ce que *lui* percevait.

— Scott ? insista Nash, pivotant pour suivre lui aussi son regard.

Scott secoua la tête, comme pour s'éclaircir les idées.

— Non, répondit-il finalement, comme si la question lui était parvenue avec quelques instants de retard, je ne crois pas qu'ils vont me demander de rattraper grand-chose, à part l'interro d'éducation civique.

Il recula d'un pas et, d'un grand geste, se désigna lui-même.

— Je suis Scott Carter, mec ! Tant que l'équipe n'aura pas reçu le nouveau stock de protège-tibias et de mannequins d'entraînement pour la prochaine saison, personne ne prendra le risque de contrarier mon père.

— Dis donc, ton nom s'écrit exclusivement en majuscules, non ? marmonnai-je.

Je me plaquai dans la seconde un sourire artificiel sur le visage, espérant que les garçons prendraient ma réflexion pour une plaisanterie.

Cela marcha sur Scott. Pas sur Sophie.

— Ce devrait être le cas, susurra-t-elle.

Elle s'était arrêtée à côté de Scott et lui passait la main sur l'épaule et le long du dos.

— Mais je suppose que ton nom à *toi*, tu as plutôt l'habitude de le voir écrit par un cinglé avec un vieux bout de crayon mâché. C'est comme ça qu'ils étiquettent les effets personnels, au service psychiatrique, non ?

— Tu verras bien quand tu y seras, rétorquai-je.

Ce matin, j'étais trop fatiguée pour encaisser les vacheries de Sophie et, sur le moment, mon propre sens de la repartie m'insuffla plus d'énergie que ne l'avaient fait les trois tasses de café avalées à l'aube.

Scott éclata de rire. Sophie, elle, fulminait, les joues écarlates, à deux doigts de prendre feu. Scott tapa dans le dos de Nash.

— On dirait que la petite chatte se laisse pousser les griffes ! Est-ce qu'elle ronronne quand tu la caresses ?… La mienne, elle adore !

Il attira Sophie contre lui et glissa la main vers la poche de son jean, incurvée par le renflement de ses fesses.

Elle sourit et se tortilla pour abonder dans son sens mais, quand son regard se posa sur moi, il était assez froid pour geler l'enfer et ses dépendances.

Je soupirai intérieurement et contournai ma cousine en rajustant mon sac à dos pour rejoindre d'un pas vif ma salle de cours. Derrière moi, Scott demandait à Sophie si ça lui disait de sécher la quatrième heure avec lui.

Sa réponse fut couverte par le bruit des pas de Nash qui courait derrière moi pour me rattraper — mais je ne doutais pas qu'elle serait affirmative.

— Bravo ! C'était plutôt… inattendu, dit Nash en ralentissant quand il se trouva à ma hauteur.

— Moi, ou Scott ?

— Toi.

Je percevais un sourire dans sa voix, mais je levai les yeux vers lui pour en être sûre.

— J'ai adoré.

— Elle l'avait cherché. Mais Scott…

— Il te charrie un peu, c'est tout, insista Nash.

Nous dépassâmes sa salle de cours sans nous arrêter. La mienne se trouvait à l'autre bout du bâtiment principal.

— Je m'en fiche, de ça.

Que Scott flirte avec moi ne me dérangeait pas, au contraire, puisque ça mettait Sophie hors d'elle.

— Ecoute, Nash, il fixait les casiers derrière nous comme s'il s'attendait à ce que des monstres en jaillissent pour l'emporter.

C'était du domaine du possible, mais uniquement dans le monde des ténèbres.

— Il est complètement défoncé.

— Je sais.

— Il faut qu'on fasse quelque chose.

Je baissai la voix avant de poursuivre, me rapprochant de lui pour qu'il m'entende.

— Apparemment, lui piquer sa dose était une solution provisoire.

— Je *sais*, chuchota Nash en ralentissant le pas.

Nous étions arrivés devant ma salle de maths.

— Il a des hallucinations, poursuivit-il, mais je ne crois pas qu'il entende de voix pour le moment, et il agit encore de façon cohérente.

Il eut un haussement d'épaules avant de reprendre :

— En tout cas, pas moins cohérente qu'avant. Alors je crois qu'il n'est pas encore trop tard pour lui.

— Comment ça ?

Je sentis la chair de poule gagner mes avant-bras.

— Qu'est-ce que tu entends par « pas encore trop tard » ?

Un mélange de compassion et d'étonnement se peignit sur le visage de Nash, et il m'entraîna auprès de la rangée de casiers, à l'écart du passage.

— Kaylee, les séquelles du souffle de démon sur un humain sont irréversibles. Si quelqu'un en prend assez pour fausser complètement son rapport à la réalité, le fait de le sevrer peut lui sauver la vie, mais ça ne peut pas le guérir. Il finira enfermé dans une cellule capitonnée.

Il hésita un instant et me dévisagea.

— Ma mère ne te l'a pas dit ?

— Non…

Horrifiée, je fermai les yeux le temps de me reprendre.

— Elle pensait que je ne parlais qu'en théorie, pas que quelqu'un en consommait réellement.

Je remontai mon sac à dos sur mon épaule. L'ironie de la situation était presque fascinante : le monde des ténèbres m'avait permis de comprendre que je n'étais pas folle, mais il allait avoir l'effet inverse sur Scott et Doug.

— Comment tu sais tout ça ?

Un coup d'œil sur l'horloge murale accrochée derrière lui m'indiqua que la sonnerie allait retentir dans moins de deux minutes. *Et dire que je voulais plancher sur mon devoir de chimie…*

Nash caressa du doigt la ligne de ma mâchoire jusqu'à la pointe de mon menton.

— Les *banshee* sont rarement élevés comme des humains, Kay, on leur apprend certaines choses…

Autour de nous, les couloirs se vidaient rapidement.

— Quoi qu'il en soit, il faut qu'on se débrouille pour couper les vivres à Scott et le soigner pendant le manque, ou bien…

— … ou bien le givre, au final, va le rendre complètement cinglé. Voire le tuer, achevai-je en m'adossant à une rangée de casiers verts.

— Si, par « au final », tu entends « très, très bientôt », alors tu as raison, soupira Nash, des tourbillons de peur dans les yeux, parce que, de toute évidence, il est très réceptif.

— Qu'est-ce que tu veux dire ?

— Que le patrimoine génétique de Scott est sans doute cent pour cent humain. Sophie, par exemple, est humaine, mais elle serait probablement moins sensible aux effets secondaires du souffle de démon — ce qui ne l'empêcherait pas d'en être aussi dépendante physiquement — à cause du sang non-humain de son père.

— Et par « non-humain »…

Baissant encore la voix, je me rapprochai de lui.

— … tu veux dire *banshee* ?

— Oui, je parle de nous, et de toute autre personne originaire du monde des ténèbres. Il y a quelques autres espèces qui vivent ici, dans le monde des humains, avec nous. Comme les harpies, les sirènes ou…

— Ouah…

Je sentis mes yeux s'écarquiller. Pour les élèves qui passaient à côté de nous, je devais avoir l'air d'une parfaite crétine.

— Sérieux ?

Une vague de compassion afflua dans son regard.

— J'oublie tout le temps que tu as grandi dans l'obscurantisme.

— C'est sûr que moi, je ne risque pas de l'oublier, grommelai-je.

De nouveau, la frustration m'envahit : j'avais encore

tellement à apprendre au sujet du monde des ténèbres et de ses composantes non-humaines, ou partiellement humaines. A commencer par *moi*.

— En tout cas, moins tu es humain, moins tu es sensible aux effets du souffle de démon. Les diablotins étant l'exception qui confirme la règle.

Vu qu'on ne trouvait ces petites vermines que sous deux formes : défoncées, ou cherchant à l'être.

— Donc, comme la dépendance de Doug ne semble pas progresser aussi vite, il se peut qu'il y ait, quelque part dans sa famille, un peu de sang non-humain, c'est ça ?

— C'est possible.

Nash regarda derrière moi ; mon prof de maths nous observait en tapotant sa montre du doigt. Il m'accompagna à l'entrée de la salle.

— Mais ça peut remonter à loin dans son arbre généalogique, et il n'est sans doute au courant de rien.

— Comptez-vous vous joindre à nous, aujourd'hui, mademoiselle Cavanaugh ? s'enquit mon professeur de maths.

Je hochai la tête et Nash m'étreignit la main avant de remonter le couloir au petit trot.

— On se voit pour déjeuner…

Je disparus dans la salle de cours et me glissai sur ma chaise juste à temps pour la deuxième sonnerie. Mais, tandis que mes camarades de classe sortaient leurs devoirs et complétaient frénétiquement les cases qu'ils avaient oublié de remplir, je ne parvenais pas à détourner mes pensées de Doug Fuller et de l'unique point que nous avions en commun, en dehors d'Emma.

J'avais failli être tuée par mes secrets de famille. Les siens, en revanche, allaient peut-être le sauver.

9

— Scott t'a dit où il l'avait eu ? demandai-je, penchée au-dessus du pot pour plonger mon pinceau dans la peinture blanche.

Nash m'avait embauchée pour donner un coup de main sur les stands du carnaval, et j'avais entraîné Emma avec moi. C'est ainsi que ce mercredi, nous nous retrouvions tous les quatre — elle, Nash, Doug et moi — dans le gymnase à 4 heures de l'après-midi, à recouvrir de peinture blanche et de faux flocons de neige des stands de contreplaqué. Le tout en compagnie d'une vingtaine d'autres volontaires enthousiastes : pom-pom girls, joueurs de basket ou membres du conseil des élèves auxquels j'avais rarement adressé la parole jusque-là.

— Toujours Doug, d'après lui.

Je m'agenouillai sur le rideau de scène qui protégeait le sol de mes prouesses artistiques et balayai du regard le terrain de basket où Doug et Emma travaillaient ensemble sur le stand Sculpture sur glace. Quand je dis « travailler », j'entends par là qu'ils étaient en train de flirter, à demi cachés derrière le kiosque ;

ils avaient les mains tachées de peinture et n'avaient même pas pris le temps de poser leurs pinceaux.

— Je suppose qu'il se l'est procuré auprès du même fournisseur ? Everett, c'est ça ?

Nash haussa les épaules et rattrapa du bout de son pinceau une goutte de peinture qui dégoulinait de mon côté du stand Chocolat chaud.

— Sans doute.

— Il faut qu'on trouve ce type. Doug pourrait peut-être te le présenter ? Tu pourrais dire que tu veux lui acheter une dose ?

Il fronça les sourcils, détaillant d'un œil critique les chamallows géants qu'il venait de peindre au-dessus d'une tasse pleine de liquide marron.

— Mais, dans ce cas, ils vont s'attendre à ce que je teste le givre, non ?

Superzut.

— Sûrement. Tu crois que tu pourrais faire semblant ? soupirai-je, regrettant déjà ma question.

Souhaitais-je vraiment exposer Nash à ce genre de danger ? Que se passerait-il s'il ne pouvait pas simuler et qu'il soit obligé de sniffer ? Ou qu'il inhale du souffle de démon par accident ? Dans les deux cas, ce serait ma faute. Et je me sentais incapable d'assumer ça.

— Tu sais quoi ? Oublie ça. C'est moi qui le ferai.

Me relevant, je repassai mon pinceau humide à

l'angle du stand où dégoulinaient des gouttes de la première couche que j'avais appliquée.

— J'irai le voir, je ferai semblant d'essayer le givre, et je trouverai où il se fournit. Et s'il sait vraiment ce que c'est…

— Non, dit Nash.

Je me retournai. Il se tenait si près de moi que, vu de l'extérieur, on devait avoir l'impression qu'il me défiait à un battle de danse — ou bien qu'il se préparait à m'embrasser.

— Pourquoi ? Parce que je suis une fille ?

Dans ses iris, les couleurs tournoyaient… Etait-ce de la panique, que j'y lisais ? Mais, très vite, il se reprit — au prix d'un réel effort, me sembla-t-il — et le mouvement cessa ; plus aucun sentiment ne transparaissait sur son visage, à l'exception de la colère, visible à la crispation de sa mâchoire.

— Parce que tu n'as pas l'air de comprendre que ce n'est pas à toi de sauver le monde. Il ne s'agit pas d'un jeu, Kaylee. Tu n'es pas un agent secret, tu es juste une gamine dépassée par les événements. Tu ne crois quand même pas que je vais te laisser aller au massacre parce que tu souffres du complexe du super-héros ?

Je reculai, les joues aussi brûlantes que s'il m'avait frappée.

— Je ne suis pas une gamine.

Jamais il ne m'avait parlé de cette façon.

— Je ne sais pas quel est ton problème, mais tant que ce n'est pas toi qui paies le loyer de ma maison ou qui portes une paire de bretelles au Cinemark, tu ne peux pas te permettre de me dicter ma conduite.

— Sinon quoi ? Tu vas repeindre ma veste en blanc ?

Le ton enjoué de Nash m'irrita.

— Arrête. Je ne plaisante pas, insistai-je.

— Ouais. Je vois que tu n'hésiterais pas à t'attaquer à mes vêtements. Et c'est justement pour ça que tu dois me laisser prendre les choses en main. Ce n'est pas avec un pinceau dégouttant de peinture que tu vas impressionner un dealer du monde des ténèbres.

Il essaya de s'emparer de mon pinceau. Je refusai de lâcher le manche. Enveloppant dans sa main à la fois mes doigts et le pinceau, Nash repoussa alors mon bras vers ma hanche.

— Laisse-moi m'occuper de ça. Je ne veux pas que tu t'approches d'Everett.

Ses yeux avaient les couleurs de la vérité, mais cela était loin de suffire à me convaincre. Pas besoin d'être footballeur pour comprendre qu'on vient d'être écarté de l'action.

— Et si je ne veux pas non plus que tu l'approches ?

Il haussa les épaules.

— Je suis plus costaud que toi, et ça fait six ans

que je me prends des coups de types plus balèzes que moi.

— Je suis sûre que ça te sera très utile, mais pense bien à garder ton casque et ton protège-dents. Et on n'est même pas sûrs qu'Everett soit humain.

— Tant que ce n'est pas un démon, je peux l'affronter si c'est nécessaire.

Comme les démons ne peuvent pas traverser, son scénario tenait la route.

— Et Doug sera avec moi.

Sauf qu'à mon avis il y avait peu de chances que Doug se range aux côtés de Nash plutôt que de son dealer s'il voulait revoir un ballon de givre.

Je baissai les bras.

— Très bien.

Nash m'embrassa sur le nez puis relâcha ma main. Quand je levai les yeux, j'aperçus Emma qui trempait son pinceau dans la peinture, souriant à Doug comme s'il venait d'inventer le baiser. Mon estomac chavira en pensant qu'il était tout à fait possible que ce ne soit pas vraiment *lui* qui inspirât ce bien-être à mon amie.

— Regarde, ils sont remontés prendre de l'air. A toi de jouer.

Nash déposa soigneusement son pinceau sur le couvercle de son pot de peinture.

— Je ne serai pas long.

Il traversa la salle, échangeant au passage quelques

salutations avec des amis et des membres de son équipe de foot. Je me remis à peindre en songeant que j'aurais aimé savoir lire sur les lèvres.

J'étais sur le point de mettre la touche finale au toit du stand quand mon attention fut attirée par un échange de paroles un peu vives venues du couloir, par la porte ouverte à quelques mètres sur ma gauche.

— Ramène-toi. Maintenant.

C'était Sophie. Sa voix était basse et étouffée par la colère. Je ne l'avais jamais entendue si furieuse, et pourtant. Dieu sait qu'elle s'était souvent emportée contre moi.

— Il est *hors de question* que tu te défiles une fois de plus.

— Je reviens tout de suite, aboya Scott.

Au ton de sa voix, je compris qu'il était redescendu de son dernier trip. Et qu'il n'avait qu'une idée en tête : se procurer une dose de givre.

— Je dois aller chercher un truc dans mon ballon.

— *Quoi* ? s'écria Sophie.

— Je voulais dire : dans ma *voiture*, répondit Scott en se frottant le crâne. Je n'arrive pas à penser dans tout ce bruit.

Tous ses gestes trahissaient la frustration. Il lança un regard furieux vers la salle, et je me baissai vivement pour qu'il ne me voie pas. A mon tour, je jetai un coup d'œil dans le gymnase. Certes, les autres volontaires bavardaient tous en travaillant, mais la salle était immense, bien loin d'être pleine. Et nous n'étions pas non plus très bruyants.

Scott entendait des voix. Hallucinations auditives ? *Mauvais signe…*

— Faut que j'aille chercher un truc…, marmonna-t-il.

Je risquai un regard et le vis qui fixait le mur à sa gauche, comme si quelque chose était sur le point d'en jaillir.

— Ouais, et après, tu reviens, cracha Sophie. Tu as promis que tu nous aiderais, et chaque fois que tu te défiles, je passe pour une idiote devant mes amies.

— Tu n'as qu'à changer d'amies. Ou alors, c'est parce que tu n'es pas la seule à convoiter le titre de Pétasse des Glaces, cette année.

— Reine des Neiges, crétin. Et ça me servirait à quoi de remporter le concours s'il n'y a personne pour me servir de cavalier ?

Entre-temps, Nash avait rejoint Doug et Emma. Il avait attiré Doug près des gradins pour parler avec lui en privé. Ça me faisait bizarre de les observer tout en espionnant la conversation de ma cousine et de son copain.

— Je t'ai dit que j'y serais.

Cette fois, Scott parlait entre ses dents. Mon pouls

s'accéléra en percevant l'intensité de la colère dans sa voix.

— Tu as aussi dit que tu nous aiderais tout le week-end, et c'est la première fois que tu daignes faire une apparition. Et maintenant, tu es prêt à tirer au flanc.

J'entendis ses baskets crisser sur le carrelage quand il s'éloigna d'elle, et les mocassins de Sophie claquer quand elle se lança à sa poursuite.

— Merde, Sophie, *lâche-moi* !

Il y eut un bruit de coups, suivi d'un cri étonné de la part de ma cousine. Je me retournai vivement vers le couloir : elle était assise par terre, en appui sur ses mains, les jambes étalées devant elle.

— Pauvre *con* ! siffla-t-elle.

Elle se remit debout dans un froissement de vêtements.

Il souffla lentement, arborant une expression à la fois désolée et impatiente.

— C'est juste que… tu ne sais pas t'arrêter.

— Ça, c'est plutôt *ton* problème ! rétorqua-t-elle.

Je faillis applaudir, surprise de constater que, pour une fois, elle et moi étions d'accord. Et je fus tout aussi surprise de voir qu'elle avait cerné le problème en question. Mais je n'aurais pas dû être étonnée : elle était méchante, pas stupide.

— Tu m'as l'air encore plus atteint que Kaylee.

Et voilà… ce n'était pas aujourd'hui que nous nous tomberions dans les bras.

— Laisse tomber.

Scott s'éloigna d'un pas lourd, le bras gauche agité de secousses. Juste avant qu'il ne disparaisse de mon champ de vision, je le vis lancer un dernier regard derrière lui, non pas vers Sophie, mais en direction de la rangée de casiers sur sa droite. Comme s'il distinguait quelque chose qu'il était le seul à voir.

Pendant que Sophie lissait son chemisier, je retournai à ma place derrière le stand Chocolat chaud. Nash était en train de traverser le terrain de basket pour me rejoindre. Un instant plus tard, Sophie apparut dans le gymnase, précédée par le claquement de ses semelles — et s'arrêta net en croisant mon regard.

Elle pâlit en réalisant que j'avais surpris leur dispute. Et puis, en vraie Sophie qu'elle était, elle me passa en revue des pieds à la tête de son œil le plus critique, et une moue dédaigneuse déforma sa bouche parfaitement maquillée.

— Tu t'en es mis plein la chaussure, lança-t-elle.

Puis, à grands pas, elle se dirigea vers un groupe de danseuses rassemblées autour de la scène destinée à la future Reine des Neiges, avec des poignées de flocons factices.

— Qu'est-ce qu'elle a, encore ? demanda Nash en se penchant pour ramasser son pinceau.

— Je l'ai entendue se disputer avec Scott. Qui vient

juste de partir se sniffer une dose. Sans rire, Doug et lui, on dirait des bébés avec leur tétine ! Et Scott est de plus en plus incohérent.

— Génial.

La mâchoire de Nash se crispa. Et puis il remarqua la peinture blanche dont j'avais éclaboussé ma chaussure droite, et il sourit.

— On dirait que tu ne repeins pas que les stands.

— A ce qu'il paraît.

Dégoûtée, je reposai mon pinceau dans le pot à moitié vide et m'agenouillai pour essayer de réparer les dégâts.

— Et Doug, qu'est-ce qu'il a dit ?

Nash s'assit sur le rideau pour badigeonner le bas du stand.

— Il n'est plus vendeur. Mais il fait une fête vendredi soir, et Everett y sera. Doug m'a promis que je pourrai lui en acheter à ce moment-là.

Je tamponnai les éclaboussures sur ma chaussure avec un chiffon mouillé, mais ne parvins qu'à étaler la peinture.

— Si j'ai bien compris, on va à une fête vendredi ?

— On dirait bien.

Il soupira et regarda autour de lui pour s'assurer que personne ne pouvait surprendre notre conversation.

— Mais je ne vois pas à quoi ça va nous avancer. Même en admettant qu'on rencontre Everett, qu'est-ce qu'on est censés faire ? Le passer par la fenêtre en lui interdisant de revendre dans le monde des humains ? S'il deale du souffle de démon, c'est qu'il a un fournisseur, et on ne peut rien faire contre un démon.

Il attrapa le chiffon que j'avais reposé et essuya précipitamment une autre tache de peinture au moment où j'allais m'asseoir dessus.

— Je sais.

Ou plutôt je ne savais pas. Je n'avais pas de solution. Aucun moyen d'arrêter Everett — ou le démon derrière tout ça — et aucun moyen de savoir si le fait de couper les vivres à Scott et Doug, et donc de les amener à souffrir du manque, n'était pas un remède pire que le mal. Mais nous ne pouvions pas rester les bras croisés pendant que de simples incidents se muaient en épidémie, ainsi que je le craignais depuis le début.

— Il faut qu'on y aille avec quelqu'un d'autre.

— Comme qui ?

— Je n'en sais rien. Mon père ? Ta mère ? Oncle Brendon ?

Je retins mon souffle. Je connaissais d'avance les arguments de Nash.

— Kaylee…

— Attends, je sais ce que tu penses.

Je posai mon pinceau en travers du pot, comme

je l'avais vu faire quelques minutes plus tôt, et me rapprochai de lui pour pouvoir parler à voix basse.

— En fait, on ne dénoncerait personne. Pas de flics, pas d'arrestations. Nash, si on ne fait rien, Scott va devenir fou. Du genre à se parler tout seul, à se promener à moitié nu ou à se planquer derrière les meubles. Et ce ne sera qu'un début. La même chose arrivera à Doug et à tous ceux qui toucheront à l'un de ces ballons. Et sans doute aussi à Emma et Sophie, et à n'importe quelle personne qui respirera de trop près quelqu'un qui vient de sniffer du givre. Il faut qu'on se débarrasse des réserves d'Everett, et on ne peut pas le faire sans aide.

— D'accoooord…, dit Nash en fronçant les sourcils. Et tu peux me dire comment va réagir ton père quand il saura que tu es au courant de cette histoire depuis presque une semaine et que tu ne lui as rien dit ? Il ne te laissera plus jamais sortir de chez toi. Tu veux être privée de sorties pour le restant de tes jours ?

— Bien sûr que non. Mais qu'est-ce que ça fait, s'il me punit ? Au moins, Scott et Doug seront vivants.

Et sains d'esprit, espérons-le. Franchement, être privée de sorties me semblait un faible prix à payer en échange de la vie de deux personnes.

— Sans compter Emma, et même Sophie. Tu imagines, si on ne dit rien, et que Sophie se fait entraîner dans cette histoire ? Tu crois que je pourrais regarder mon oncle en face sachant que j'ai laissé mourir sa fille ? De nouveau ?

Nash ferma les yeux et inspira profondément. Il s'accrochait au pinceau comme si sa vie en dépendait, au point que ses jointures avaient blanchi, et il attendit d'avoir relâché son étreinte pour m'adresser la parole.

— Très bien. C'est le genre de logique contre laquelle je ne peux pas me battre.

A le voir, pourtant, ce n'était pas l'envie qui lui manquait.

— Mais on essaie d'abord tous les deux, OK ? On va à cette soirée et on fait connaissance avec Everett. Je veux voir un peu quelles sont ses combines avant qu'on aille cafter. Je te demande seulement d'attendre deux jours, d'accord ?

J'hésitai. Je comprenais que Nash ne soit pas très chaud pour dénoncer ses amis, mais je ne comprenais *pas* sa réticence à les garder en vie.

— D'accord. Mais si on voit qu'on n'arrive à rien avec ce type, on dit tout à mon père. Le soir même. Je ne plaisante pas, Nash. Cette histoire est déjà allée trop loin.

Nash acquiesça et laissa tomber son pinceau sur la toile maculée de blanc.

— Sur ce point, je suis d'accord avec toi, murmura-t-il.

Des spirales de frustration — et peut-être un peu de peur — tournoyaient lentement dans ses yeux.

— Toute cette histoire est allée beaucoup trop loin.

10

Mercredi soir me donna un bel aperçu de ce qu'était l'enfer.

Après avoir peint les stands du carnaval jusqu'à l'heure du dîner, Nash et moi passâmes prendre en vitesse des hamburgers au fast-food du coin. J'avalai le mien en bâclant les devoirs que je devais absolument faire — ceux donnés par les profs qui vérifiaient qu'on avait fait le travail demandé. Je m'endormis ensuite sur mon canapé, la tête posée sur ses genoux, tandis qu'il regardait de vieux films d'action en attendant le retour de mon père.

Je me réveillai en entendant claquer la porte d'entrée. Quand je me redressai, je trouvai mon père planté devant moi, qui me fixait d'un air furieux. Apparemment, pour dormir la tête sur les genoux de mon copain, il me fallait une autorisation spéciale.

Le contraire m'aurait étonnée.

Mais quand je fondis en larmes en expliquant que j'avais peur de dormir seule et de me réveiller de nouveau dans le monde des ténèbres, son visage se détendit. Avec une grimace de commisération, il me proposa de camper avec lui dans le salon cette nuit. De cette façon, nous aurions l'esprit tranquille : si je me mettais à crier, il pourrait me réveiller avant que je passe de l'autre côté.

Une soirée pyjama avec mon père… ça me paraissait un peu ridicule, mais j'étais prête à tout essayer pour rester ancrée dans ce monde-ci.

Malheureusement, son plan fonctionna mieux en théorie qu'en pratique.

Vers minuit, mon père s'endormit dans son fauteuil, la tête inclinée d'un côté, la lèvre inférieure tremblotant chaque fois que sa bouche laissait échapper un ronflement. Pour ma part, j'étais toujours éveillée quand, deux heures plus tard, quatre épisodes de *Faites entrer l'accusé* laissèrent place à un documentaire sur les soins capillaires — en fait, une publicité à peine déguisée pour un produit antichute. Je n'arrivais pas à me détendre. J'étais *terrorisée* à l'idée de me réveiller, aphone et les pieds nus, dans un champ d'herbe coupante, risquant à chaque mouvement de finir aussi déchiquetée que des documents secrets du gouvernement après lecture par les intéressés.

Je passai vingt minutes à regarder des vieillards se faire peindre des cheveux au spray et puis, n'y tenant plus, je troquai mon bas de pyjama et mes chaussons Betty Boop contre un jean, une épaisse paire de chaussettes et les bottes les plus solides que je pus trouver au fond de mon placard. Pour finir, j'enfilai la lourde veste matelassée que tante Val m'avait offerte pour Noël l'année précédente et retournai sans bruit dans le salon pour m'effondrer sur le canapé, enfin prête à m'endormir.

De cette manière, si je traversais, au moins, j'aurais chaud et je serais en tenue de combat, protégée de la morsure de ces herbes aussi effilées que des lames de rasoir.

J'envisageai même de sortir chercher le couvercle de la vieille poubelle dans laquelle nous entassions les feuilles mortes ; mais le fracas métallique risquait fort de réveiller mon père et d'entraîner tout un flot de questions, aussi préférai-je y renoncer.

Enfin parée pour affronter le pire, je parvins à aligner quatre heures d'un sommeil superficiel, perturbé à plusieurs reprises par des spots publicitaires particulièrement bruyants. Mais à 6 heures du matin, j'étais réveillée pour de bon et absorbée dans la lecture du mode d'emploi au dos du sachet de café, espérant que mon tout premier essai dans ce domaine ne serait pas trop catastrophique.

J'étais douchée et habillée quand mon père entra dans la cuisine, pieds nus et mal réveillé. Le café était prêt.

— Pas mauvais, grogna-t-il en levant vers moi son mug aux trois quarts plein. C'est la première fois que tu en fais ?

— Ouais, soupirai-je en m'asseyant pour ôter mes chaussettes.

Elles étaient dépareillées. Je me forçai à afficher un sourire épuisé. Je me demandais comment j'allais réussir à tenir pendant la session de révision d'histoire alors que j'étais incapable de trouver une paire de chaussettes convenable dans la pile de linge propre.

C'était une qualité que je devais accorder à tante Val, qui s'était occupée de moi jusqu'au récent retour de mon père : c'était peut-être une femme superficielle, une criminelle et une voleuse d'âmes, mais, avec elle, le linge était toujours bien plié.

— Harmony et Brendon viennent ce soir pour qu'on discute de ton problème. On verra si on arrive à comprendre comment et pourquoi c'est arrivé.

Mon père s'interrompit pour me verser une nouvelle tasse de café.

— Je ne t'ai pas entendue chanter.

« Chanter »... C'est ainsi que les *banshee* mâles percevaient le hurlement des *banshee* femelles.

— Ça veut dire que tu n'as pas rêvé que quelqu'un mourait ? reprit-il.

Je secouai la tête en me frottant les tempes.

— J'ai encore fait un rêve. Le même que l'autre nuit, si ma mémoire est bonne. Mais, cette fois, l'écureuil de la Caisse d'épargne m'a réveillée avant que je commence à crier.

Mon père fronça les sourcils et traversa la pièce pour poser sur la table devant moi un mug rempli à ras bord.

— Si tu veux rester à la maison et te reposer, je peux appeler le lycée pour dire que tu es malade.

— Non, merci, je préfère y aller.

Je saisis mon mug à deux mains et soufflai sur le café brûlant avant d'en boire une longue gorgée amère.

— On révise l'histoire pour les partiels, aujourd'hui.

Même si l'idée de rester à la maison me tentait terriblement, il fallait que je surveille Scott et Doug pour repérer les éventuels signes de dégradation de leur santé mentale. Et je devais aussi garder Emma et Sophie à l'œil afin de savoir si elles avaient été contaminées en approchant leur copain de trop près.

— En plus, je risque de faire ce genre de rêve dans la journée aussi, non ?

— Je suppose que oui.

Mon père posa une main sur le dossier de ma chaise et me dévisagea avec inquiétude tout en portant son mug de café à ses lèvres.

— Mais fais attention, d'accord ? Je ne peux pas te suivre dans le monde des ténèbres, et le temps que je trouve quelqu'un pour me faire traverser, tu pourrais être n'importe où.

Je hochai la tête et me retins de lui rappeler que

— à moins d'une catastrophe, par exemple si je m'abîmais les cordes vocales — j'avais les moyens de sortir du monde des ténèbres de la même façon que j'y étais entrée. Je l'avais déjà fait un certain nombre de fois.

Mais quelque chose me disait que ce genre de rappel ne le rassurerait pas plus que moi.

Je passai la journée de mardi au lycée dans une sorte de brouillard. Je devais avoir l'air aussi shootée que Scott. Je m'endormis pendant l'heure d'étude et ne me réveillai qu'en entendant la sonnerie, ce qui me fit arriver in extremis au cours suivant.

Juste avant le déjeuner, Nash me raconta que Scott avait débarqué en économie avec vingt minutes de retard, la chemise à l'envers, le mauvais manuel sous le bras. Ensuite, au beau milieu du cours de M. Pierson qui expliquait l'influence de la Bourse américaine sur la communauté financière mondiale, il avait été pris d'un accès de fou rire.

Quand Pierson lui avait demandé ce qu'il y avait de si drôle, Scott avait répondu que l'ombre du professeur lui avait fait un doigt d'honneur.

La moitié de la classe avait ri avec Scott, supposant qu'il était défoncé — sans doute plutôt à partir d'une drogue d'origine humaine — ou qu'il se moquait de M. Pierson d'une façon bien à lui. L'autre moitié l'avait regardé comme s'il avait perdu l'esprit. Ce qui était beaucoup plus proche de la vérité. Nous avions attendu trop longtemps, et Scott avait plongé trop loin. Il vivait désormais dans son propre monde, et chaque battement douloureux de mon cœur contribuait à me convaincre que Nash avait raison : nous n'arriverions pas à le récupérer.

Pendant le déjeuner, Scott refusa de s'asseoir avec nous — ou avec qui que ce soit d'autre dans la salle. Il resta planté devant notre table en jetant des regards nerveux en direction de l'étroite baie vitrée qui séparait la cafétéria du couloir et laissait voir nos silhouettes projetées sur le mur opposé. Ses yeux se posaient sur chacun de nous puis sur les ombres alignées le long du mur derrière nous, et je l'entendais marmonner dans sa barbe. Soudain, il s'écria qu'il était suivi ; il se boucha les oreilles, tourna les talons et s'enfuit en courant par l'allée centrale. Derrière lui, Sophie et ses amies ainsi que tous les élèves présents dans la cafétéria le regardaient, sidérés.

Les amies de Sophie éclatèrent de rire. Elles observaient la déchéance de leur star du football avec l'indifférence condescendante qu'elles réservaient habituellement aux *loosers* du lycée. Sophie, tout en se dirigeant vers leur table habituelle, semblait sur le point de hurler ou de vomir.

J'eus presque pitié d'elle.

Presque.

Sans prêter attention aux regards curieux des autres élèves, Nash et moi nous lançâmes à la poursuite de

Scott dans le hall d'entrée ; mais il avait déjà disparu. Nous vérifiâmes chacune des salles de cours devant lesquelles il était passé. Dans les yeux de Nash se mêlaient des spirales de peur, de regret et de culpabilité. Je savais exactement ce qu'il ressentait. Si nous avions mis quelqu'un au courant plus tôt — si j'avais insisté pour avertir nos parents le soir où Doug avait embouti ma voiture —, Scott n'aurait jamais touché au souffle de démon.

Au bout du hall d'entrée, derrière la porte vitrée qui donnait sur le parking, un brusque mouvement attira mon attention.

— Il va à sa voiture, m'écriai-je.

Nash acquiesça puis me jeta un œil interrogateur : devions-nous foncer droit devant ? La plupart des portes extérieures se verrouillaient automatiquement. Si nous suivions Scott dans le parking, il nous faudrait, pour rentrer, faire le tour du bâtiment, soit par les bureaux, soit par la cafétéria, comme j'y avais été contrainte le jour où nous avions subtilisé le premier ballon.

Je haussai les épaules et poussai la porte. Un courant d'air glacé me fit frissonner. Mais un bref moment d'inconfort et un peu de course à pied autour du lycée n'étaient pas un bien grand mal comparés à notre échec à sauver un ami.

Nash m'emboîta le pas et nous traversâmes le parking, les bras croisés sur la poitrine pour nous tenir chaud. Nous nous dirigeâmes vers la place où Scott se garait habituellement. Nous aperçûmes sa voiture trois rangées plus loin, un peu à gauche de l'entrée du gymnase. En nous rapprochant, nous distinguâmes la silhouette de Scott derrière le volant. Il secouait la tête et gesticulait tout en vociférant. Il était seul dans le véhicule.

Il avait passé le stade de la simple hallucination ; il en était arrivé au point où il dialoguait avec ses fantômes.

Avais-je l'air aussi folle que ça le jour où l'on m'avait sanglée à un lit d'hôpital parce que je ne pouvais pas m'arrêter de chanter pour l'âme d'un inconnu ?

— On y va.

Nash attrapa ma main et nous nous précipitâmes vers Scott. Mais, à la seconde où il nous vit arriver, il tourna la clé de contact et enclencha la marche arrière pour sortir de sa place. Il allait beaucoup trop vite. Il recula, éraflant au passage l'avant d'une voiture, puis fonça dans l'allée et quitta le parking à toute allure pour s'engager sur la route. Le soleil allumait des étincelles moqueuses sur son pare-chocs cabossé.

Nash et moi bifurquâmes et, tout en courant, je sortis mes clés de ma poche. L'école était finie pour aujourd'hui. Nous ne pouvions pas le laisser conduire en ville dans cet état de... démence. J'ouvris la voiture de loin, et Nash arriva dans son siège avant moi. Je manœuvrai prudemment pour sortir — je n'étais toujours pas habituée aux dimensions de ce véhicule — puis me lançai aux trousses de Scott.

— Je crois qu'il a pris la direction de sa maison.

Nash attacha sa ceinture de sécurité. Il s'accrocha d'une main au tableau de bord tandis que je prenais un virage serré, brûlant de peu un feu rouge. Heureusement, personne ne venait en face.

Mais, au carrefour suivant, Scott passa au feu orange, et je me retrouvai bloquée derrière un camion de livraison de pizzas. Quand nous arrivâmes chez Scott, sa voiture était garée en travers de l'allée, la portière grande ouverte. Scott n'était nulle part en vue. Je coupai le moteur, fourrai les clés dans ma poche et courus vers la maison sur les talons de Nash, persuadée que nous allions nous casser le nez sur la porte d'entrée.

Mais elle était ouverte. Nash me précéda à l'intérieur. Depuis la fête du week-end précédent, la maison avait repris figure humaine. Sans nul doute grâce à Carlita, invisible pour le moment, et qui n'avait probablement reçu aucun remerciement pour son efficacité.

— Scott ?

Nash traversa l'entrée et pénétra dans un salon très classique orné d'un tapis blanc immaculé. Pas de réponse. Nous passâmes en revue la bibliothèque, la cuisine, la salle à manger, la buanderie et deux chambres d'amis avant d'arriver, au bout du couloir, devant le bureau de M. Carter — un endroit dont je me souvenais avec plaisir.

La pièce était sombre, et il me fallut quelque temps pour m'habituer au peu de lumière qui filtrait par les interstices des persiennes masquant chacune des deux fenêtres.

— Ferme la porte !

Le cri de Scott me fit sursauter. Il avait levé la main pour se protéger de la lumière provenant du couloir. Nash me poussa pour pouvoir entrer dans le bureau puis referma doucement la porte. La pièce était maintenant plongée dans une telle obscurité que je dus de nouveau attendre que mes yeux s'accommodent.

Scott était recroquevillé, rencogné dans un coin du canapé. Quand Nash s'approcha de lui, il se mit à psalmodier à mi-voix :

— Pas de lumière, pas d'ombre. Pas de lumière, pas d'ombre…

Je me couvris de chair de poule.

— Qu'est-ce qui ne va pas, Scott ?

Nash s'était accroupi devant son ami, une main posée sur l'accoudoir du canapé.

— La lumière te fait mal aux yeux ? Tu as mal à la tête ?

Scott ne répondit pas. Il se contentait de continuer à marmonner, les yeux clos.

— Je crois qu'il a peur des ombres, chuchotai-je

en me remémorant l'expression horrifiée de Scott quand il avait vu nos silhouettes dans la cafétéria, ou sa propre ombre dans le couloir la veille.

— C'est vrai ? demanda Nash sans me regarder.

Il se tenait de profil, et je perçus l'inquiétude et la peur sur son visage.

— Il y a un problème avec ton ombre ?

— Plus la mienne, murmura Scott.

Sa voix était aiguë et nasillarde, on aurait dit un gamin apeuré. Des deux poings, il se frappa les tempes, comme s'il pouvait, par ce geste, évacuer ce qu'il voyait et entendait.

— Pas mon ombre.

— Elle est à qui, cette ombre ? demandai-je, fascinée, en dépit de la terreur glacée qui remontait le long de ma colonne vertébrale.

— La sienne. Il l'a volée.

Je crus qu'une main de fer m'empoignait le cœur.

Nash passa d'une jambe sur l'autre, cherchant une position confortable.

— Qui l'a volée ?

— Comme Peter Pan. Faut dire à Wendy qu'elle me recouse mon ombre…

J'échangeai un regard avec Nash. Scott s'était figé, les yeux fermés et la tête inclinée sur l'épaule, comme un chien attentif à des sons inaudibles pour les hommes. Puis il souleva les paupières et regarda

Nash fixement. Ils étaient à moins de un mètre l'un de l'autre.

— Tu peux aller me chercher un soda, Nash ? Je crois que j'ai oublié de déjeuner.

Sa voix était redevenue tellement normale que cela m'effraya presque autant que les accents puérils que j'y avais entendus un instant plus tôt. Je lançai un regard surpris à Nash, mais il se contenta d'acquiescer et de se lever.

— Surveille-le, me chuchota-t-il.

Il étreignit ma main et se dirigea vers la porte qu'il laissa entrouverte en quittant le bureau.

Tenir compagnie à Scott quand il était dans cet état me mettait mal à l'aise. Je parcourus la pièce des yeux, admirant la bibliothèque encastrée derrière le bureau — une imposante antiquité dotée de pieds ouvragés — et le fauteuil, immense et tout aussi impressionnant.

— Tu peux aller voir, dit Scott.

En dépit de mes efforts pour garder mon calme, je ne pus m'empêcher de sursauter.

— Quoi donc ?

— Tu aimes lire, non ?

Il inclina de nouveau la tête, comme s'il avait entendu une réponse. Pas la mienne, en tout cas.

— Il y en a qui sont vraiment vieux. Il y a même des éditions originales.

J'hésitais, mais son visage affichait un tel air d'espoir

et d'encouragement que je m'exécutai. Je contournai le bureau de son père par le coin le plus éloigné de Scott, attirée par la reliure d'un vieil exemplaire de *Tess d'Urberville*. Il se trouvait en haut, sur l'avant-dernière étagère, et je dus me mettre sur la pointe des pieds pour l'atteindre. Mes doigts caressèrent le titre doré imprimé en relief sur la tranche.

Le déclic subtil d'une porte qu'on refermait retentit dans la pièce. Il éclata comme un coup de tonnerre dans ma tête. Je tournai vivement les talons. Scott se tenait devant la porte à présent fermée ; une plainte inarticulée s'échappait de ses lèvres.

Mon cœur battait la chamade, et j'entendais le sang cogner dans mes veines.

— Scott ? Qu'est-ce qui se passe ?

Il releva la tête d'un mouvement sec et son regard enfiévré se posa brièvement sur moi. Puis il reprit sa psalmodie, plus fort, et sur le ton de la dispute ; mais je fus incapable de comprendre ce qu'il disait. Il secoua la tête avec véhémence, comme il l'avait fait dans sa voiture.

— Tu l'entends ?

J'avançai lentement vers le bureau qui nous séparait.

— Qui ça, Scott ? Qu'est-ce que tu entends, toi ?

— Il dit que tu ne peux pas l'entendre, poursuivit Scott, soutenant de nouveau brièvement mon regard.

Et puis :

— Non, non, non, non…

Je m'efforçai de rester calme tandis que je me rapprochai de lui centimètre après centimètre.

— Qu'est-ce que tu entends ?

— Lui. Je ne peux pas le voir dans le noir, mais je l'entends. *Dans. Ma. Tête !*

Il avait ponctué chaque mot d'un coup de poing dans ses tempes.

— M'a volé mon ombre. Mais je l'entends, encore, encore…

Des frissons coururent le long de mes membres, et je sentis mes mains trembler. Est-ce que Scott voyait réellement quelqu'un que nous ne pouvions pas voir ? Entendait-il quelque chose destiné à lui seul ? Grâce à Tod, je savais mieux que quiconque à quel point c'était possible…

Mais tout cela ne me semblait pas être l'œuvre d'un Faucheur. Les Faucheurs ne pouvaient pas voler l'ombre de quelqu'un. Pas à ma connaissance.

Les yeux de Scott roulaient de droite à gauche, comme pour percevoir des mouvements à la limite de son champ de vision. J'avais envie de vomir. Je connaissais ces mouvements oculaires. Je faisais les mêmes quand je voulais regarder dans le monde des ténèbres. Quand j'essayais d'avoir une vision claire des créatures que j'entendais sans les voir, et qui faisaient un ramdam d'enfer en se déplaçant à travers le brouillard opaque.

Voyait-il ce brouillard ? Voyait-il des *choses* ? Une créature ténébreuse s'adressait-elle à lui ?

Non. C'est impossible. Mais la chair de poule avait gagné l'ensemble de mon corps.

— Qu'est-ce qu'il dit ?

J'avais dépassé le bureau et me tenais à moins de deux mètres de lui. Je continuais à me rapprocher. Quand Nash reviendrait, je regarderais dans le monde des ténèbres pour écarter cette possibilité. Pour vérifier que ce que Scott voyait et entendait ne provenait pas de cette dimension-là. D'un monde dont il ignorait jusqu'à l'existence.

Parce que des créatures qui ne pouvaient pas traverser devaient également être incapables de se faire entendre d'un monde à l'autre. Pas vrai ?

Scott leva la tête et sourit, mais c'était le genre de sourire qu'affiche un cancéreux en prenant conscience que les résultats de sa chimio ne valaient pas le coup de souffrir autant. Au moment où il vient de décider d'abandonner et de laisser la mort réclamer son dû.

— Emmène-moi à lui. Il va me soigner si tu m'amènes à lui.

La terreur me glaça les veines, et quand Scott fit un pas vers moi, je reculai d'autant.

— T'emmener où ?

— Là-bas.

Il se passa la main sur le front, comme pour soulager une migraine.

— Là où il est. Il dit que tu sais comment traverser.

Traverser. *Non.* Je fermai brièvement les yeux et pris une longue inspiration désespérée.

L'homme invisible de Scott voulait que je l'emmène dans le monde des ténèbres.

11

— Qui est-ce, Scott ?

Je reculai d'un autre pas, à la dérobée, espérant me calmer en dépit des battements de plus en plus désordonnés de mon cœur. Il fallait absolument que je regarde dans le monde des ténèbres afin de vérifier par moi-même qui était en train de parler à Scott ; mais relâcher mon attention me paraissait risqué.

— Emmène-moi…, murmura-t-il avec ferveur

Il faisait un pas en avant chaque fois que j'en faisais un en arrière.

— Il faut qu'on traverse ! s'écria-t-il soudain.

Pas question. Je n'avais peut-être pas l'expérience d'Harmony, ni la sagesse ou la prudence maladive de mon père, mais j'étais loin d'être assez naïve pour croire que celui qui tourmentait Scott, quel qu'il soit, allait simplement se contenter de le « soigner » si je l'emmenais dans le monde des ténèbres.

Chez les Ténébreux, la charité n'était pas un concept familier. La créature invisible nous accaparerait tous deux, corps et âme, et nous ne reverrions plus jamais le monde des humains.

Derrière Scott, la poignée de la porte bougea. Une vague de soulagement m'envahit quand j'entendis la voix de Nash.

— Kaylee ?

Mais la porte ne s'ouvrit pas — elle était fermée à clé — et je n'aurais pas dû quitter Scott du regard.

— Nash, il ne délire p…

Scott m'attrapa par le bras et me tira vers lui. Il me cloua contre son torse, me coupant le souffle. Toutefois, j'étais plus surprise qu'effrayée. C'est alors que quelque chose de pointu m'écorcha le cou, à l'angle de la mâchoire, et le hurlement que j'avais été sur le point de pousser mourut dans ma gorge.

— Emmène-moi…, ordonna-t-il.

Une bouffée de souffle de démon douceâtre et glacée, écœurante, me caressa le visage.

Je me retins de respirer. Mon pouls battait de plus belle dans ma tête. Je ne savais pas exactement quel trajet ma jugulaire suivait le long de mon cou, mais j'étais relativement sûre que, dans l'art de l'égorgement, la précision comptait moins que l'enthousiasme qu'on y mettait.

— Si tu ne m'emmènes pas, je vais mourir. Et tu mourras avec moi, murmura Scott, la voix tremblante de terreur.

Je sentais combien sa peau était froide malgré les deux couches de vêtements qui nous séparaient ; en comparaison, la lame de son arme — un objet assez petit, peut-être un canif ? — me paraissait presque chaude.

— Scott, il ne faut pas que tu ailles là-bas. Fais-moi confiance.

Parler me demandait un effort tant j'avais peur que, au moindre mouvement, le métal s'enfonce dans ma gorge.

— Scott, qu'est-ce que tu fais ? demanda Nash derrière la porte.

Le ton de sa voix, très posé, me troubla. Son meilleur ami était sur le point de me trancher la gorge ! Mais il est vrai qu'il ne savait pas que Scott avait un couteau…

— Elle veut pas m'emmener ! siffla Scott.

Sa main serrée autour de mon bras me faisait mal.

— Il a un *couteau*, dis-je aussi fort que je l'osai.

— T'emmener où ? demanda Nash, ignorant ma contribution à la conversation.

C'est alors que je compris qu'il était en train d'influencer Scott — il essayait de le calmer en lui donnant un coup de pouce façon *banshee*.

— Laisse-moi entrer et on va parler de tout ça.

— Il ne délire pas, Nash, dis-je en m'efforçant de garder mon calme. Quelque chose veut que je traverse avec lui. Tu serais assez gentil pour m'aider à lui expliquer que ce n'est pas exactement une bonne idée ?

J'avais besoin que ce soit Nash qui parle, au cas où son influence marcherait sur Scott. Et j'avais besoin de toutes mes forces pour combattre la panique provoquée par la lame sur ma gorge.

Théoriquement, si mon heure était venue — si mon nom figurait sur la Liste —, j'allais mourir, et les palabres ou la lutte n'y changeraient rien.

Si, en revanche, ce n'était pas mon heure, rien ne me ferait mourir tant que je resterais dans le monde des humains et que j'évitais les éléments ténébreux. Cette non-mort pouvait avoir lieu de bien des façons. Scott pouvait se révéler incroyablement maladroit à manier un couteau, ou Nash se révéler doté d'excellentes compétences pour stopper une hémorragie. Ou bien Tod pouvait apparaître puis me transporter instantanément à l'hôpital. Ou encore nous pouvions réussir à convaincre Scott de renoncer à la violence.

Et puis… Scott pouvait aussi me défigurer et me mutiler à vie sans me tuer à proprement parler.

Mais, quoi qu'il arrive, ce serait pire si nous passions de l'autre côté. Nos dates limites de vie n'avaient aucune valeur dans le monde des ténèbres, ce qui en faisait le pire endroit qui soit, et celui où j'étais le moins susceptible d'emmener Scott.

— Tu ne sais plus où tu en es, dit Nash à travers la porte.

Sa voix glissa sur moi comme une brise tiède.

— Je peux t'aider. Laisse-moi entrer et je t'aiderai.

— Non, hurla Scott en resserrant la main autour de mon bras. Il te connaît, toi aussi ! Tu fais faire des choses aux gens avec ta voix ! Tais-toi ou je la tue !

Mon pouls s'accéléra de nouveau. Dans le couloir, Nash restait silencieux. Mes yeux s'emplirent de larmes, brouillant l'image de la porte fermée devant moi. Je clignai des paupières pour chasser les pleurs et tentai mentalement de fermer les vannes. Pleurer n'arrangerait pas les choses, ni pour moi ni pour Scott. Mais il devait y avoir un moyen de nous tirer de ce mauvais pas.

La lumière qui filtrait sous la porte vacilla, comme si Nash s'était rapproché.

— Comment tu vas faire ? demanda-t-il doucement.

Sa voix, normale à présent, me sembla plate par comparaison avec les tonalités chaudes qui caractérisaient l'influence.

— Comment je vais faire quoi ? s'enquit Scott.

Je sentis sa prise sur mon bras se relâcher légèrement.

— Comment tu vas faire pour traverser si tu la tues ? expliqua Nash.

Malgré la situation, je ne pus m'empêcher de sourire. Scott étant — plus ou moins — au fait de son influence, Nash allait faire sans. Il s'adresserait plutôt à son intelligence. Si je voulais vivre, j'avais intérêt à en faire autant.

Je fermai les yeux, cherchant à ignorer le ronron du chauffage au-dessus de moi et le froid étrange du corps pressé contre mon dos pour me concentrer.

— Nash ne peut pas t'emmener, chuchotai-je juste assez fort pour que Scott m'entende.

Il se raidit.

— Tu mens.

J'allais secouer la tête et puis, me rappelant le couteau, je rouvris les yeux.

— Nash ne peut pas te faire traverser, et *lui* non plus. S'il en était capable, il n'aurait pas besoin de moi, non ?

Scott ne répondit pas mais il me tira en arrière sur l'épais tapis moelleux.

— Demande-lui. Pas à Nash. A *lui*.

Scott resta muet et tendu derrière moi, et je me demandai si celui qui lui parlait, quel qu'il soit, pouvait m'entendre, ou s'il fallait que Scott s'adresse directement à lui. Par la pensée ou autrement.

Je finis par sentir Scott se détendre, sans pour autant que la lame s'éloigne un seul instant de ma gorge.

— Emmène-moi là-bas. S'il te plaît, emmène-moi. Je veux que ça s'arrête, aide-moi, supplia-t-il.

Il semblait sur le point de craquer, ce qui signifiait que celui qui le tenait devait être aux abois.

Scott se tut de nouveau, tendant l'oreille à des

paroles inaudibles pour nous, et je fus surprise de remarquer que les persiennes closes laissaient encore passer la lumière du jour. J'avais l'impression d'être dans cette pièce depuis une éternité, mais il ne devait pas s'être écoulé plus de quelques minutes. Puis Scott se colla contre moi, me ramenant aux réalités du jour. Sa bouche effleura mon oreille droite à travers mes cheveux.

— Il dit que tout est ta faute.

Quoi ? Un flot de questions vint se mêler à ma peur. Qu'avais-je à voir avec toute cette histoire ?

— Scott, si je t'emmène là-bas, il nous tuera tous les deux. Ou pire.

Il se raidit de nouveau et un frisson incontrôlé agita la main qui tenait le couteau. La pointe de la lame s'enfonça dans ma chair, et la douleur m'arracha un tressaillement silencieux. Un filet de sang tiède coula lentement le long de mon cou.

— Il dit qu'ici je vais mourir. Toi, tu dis que là-bas je vais mourir. Mais moi, je m'en fous de tout ça, je veux juste qu'il sorte de ma tête !

Il eut un sanglot puis se redressa, m'entraînant avec lui, la lame appuyée de plus en plus fermement sur ma peau entaillée.

— Emmène-moi maintenant, ou je te tranche la carotide !

— D'accord…, soufflai-je.

Mon cœur battait si fort que j'avais du mal à entendre mes propres mots, sans parler de mes pensées.

— Je vais t'emmener. Pose juste… ce couteau.

— Kaylee ? cria Nash derrière la porte.

J'entendis un bruit sourd. Il avait laissé tomber son soda.

— Pas question.

Ignorant complètement Nash, Scott secouait la tête, et le mouvement de son corps se communiquait à moi.

— Il a dit que tu allais t'enfuir.

J'abaissai les paupières et inspirai profondément, tentant de freiner le train de mes pensées ainsi que mes pulsations cardiaques. Quand je rouvris les yeux, la poignée de la porte s'était remise à bouger — Nash essayait d'entrer dans la pièce.

— Si ton homme invisible était si malin, fis-je d'une voix que la nervosité faisait vaciller, il saurait qu'il faut beaucoup de concentration pour traverser. Et je ne peux pas me concentrer avec un couteau sur la gorge.

Nash tambourina contre la porte.

— Kaylee, non !

Il avait crié, mais il était désormais trop bouleversé pour réussir à nous influencer l'un ou l'autre.

Derrière moi, Scott s'était immobilisé, de nouveau à l'écoute de l'homme invisible.

— D'accord, dit-il enfin, mais si tu essaies de

t'enfuir, il m'a dit de t'étriper comme une chèvre sur un autel.

Mon cœur battait si fort que j'en avais mal à la tête ; une overdose d'adrénaline transformait mon instinct de survie en impératif absolu. Je savais ce que j'avais à faire, mais j'ignorais, en revanche, si j'allais y parvenir. La carrure de Scott était autrement plus imposante que la mienne, sans compter qu'il était aussi plus fort et plus rapide que moi. Et Nash, bloqué dans le couloir, ne me serait d'aucune aide.

Lentement, Scott éloigna le couteau de ma gorge, provoquant un nouvel écoulement de sang le long de mon cou. Une seconde plus tard, je sentis la lame pointée dans mon dos à travers ma veste et le tissu léger de mon T-shirt.

— Oui, c'est beaucoup plus confortable, lançai-je, incapable de retenir mes sarcasmes malgré le péril dans lequel je me trouvais.

Le regard fixé sur la porte, je tentai de communiquer mentalement mes intentions à Nash, espérant de toutes mes forces que les *banshee* soient au moins un peu télépathes. Mais cela faisait partie des dizaines de pouvoirs sympa dont je n'étais pas dotée.

— Bon, tu vas te sentir un peu bizarre, avertis-je.

Je fermai les yeux et me souhaitai bonne chance.

— Ta peau va picoter, et tu vas avoir l'impression de tomber.

Ce qui était totalement faux. Nash cessa de taper contre la porte, comme pour écouter. Il savait que je mentais et, espérons-le, en avait déduit qu'il n'entrait aucunement dans mes intentions de faire passer Scott dans le monde des ténèbres.

Mais, très vite, il comprit quels étaient réellement mes plans, et il donna un coup de pied si violent dans la porte qu'elle trembla sur ses gonds.

— Alors ne panique pas si tu perds l'équilibre, O.K. ? poursuivis-je à l'intention de Scott, en faisant de mon mieux pour ignorer Nash. Tu es prêt ?

— Ouais.

La voix de Scott était devenue geignarde, et il me serrait le bras si fort que j'en avais la circulation coupée. Il était terrifié.

Très bien. Moi aussi.

Je pris une profonde inspiration. Puis je fis volte-face tout en m'éloignant de la pointe du couteau et, tordant mon bras, échappai à l'étreinte de Scott. Il cria. Le couteau décrivit un arc de cercle dans ma direction. Je levai la main pour protéger mon visage. Acérée, tranchante, la douleur éclata dans la chair de mon avant-bras. Je hurlai et lançai mon pied au hasard. Ma botte rencontra sa hanche, et Scott partit en reculant vers le bureau. Il trébucha et s'abattit comme un arbre.

Avant même qu'il ait touché le sol, je m'étais retournée et m'acharnais sur la serrure. Il me fallut deux tentatives avant de débloquer le loquet. Je tirai la porte pour l'ouvrir et Nash me poussa derrière lui tout en fonçant dans la pièce, armé de sa seule indignation.

Scott gisait sur le tapis, immobile, la main ouverte autour du couteau.

Un instant, je crus qu'il était mort. Que l'homme invisible avait eu raison : il était mort de n'avoir pas traversé. Et puis je vis sa poitrine se soulever et compris qu'il avait seulement perdu connaissance. Il s'était cogné la tête contre le bureau en tombant.

Nash sortit son téléphone de sa poche. Avant même que j'aie intégré ce qui s'était passé, il avait composé le 911 et répondait aux questions de la standardiste. Il lui expliqua que son meilleur ami, Scott Carter, avait été pris d'un accès de démence. Qu'il m'avait attaquée avec un couteau avant de tomber et de s'assommer sur le coin d'un bureau.

La standardiste lui assura que les secours seraient rapidement sur place. Elle ne mentait pas. Nash était encore en train d'envelopper mon bras sanglant dans un torchon de cuisine quand les sirènes retentirent en bas de la rue.

— Dis exactement la même chose que moi, recommanda-t-il.

A travers la porte vitrée de l'entrée, les gyrophares des véhicules de secours stoppés devant la maison lançaient leur lumière rouge. Il me fit doucement asseoir sur l'un des canapés du salon.

— Tout le monde au lycée nous soutiendra. Ils ont tous vu comment il se comportait ces derniers jours.

Mes yeux s'emplirent de larmes et la pièce se brouilla.

— Tu vas le faire enfermer..., murmurai-je sans savoir moi-même si c'était une question.

— On n'a pas le choix, insista Nash tout en se dirigeant vers l'entrée pour aller ouvrir aux secours. On ne peut plus rien faire pour lui, et le seul moyen de l'empêcher de blesser quelqu'un d'autre est de l'isoler.

— C'est notre faute, Nash, sanglotai-je.

De mon bras valide, j'essuyai les larmes brûlantes qui me coulaient le long des joues.

— On aurait dû agir plus tôt.

— Je sais.

Dans le tourbillon de ses yeux, je lus du chagrin, de la culpabilité et du regret. Puis il me tourna le dos et ouvrit la porte d'entrée.

— Redites-moi pourquoi vous avez quitté le lycée ? demanda l'agent de police.

Il approcha sa chaise du chariot sur lequel j'étais assise en tailleur, comme un enfant de maternelle, dans le couloir des urgences.

A vrai dire, c'était plus qu'un agent. Il était détective. Une tentative de meurtre — ou d'assassinat, ou quel que soit le terme qu'ils finiraient par utiliser — était un crime, et même si Scott était, en ce moment, sanglé sur un lit dans l'hôpital psychiatrique où j'avais moi-même passé une semaine, il ne pouvait officiellement plaider la folie. Pas tant que ses parents n'auraient pas dépêché sur place leur avocat hors de prix pour remplacer le tout jeune juriste commis d'office qui se trouvait actuellement à l'étage, tremblant dans ses mocassins premier prix.

Et si quelqu'un méritait de plaider l'irresponsabilité mentale, c'était bien Scott Carter. Il n'avait pas eu réellement l'intention de me tuer. Enfin, peut-être que si, mais ce ne serait jamais arrivé s'il n'avait pas été sous l'influence du souffle de démon, en état de manque et manipulé par un Ténébreux encore non-identifié. Trois déclencheurs de son acte que, j'en étais convaincue, Nash et moi aurions pu éliminer si nous avions agi plus tôt. Et appelé des renforts.

— Kaytlin ? Kaytlin, ça va ? demanda le flic.

Nash donna de petites pressions sur mon bras valide jusqu'à ce que je lève les yeux, étonnée de voir que tout le monde me regardait.

— C'est Kaylee…, marmonnai-je en fixant la rangée de points de suture barrant le bras que je tenais maladroitement devant moi en attendant qu'on y pose un bandage stérile.

— Je m'appelle Kaylee.

L'anesthésique local qu'on m'avait injecté m'avait fait du bien, mais j'étais contrariée de constater qu'il m'engourdissait l'esprit presque autant que le bras.

A moins que ce ne soit le choc.

— Désolé. Kaylee, corrigea le détective.

J'avais insisté pour qu'il s'assoie car je n'aimais pas le voir au-dessus de moi, en position dominante. Même s'il ne semblait pas avoir de soupçons à mon sujet, sa présence me rendait nerveuse. Sans doute parce que je me sentais coupable.

— Kaylee, s'il vous plaît, redites-moi pourquoi vous avez suivi M. Carter depuis le parking du lycée.

Derrière lui, le mince rideau bleu glissa dans son rail de métal et une infirmière assez âgée entra, à peine visible dans un uniforme rouge trop grand pour elle. Elle transportait plusieurs petits paquets que je considérai avec suspicion.

— Parce qu'il se comportait comme un… fou.

Voilà. Je pourrai peut-être aider à la défense de Scott…

— Il racontait n'importe quoi, et on s'est dit qu'il ne fallait pas qu'il conduise dans cet état. Alors on l'a suivi chez lui pour être sûrs qu'il allait bien.

— Et il est allé directement à son domicile ?

Je regardai furtivement Nash. Il acquiesça.

— Oui. La porte d'entrée était ouverte alors on est entrés. Il était dans le bureau de son père.

L'infirmière déchira un paquet de compresses stériles et le bruit me fit sursauter.

— Et là, il vous a sauté dessus avec un couteau ?

Le détective continuait de griffonner dans son carnet sans même lever les yeux pour me voir hocher la tête.

— Il a dit quelque chose ?

— Mmh… Il voulait que je l'emmène quelque part.

Le flic leva enfin la tête, surpris.

— Où ça ?

— Il ne me l'a pas dit.

Ce qui était vrai, techniquement parlant.

— Il a seulement dit qu'il me tuerait si je ne l'emmenais pas. J'ai répondu que je l'emmènerais où il voulait s'il lâchait son couteau. Alors il l'a enlevé de ma gorge pour le pointer mon dos, et quand j'ai essayé de me dégager, il m'a tailladé le bras.

J'appuyai mes propos en tendant mon bras blessé, entravant les efforts de l'infirmière pour le bander.

— O.K., merci, Kaylee.

Le détective se leva et referma son carnet d'un geste sec avant de le glisser dans la poche droite de son long manteau.

— Votre père est en route.

Je n'avais pas réussi à les empêcher de l'appeler. Il avait sans doute eu la peur de sa vie.

— Apparemment, d'ici à ce qu'il arrive, vous êtes entre de bonnes mains.

Le flic sourit à Nash qui ne sembla même pas le remarquer, puis à l'infirmière dont les mains fraîches tremblaient un peu tandis qu'elle appliquait délicatement les compresses sur la longue rangée de points qui partait de mon poignet et s'étendait vers mon coude, dans la partie charnue de mon avant-bras.

— Nous vous recontacterons très vite, dès que nous en saurons plus sur cette histoire. D'accord ?

J'acquiesçai et il s'éloigna vers la sortie. Il avait déjà une main sur la poignée de la porte quand je levai les yeux.

— Qu'est-ce qui va arriver à Scott ?

Le regard que Nash me jeta était presque aussi surpris que celui du flic, mais l'infirmière poursuivit sa tâche comme si de rien n'était.

— Eh bien, ça va dépendre de son avocat. Mais M. Carter — le père de Scott — a témoigné dans un certain nombre d'affaires par ici et, pour un psychiatre, il en connaît un sacré rayon sur la loi. Je ne m'inquiéterais pas pour Scott, à votre place. Il aura les meilleures aides juridiques et psychiatriques.

Je hochai la tête, mais seulement parce que je n'avais rien à répondre à ça. Ni les traitements ni l'argent ne pouvaient venir en aide à Scott au point où il en était et, d'après ce que je savais, il était condamné à entendre cette voix dans sa tête — et à voir cette silhouette dans l'ombre — pendant le restant de ses jours. Même s'il ne devait plus jamais sortir d'une cellule capitonnée.

12

— Contente-toi de rentrer directement à la maison !

Harmony était au téléphone, et je me laissai tomber sur le canapé, mon bras bandé posé sur les genoux. Elle poussa la porte d'entrée pour la refermer derrière nous, bloquant le courant d'air froid venu du dehors. Puis elle se dirigea vers la cuisine et entreprit de fouiller dans le frigo à la recherche d'aliments encore consommables.

A l'autre bout du fil, mon père essaya de discuter, mais elle l'interrompit avec l'assurance d'une femme habituée à donner des ordres.

— Je suis déjà allée la chercher…

Mon père travaillait dans une usine à Fort Worth, et Harmony était employée dans l'hôpital même où j'avais été transportée. Par conséquent, même en partant de la maison — aujourd'hui, elle travaillait dans l'équipe du matin —, elle aurait toujours eu une demi-heure d'avance sur mon père s'il s'était mis en tête de venir me chercher.

— ... parce que j'étais plus près que toi de l'hôpital.

Et parce que Nash avait usé de son influence pour convaincre le médecin de me laisser sortir avec une autre personne que mon tuteur légal.

Harmony écarta le téléphone de son oreille. Dans le combiné, mon père tonnait, se plaignait, questionnait.

— Physiquement, elle va bien. On parlera de tout ça quand tu seras là.

Sur ces mots, elle referma son téléphone avec désinvolture et le rangea dans la poche de son chemisier d'une façon qui laissait clairement entendre que, s'il rappelait, elle ne répondrait *pas.*

Ouah. Je n'avais jamais vu personne traiter mon père de la sorte, et j'étais tellement impressionnée que j'en oubliai de souligner que j'allais bien *mentalement* aussi. Je trouvais que je gérais plutôt pas mal, pour quelqu'un qui avait failli se faire tuer. Une fois de plus.

Harmony sortit un carton de lait du frigo et lança avec un sourire :

— Kaylee, est-ce que la notion de *déjà-vu* te dit quelque chose ? Parce que ton image, allongée et blessée sur ce canapé, commence à me paraître terriblement familière.

— Je te jure que je ne cherche pas les ennuis, protestai-je, un peu irritée.

Nash accrocha les clés de ma voiture de prêt au pan de mur qui séparait l'entrée du salon. Ensuite, il s'assit près de moi sur le canapé, laissant tomber sa tête en arrière comme si elle pesait une tonne. Sur le chemin du retour, nous nous étions arrêtés chez Scott pour que Nash récupère ma voiture et nous suive. Les parents de Scott, toujours à Cancún, avaient été prévenus par téléphone, mais ils ne rentreraient pas avant le lendemain. Leur maison, devant laquelle ma voiture était garée, était donc plongée dans l'obscurité et elle semblait abandonnée, même au beau milieu d'une journée d'hiver ensoleillée.

Elle fichait les jetons.

Harmony posa un paquet de margarine sur le comptoir ; elle extirpa ensuite des sachets entamés de sucre et de farine des profondeurs d'un placard où j'avais rarement mis le nez.

— Que tu les cherches ou pas, on dirait que les ennuis finissent toujours par te trouver.

— Dans le cas présent, je crois que le mot « ennuis » est un euphémisme, marmonnai-je.

Je me déplaçai avec précaution pour m'appuyer sur Nash. Il passa son bras autour de moi.

— Tu ne veux pas savoir ce qui s'est passé ? demandai-je.

Par l'ouverture de la cuisine, je tentais de suivre Harmony du regard. Sa voix étouffée me parvint depuis l'intérieur d'un autre placard.

— Pas pour le moment. Tu vas devoir tout réexpliquer pour ton père, alors autant attendre qu'il rentre.

— Eh bien *moi*, je n'attendrai pas, s'écria Tod.

Je levai les yeux : il était appuyé dans l'encadrement de la porte de la cuisine. Il était apparu près de moi aux urgences juste après le départ du détective, et avait exigé des réponses que nous ne pouvions lui fournir en présence de l'infirmière. Il s'était ensuite éclipsé pour prévenir sa mère et avait découvert qu'elle était déjà en route pour l'hôpital : l'une de ses collègues infirmières avait en effet reconnu Nash et l'avait immédiatement prévenue.

— Bien sûr que si.

Une boîte de bicarbonate de soude à la main, Harmony finit par se relever pour faire face à son fils aîné et vaguement mort.

— Ce n'est pas en lui faisant répéter dix fois la même chose qu'elle va se sentir mieux.

— Ça va être l'horreur, de toute façon, soupirai-je.

En apprenant que l'affaire avait trait au souffle de démon, mon père allait entrer dans une rage *apocalyptique*. Et il n'était pas impossible qu'Harmony, une fois qu'elle serait au courant de toute l'histoire, ait envie de l'imiter.

Tod grogna et se laissa tomber dans le fauteuil de

mon père. Pour une fois, il avait l'air de vouloir nous tenir compagnie physiquement.

Je me redressai, écartant de l'épaule le bras de Nash afin de voir son visage, mais il refusait de me regarder. Ses yeux restaient clos, et une mèche de cheveux bruns lui masquait les sourcils. Sans cette tension que trahissaient ses épaules et sa mâchoire, j'aurais pu le croire endormi. Il était aussi bouleversé que moi et se sentait certainement encore plus coupable, parce que Scott était son ami.

Un bruit métallique retentit quand Harmony posa notre seul saladier digne de ce nom sur le Formica usé du comptoir.

Dehors, le rugissement d'un moteur s'approcha puis diminua pour cesser complètement quand la voiture se gara dans l'allée. Mon père était rentré et, vu la vitesse à laquelle il avait rappliqué, j'étais surprise de ne pas entendre le hurlement des sirènes de police derrière lui.

Quelques instants plus tard, la porte d'entrée s'ouvrit à la volée et claqua contre le mur. Ses clés de voiture à la main, mon père avait le souffle court, comme s'il avait fait le trajet de l'usine à la maison en courant. Sa respiration ne s'apaisa que quand son regard eut trouvé le mien.

— Tu vas bien ?

Je m'avançai au bord du canapé. Nash se redressa et resta assis près de moi, droit comme un I.

— Oui. Ça va.

Grâce à vingt-huit points de suture et une bonne anesthésie locale. Mais je n'avais aucune hâte d'entrer dans la prochaine heure de ma vie. L'infirmière qui m'avait bandé le bras m'avait donné deux cachets de Doliprane. Parce que, m'avait-elle dit, quand l'anesthésie cesserait de faire effet, j'aurais l'impression qu'on m'avait planté un couteau dans le bras.

Je suppose que c'était sa façon à elle de plaisanter.

— Mais, bon sang, qu'est-ce qui s'est passé ?

Mon père était resté dans l'entrée sans refermer la porte, et le courant d'air froid l'avait suivi dans la pièce, soulevant la pile de factures sur la table basse et faisant naître des frissons sur mes jambes.

— Il n'y a pas de professeurs, dans ce lycée ? Personne pour empêcher tout ça ?

Et puis zut. Je compris qu'on ne pourrait pas faire l'impasse sur notre absentéisme…

— En fait, on n'était pas vraiment *dans* le lycée.

Je fermai les yeux aussi fort que je le pus. J'espérais avoir l'air suffisamment pathétique pour l'amadouer.

La porte d'entrée claqua et, quand j'ouvris les yeux, je vis que, en plus de sa peine, mon père éprouvait de la colère et de l'inquiétude.

— Je ne sais même pas par où commencer, Kaylee. Je ne suis rentré que depuis trois mois, et ça fait deux fois que tu manques de te faire tuer. Que faut-il que je fasse pour que tu sois en sécurité ? Est-ce que tu *cherches* les ennuis ?

Malgré la douleur qui montait dans mon bras et l'état de culpabilité et de chagrin dans lequel je me trouvais, je parvins à ébaucher un petit sourire narquois, essayant de détendre l'atmosphère.

— Tu as loupé cette partie de la discussion.

Son angoisse augmenta, effaçant du même coup mon sourire.

Il soupira et retira sa veste avant de traverser le salon, traînant dans son sillage les odeurs de sueur et de métal de l'usine où il travaillait. Il avait dû partir tôt — et renoncer à une partie de son salaire — à cause de moi.

— Comment va ton bras ?

— Bien.

Je le tendis vers lui et il l'examina avec attention, comme s'il avait pu voir à travers l'épais bandage.

— Le médecin a dit qu'il n'y aurait pas de séquelles. Ce sont juste quelques points de suture, papa.

Tod eut un ricanement sarcastique et étendit les jambes sur le repose-pieds du fauteuil de mon père.

— C'est vrai qu'il y en a seulement vingt-huit, commenta-t-il.

Mon père bondit de surprise. Je fus presque amusée

de constater que, si mon père entendait clairement le Faucheur, il ne le voyait pas.

— Bon sang, Tod !

Puis, lançant un regard menaçant vers l'endroit d'où provenait la voix :

— Je t'interdis de jouer les fantômes sournois dans ma propre maison ; je me fiche que tu sois mort ! Montre-toi ou sors d'ici.

Harmony et moi échangeâmes un regard complice que mon père ne remarqua pas.

Le Faucheur haussa les épaules et me sourit, puis il se désintégra du fauteuil pour réapparaître sur le tapis, derrière mon père, et complètement matérialisé, à présent.

— Très bien.

Il avait parlé à quelques centimètres de l'oreille de mon père, et celui-ci sursauta.

— C'est votre maison, c'est vous qui établissez les règles.

Mon père se retourna. Il était devenu rouge à en exploser.

— J'ai changé d'avis. Sors d'ici !

De nouveau, Tod haussa les épaules, et une boucle blonde lui tomba sur le front.

— Kaylee me racontera son scoop plus tard. De toute façon, c'est la fin de ma pause.

Puis il s'éclipsa sans bruit, laissant mon père

fulminer face au vide, les poings serrés dans une rage qui n'avait plus d'objet.

Je consultai la pendule de la cuisine. Elle indiquait 16 heures. Tod n'avait pris son service qu'à midi. S'il ne faisait pas attention, il allait être viré.

— Il est vraiment parti ?

Mon père s'était d'abord adressé à moi, puis il s'était tourné vers Harmony. Celle-ci haussa les épaules, tâchant de retenir un sourire en repoussant de son visage quelques mèches bouclées.

— Autant que je puisse savoir, oui.

Tod ne perdait pas son temps à nous tourmenter, sa mère ou moi, parce que nous ne faisions pas toute une affaire de ses apparitions. Mon père et Nash, qui les prenaient très au sérieux, restaient ses cibles favorites.

Mon père ferma les yeux et inspira une longue bouffée d'air pour se calmer. Puis il reporta son attention sur moi.

— Où en étions-nous ?

— Je te disais que j'allais bien. Pas de séquelles.

Nul besoin de faire de nouveau allusion aux vingt-huit points de suture…

— Mais tu aurais pu être tuée, insista-t-il.

Je n'avais aucun argument à lui opposer à ce sujet. Je me tins donc coite.

— Viens ici, que je te voie mieux.

Il avança à grands pas dans la cuisine et me fit signe

de m'asseoir à la table, sous la source de lumière la plus vive de la maison.

J'obéis, et mon père s'assit sur une chaise à côté de moi, étudiant mon visage comme pour y déceler des traits inconnus jusqu'alors.

— Qui a fait ça ?

Me prenant le menton dans une main, il me tourna doucement la tête afin de mieux voir la petite coupure dans mon cou. L'infirmière ayant jugé qu'il n'y avait pas besoin de points de suture l'avait simplement désinfectée, sans mettre de pansement.

Je soupirai et me dégageai de son étreinte délicate, redoutant d'avance l'explication que j'allais devoir lui servir.

— Scott Carter.

— Le type qui a massacré ta voiture ?

— Non, ça, c'était Doug Fuller.

Mon père pivota sur son siège pour faire face à Nash. Celui-ci était toujours sur le canapé, la tête dans les mains, ses larges épaules voûtées.

— Ce sont tous les deux tes amis ? Tes équipiers au foot ?

Harmony croisa les bras.

— Aiden, Nash n'a rien à voir avec tout ça.

— Ah non, vraiment ?

Mon père se tourna vers elle, et j'espérais qu'elle comprendrait que le ton coupant de sa voix reflétait davantage l'inquiétude que la colère.

— Tu veux dire que c'est une simple coïncidence ? L'un de ses équipiers fait traverser un mur à la voiture de Kaylee, et, moins d'une semaine plus tard, un autre essaie de la décapiter ?

Eh bien, au moins, je savais de qui je tenais ma tendance à l'exagération…

— Les ennuis de Scott sont plus ou moins liés à ceux de Doug, intervins-je en tripotant mon bandage, mais Nash n'a rien à voir avec ça.

Je cherchai du soutien dans le regard de Nash, mais il avait toujours la tête enfouie dans les mains. Il prenait vraiment l'accès de folie de Scott à cœur, et je ne pouvais pas le lui reprocher. J'aurais été effondrée si quelque chose était arrivé à Emma. Surtout quelque chose que j'aurais pu empêcher. Voilà pourquoi il devenait urgent d'en finir avec cette histoire, même si cela impliquait de tout révéler à mon père.

— Quel genre d'ennuis ont ces garçons, exactement ? demanda mon père d'une voix douce. Et en quoi est-ce lié à *toi* ?

Nash finit par relever la tête. Il avait les yeux brillants et rougis. Ses mains, serrées sur ses genoux, tremblaient. J'éprouvai soudain l'envie d'aller m'asseoir à côté de lui sur le canapé, de lui dire que tout irait bien. Que rien de tout cela n'était sa faute : ce n'était pas lui qui avait fourni du souffle de démon à ses amis, et nous n'étions pas certains que le fait d'intervenir plus tôt aurait vraiment sauvé Scott. Qui sait si, en lui coupant les vivres dès le départ, nous n'aurions pas accéléré le déclenchement de sa folie ?

Néanmoins, je restai assise à la table. Nash semblait en effet avoir envie de faire son deuil en privé. Je tenais à respecter cela. Je voulais lui laisser du temps. Mais au premier regard qu'il m'adresserait, je serais près de lui, et prête à l'aider.

Je haussai les épaules, soutenant le regard de mon père avec difficulté.

— Je ne crois pas que ça me concerne en quoi que ce soit.

L'homme invisible de Scott avait pourtant lourdement insisté sur le fait que tout était ma faute, et cette idée me trottait évidemment dans la tête. Je pris une profonde inspiration et poursuivis mes aveux tant que j'en avais le courage.

— Scott et Doug prennent du souffle de démon, et ça les rend fous. Littéralement.

— Quoi ? s'exclama mon père.

Au même instant, un œuf s'écrasa sur le sol de la cuisine. Harmony se tenait au milieu de la pièce, les mains ouvertes et vides. Le filet visqueux d'un blanc d'œuf coulait lentement sur le lino et sur ses ballerines usées.

Et puis les pièces du puzzle s'assemblèrent dans sa tête — je le vis à son expression — et elle s'avança vers moi, écrasant les débris de l'œuf sans même les remarquer.

— C'est pour ça que tu demandais…

Mon père se tourna vers elle.

— Tu étais au courant ?

— Non !

Harmony me regarda, et, en voyant la peine tournoyer lentement dans ses yeux, j'eus honte de moi-même.

— Je pensais qu'elle parlait de Regan Page ! J'étais à des kilomètres d'imaginer que du souffle de démon circulait au lycée !

Elle posa de nouveau le regard sur moi.

— Tu n'en as pas pris, au moins ?

— Bien sûr que non !

Comment pouvait-elle l'envisager un seul instant ? Mais il est vrai que je lui avais menti — même indirectement — en cherchant à lui soutirer des informations.

— Tu ne crois pas que j'ai passé assez de temps comme ça sanglée à un lit ?

Mon père tressaillit et je me sentis presque coupable ; c'était un coup bas. Mais ce n'était pas lui qui m'avait fait hospitaliser. Ma tante et mon oncle s'en étaient chargés, dans une tentative plus que maladroite de m'aider à « gérer » des pouvoirs dont je n'avais pas connaissance et que je ne comprenais évidemment pas. Le seul crime de mon père avait été de m'abandonner à leurs soins.

— Nash et moi, on essayait juste de leur couper les vivres.

Je détestai ce manque d'assurance dans ma voix. Je n'aimais pas non plus que nos pauvres tentatives pour intervenir dans ce trafic puissent sembler puériles à ce couple de *banshee* qui totalisait à lui seul plus de deux siècles.

— Papa, ces types n'ont aucune idée de ce qu'ils prennent et de ce que ça leur fait. On a volé le premier ballon à Scott et on l'a donné à Tod pour qu'il s'en débarrasse, mais Scott s'en est procuré un autre, et…

— Vous avez fait *quoi* ?

La voix de mon père était dure comme la glace, et à peu près aussi chaleureuse.

— Tod est au courant de tout ça ?

Avec un haussement d'épaules, je regardai Nash. Devant l'expression incrédule et désorientée de sa mère, il donnait l'impression de vouloir disparaître.

— On a supposé que vous ne voudriez pas qu'on apporte nous-mêmes le ballon dans le monde des ténèbres…

— Supposition exacte.

Et pourtant ma démonstration de logique tordue ne semblait pas satisfaire mon père outre mesure.

— Pour commencer, comment deux garçons humains ont-ils pu mettre la main sur du souffle de démon ?

— Ils ont…

J'allais poursuivre, mais un bref signe de Nash attira mon attention. Il me regardait avec intensité. Et, soudain, je ne sus plus quoi faire. Nous étions tombés d'accord pour parler du souffle de démon à nos parents et, d'une certaine façon, c'est ce que nous venions de faire. Mais, de toute évidence, Nash ne tenait pas à ce qu'ils apprennent l'existence d'Everett. A moins qu'il ne s'agisse de la fête… ?

Mon père me regardait, dans l'expectative, impatient que j'aille au bout de ma pensée.

— Ils l'ont acheté à un type qui le vend dans des ballons de baudruche. Il appelle ça du givre.

Tout cela était vrai…

— On pourrait demander à Doug…

— Non !

Mon père abattit son poing sur la table qui trembla.

— Tu ne t'approches pas de lui, Kaylee. Harmony, Brendon et moi, on va prendre les choses en main. Je ne veux plus que tu t'approches de ce garçon. Plus jamais.

J'acquiesçai lentement, indécise. Mon père devenait-il paranoïaque ? Il fallait bien que j'aille à l'école et, à moins qu'il n'ait miraculeusement obtenu son bac dans les dernières heures, il en allait de même pour Doug.

A genoux dans la cuisine, Harmony s'apprêtait

à éponger l'œuf qui maculait le sol ; mais toute son attention restait concentrée sur moi.

— Ils ont tous les deux des hallucinations, mais ça a l'air d'affecter Scott beaucoup plus gravement que Doug, dis-je en me rappelant l'hypothèse, émise par Nash, selon laquelle Doug devait avoir un peu de sang ténébreux dans les veines.

— Scott a complètement perdu les pédales au lycée, aujourd'hui, ajouta Nash.

Je lui jetai un regard surpris ; il avait à peine ouvert la bouche depuis notre retour de l'hôpital.

— Il voyait des trucs, il entendait des voix, et il était complètement terrorisé par son ombre.

— En supposant que ce soit bien son ombre à lui…, dis-je.

Nash et moi n'avions pas évoqué ma théorie selon laquelle Scott n'était pas *réellement* en proie à des hallucinations. J'avais dans l'idée que, si quelqu'un était expert en effets secondaires du souffle de démon, ce serait Harmony.

— Qu'est-ce que tu entends par là ? demanda-t-elle.

Mais Nash répondit avant moi.

— Kaylee a été traumatisée par la fixation que faisait Scott sur les ombres. Il leur parlait, il les écoutait, et c'est vrai que c'était assez flippant. Sans compter qu'il y avait le couteau.

Il haussa les épaules et m'adressa un regard compatissant, presque condescendant.

— Pas étonnant qu'elle ait commencé à le croire. Elle était terrifiée. Moi aussi, d'ailleurs.

Son intervention me hérissa, et je posai sur lui des yeux brillants de colère.

— Tu crois que j'ai *imaginé* tout ça ? Je ne suis pas *traumatisée* !

Je voulais bien lui accorder, toutefois, que j'avais eu peur du couteau.

— Kay…

Nash se leva pour me rejoindre dans la cuisine. Sa voix m'enveloppait comme une étole de soie tiède.

— Il délirait, et toi tu avais peur, tu saignais, tu étais en état de choc. N'importe qui aurait été traumatisé. Essaie de ne pas prendre au pied de la lettre ce qu'a dit ou fait Scott. Il lui manque trop de cases.

Je secouai la tête à me donner la migraine mais cela ne suffit pas à lutter contre les accents de séduction qu'avait pris la voix de Nash. Ni à lutter contre mon soudain besoin, irrépressible, d'acquiescer, de me taire et de laisser les choses se faire indépendamment de moi.

Je luttai, pourtant, mais j'avais l'impression que tous mes efforts se résumaient à battre des ailes dans un pot de miel géant, alors qu'il aurait été tellement plus simple de sombrer dans cette douceur sucrée.

— Arrête de m'influencer…

Au lieu du cri que j'aurais voulu pousser, mon ordre sortit de ma gorge sous la forme d'un murmure.

— Nash !

La voix d'Harmony, sèche et comminatoire, fit fondre comme neige au soleil la présence chaleureuse de Nash dans mon esprit.

Furieuse, je reculai ma chaise. Dans le mouvement, je heurtai mon bras blessé contre la table. La douleur se raviva brutalement, me coupant la respiration. Je pressai mon bras contre ma poitrine. Mais ce regain de douleur avait contribué à m'éclaircir l'esprit ; furieuse contre ce que je ressentais comme une trahison, je ravalai des larmes de colère.

— Je ne suis ni hystérique ni *folle* !

La simple évocation d'un défaut de ma logique réveillait mes pires craintes.

Et Nash le savait très bien.

— Kay, personne ne dit que tu es folle.

Mon père s'était levé, lui aussi, et quand il tendit les bras pour me serrer contre lui, je le laissai faire.

— Tu as eu une journée terrible, il essayait juste de te calmer. Même si, de toute évidence, il s'y est pris comme un manche.

Il lança un regard hostile vers Nash qui eut la décence de paraître horrifié de ce qu'il venait de faire. Mais alors, pourquoi avoir agi ainsi ?

— Je suis désolé, Kaylee.

La couleur de ses yeux exprimait son regret. Mais

je ne pouvais pas lui pardonner. Pas pour ça. Pas encore.

— Ne viens plus dans ma tête, Nash.

Je reculai quand il me tendit les bras. Mon mouvement parut lui faire l'effet d'un coup de poing dans le ventre. Une petite part de moi se sentit coupable, mais tout le reste était en colère. J'avais des tas de choses à dire au sujet de ce qui venait de se passer, mais pas devant nos parents.

Alors je me rassis à la table, grinçant des dents quand il prit place à côté de moi.

— Je suppose que d'autres que vous se sont aperçus que Scott ne tournait pas rond ? demanda mon père en reprenant sa place.

Il semblait pressé d'en revenir à l'ordre du jour.

— Euh, ouais.

Nash fit mille efforts pour croiser mon regard, mais je me dérobai chaque fois. Il se mit à tripoter du doigt une fissure sur le plateau usé de la table.

— Mais ils ont tous pensé qu'il était shooté avec une drogue… normale.

Sa mère achevait de nettoyer les traces d'œuf sur le sol. Il lui lança :

— Tu crois qu'on peut faire quelque chose pour lui ?

Harmony secoua lentement la tête.

— Son cerveau a subi des dégâts irréversibles. Et le sevrage va être une épreuve terrible pour lui, dans un hôpital humain, parce que la seule chose qu'ils peuvent faire, c'est l'attacher pour l'empêcher de se blesser. A ma connaissance, les seuls médicaments susceptibles de le soulager viennent du monde des ténèbres.

— Tu pourrais lui en procurer ? intervins-je. Je suppose qu'ils sont stockés à Airlington Memorial ?

Harmony s'appuya contre le comptoir tout en se séchant les mains avec un torchon.

— Je ne travaille pas au service psychiatrique, mais je devrais pouvoir lui rendre visite une fois ou deux. Sinon, Tod s'en chargera.

— Et pour Doug ? ajoutai-je. Il n'est pas aussi atteint que Scott, mais le soir où il a embouti ma voiture, il a dit qu'il avait vu quelqu'un sur le siège passager.

Nash haussa les épaules ; pour la première fois depuis que nous avions quitté le lycée ce matin, il semblait optimiste.

— Ça sera plus facile. La prochaine fois qu'on sort tous les deux, je me débrouillerai pour mettre le médicament dont il a besoin dans son verre.

Les yeux brillants d'espoir — à moins que ce ne soit de désespoir —, Nash s'adressa de nouveau à sa mère.

— Tu sais où trouver ce dont il a besoin, n'est-ce pas ?

— Je pense. Mais ça ne servira à rien tant qu'il

n'aura pas complètement évacué le souffle de démon de son organisme…

— Et nous ne savons toujours pas comment remonter au fournisseur pour lui couper les vivres, soulignai-je.

— Ce n'est plus votre affaire, déclara mon père.

A son ton, je devinai qu'il avait dû jeter son lot de poivrots dehors, quand il travaillait en Irlande dans le pub de ses parents.

— On va manger un morceau, et, après, je veux que tu fasses une sieste. Maintenant. Tant que je suis là pour m'assurer que tu te réveilles bien dans ton lit.

Je n'essayai même pas de discuter. J'étais épuisée, et incapable de penser clairement ; je ne serais d'aucune aide à Emma et Doug tant que je serais dans cet état.

Mon père et Harmony s'affairaient dans la cuisine sous prétexte de préparer un bon repas. Ils essayaient de discuter de la situation sans mentionner quoi que ce soit qui aurait pu m'alarmer. Il semblait que l'hémorragie, alliée à la fatigue, avait contribué à me faire paraître aussi fragile qu'un vase de cristal.

Je les laissai conspirer à voix basse pendant quelques minutes, puis je gagnai ma chambre sans un regard à Nash.

Il me suivit.

Je m'écroulai à plat ventre sur mon lit. Il était resté sur le pas de la porte.

— Va-t'en.

Il prit mes mots pour une invitation à s'asseoir à mon bureau.

— Je suis désolé.

— Tu fais bien.

Je me tournai pour faire face à la fenêtre, tassant mon oreiller sous ma joue, et j'entendis ma chaise craquer quand il se leva. Une seconde plus tard, il était agenouillé devant mon lit, à quelques centimètres de mon visage.

— Non mais franchement, qu'est-ce qui ne va pas chez toi, en ce moment ? lui lançai-je sans bouger.

L'invasion de givre m'avait perturbée, moi aussi, mais je ne m'étais pas pour autant transformée en manipulatrice.

— Kaylee, s'il te plaît...

— C'était lamentable, Nash. C'était... infect.

Me redressant, je rampai en arrière sur le lit pour mettre un peu de distance entre nous.

— Tu me fais croire que je veux faire des choses que je n'ai pas envie de faire, et c'est comme si je perdais le contrôle de moi-même. C'est encore pire que d'être attachée à un lit d'hôpital, parce que ce n'est pas un étranger qui va me relâcher quand j'aurai cessé de me battre contre lui. C'est toi, et je ne devrais pas avoir à me battre contre toi.

Je clignai des yeux pour chasser mes larmes. J'étais

presque aussi furieuse contre moi de pleurer que contre lui d'avoir envahi mon esprit.

— Je ne veux plus jamais de ta voix dans ma tête. Même si c'est pour m'aider.

Nash acquiesça lentement. Ses yeux contenaient trop d'émotions pour que j'arrive à les interpréter.

— Je suis vraiment désolé, Kaylee. Je te jure que ça n'arrivera plus jamais.

Il avala sa salive et baissa les yeux vers ses mains crispées sur le bord du matelas.

— C'est juste que c'est tellement la pagaille, et en plus tout est ma faute. Scott aurait pu te tuer et moi… je n'arrive plus à penser correctement en ce moment.

— Je sais.

Moi non plus, je n'y arrivais pas. Je carburais à la caféine et à l'adrénaline, mais leurs effets conjugués ne duraient guère.

Avant que j'aie pu ajouter quoi que ce soit, mon téléphone bipa et je roulai sur le côté pour l'extirper de ma poche.

C'était un texto d'Emma.

« Sava ? LB dit ke tu as KfT Scott. »

Zut. J'avais oublié que Laura Bell était malade et qu'elle était donc restée chez elle toute la journée. De toute évidence, elle nous avait vus partir en ambulance — Scott sous escorte policière — et elle avait donné sa propre version des faits.

Tout le lycée devait être au courant. Et comme je ne pouvais dire la vérité à personne, la version de Laura — dans laquelle, bien sûr, elle me mettait sur le dos l'arrestation de Scott pour consommation de drogue — serait retenue par tous.

Génial !

Je voulus renvoyer un texto à Emma, mais j'avais du mal à taper de la main droite, et je renonçai après deux tentatives. Nash ouvrit alors la main pour que je lui passe mon téléphone. Il observait mon visage, attentif à ma réaction. Le laisser m'aider reviendrait à lui donner l'absolution.

Je lui tendis mon téléphone en soupirant.

— Dis-lui que je vais bien, et que je lui expliquerai le reste plus tard.

Il hocha la tête et tapa le message avec ses deux pouces. Il était presque aussi rapide que moi.

— Et que je n'ai *pas* cafté Scott.

Quant à la partie de l'histoire où Scott essayait de me tuer, ça attendrait un peu.

13

Emma me dévisagea avec inquiétude quand je pris mollement place près d'elle en cours de chimie le vendredi suivant. La veille, elle avait été préoccupée toute la journée à cause de Doug, et mon état de fatigue lui avait échappé. Mais ce matin, apparemment, mon incarnation du zombie était tellement parfaite que ça ne pouvait plus passer inaperçu.

— Dis donc, Kaylee, tu ressembles à rien ! murmura-t-elle.

La fille assise devant moi nous fit passer une pile de sujets d'examen.

— Merci.

Je décochai à Emma un sourire plein d'humour. Du moins, j'espérais qu'il avait l'air plein d'humour.

— Je n'ai pas beaucoup dormi.

Après le départ de Nash et d'Harmony, la veille, je m'étais effondrée sur le canapé — non sans avoir préalablement enfilé mon armure faite maison — mais je n'avais guère pu me reposer parce que mon père, cette fois, avait refusé de dormir, et que je le sentais qui m'observait. J'avais fait deux rêves de mort en l'espace de quatre heures, et, dans les deux cas, mon père m'avait réveillée en entendant la première note de mon chant funèbre s'échapper de ma bouche.

Chaque fois, il s'était assis sur la table basse, un carnet à spirale dans une main, un stylo dans l'autre, prêt à noter les détails de mon rêve. Mais je ne me rappelais rien d'inédit. Même silhouette sombre. Même chute dans le brouillard du monde des ténèbres. Même panique gonflant dans ma gorge. Même visage flou, impossible à identifier.

Entre mes cauchemars, mon bras charcuté et mon expérience de mort imminente, ma dernière vraie nuit de sommeil n'était plus qu'un souvenir, aussi agréable que lointain. Et cependant, grâce à l'absence de Scott et aux ragots à sensation de Laura Bell, la dernière journée de cours du semestre allait se révéler une épreuve plus terrible encore que la nuit blanche qui l'avait précédée.

Je sentais les regards posés sur moi tandis que j'ouvrais ma copie d'examen.

Toute la matinée, on m'avait observée. On lorgnait le bandage qui dépassait de ma manche. Signe évident que quelque chose de grave avait eu lieu la veille, il attisait les curiosités.

Je fis mine d'ignorer les chuchotements dans les couloirs, les rumeurs qui associaient mon nom et celui de Scott. Celles où l'on se demandait si lui et moi avions trompé Nash et Sophie. J'avais rarement entendu quoi que ce soit d'aussi ridicule.

Je changeai d'avis quand quelqu'un laissa entendre que c'était Nash qui m'avait poignardée — et qu'il était à l'origine du mal mystérieux dont souffrait Scott — en nous surprenant dans les bras l'un de l'autre.

D'autres bruits plus discrets couraient également, provenant d'élèves qui avaient été témoins de la crise de Scott en classe ou à la cafétéria. Avant même notre départ en trombe du lycée, la veille, ils s'étaient rendu compte que Scott ne tournait pas rond ; mais leurs récits n'étaient pas assez rocambolesques pour qu'on les écoute vraiment.

Nash et moi n'avions plus qu'à supporter le poids des ragots et des regards.

Sophie n'en sortait pas indemne non plus. Son absence suspecte ne fit qu'attiser la flamme des rumeurs qui incendiaient le lycée ; et, pour la première fois, on nous mit dans le même sac. Elle aussi était attachée au piquet, condamnée à brûler sur le même bûcher que moi.

Difficile de lui en vouloir d'avoir séché l'école. Surtout quand on savait qu'elle n'avait aucune idée de ce qui s'était réellement passé entre Scott, Nash et moi. Pour ce que j'en savais, elle avait avalé les mensonges venimeux balancés par Laura.

Emma foudroya du regard deux élèves de seconde qui, en attendant qu'on leur distribue les sujets d'examen, parlaient à voix basse en m'observant à la dérobée.

— Ne fais pas attention. Leur vie est tellement banale que personne n'aura jamais envie de parler d'eux, lança mon amie assez fort pour que toute la classe entende.

Mme Knott fronça les sourcils et s'éclaircit la gorge. Emma évita son regard et se pencha sur sa copie. Mais la prof avait à peine tourné le dos que mon amie donna un léger coup de pied dans ma chaise pour attirer mon attention.

— Je suis superinquiète pour Doug, chuchota-t-elle, il n'est pas venu pour son contrôle d'anglais, ce matin.

Depuis que Scott avait pété les plombs au lycée, elle surveillait Doug de près, à l'affût du moindre signe révélant qu'il suivait le même chemin.

— Il n'a presque rien avalé. Et tu vas trouver ça idiot, mais il a tout le temps les mains froides.

Je m'efforçai de sourire pour la tranquilliser. Autant qu'elle ne se tracasse pas trop puisque, de toute façon, elle ne pouvait pas l'aider.

— Je suis sûre que ça ne veut rien dire, Emma. Nash aussi a toujours les mains glacées, et il…

Non.

Je fermai les yeux et déglutis péniblement. C'était forcément une simple coïncidence. Nash ne prenait pas de givre. Il m'aidait à nous en débarrasser, au contraire, et il ne faisait pas semblant. Il savait à quel point c'était dangereux ; l'idée d'inhaler du souffle de démon le révulsait autant que moi.

Mais Doug en consommait *vraiment*, et cela allait *vraiment* le tuer.

Même après ce qui était arrivé à Scott, je n'avais rien révélé à Emma concernant le souffle de démon. Harmony et mon père étaient tombés d'accord pour dire que moins elle en saurait, plus elle serait à l'abri de personnes comme Everett et son fournisseur ténébreux. Mais en la voyant, à présent, folle d'inquiétude pour le premier garçon envers qui elle montrait un véritable intérêt, je ne pouvais m'empêcher de penser que, cette fois, mon père et Harmony avaient tort.

J'étais mieux placée que quiconque pour savoir à quel point l'ignorance pouvait faire du mal, et je trouvais injuste de laisser souffrir Emma comme j'avais moi-même souffert. Surtout depuis que Scott s'était avéré dangereux sous l'effet du souffle de démon.

Et si cela arrivait à Doug ?

— Emma, il faut que je te dise quelque chose.

Elle leva les sourcils et acquiesça, mais, à cet instant, Mme Knott passa dans l'allée près de nous, et je dus renoncer à mes confidences. L'examen venait de commencer.

— Après le cours, articulai-je silencieusement, avant de reporter mon attention sur ma copie pendant toute l'heure qui suivit.

***

A la sortie du cours, malheureusement, Doug attendait Emma. Elle me promit de me retrouver au déjeuner et agita la main en signe d'excuse avant de s'éloigner, un bras passé autour de la taille de son copain.

Celui-ci ne m'avait pas posé de question au sujet de Scott, et j'en fus tout d'abord surprise. Jusqu'à ce que je remarque la barre de chocolat entamée qu'il avait à la main. Il la tenait sans l'emballage et, pourtant, le chocolat ne fondait pas au contact de sa peau. Il était *givré*, et rien n'avait sans doute autant d'importance pour lui que de se maintenir dans cet état.

Tod prenant son service de Faucheur à l'hôpital à midi, je m'attendais à ce qu'il surgisse à tout moment au beau milieu de la classe, exigeant que je lui raconte par le menu tout ce qu'il n'avait pas pu entendre la veille. Mais je ne le vis pas de toute la matinée et je ne pus m'empêcher de me demander pourquoi il préférait s'absenter du travail pour venir nous embêter, Nash et moi, alors qu'il aurait pu apparaître pendant ses heures de repos.

Vers 11 heures et demie, les effets de mon overdose matinale de caféine s'étaient complètement dissipés. J'avais les jambes flageolantes, et je tressaillis en me cognant le bras contre un mur. J'avais survécu à mes trois premiers examens — en revanche, je ne pouvais pas jurer que je m'en étais sortie haut la main — et il m'en restait encore trois. Malheureusement, avec seulement douze heures de sommeil en trois jours, j'avais même du mal à épeler correctement mon nom. Dans ces conditions, je voyais mal comment j'allais réussir les trois examens à venir.

Aussi, pendant la pause de midi, Nash et moi nous éclipsâmes de la cafétéria. Nous sortîmes sur le parking et gagnâmes ma voiture de location. Là, après avoir incliné le siège, je m'endormis pendant qu'il dévorait un cheeseburger et bachotait sa physique, prêt à me réveiller au moindre murmure que je laisserais échapper dans mon sommeil.

A la trente-huitième minute de notre pause qui en comptait quarante-cinq, je m'éveillai en sursaut, toute raide sur mon siège. Nash me fixait avec la même expression que si je venais de réciter la liste de tous les présidents des Etats-Unis pendant mon sommeil. Un talent qui m'aurait d'ailleurs été très utile pour mon contrôle d'histoire.

— Qu'est-ce qui s'est passé ?

Je clignai des yeux, désorientée. Et puis je me souvins : je me trouvais au lycée, à l'intérieur d'une voiture à laquelle je n'étais pas encore bien habituée. Etait-ce pour cela que je me sentais tellement… peu à ma place ? Mais l'épuisement n'expliquait pas que je me sois assise durant mon sommeil.

Dans les yeux de Nash, une spirale de peur s'entrelaçait avec une autre émotion que je n'arrivais pas bien à identifier. Après quelques instants, à mesure qu'il contrôlait la peur que j'avais apparemment déclenchée en lui, je vis ralentir le tourbillon de ses iris.

— Tu faisais des bruits bizarres. Alors je t'ai réveillée.

Vraiment ? Je ne me souvenais pas avoir fait le moindre rêve, et, en tout cas, pas cet affreux cauchemar récurrent où je rêvais de mort. Mais il était clair que quelque chose était arrivé, qui avait fichu les jetons à Nash.

Malgré un réveil brutal — et bizarre —, cette petite sieste m'avait fait plus de bien que je ne l'escomptais. Ou alors c'était la perspective d'avaler le Grizzly Power que Nash me tendit pendant que nous nous dirigions vers le bâtiment du lycée.

Nous arrivâmes juste à temps pour la première heure de cours de l'après-midi.

— Bois vite et travaille bien, dit-il en déposant sur le bout de mon nez un adorable baiser parfumé à la menthe. On se voit au gymnase après les cours.

Il se donnait beaucoup de mal pour se faire pardonner sa conduite de la veille, et la dose de caféine qu'il venait de me fournir lui vaudrait un bonus.

Mais quand la dernière sonnerie retentit, la caféine avait cessé de faire effet et je commençais à ressentir de sérieux élancements dans le bras. J'étais atterrée à l'idée de passer mon vendredi après-midi à peindre — de la main gauche, pour ne rien arranger — des stands pour le projet dont ma cousine s'était entichée, le tout sous les regards et les quolibets de ses copines. Si Sophie se défilait, nous pouvions faire de même. C'est ainsi que je reconduisis Nash chez lui et que je m'écrasai comme une crêpe sur son lit pendant qu'il jouait à la Xbox.

Deux heures plus tard, il me secoua doucement pour me réveiller. Ses mains étaient si froides que je les sentais à travers mon chemisier. J'étais soulagée : je n'avais fait aucun rêve, et je n'avais pas non plus pris de positions bizarres dans mon sommeil.

— Il faut que tu te lèves si on veut arriver à l'heure à cette fête, murmura-t-il en effleurant ma joue de ses lèvres douces et fraîches.

Le soleil couchant dessinait des barreaux dans la chambre de Nash à travers les volets à demi fermés. La lumière rougeoyante me fit cligner des yeux. Encore mal réveillée, je consultai le réveil sur sa table de chevet. Il indiquait presque 5 heures et demie.

— Mmm…

Il sentait trop bon. Je n'avais qu'une envie, c'était d'enfouir mon visage dans son cou et de respirer son odeur. Avant de me rendormir.

Qui avait besoin de vivres et d'eau ? A moi, Nash et un sommeil de plomb me suffisaient amplement. Non ?

— Quelle fête ? marmonnai-je.

Je m'appuyai sur mon bras valide pour me redresser, luttant contre le sommeil qui menaçait de me faire sombrer de nouveau.

— Celle de Doug. Tu te rappelles ? On doit retrouver Everett ?

C'est alors que la réalité me submergea, écrasante, balayant la sérénité que ce réveil auprès de Nash m'avait insufflée.

La fête de Doug. Les ballons d'Everett. Le couteau de Scott. Mon bras tailladé. Soudain, j'avais mal à la tête, et mon estomac était noué d'appréhension.

— Je n'arrive pas à croire qu'il n'a pas annulé sa fête alors que son meilleur ami est à l'hôpital.

Et accusé d'un crime.

Nash haussa les épaules.

— Il y aura encore plus de gens que prévu. Tout le monde va chercher à savoir ce qui est vraiment arrivé à Scott.

En tout cas, ils pouvaient toujours courir pour que je leur révèle quoi que ce soit.

— Mon père va me tuer si on va chez Doug.

Non que les interdictions de mon père m'aient déjà empêchée d'aider un ami…

Nash leva les yeux au ciel et éteignit sa Xbox avant de la pousser contre la commode écaillée sur laquelle reposait le téléviseur.

— Si on n'y va pas, qui va surveiller Emma ?

— Tod… ? commençai-je.

Mais, en prononçant le nom du Faucheur, je me rendis compte que mon plan ne pouvait fonctionner.

— … Oui, bon, je suppose qu'il va quand même falloir qu'il aille bosser à un moment ou à un autre.

— Espérons.

Je passai mes doigts dans mes longs cheveux que j'avais emmêlés en dormant.

— Tu pourrais peut-être la convaincre de…

Il eut un temps d'hésitation.

— Ce soir, vous pourriez peut-être faire une sortie entre filles, toutes les deux, et me laisser m'occuper d'Everett, dit-il finalement.

Je secouai la tête tout en enfilant une chaussure.

— J'ai déjà essayé. Mais après ce qui est arrivé avec Scott, elle est bien décidée à avoir Doug à l'œil.

Je dus m'asseoir sur le lit pour enfoncer le pied dans ma deuxième chaussure puis croisai le regard de Nash, aussi frustré que moi.

Avec un soupir, il s'assit sur le bord de son bureau. Une pensée me traversa et je me redressai.

— Peut-être qu'on complique tout. On n'a qu'à s'arranger pour être seuls avec Everett un moment dans la soirée, l'emmener de l'autre côté, et le laisser dans le monde des ténèbres ?

Ce qui équivalait à une condamnation à mort — ou pire — pour n'importe quel être humain. Et, pourtant, cette pensée ne m'inspira qu'un sentiment de culpabilité très passager ; après tout, la petite entreprise montée par Everett avait ruiné la vie de Scott, et il en serait de même pour quiconque toucherait à son givre.

— Je veux dire : il ne peut pas vendre dans notre monde sans y mettre les pieds, non ?

Nash parut soucieux.

— Tu penses qu'il ne peut pas traverser tout seul ? Si c'est le cas, d'où sort-il ce souffle de démon ?

Et zut. Ma déception était presque aussi grande que mon embarras.

Soit Everett pouvait traverser tout seul — ce qui signifiait qu'on ne pouvait pas le piéger dans le monde des ténèbres, soit il avait un complice qui, lui, en était capable. Auquel cas le fait de se débarrasser d'Everett ne mettrait pas fin au trafic de givre dans notre monde.

Je me penchai pour ramasser mon sac à dos par terre et le jetai sur mon épaule, clignant des yeux à cause de la lumière rougeoyante qui filtrait par les volets.

— Nash, il faut qu'on prévienne mon père, pour Everett.

Nash fit la moue.

— Et il va faire quoi de plus que nous ? A part s'assurer qu'on ne sera plus jamais invités à une fête… ?

— Je n'en sais rien. Mais qu'est-ce qu'on est

censés faire ? Menacer Everett de lui hurler dans les oreilles ?

Je repris mes clés que j'avais posées sur le bureau en entrant. Nash soupira.

— Ecoute, si ton père fiche la fête en l'air, Doug va se retrouver en tête à tête avec Emma toute la soirée. Soit il sera défoncé parce qu'il aura eu une nouvelle dose, soit il en manquera et on le trouvera complètement barré.

J'eus l'impression soudaine que mon cœur sombrait au fond de mon estomac — avec un grand plouf quand il atterrit dans le soda qui m'avait tenu lieu de déjeuner.

Nash avait raison. Mon père pouvait empêcher que la fête ait lieu et peut-être même qu'Everett vende son givre. Du moins, pour un soir. Mais il ne pourrait pas protéger Emma de Doug une fois qu'ils seraient seuls tous les deux.

C'était à moi de le faire.

Nous passâmes d'abord chez moi pour que je me change et prépare un sac pour la nuit. Avant de repartir, je laissai sur le frigo un mot pour mon père où j'expliquais que je sortais avec Nash et que je passerais la nuit avec Emma — comme ça, elle n'aurait aucune chance de se retrouver seule avec Doug ; il pouvait m'appeler quand il voulait pour vérifier que tout allait bien. Il ne risquait pas de me réveiller. Vu la tournure que prenaient les choses, je ne dormirais sans doute plus jamais de ma vie.

Ensuite, sachant que mon père ne pouvait répondre au téléphone pendant ses heures de travail, je l'appelai sur son portable et laissai sur son répondeur un message qui disait à peu près la même chose. Ce soir encore, pour compenser la perte de salaire causée par ma petite mésaventure de la veille, il finirait tard. Avec un peu de chance, il n'aurait pas mon message avant d'avoir fini sa journée, vers minuit. D'ici là, je comptais bien me trouver étalée sur la moquette de la chambre d'Emma, entre une maxi-tablette de chocolat noir aux amandes et un mauvais film d'horreur des années quatre-vingt, bien loin des dangers de ce monde.

Et, tant qu'à faire, de l'autre aussi.

Emma travaillait jusqu'à 19 heures au Cinemark. Elle n'arriverait pas à la fête avant 20 heures. Bien que Nash et moi nous soyons arrêtés en route pour acheter des tacos bon marché, nous étions déjà sur place à 19 h 30.

M. Fuller avait emmené la belle-mère de Doug, une jeune femme de vingt-huit ans, à je ne sais quel congrès professionnel à New York. Doug était donc seul dans une maison assez grande pour héberger toute son équipe de football.

Ou tous les élèves de sa classe de terminale.

Cette fois encore, nous nous garâmes au bout de la rue. Mais, contrairement à la fête précédente, je me sentais un peu plus tranquille pour ma voiture. D'abord, elle n'était pas vraiment à moi ; ensuite, Doug ne conduirait pas ce soir pour rentrer chez lui. Vu qu'il y était déjà.

Quand nous arrivâmes, la fête battait son plein : les haut-parleurs crachaient de la musique à plein volume, les boissons coulaient à flots, les gens dansaient, et des couples flirtaient dans les embrasures de porte ou en haut de l'escalier. Dans la salle de jeu, une douzaine de fils à papa se pressaient autour de deux types absorbés dans une sorte de tournoi virtuel. Une pièce plus loin, deux couples à demi dévêtus avaient trouvé une nouvelle fonction à la table de billard de M. Fuller et, dans la cuisine, l'un des responsables de l'équipe de football était en train d'ouvrir un fût de bière acheté par un frère plus âgé.

Depuis l'autre bout du salon, je fis signe à Brant Williams. Il me répondit en souriant amicalement. Ses yeux noirs brillaient et il dépassait d'une tête la plupart de nos camarades de classe. Pendant que Nash m'aidait à me frayer un chemin dans la foule, je me pris à espérer que Brant déciderait miraculeusement qu'il avait une course à faire en ville avant qu'Everett ne pointe son nez.

Les gens saluaient Nash de toute part, et plus d'un était surpris de me voir en sa compagnie.

Apparemment, le fait que nous soyons ensemble ce soir démentait les pires rumeurs nous mettant en cause, Scott et moi. Quelques types demandèrent à Nash comment allait Scott, et il leur répondit qu'il n'avait pas de nouvelles de lui depuis la veille.

Sophie était la grande absente de la soirée. Certes, j'étais contente qu'elle reste à l'écart du danger — et de moi par la même occasion — mais je commençais à me demander si elle serait présente à la kermesse qu'elle avait contribué à organiser. Je rejetai l'idée de l'appeler : je savais qu'en reconnaissant mon numéro sur son portable elle ne répondrait pas. Je me résignai donc à interroger son père le lendemain matin. Oncle Brendon était au courant de ce qui se passait — plus que Sophie, en tout cas — et il avait certainement pris en compte l'aspect ténébreux des événements quand il l'avait autorisée à sécher le lycée.

Je me sentais presque désolée pour elle.

Nous trouvâmes Doug au fond du salon. Il versait dans un gobelet de plastique transparent quelque chose de plus fort que de la bière.

— Hé, mec, Emma est avec vous ?

D'une glacière posée sur l'épais tapis recouvrant le parquet, il tira une cannette de Coca et la tendit à Nash.

— Elle devrait arriver vers 20 heures, répondis-je.

Doug s'était remis à fouiller dans la glacière. Il en

extirpa un Coca light et un Coca normal et les agita sous mon nez pour que je choisisse. Je désignai le Coca normal. Il laissa tomber le Coca light dans la glacière et sourit.

— Excellent choix. Tu veux un truc pour mettre dedans ?

Il brandit la flasque d'Absolut qu'il avait versée dans son verre.

— Non, merci.

Pas question que je mette à mal mon sens de la logique ou de la coordination alors qu'une apparition d'Everett le dealer était au programme de la soirée.

— Elle aime avoir les choses bien en main, déclara Nash avec un sourire.

Je me retins de l'envoyer dans la quatrième dimension à coups de pied aux fesses.

Doug me considéra d'un œil curieux puis se retourna vers Nash d'un air entendu.

— Tu en as de la chance.

— Il veut dire que c'est moi qui conduis, protestai-je.

Mais le mal était fait.

— On dit ça, rétorqua Doug.

A ce moment, quelque chose derrière moi attira son attention et il sourit de toutes ses dents.

— Salut, tout le monde !

Emma me passa un bras autour de la taille. Elle

embaumait la vanille et portait une jupe — une de celles de sa sœur, à mon avis — qui faisait d'elle une bombe absolue.

— Je croyais que tu bossais, dis-je, tandis que Doug l'attirait à elle.

— J'ai fini plus tôt.

Elle se mit sur la pointe des pieds pour embrasser Doug qui laissa sa main glisser vers ses reins. Pourvu qu'il n'ait pas encore ouvert un nouveau ballon ! Emma se tourna vers moi. Elle souriait d'un air aussi béat que si elle venait de vider une bombe de gaz hilarant. Mais je fus certaine que le ravissement de mon amie était naturel, quand je vis que la main de Doug tremblait, signe qu'il n'avait pas encore pris sa dose.

Et ça voulait dire aussi que nous n'avions pas loupé le coche.

— Après ce qui s'est passé hier, j'ai cru que vous ne viendriez pas, dit Emma.

Son sourire s'évanouit comme elle se remémorait ce que je lui avais raconté la veille au sujet de Scott et du couteau.

Nash décapsula son Coca.

— Elle avait besoin d'un peu de distraction.

Emma sourit.

— Moi aussi.

— Dans ce cas, commence par ça.

Doug tendit à Emma le verre qu'il venait de se remplir, et elle en avala la moitié d'une seule gorgée.

— Dis, Emma, je peux squatter chez toi, cette nuit ? demandai-je en ôtant à mon tour la languette de mon Coca.

— Pas de problème. Ton père est un peu lourd, en ce moment ?

Je haussai les épaules, la laissant tirer ses propres conclusions.

— Hé, Doug, ton pote est arrivé ? demanda Nash.

Je sentis sa main se resserrer sur la mienne.

Mais Doug eut un signe de dénégation.

— J'aimerais bien qu'il se magne le train.

— Quel pote ? s'enquit Emma.

Au lieu de répondre, Doug lui tendit de nouveau le gobelet et insista pour qu'elle le vide. Il l'entraîna ensuite au milieu de la foule qui ondulait sur la piste, bougeant déjà au rythme trépidant de la musique.

N'ayant rien de mieux à faire en attendant qu'Everett débarque, Nash et moi nous joignîmes à eux. Je commençais tout juste à me détendre quand une tache noire brouilla mon champ de vision. Mon sang se figea dans mes veines.

Je m'immobilisai. Autour de moi, les gens dansaient, inconscients du danger qui avançait à présent parmi eux. La foule m'empêchait de voir la porte, mais je ne risquais pas de manquer l'ombre noire flottant près du plafond — un énorme bouquet de ballons noirs, comme le clou du spectacle lors d'une partie de campagne.

Everett était arrivé. Et, avec lui, un stock de givre suffisant pour cramer la moitié du lycée.

14

— Regarde ! criai-je à l'oreille de Nash pour qu'il m'entende malgré la musique assourdissante.

J'empoignai son bras, incapable de détacher mon regard horrifié des ballons qui se balançaient à trois mètres du sol. Sans laisser à Nash le temps de réagir, je l'entraînai vers un coin de la pièce où la foule était moins dense, espérant que le bruit y serait moins fort et que j'aurais une chance de me faire entendre.

Et aussi un meilleur point de vue sur le propriétaire des ballons.

Je lâchai Nash en arrivant à l'autre bout du salon et désignai du menton l'entrée de la maison où le bouquet de baudruches continuait à flotter au-dessus de la pièce comme un nuage toxique. Quel genre de dealer était-ce pour avoir le culot d'entrer par la porte principale ? Cela dit, j'imagine que ce n'était pas facile d'être discret quand on transportait une telle quantité de ballons.

— C'est Everett, non ?

Nous ne pouvions pas le voir, mais qui d'autre se

serait pointé à une fête de lycéens avec ce genre de cargaison ?

Nash leva la tête. Il devint aussitôt exsangue et je crus qu'il allait perdre connaissance. Il acquiesça lentement et, me prenant par la main, il entreprit de traverser la foule. Je fis de mon mieux pour ne pas écraser trop de pieds et éviter les chocs à mon bras blessé. Mon cœur battait à se rompre. Je me sentais au bord de l'étourdissement.

Everett était là. Et nous n'avions encore défini aucun plan !

Nash s'arrêta devant la fenêtre ; de là, nous voyions clairement l'entrée, et je sentis sa main serrer plus fort la mienne. Je suivis son regard tourbillonnant et constatai que le type qui tenait les ballons n'était guère plus âgé que nous — vingt ans à tout casser — et qu'il était flanqué de deux des créatures les plus magnifiques, les plus parfaites et les plus étranges qu'il m'ait été donné de voir.

Everett avait l'air complètement humain. Il était grand et trop mince ; sa constitution maigrichonne était encore accentuée par un T-shirt beaucoup trop grand pour lui et un jean que retenaient à grand-peine ses hanches osseuses. Si son pantalon tombait — ce qui semblait tout à fait possible —, lâcherait-il les ballons pour pouvoir le remonter ? Je ne pus m'empêcher de me poser la question. Mais, à en croire son regard brumeux et la façon dont il s'accrochait aux fils amarrant les ballons, la réponse était « non », j'en aurais mis ma main au feu.

Car, clairement, Everett ne se contentait pas de dealer. Il consommait aussi. Même si j'avais du mal à concevoir qu'il puisse rester suffisamment sain d'esprit pour gérer sa petite affaire.

— C'est pas trop tôt !

L'exclamation de Doug retentit depuis l'autre bout de la pièce. Levant les yeux, je le vis écarter sans ménagement les danseurs, entraînant Emma à sa suite.

— Je t'ai réservé une pièce à l'arrière de la maison.

Les yeux de Doug allaient des ballons au visage d'Everett et ses mains tremblaient. Le manque lui faisait passer un sale quart d'heure, et nous n'étions certainement pas les seuls à nous en rendre compte.

Emma s'approcha de moi, étonnée.

— Qui c'est ?

— Everett, répondis-je.

Plus que jamais, je regrettai de ne pas avoir pu l'empêcher de venir à cette soirée.

— Le fournisseur de Doug, complétai-je.

— Ça, je l'avais deviné toute seule. Mais *elles*, c'est qui ?

De nouveau, elle fit un signe de tête en direction de l'entrée et je réalisai qu'elle parlait des deux filles. Je les regardai donc plus attentivement et finis par comprendre ce qui me choquait chez elles. Ce n'était pas leur beauté surréaliste — même si, soit dit en passant, il aurait dû être interdit d'atteindre un tel degré de perfection physique. Ce n'était pas non plus le fait qu'elles soient identiques — pas comme des jumelles, mais comme deux exemplaires de la même personne. *Exactement* la même personne. La même longue chevelure lisse, blond platine, rejetée sur la gauche, avec une raie au tracé identique. Les mêmes yeux noirs brillant comme s'ils étaient éclairés de l'intérieur. Leurs dents pareillement étincelantes de blancheur, leur teint également pâle et sans défaut. Elles faisaient exactement la même taille et se tenaient de la même manière, la jambe droite légèrement fléchie.

Ce côté copie conforme était certes flippant, mais, non, ce n'était pas ça qui me dérangeait le plus. Ce qui retenait mon attention, comme si un doigt squelettique m'avait tapoté l'épaule, c'était leur attitude. Ces deux filles, qui encadraient Everett, n'avaient pas l'air de faire-valoir, mais de gardes du corps.

Mais je me faisais certainement des idées. En quoi, en effet, deux filles menues et sans armes, vêtues de la même minirobe de mousseline blanche, pouvaient-elles protéger un homme vingt centimètres plus grand et doté de pieds trois fois plus longs que les leurs ?

La foule s'écarta pour laisser passer Doug et ses

compagnons, et, en quelques secondes, ils traversèrent le salon et disparurent de notre vue.

— Je retourne boire quelque chose, dis-je à l'intention d'Emma, avant de me diriger vers la foule.

Elle avait deviné qui était Everett, mais pas ce qu'il vendait vraiment, et je ne voulais pas qu'elle soit impliquée dans… dans la suite des événements, quels qu'ils soient.

— Allons-y ! murmurai-je à Nash.

Comme il ne faisait pas mine de bouger, je lui pris le bras.

Emma haussa les épaules et brandit son gobelet vide.

— J'aurais bien besoin d'un autre verre, moi aussi.

Je pestai intérieurement et cherchai le regard de Nash. Ses yeux finirent par rencontrer les miens et il hocha la tête. Il avait un plan. Mais au lieu de m'en faire part, il prit la direction de la cuisine, s'attendant apparemment à ce que nous lui emboîtions le pas.

Masquant mon agacement, je souris à Emma et entrepris de suivre Nash. A quelques pas de la cuisine, il se tourna vers nous et, tout en marchant à reculons, désigna le gobelet vide d'Emma.

— Qu'est-ce que tu b… ?

Nash s'emmêla les pinceaux et perdit l'équilibre. Il se rattrapa au bras de la fille qui se trouvait à côté de lui.

Avec un couinement de surprise, elle trébucha à son tour, renversant sa bière sur le chemisier d'Emma.

Emma poussa un cri strident et tira sur le tissu froid et mouillé pour l'éloigner de sa peau.

— Je suis vraiment désolé, Emma !

Nash se précipita dans la cuisine et se pencha au-dessus du comptoir pour attraper un torchon qu'il lui lança. Son regard rencontra le mien. Ses iris tournoyaient, pleins de malice.

— Et si ça n'avait pas marché, tu aurais fait quoi ? lui glissai-je en tendant le bras par-dessus son épaule pour arracher une poignée de Sopalin.

— Dans ce cas, la pompe à bière serait tombée en panne, rétorqua-t-il.

Il fit face à Emma, simulant une inquiétude qui me donna envie de rire. Jusqu'à ce que j'entende les mots qu'il prononça alors .

— Kaylee, ton sac est bien dans la voiture ? Tu peux lui prêter un T-shirt ?

Je lançai un regard furieux à Nash. A quel jeu jouait-il ? Non content d'écarter Emma de la scène, il se débarrassait de moi par la même occasion ! Mais ce n'était pas son sens préhistorique de la galanterie qui allait me convaincre de lui laisser le champ libre. Nash n'était même pas en mesure de traverser tout seul ! Il avait besoin de moi.

Emma me dévisageait d'un air suppliant, toute trempée.

— Bien sûr, dis-je entre mes dents serrées.

Je sortis mes clés de ma poche et m'apprêtai à les remettre à mon amie quand Nash me lança un regard d'avertissement et se colla à moi. Vu de l'extérieur, il devait avoir l'air de chercher à m'embrasser, mais au lieu de ça, il me murmura à l'oreille :

— Va avec elle et tiens-la éloignée quelques minutes. Je ne veux pas qu'elle revienne toute seule et qu'en essayant de nous retrouver elle tombe sur quelque chose qu'elle ne devrait ni voir ni entendre. Tu n'es pas d'accord ? poursuivit-il avant que j'aie le temps de protester.

Je me voyais mal le contredire. C'était moi qui, à l'origine, avais émis l'idée de garder Emma en dehors de cette histoire. Il est vrai que je n'avais pas prévu de superviser en personne cette partie du plan…

J'acquiesçai d'un air sombre, le poing serré autour de mon trousseau de clés. Je plantai mes yeux dans ceux de Nash pour qu'il voie bien la colère qui devait y tourbillonner.

En signe d'excuse, il haussa les épaules puis nous suivit du regard tandis que je conduisais Emma à la porte, puis à l'extérieur. L'air glacé de la nuit nous accueillit. Nous nous dirigeâmes vers ma voiture, à l'écart du danger — mais aussi des réponses que je désespérais d'obtenir un jour.

— J-j'aurais dû m'en d-douter, dit Emma en claquant

des dents tandis que nous descendions l'allée pavée. J'avais pensé à apporter ma tenue de ce soir au travail, et j'ai réussi à sortir plus tôt. C'était trop beau, il fallait bien que quelque chose foire.

Elle s'enveloppa de ses bras.

— Ce serait peut-être mieux qu'on dorme chez toi cette nuit. Comme ça, je pourrai nettoyer ce chemisier. Je ne veux pas que ma mère sente la bière dessus. Ni Traci. Traci va me tuer.

— C'est le chemisier de ta sœur ?

Je me frottai les bras. Ils étaient couverts de chair de poule.

— Tu crois que ma mère me laisserait acheter un truc pareil ?

Elle écarta les bras pour me montrer le décolleté plongeant de son top moulant et lamé.

J'ouvris la voiture et Emma s'engouffra à l'arrière pour retirer son chemisier pendant que je fouillais dans mon sac et lui donnais le haut que j'avais prévu de porter le lendemain matin. C'était un simple T-shirt, mais comme le buste d'Emma était beaucoup plus développé que le mien, il lui irait bien mieux qu'à moi.

Malheureusement, pour la même raison, il faudrait qu'elle le porte sans soutien-gorge, à moins de garder le sien qui était trempé et empestait la bière. Mon soutien-gorge de rechange ne serait pas à sa taille, sauf si elle trouvait le moyen de remonter le temps jusqu'à ses douze ans.

— C'est pas un peu vulgaire ? demanda Emma.

Elle tira sur le T-shirt rouge qui moulait parfaitement sa poitrine nue.

— Si.

— Parfait.

Elle sourit et s'observa dans le rétroviseur.

— Tu n'aurais pas une brosse ? demanda-t-elle en désignant le sac ouvert sur mes genoux.

— Je l'ai oubliée.

J'avais fait mes bagages en vitesse.

— Mais je crois que Nash a un peigne dans son sac.

Je désignai l'emplacement, devant le siège passager, où Nash avait déposé son sac à dos.

Emma souleva le sac d'une main et se mit à rire.

— Il n'a pas prévu de lire beaucoup pendant ses vacances, on dirait !

— Et ce n'est pas moi qui vais l'y pousser.

Je souris en pensant aux deux semaines à venir ; les contrôles terminés, les vacances d'hiver arrivaient et nous allions pouvoir rester tout le temps ensemble en dehors de mes heures au Cinemark et de celles que nous ne pouvions éviter de passer à dormir. En admettant que je parvienne, d'ici là, à résoudre mes problèmes de sommeil.

Emma ouvrit la fermeture Eclair.

— Qu'est-ce que c'est que ça ? C'est *froid.*

Un objet rouge et informe émergeait du sac. Emma s'en empara d'une main et fronça les sourcils, perplexe.

Ma réponse me resta en travers de la gorge. J'avais soudain du mal à respirer.

Elle tenait un ballon rouge vif, fermé par un gros clip de plastique noir.

Non. J'avançai pour mieux voir, les mains agrippées sur le dossier du siège avant.

— Je croyais que Nash n'en prenait pas ?

La surprise que j'entendais dans la voix d'Emma n'était qu'un faible écho du démenti que j'avais envie de hurler.

— Mais non, il n'en prend pas, articulai-je, le cœur battant à toute allure.

Mais, dans ma tête, une petite voix m'affirmait traîtreusement le contraire.

— Les ballons d'Everett sont noirs.

Ce qui ne voulait rien dire. Abstraction faite de la couleur, pourquoi Nash aurait-il eu dans son sac de cours un ballon de baudruche à moitié gonflé ? Un ballon de baudruche à moitié gonflé et très *froid*...

Il n'est pas à lui. Peut-être l'avait-il confisqué à un autre des membres de l'équipe qui s'était fourni auprès de Doug. Après tout, je n'avais jamais surpris Nash en train de discuter avec son ombre, et il n'avait pas de tics nerveux comme Scott ou Doug. Et son haleine n'avait jamais senti le souffle de démon. En fait, tout ce qu'elle sentait, c'est…

La menthe. A quel moment Nash avait-il commencé à mâcher du chewing-gum ?

Non. Il m'avait aidée à me débarrasser du premier ballon de Scott, et…

Je m'affaissai dans le siège conducteur, anéantie. Les pièces du puzzle se mettaient en place une à une. Je n'avais pas réellement vu Nash remettre le ballon à Tod. J'étais juste partie du principe qu'il l'avait fait, parce qu'il me l'avait promis.

Sautes d'humeur. Agressivité. Mains froides. Il m'avait empêchée de parler d'Everett à mon père. Et là, il venait de m'envoyer dehors avec Emma au lieu de me laisser rencontrer le dealer.

Nash se droguait au givre.

Des larmes m'emplirent les yeux. La question m'avait vaguement effleurée précédemment, mais j'avais balayé mes propres soupçons en invoquant la paranoïa. Je n'avais pas voulu y croire. Mais à présent, impossible de nier la réalité. *Comment avais-je pu être aussi stupide ?*

— Kaylee ? dit Emma, une main sur le dossier de mon siège.

— Il faut qu'on s'en aille. Tout de suite.

J'allais enfoncer la clé dans le contact quand la

pensée du ballon m'arrêta. Il était *hors de question* que ce truc reste avec nous dans la voiture.

La vision brouillée de larmes, je me retournai et arrachai le ballon des mains d'Emma.

— Reste ici, lui ordonnai-je

Je sortis et claquai la portière, laissant Emma me considérer avec stupéfaction.

Je ne m'étais pas éloignée de dix pas, le nez déjà gelé par l'air glacé, que je vis Nash sortir de chez Doug et refermer la porte. Il dévala les marches de l'entrée et entreprit de remonter le trottoir au pas de course, les mains enfoncées dans ses poches, sans doute pour se protéger du froid. S'apercevant de ma présence, il s'arrêta net.

J'aurais tellement aimé voir dans son regard des couleurs douloureuses — celles du remords, de la culpabilité ou de la honte. Mais, en vérité, il faisait trop sombre pour que je distingue ses yeux.

— Dis-moi qu'il n'est pas à toi.

Tenant le ballon à bout de bras, comme une bombe, je m'arrêtai à quelques mètres de Nash — assez près pour déchiffrer son expression, mais pas suffisamment pour lire dans ses iris. J'avais mal au ventre. Je pris une profonde inspiration. L'air était si froid qu'il me brûlait les poumons.

— Dis-moi la vérité, Nash.

Il tressaillit et baissa les yeux. J'insistai.

— Dis-moi que ce ballon ne t'appartient pas.

Nash inspira longuement et soutint enfin mon regard. Je vis ses épaules s'affaisser et j'aurais juré qu'il avait du mal à parler.

— Je ne peux pas, Kaylee. Il est bien à moi.

15

L'aveu de Nash brisa d'un coup le calme fragile dont j'avais fait montre. Toutes mes pensées volèrent en éclats. Pendant quelques secondes, je ne pus que le fixer. J'étais dans un tel état de choc que tout mon corps était devenu insensible — et ce n'était pas à cause du froid. Puis je saisis les implications de sa déclaration. Alors, je tournai les talons et me ruai vers ma voiture. Dans ma tête, le désarroi et la colère se déchaînaient comme deux fronts orageux prêts à entrer en collision.

— Kaylee, attends !

Ce ne furent pas les mots en eux-mêmes qui m'arrêtèrent mais la détresse de Nash et son intonation désespérée. Mes doigts se crispèrent sur le ballon glacial.

Je m'efforçai de relâcher mes mains et me tournai lentement. Puis je m'employai à desserrer mes dents pour pouvoir lui répondre :

— C'est ce qui a failli me tuer hier, Nash.

J'avais la gorge nouée à force de retenir mes larmes,

et cette douleur, alliée au froid du vent d'hiver, rendait ma voix basse et rauque.

— Trouve-moi une bonne raison qui justifie ça, Nash. Quelque chose qui expliquerait que tu prennes la même *merde* que Doug et Scott, et que tu m'aies menti tout ce temps.

Le vent glacé giflait douloureusement mon visage ; il était presque aussi froid que le ballon qui raidissait mes doigts. Comme Nash demeurait silencieux, je lui tournai le dos et me dirigeai de nouveau vers ma voiture. Mais, cette fois, j'entendis le bruit précipité de ses pas derrière moi.

— Kaylee, arrête !

Au lieu de lui obéir, je me mis à courir. Emma avait déjà entrouvert la portière. D'un signe de tête, je lui indiquai que tout allait bien. Et lui intimai de rester dans la voiture.

— C'était un accident, Kay ! Donne-moi une chance de m'expliquer.

Je lui fis face si brusquement et dans une telle rage qu'il s'arrêta net, surpris.

— C'est par accident que tu as inhalé une drogue mortelle provenant d'un autre monde ? Comment serait-ce possible, Nash ? Tu as respiré, par hasard, au mauvais moment ?

— Oui.

Comme si cela expliquait tout !

J'étais décontenancée : devais-je le prendre au

sérieux ? Et, d'abord, avais-je seulement envie de l'écouter ? Parce que, même en admettant qu'il ait respiré du givre par accident, que faisait-il à proximité d'un démon ? Assez près de lui pour respirer ses miasmes ? Et, pour commencer, que trafiquait-il dans le monde des ténèbres ?

— On peut aller parler quelque part ?

La voix de Nash s'était affermie. Ses mains, cependant, étaient agitées d'un tremblement visible, même quand il essaya de les contrôler.

— Je ne vais pas laisser Emma toute seule, surtout avec Doug qui refait son stock. Tu comptes m'aider à nous débarrasser de ce dealer, ou tu te contrefiches que le reste de tes amis finisse ses jours dans la même cellule capitonnée que Scott ?

Nash tressaillit, et je me sentis presque coupable en le voyant se décomposer sous le coup du remords.

— Everett est parti, Kaylee, dit-il avec effort. Je lui ai dit de décamper d'ici, faute de quoi je ferais appel aux services d'un Faucheur de ma connaissance.

Il sourit sans grande conviction, cherchant à détendre un peu l'atmosphère. Mais je restai de marbre.

— Retournons à l'intérieur et parlons. S'il te plaît.

Je secouai la tête.

— Je ne ramène pas Emma là-bas.

Maintenant, je ne connaissais que trop bien les effets

dévastateurs du manque, et leurs conséquences sur l'entourage des consommateurs de givre…

— Parfait. On peut discuter ici.

D'un mouvement d'épaules, Nash ôta son blouson et me le tendit, mais je reculai. Je n'en voulais pas, pas plus que de sa chaleur. Pas en sachant qu'il m'avait menti et que, le manque se faisant sentir, il était peut-être à deux doigts d'entendre l'homme invisible de Scott. Mais il insista.

— Tu trembles de froid. Prends mon blouson.

De nouveau, il me l'offrit. Cette fois, je cédai. Ses excuses ne m'intéressaient pas, mais j'avais besoin d'entendre tout ce qu'il savait au sujet du souffle de démon, et j'étais complètement frigorifiée.

Nash fit mine de me prendre le ballon pour que je puisse enfiler le blouson, mais je l'esquivai.

— Tu ne crois quand même pas que je vais te le donner, à *toi* ?

Ses yeux s'agrandirent et ses iris tourbillonnants révélèrent sa peine et sa déception. Mais il n'avait pas le droit d'avoir l'air blessé ; c'était moi qui avais toutes les raisons de l'être !

Je rejoignis ma voiture au pas de course. Emma avait observé la scène par la vitre arrière, et elle m'ouvrit la portière passager.

— Tu vas le larguer ? me demanda-t-elle.

Je déposai le ballon sur le siège de cuir.

— Je ne sais pas, mais j'ai besoin de lui parler. Il

faut que tu restes ici. Ne bouge pas jusqu'à ce que je revienne. Et ne touche pas à ce ballon, d'accord ? Même pas du bout des doigts.

Emma haussa les épaules et croisa les bras.

— De toute façon, il me fiche la trouille, ton ballon. Mais il faut que je retourne à l'intérieur et que j'aille voir si Doug va bien. Si ça se trouve, en ce moment, il est là-dedans en train de chanter comme Alvin et les Chipmunks.

Je secouai la tête et lui adressai un demi-sourire.

— Nash s'est débarrassé d'Everett avant qu'il puisse vendre quoi que ce soit.

— Bon. J'y retourne.

Elle tendit la main vers la poignée mais je l'arrêtai.

— Emma, fais-moi confiance. Cette soirée craint vraiment, maintenant.

Elle hésita.

— C'est classé top secret au dossier *banshee* ?

Nous utilisions cette expression pour évoquer tout ce qui avait trait au monde des ténèbres et que je ne pouvais pas lui expliquer. Pas en totalité. Compte tenu du fait que Nash et moi l'avions ramenée d'entre les morts, elle se satisfaisait du peu d'éléments que nous lui fournissions. Ce dont je lui étais immensément reconnaissante.

J'opinai. Elle fronça les sourcils, mais finit par obtempérer, se rencognant dans son siège. Je fouillai dans mes poches pour en sortir les clés de la voiture.

— Tiens. Fais tourner le moteur et allume le chauffage. Je serai de retour dans dix minutes. Après, on ira se choisir des glaces et un DVD.

— D'accord. Mais c'est moi qui choisis le film. Et les glaces.

— Affaire conclue, répondis-je avec un sourire forcé.

Elle se pencha pour mettre le moteur en route, et je sortis retrouver Nash, jetant au passage un regard vers le petit jardin d'hiver à gauche de la maison de Doug. J'avais aperçu un certain nombre de couples, bien emmitouflés sur les chaises longues disposées autour de la piscine couverte à l'arrière, mais la véranda attenante était déserte. Et, grâce à la musique qui continuait de résonner à l'intérieur, il n'y avait guère de risque qu'on entende notre conversation.

Nash me suivit et ferma le portail derrière nous.

— Tu veux t'asseoir ?

Il désigna l'un des bancs de pierre ouvragés qui faisaient face à une rangée de buis.

Je m'assis, et le froid s'infiltra aussitôt à travers l'étoffe de mon jean, me glaçant la peau.

— Les chewing-gums ? lançai-je sans préambule.

Je fus satisfaite de le voir tressaillir.

— C'est pour couvrir l'odeur, admit-il.

La lueur crue des spots qui éclairaient la véranda lui faisait cligner les yeux.

Une nouvelle pointe de déception me transperça le cœur. J'avais bien deviné.

— Les mains gelées ?

De nouveau, il opina tout en déglutissant péniblement ; je pris une inspiration puis poursuivis :

— Et tu ne voulais pas mettre nos parents au courant…

— J'ai déconné…

— Tu as gardé le ballon de Scott, n'est-ce pas ? demandai-je.

J'étais un peu effrayée par le ton de ma propre voix — monocorde et désespéré.

— Tu n'essayais pas de l'aider. Tu voulais juste une dose gratuite.

— Kaylee…, commença Nash d'un air malheureux.

— Réponds !

Je me levai, furieuse, les tempes battantes de colère et l'âme déchirée à chaque pulsation.

— Oui. Mais c'était une dose moins concentrée que ce que je prends…

Il secoua la tête et reformula sa phrase :

— … ce que je *prenais*. Mes doses sont dans des ballons rouges, et celle du ballon noir n'était vraiment pas assez forte pour…

— Pas assez forte pour te faire planer ?

Cette fois, c'est du dégoût que j'entendis dans ma voix.

— Ça fait combien de temps ? repris-je.

Il fronça les sourcils, apparemment perplexe.

— Depuis combien de temps me mens-tu ?

Il ferma les yeux et son ombre, nettement dessinée sur le mur derrière lui, s'affaissa en même temps que lui.

— Un mois.

Il ouvrit les yeux et s'écarta de la lumière pour mieux m'observer.

— C'est arrivé quand nous avons traversé, Kaylee. D'une certaine façon, c'est toi qui as tout déclenché.

— Quoi ?

Certes, nous étions passés ensemble dans le monde des ténèbres à plusieurs reprises, mais je n'avais pas souvenir d'avoir exposé l'un de nous deux au souffle de démon.

— Tu me mets ça sur le dos ?

— Non, dit-il en soupirant, mais l'ironie de la situation est tellement frustrante. Les ballons, au départ, c'était ton idée. Tu te rappelles ?

Bien sûr, que je me rappelais. Je me laissai choir sur le banc. Cette fois, je sentis à peine le froid, trop abrutie par l'onde du choc qui me traversait.

Je me rappelais que, sur le moment, j'avais trouvé que le coup du ballon était une idée de génie — un moyen simple et inoffensif de stocker une substance toxique et difficilement transportable. Je me rappelais le malaise que j'avais ressenti quand nous avions rapporté trois ballons remplis du souffle de démon que contenaient les poumons d'Addy comme contrepartie aux informations fournies par une créature ténébreuse désespérée. Nous lui avions infligé le supplice de Tantale, refusant de lui donner sa dose tant qu'il ne nous aurait pas dit ce que nous voulions savoir. Je ne m'étais jamais sentie si répugnante.

Pendant cette scène, l'un des ballons avait éclaté, et…

Oh ! *non*. L'un des ballons avait éclaté au visage de Nash. Il avait toussé, s'était étranglé — parce qu'il en avait respiré sans le vouloir !

Et je n'avais même pas remarqué.

— Pourquoi tu ne m'as rien dit ? demandai-je, un sanglot dans la voix.

Mon cœur battait à un rythme incertain.

Nash vint s'asseoir à côté de moi et fixa ses mains qu'il avait croisées sur ses genoux.

— Au début, je n'ai pas compris ce qui se passait ; et après, quand j'ai commencé à ressentir les effets du souffle de démon, le venin du lierre pourpre était en train de te tuer. Ta vie et l'âme d'Addy me paraissaient autrement plus importantes que mon petit problème. Mais le givre a été plus fort que moi, et quand tu as commencé à te remettre, j'étais déjà accro. A partir de là, tout s'est emballé.

Assommée, je me pris la tête dans les mains, l'esprit engourdi. Comment avais-je pu être aussi aveugle ? Comment avais-je pu côtoyer Nash sans remarquer ce qui se passait en lui ?

Il faut dire que, en dehors des interclasses et de la pause déjeuner, j'avais à peine vu Nash au cours du mois qui avait suivi son premier contact avec le souffle de démon. J'étais punie et consignée chez moi, indisponible pour lui au moment où il aurait eu le plus besoin de moi. Alors que c'était par ma faute qu'il était devenu dépendant au givre. C'était moi qui l'avais traîné dans le monde des ténèbres, et qui avais demandé à Addy de remplir ces ballons.

Concentre-toi, Kaylee. J'aurais tout le temps de me sentir coupable plus tard, quand tout serait réglé.

— Tu aurais dû me le dire, gémis-je en relevant la tête pour le regarder, j'aurais pu t'aider.

Il haussa les épaules et enfonça ses poings serrés dans les poches de son jean.

— J'ai cru que je pouvais décrocher et que tu ne saurais jamais rien de tout ça.

— Mais j'avais le droit de savoir !

Mon nez coulait. Je l'essuyai du dos de la main.

— Je t'ai confié tous mes secrets — même ceux que j'aurais préféré oublier — parce que je croyais que je pouvais avoir confiance en toi.

Mes mains s'ouvraient et se refermaient sur le vide, comme si j'essayais de trouver dans l'air ambiant le calme dont j'avais besoin.

— Mais, tout ce temps, tu mentais. Pourquoi, Nash ?

— Parce que je ne voulais pas que tu saches !

Il se leva et avança à grands pas vers la haie avant de me faire face, très agité.

— Je ne peux pas m'en empêcher, Kaylee. Et je n'en ai même pas *envie.*

Il cligna les yeux et, dans ses iris, je vis tournoyer de la ferveur — ainsi que le besoin désespéré de quelque chose que je ne pouvais pas lui donner. La douleur s'installa dans ma poitrine, aussi traîtreusement qu'un mauvais virus.

— Quand on plane, on a l'impression que tout est resplendissant et plein de vie. Quand on redescend, tout paraît plat et fade, et alors on ne veut plus qu'une chose : retrouver cette sensation. Même *avant* que le manque se manifeste, on ferait *n'importe quoi* pour la retrouver, parce que, tant qu'elle dure, on se sent invulnérable. On peut oublier quelque chose, perdre quelque chose, laisser tomber quelqu'un… c'est rien. Tout est merveilleux et on n'a pas envie que ça s'arrête. Jamais. Tu comprends ? Je ne voulais pas que tu saches ça…

Il s'affala sur le banc face au mien tandis que sa dernière phrase et la souffrance qu'elle trahissait se fondaient dans le silence, troublé seulement par les basses qui s'échappaient de la maison derrière nous.

Les yeux rivés à lui, je tentai désespérément de calmer la peur, la déception et la colère qui faisaient rage en moi.

— Rien de mauvais ne peut arriver quand on prend du souffle de démon, parce que rien n'est *important*.

Mais moi, je voulais être importante. J'avais tellement besoin de compter pour lui. D'avoir plus d'importance que sa prochaine dose.

— Nash, ce qui devrait t'importer, c'est le fait que tu aies laissé les choses aller si loin. Que ton accoutumance ait contribué à faire enfermer Scott et failli me tuer.

— Non. Ça n'a rien à voir avec moi. Mes potes ne m'ont jamais vu avec un ballon.

Je le crus. Il soutenait trop fermement mon regard pour mentir, et les couleurs de la sincérité tournoyaient calmement dans ses iris. N'empêche que c'était un peu énorme, comme coïncidence. Il devait y avoir un lien, même s'il ne lui apparaissait pas.

Je glissai mes mains gelées au fond des poches du blouson prêté par Nash, et rencontrai un objet dur et froid ; un lourd fermoir de plastique noir.

— Du coup, je suppose qu'Everett est ton fournisseur à toi aussi ?

— Oui, dit Nash en soupirant. Mais je ne savais pas qu'il dealait aussi auprès des humains. Pas jusqu'à ce que Doug prononce son nom devant moi.

Là encore, je le crus.

Et alors ?

— C'est par toi qu'il est arrivé jusqu'à eux. C'est obligé. Sinon, ça n'a aucun sens.

— Non.

Nash secoua la tête, et je me demandai qui de nous deux il essayait de convaincre.

— Everett ne sait pas comment je m'appelle, et je ne lui ai jamais donné le nom de qui que ce soit d'autre.

Je haussai les épaules. Pourtant, la panique était en train de se saisir de moi comme une main glaciale.

— Alors il t'a suivi. Il t'a vu au lycée et il s'est rendu compte qu'il avait à portée de main un marché inexploité. Un énorme troupeau d'enfants gâtés et insouciants dotés de plus d'argent que de bon sens.

— Je ne sais pas, avoua Nash.

Je fronçai les sourcils, incrédule.

— Je te le jure, ajouta-t-il, sur la défensive.

— Il est humain ?

— A moitié. Sa mère est une Harpie.

A tous les coups, il avait eu une enfance difficile. La composition de ses gènes expliquait qu'il ait survécu assez longtemps à la dépendance pour monter sa petite affaire…

— Et les deux filles ?

Une fois de plus, Nash haussa les épaules. Puis il se leva et vint s'asseoir avec lassitude sur le banc, à côté de moi.

— Aucune idée. C'est la première fois que je les vois. Des junkies, peut-être ?

Sauf qu'elles n'avaient pas du tout l'air de junkies. Cela dit, Nash et Doug non plus.

— Comment t'es-tu retrouvé coincé avec Everett ?

Je commençais à claquer des dents, et articuler de façon intelligible me demandait maintenant un véritable effort.

— D'abord, comment on procède pour trouver un dealer de drogue chez les Ténébreux ?

Nash poussa un long soupir puis fixa le petit nuage blanc formé par son haleine. Apparemment, il essayait d'éviter mon regard.

— On m'a recommandé auprès de lui.

Le sentiment de malaise que j'avais éprouvé plus tôt m'envahit de nouveau, me donnant la nausée.

— Qui ?

— Kaylee, il faut que tu comprennes, commença-t-il en se tournant brusquement vers moi.

Ses iris mouvants avaient pris une expression fébrile.

— Tu étais encore malade à cause du venin de lierre pourpre, Addy n'était même pas enterrée, et j'ai commencé à me sentir faible, comme si je faisais une crise d'hypoglycémie ou un truc de ce genre. J'étais incapable de me concentrer sur quoi que ce soit, mais je n'ai pas compris tout de suite ce qui clochait. Jusqu'à ce que je commence à trembler et à avoir des tics nerveux, comme ce diablotin qui avait tellement besoin de sa dose. Je ne savais pas quoi faire. Alors j'ai demandé à Tod de me faire traverser.

— C'est *Tod* qui t'a emmené dans le monde des ténèbres ?

En général, rien de ce que faisait Tod ne me surprenait. Il ne considérait pas les choses sous le même angle que les humains, ni même que les *banshee,* et son sens moral était toujours un peu décalé. Mais Tod n'aurait jamais contribué à nuire volontairement à Nash. Pas plus qu'il n'aurait laissé son frère se faire du mal à lui-même.

— Il ne savait pas pourquoi je voulais traverser, expliqua Nash. Il me devait un service — ne me demande pas en contrepartie de quoi, ajouta-t-il, devançant la question que je m'apprêtais à poser. Il me l'a rendu sans réclamer d'explications : il m'a fait traverser, et il est revenu me chercher une demi-heure plus tard.

— Et alors quoi ? Tu es tombé par hasard sur Everett en te baladant dans le monde des ténèbres ?

Je m'essuyai le nez à l'aide d'un mouchoir en papier trouvé dans l'une des poches du blouson de Nash.

— Est-ce que les demi-Harpies peuvent traverser ?

— Pas toutes seules. Je crois qu'Everett n'a jamais mis les pieds dans le monde des ténèbres.

Nash baissa les yeux et les fixa sur ses mains qui reposaient sur ses genoux, et que le froid avait bleuies.

Il me fallut une bonne minute pour comprendre. S'il n'avait pas traversé dans le but de dénicher un dealer…

Je sentis le sang se retirer de mon visage et je reculai pour m'éloigner de lui.

— S'il te plaît, dis-moi que tu n'es pas allé là-bas pour trouver un démon.

Inhaler du souffle de démon à partir d'un ballon était déjà affreux, mais le faire à la *source* ?

Le conflit qui se jouait dans l'esprit de Nash était visible à la crispation de ses traits.

— Je ne savais pas quoi faire. J'étais désespéré.

— Quel démon ? demandai-je si bas que j'avais du mal à entendre mes propres mots.

Je n'en connaissais que deux dans cette zone — ou dans la version ténébreuse de notre monde — et j'étais horrifiée à l'idée que Nash avait pu avoir affaire à l'un d'eux.

— J'étais obligé, Kaylee, reprit-il d'une voix suppliante. J'avais l'impression d'être en train de mourir. Tu ne peux pas savoir ce que c'est.

— Nash, qui était-ce ?

— Avari, murmura-t-il.

Mon cœur cessa de battre. Un visage émergea brutalement de mes souvenirs, accompagné d'un frisson qui n'était pas dû au froid de la saison.

Avari était le démon de l'avidité. Prêt à prendre mon âme quand j'étais en train de mourir dans le monde des ténèbres. Sa voix glacée hantait mes cauchemars ; elle me promettait que, un jour, il se repaîtrait de mes souffrances, même s'il devait pour cela détruire toutes les personnes qui m'étaient chères.

Apparemment, il avait commencé par Nash.

16

La terreur et la colère, inextricablement mêlées, instillaient leur poison dans mes veines. Je me levai d'un bond et Nash me retint par la main pour m'empêcher de partir.

— Kaylee, s'il te plaît…, supplia-t-il.

Ses doigts tièdes absorbèrent un peu du froid qui raidissait les miens.

Si sa peau avait été plus froide que la mienne — si j'avais eu la moindre raison de soupçonner qu'il était encore sous l'influence du givre —, je me serais enfuie en courant jusqu'à ma voiture, et sans me retourner.

Mais à cause de la chaleur que dégageaient ses mains, je me tournai et le regardai en face.

— Alors, comment ça s'est passé ? demandai-je, la voix aussi glacée que mes doigts qu'il continuait d'agripper. Il a soufflé dans le ballon, pour toi, comme ça ?

— En fait, non.

Et, en dépit de l'obscurité, je jure que je vis Nash rougir.

— La première fois, le transfert a été un peu plus... physique.

Beurk !

— Tu as embrassé Avari ?

Cette seule pensée me glaça les lèvres, et je ne pus m'empêcher d'être révulsée à l'idée qu'un démon du monde des ténèbres et moi avions, de façon indirecte, partagé un contact intime à travers Nash.

— C'était plutôt de l'ordre de la respiration artificielle, insista-t-il.

Mais il avait beau rationaliser, ça n'arrangeait pas vraiment son cas. La pensée d'embrasser un démon me plongeait dans un abîme de terreur et de dégoût d'une profondeur que je n'aurais jamais soupçonnée auparavant.

— Et, après cette fois-là, il a arrangé le coup avec Everett pour que je n'aie plus besoin de traverser.

— Comme c'est prévenant de sa part ! ironisai-je en dégageant mes doigts de son étreinte.

Nash ignora le sarcasme.

— C'est plus ou moins ce que je me suis dit sur le moment — je ne comprenais pas pourquoi il se donnait autant de mal. Mais, maintenant, je sais quelle était la contrepartie.

Il désigna la maison et la fête qui s'y tenait — une horde d'adolescents qui avait failli devenir la clientèle d'un dealer de drogue d'un genre nouveau.

Mais cette contrepartie ne me semblait pas si évidente, à moi.

— Qu'est-ce qu'il y gagne, Avari ?

— A mon avis, il compte se nourrir de leurs souffrances jusqu'à ce qu'ils meurent. Scott Carter, à ce niveau, vient déjà de se transformer en buffet à volonté…

Soudain, mon estomac venait de décider de restituer les tacos avalés plus tôt. Je maîtrisai à grand-peine ma nausée et poursuivis :

— Tu crois qu'il a renoncé ?

J'agitai la main en direction de la maison où les festivités continuaient d'aller bon train.

— Aucune chance. Mais ça va nous donner un peu de temps pour réfléchir.

J'étais épuisée, tant mentalement que physiquement. Je me laissai tomber sur le banc. Ce répit n'était pas suffisant pour me redonner courage.

— Donc, tu sais comment entrer en contact avec Everett, pas vrai ? Tu l'appelles quand tu as besoin de… refaire le plein ?

A cette pensée, je frissonnai. Mais si Nash savait comment le trouver, nous aurions au moins une information valable à fournir à mon père. Ou à toute personne plus qualifiée pour traiter avec un Ténébreux dealer à moitié Harpie.

Mais où trouver une telle personne ? Existait-il l'équivalent surnaturel d'un policier ? A moins que ce genre d'opération relève plutôt de la surveillance de quartier ?

Franchement, je ne savais pas laquelle de ces options m'effrayait le plus…

— Pas tout à fait, répondit Nash. Je ne sais pas comment il fonctionne avec ses… clients humains, mais, dans mon cas, Everett sert seulement de mule. C'est Avari en personne qui récupère le paiement.

Je fermai les yeux, tâchant de faire le point afin d'y voir plus clair. Il était physiquement impossible à un démon de passer dans notre monde, et Nash avait affirmé que lui non plus ne traversait pas…

— Je ne comprends pas, finis-je par dire, nouée par un mauvais pressentiment de plus. Comment encaisse-t-il son paiement si aucun de vous deux ne traverse ?

— C'est une sorte d'opération longue distance, soupira Nash.

Quoi encore… ?

— Les démons disposent d'un certain nombre de méthodes pour interagir avec le monde des humains, et ça craint.

Un frisson parcourut son corps, comme s'il venait de se remémorer quelque chose d'affreux. Soudain, je fus saisie d'une intuition, et une nouvelle pièce du puzzle se mit en place.

— Ce cauchemar que tu as fait… Avari te parle pendant ton sommeil ?

Il ferma les yeux, comme s'il se concentrait de toutes ses forces pour garder son calme — ou peut-être pour masquer le tournoiement de ses iris, et la vérité —, et, quand son regard se planta de nouveau dans le mien, ses yeux étaient inexpressifs. Comme s'il venait de verrouiller la porte d'accès à son âme.

— Je n'appellerais pas ça parler, mais oui. Dans mes rêves, ou à travers un… médium.

— Un médium ?

Nash soupira.

— Parfois, il s'adresse à moi par l'intermédiaire d'une personne de ce monde — n'importe qui de connecté à lui.

— Tu veux dire qu'il entre dans quelqu'un ? C'est comme de la possession ?

L'horreur…

— A défaut d'un meilleur terme, oui, on peut parler de possession. Et je suis quasiment certain que c'est lui, l'homme invisible de Scott. Je crois que tu avais raison, au sujet de ses hallucinations.

Sauf que je n'avais pas deviné l'identité de l'interlocuteur invisible de Scott.

— Tu le savais, n'est-ce pas ? demandai-je d'une voix tremblante de colère.

Je glissai plus loin sur le banc pour mettre de la distance entre nous.

— Tu savais que Scott entendait Avari, mais tu

m'as fait passer pour une idiote devant mon père ! Pourquoi ?

— Je suis désolé.

Son regard sombra comme une ancre.

— J'avais peur qu'en apprenant qu'il entendait un démon il veuille savoir de qui il s'agissait, et qu'il finisse par faire la relation avec moi.

— Et tu m'as fait passer pour une *folle* pour assurer tes arrières ? Comme c'est chevaleresque de ta part !

Le Nash que j'avais rencontré trois mois plus tôt m'avait donné force et confiance. Il avait sacrifié sa propre sécurité pour aider à me protéger. Mais, à présent, il me mentait, m'influençait, et dissimulait des informations qui pouvaient permettre de sauver son meilleur ami. Et tout cela à cause du givre ? Le fait de respirer le souffle d'Avari l'avait-il métamorphosé ? L'haleine du démon était-elle déjà en train de pourrir son âme ?

— Je regrette tellement, Kaylee…

Je l'interrompis d'un geste. Ses excuses ne menaient à rien, et elles me fatiguaient.

— Est-ce qu'Avari me donne des cauchemars, à moi aussi ? Ces rêves de mort, c'est lui qui me les envoie ?

Nash haussa les épaules d'un air malheureux.

— Je ne crois pas que les démons aient le pouvoir de te donner une prémonition si personne n'est vraiment sur le point de mourir, mais, franchement, je ne suis plus sûr de rien.

J'avais serré les dents à m'en faire mal, tout ce temps. Comment pouvait-il répondre à tant de questions avec le peu d'informations qu'il détenait ?

— Donc, ça veut dire que tu n'as pas le numéro de téléphone d'Everett, ni son adresse e-mail ou autre ?

— Avari me dit juste où et quand le rejoindre. C'est pour ça qu'il fallait que je vienne à cette fête. Parce que je ne peux pas contacter Everett par mes propres moyens.

J'allais l'interrompre, mais Nash enchaîna précipitamment :

— Doug non plus. Je le lui ai déjà demandé. C'est Everett qui l'appelle et qui fixe le rendez-vous. Son numéro est masqué.

Nash grimaça et se frotta les mains l'une contre l'autre pour les réchauffer. J'étais gelée, moi aussi, bien qu'emmitouflée dans son blouson, et si je m'étais écoutée, je me serais blottie contre lui pour profiter de sa chaleur. Mais j'étais bien loin d'être prête à tant d'intimité.

— En résumé, Avari se nourrit des souffrances qu'il engendre, et Everett récolte l'argent.

Je m'éloignai davantage de lui pour faire bonne mesure.

— Mais tu ne souffres pas comme Doug et Scott.

Sans doute parce qu'il n'était pas humain.

— Et tu n'as pas d'argent. Alors explique-moi quelle contrepartie Avari compte trouver avec toi ?

Nash baissa les yeux. Ses mains, posées de chaque côté de ses cuisses, agrippaient le bord du banc de pierre. Une nouvelle certitude s'imposa alors à moi, déferlant comme une avalanche et menaçant de m'ensevelir.

— Il l'a déjà trouvée, c'est ça ?

Mon pouls s'affola ; je n'entendais plus que le bruit assourdissant de mes battements de cœur, et je n'étais pas sûre de vouloir que cela cesse pour entendre la réponse de Nash.

— Comment tu le payes, Nash ?

Il secoua la tête.

— Kaylee, il vaut mieux que tu ne saches pas…

— Echange de bons et loyaux services ?

Je pivotai sur le banc pour lui faire face.

— Dis-moi que tu ne deales pas pour lui, poursuivis-je.

Ma voix n'était plus qu'un murmure.

— Mais non ! s'écria Nash. Je t'assure que ce n'est pas ça.

— Dans ce cas, c'est quoi ?

D'un coup d'épaule, je repoussai sa main et priai pour l'inviter — l'*exhorter* — à me dire la vérité.

— Qu'est-ce que tu lui donnes en échange, Nash ?

Il soupira, se rembrunit, et son corps tout entier sembla s'avachir.

— Des émotions. Passées.

— Quoi ? Comment ça ? Tu lui donnes tes émotions ? Ça veut dire que tu ne ressens plus rien ?

Jamais, jusqu'alors, je ne m'étais sentie si profondément horrifiée. Même pas dans les moments où je sentais monter en moi le hurlement annonciateur de la mort.

— Non, pas mes émotions actuelles, m'objecta Nash.

Il essayait de me rassurer, mais la gravité de son regard démentait le ton apaisant de sa voix, et l'ensemble en était encore plus effrayant.

— Les émotions contenues dans certains de mes souvenirs.

— Il se repaît de tes *souvenirs* ?

Je ne pouvais concevoir plus terrible violation de l'intimité. Nash lui cédait les expériences qui avaient fait de lui la personne qu'il était aujourd'hui.

La personne que j'aimais.

Je fis courir ma main sur la pierre dure et froide du banc. J'avais besoin de sentir quelque chose de réel, d'assez concret pour m'ancrer à la réalité. A un monde où la nourriture était juste de la nourriture, et où les souvenirs étaient invulnérables. Intouchables.

— Non.

Il secoua la tête avec véhémence et posa sa main sur la mienne. Elle était chaude ; cependant, il me sembla qu'il volait ma chaleur plutôt qu'il ne l'entretenait.

— Seulement des sensations qui y sont liées. Quand je pense à certaines choses du passé, je ne ressens plus les émotions que j'ai éprouvées quand les choses sont arrivées.

Il esquissa un sourire qui se voulait rassurant, mais il échoua. Lamentablement.

— Je n'en ai pas besoin, de toute façon, non ?

A ces mots, un voile noir assombrit ma vision et les sons alentour s'assourdirent : le choc de sa révélation me parvint, m'isolant un instant de la réalité. Et puis les sens me revinrent et tout fut amplifié, le bruit de la fête, la lumière aveuglante des éclairages, le froid qui me glaçait le corps.

— Tu n'en as pas besoin ? Tu n'as pas besoin de revivre les émotions du passé ?

Vivement, je retirai ma main de sous la sienne et me relevai ; cette fois, il ne fut pas assez rapide pour me retenir.

— La plupart du temps, c'est une bénédiction, Kaylee, assura-t-il.

Je reculai lentement. Si je le plantais là, allais-je arranger les choses ou les aggraver ? Cela nous donnerait-il du temps pour réfléchir et sentir le besoin que nous avions l'un de l'autre ? Ou au contraire pour prendre conscience que, depuis le début, nous n'avions rien à faire ensemble ? Après tout, c'était moi qui l'avais traîné dans le monde des ténèbres, c'était par ma faute qu'il avait été en contact avec le souffle de démon. De son côté, il m'avait menti et m'avait laissée entre les mains de Scott, lequel avait failli m'égorger.

Peut-être, en effet, n'avions-nous rien à faire ensemble…

— C'est comme une anesthésie mentale, poursuivit-il, me suppliant silencieusement de le comprendre. Les choses qui me faisaient souffrir…

Il haussa les épaules.

— Maintenant, elles me laissent… indifférent.

— Tu vois l'indifférence comme un avantage ?

C'était quoi, cette espèce de point de vue tordu ?

— As-tu la moindre idée de ce que je donnerais, moi, pour avoir des souvenirs de ma mère, Nash ? De ce que je donnerais pour me rappeler comment elle était, vivante, et ce que j'ai ressenti quand elle est morte ? Et toi, tu balances ton passé comme un vieux tas d'ordures !

— Ce n'est pas comme ça que ça se passe.

Il ferma les yeux et prit une profonde inspiration.

— Je ne perds pas la mémoire. Mes souvenirs sont toujours là.

— Mais qu'est-ce que ça peut faire si tu ne peux pas les *éprouver* ?

Jamais, auparavant, je n'avais ressenti une telle frustration, ni une si grande déception. Comment avait-il pu permettre à Avari de s'emparer d'une part aussi importante de lui-même ?

Nash poussa un nouveau soupir, et le mince filet d'air qui s'échappa de ses lèvres semblait porter un désespoir dévastateur. Ou de la détresse.

— C'était la seule contrepartie acceptable que je pouvais offrir, Kaylee. La seule chose dont je pouvais me séparer. Et tu comprendrais mieux si tu savais ce qu'il voulait vraiment obtenir de moi.

Son âme ? Son sang ? Sa soumission ? Cette fois, pourtant, je ne posai pas la question. Rien de tout cela ne constituait de contrepartie acceptable pour moi, mais je ne m'étais jamais retrouvée dans cette situation. Qu'aurais-je été prête à payer pour me guérir de la toxine du lierre pourpre si nous avions échoué à regagner le monde des humains à temps ? Certainement pas mon âme. En revanche, en échange de ma vie, aurais-je cédé les émotions liées à mes souvenirs ?

Tout dépendait des souvenirs…

— Quels souvenirs, Nash ? demandai-je alors.

J'eus peur, soudain, qu'il n'ait pas fixé de limites à l'avidité d'Avari.

— Ton premier petit pot ? Ta première dent de lait

tombée ? La première fois que tu es parti faire du vélo tout seul ? Quels souvenirs as-tu perdus ?

Il secoua lentement la tête.

— Les plus intenses, admit-il finalement. Seuls les souvenirs auxquels j'attache de l'importance ont de la valeur pour lui.

Je pris une grande inspiration, et l'air froid se bloqua dans ma gorge, juste derrière un sanglot.

— Nous ?

Je fermai les yeux pour réprimer mes larmes ; je me rappelais le nombre de fois, ces derniers jours, où j'avais été surprise de voir ses iris se figer quand ils auraient dû tournoyer d'émotion. Etait-il en train de se rappeler une scène de son passé ? Et d'essayer de retrouver les émotions qu'elle aurait dû susciter ?

— Tu te souviens encore de ce que tu as ressenti lors de notre rencontre ? Au Tabou ?

J'avançai d'un pas pour mieux lire dans ses yeux, mettant à l'épreuve l'hypothèse la plus douloureuse que j'aie jamais avancée.

— Quand tu m'as calmée pour que je ne crie pas ? Quand tu as compris ce que j'étais ? Ou que tu as su que j'étais comme toi ?

Ses yeux étaient baignés de larmes mais, à mon grand désespoir, aucune couleur ne virevoltait dans ses iris. Pas la moindre étincelle n'allumait le brun et le vert que j'aimais tellement.

Je déglutis péniblement.

— Notre premier baiser ?

Nash baissa les yeux pour m'empêcher de lire la réponse, et je sentis mon corps se raidir sous l'effet de la colère. *Non !* Comment avait-il pu faire don de cela ? Est-ce que mes souvenirs les plus précieux valaient moins, pour lui, que sa dose de givre ?

Qu'avait-il vendu d'autre ?

— La mort de ton père ? Celle de Tod ? Ce que tu as ressenti quand *moi* j'étais en train de mourir ?

A cette dernière question, des larmes s'écoulèrent de ses yeux clos. C'était plus que je ne pouvais en supporter.

— J'ai tout perdu, Kaylee.

Moi y compris.

Je me débarrassai de son blouson et le laissai tomber sur le sol. Le froid me saisit aussitôt, me coupant la respiration. Je m'enfuis en courant vers le vieux portail de bois situé au bout de l'allée pavée. Le sang qui battait à mes tempes couvrait le bruit de la fête.

— Kaylee, s'il te plaît…

Le murmure de Nash, chargé d'une influence désespérée, m'atteignit de plein fouet malgré la distance, mais je redressai la tête et continuai à m'éloigner. J'étais trop dévastée par ce que je venais de perdre — le garçon que j'aimais et qui se rappelait pourquoi il m'aimait — pour me préoccuper de cela.

J'interrompis ma course pour ouvrir le portail ; j'en profitai pour chasser les larmes brûlantes qui striaient mes joues engourdies par le froid. Je me remis ensuite à courir pour contourner la maison, vers ma voiture. Et vers ma meilleure amie, une humaine qui me réconforterait à grand renfort de crème glacée même si elle ne pourrait jamais comprendre la raison de mon chagrin.

Mais à l'instant où je repérai ma voiture, garée au bout du pâté de maisons, j'eus un accès de panique. Une silhouette était appuyée contre la portière avant droite. Une terreur familière s'empara de moi, se frayant un chemin en spirale autour de ma colonne vertébrale et montant sournoisement vers ma gorge comme l'auraient fait des doigts épais et chauds.

Le halo d'un réverbère se reflétait sur la surface d'un ballon rouge vif enserré par deux mains pâles, mais l'obscurité enveloppait le torse large de leur propriétaire ainsi que son visage. Pourquoi Emma avait-elle laissé le ballon sans surveillance ?

— Kaylee, ça va ?

La voix d'Emma me fit sursauter, et je me retournai pour la voir fermer la porte d'entrée de la maison de Doug. Elle s'élançait déjà pour me rejoindre, cette fois couverte de sa veste.

— Où est Nash ?

Je fus incapable de lui répondre : ma plainte funèbre montait déjà. Elle nappa les parois de ma gorge comme un voile hérissé de pointes, et un goût de sang envahit ma bouche. Une prémonition d'une force extraordinaire. Quelqu'un allait mourir *maintenant*. C'était imminent.

Du regard, j'essayai de guider l'attention d'Emma vers la voiture. De lui parler uniquement avec les yeux. Mais je n'étais pas Nash. Elle ne comprenait pas.

— Qu'y a-t-il, Kaylee ?

Frustrée, je lui tournai le dos et courus jusqu'à ma voiture. Pour la première fois de ma vie, je me ruais sur la mort parce que, cette fois-ci, mon effort n'était pas vain. Nash avait affirmé que les morts provoquées par des éléments importés du monde des ténèbres n'étaient pas inscrites sur la Liste ; ainsi, quelle que soit la victime à cet instant précis, je pouvais la sauver — à condition que j'arrive à temps pour l'empêcher d'inhaler du souffle de démon.

Je venais juste de dépasser la porte de la maison voisine, sombre et silencieuse, quand le vieux portail de bois s'ouvrit en grinçant ; j'entendis l'herbe gelée crisser sous le pas de quelqu'un.

— Que se passe-t-il ? lança Nash derrière moi.

— Je ne sais pas ! cria Emma en réponse tandis qu'il se lançait à notre poursuite. Elle refuse de me parler !

Il n'en fallut pas plus à Nash.

— Kaylee, arrête ! hurla-t-il. Attends !

Sauf qu' il m'était impossible de m'arrêter. Je n'avais rien pu faire pour Nash. Je n'avais pas pu aider Scott. Mais celui-ci, je pouvais le sauver.

Vingt mètres. Mon nez coulait et ma gorge brûlait.

— Reste ici, ordonna Nash à Emma sans ralentir pour autant. Kaylee, arrête-toi !

Dix mètres. J'avais mal à force de retenir ma plainte, j'avais l'impression d'avoir avalé des lames de rasoir. Les poings serrés, je courais. Et, à présent, j'étais assez près pour l'entendre.

— Nash, tu m'avais caché ça !

Le sourire qui s'étalait sur le visage de Doug était radieux. Et soulagé. Un peu perplexe, aussi.

— Je te le rembourserai…

— Non ! hurla Nash qui courait derrière moi.

Je ne me retournai pas. Je n'en avais pas le temps. Il fallait que j'arrive à temps pour empêcher Doug d'inhaler ce givre.

— C'est trop fort pour toi ! cria-t-il encore.

J'étais trop loin. J'allais échouer. Doug avait déjà porté le ballon à sa bouche.

Il en aspira une longue bouffée.

Son sourire ne s'effaça pas tandis qu'il commençait à convulser.

C'était fini.

17

— Non ! hurla de nouveau Nash.

L'instant d'après, le temps sembla défiler en accéléré. L'espace et le temps se mélangèrent si violemment que ma tête se mit à tourner ; autour de moi, le décor était devenu flou.

Agité de violentes convulsions, Doug glissa le long du capot de ma voiture. Le vent poussait des mèches de cheveux broussailleux devant ses yeux écarquillés et vides. Ses mains étaient crispées autour du ballon. Du souffle de démon s'en échappait, formant un nuage d'un blanc épais. J'arrêtai ma course à un mètre de lui. J'avais gardé une main sur la bouche pour museler mon cri. Mais j'étais hors d'haleine et incapable de m'empêcher d'inspirer par le nez pour satisfaire mes poumons malmenés.

Deux mains énergiques m'attrapèrent aux épaules et me tirèrent plusieurs mètres en arrière. J'inspirai enfin, puis le monde vacilla autour de moi. L'air qui pénétrait dans mes poumons était pur et froid. Et sain. Les mains ne me lâchèrent pas, me poussant, cette fois, et je fus précipitée dans le jardin des voisins.

Je tombai la tête la première sur la surface gelée d'une pelouse soignée. J'atterris sans grâce, la bouche grande ouverte, et la chute libéra mon cri : ma plainte pour l'âme de Doug s'éleva au moment où celle-ci s'apprêtait à quitter son corps.

Doug s'était effondré ; il était étalé sur le trottoir, toujours secoué de spasmes. Ses membres, son crâne rebondissaient sur la pelouse et sur l'asphalte. Des ombres semi-transparentes virevoltaient autour de lui.

Jailli de nulle part, le brouillard ténébreux absorbait mon monde, n'en faisant qu'une bouchée.

Nash se saisit du ballon que Doug avait lâché et en noua rapidement l'extrémité pour le refermer, y emprisonnant le peu de souffle de démon qui ne s'était pas encore évaporé pour polluer notre air. Puis il tomba à genoux à côté de Doug. Il posa deux doigts sur son cou pour chercher son pouls.

Voyait-il le brouillard ? Etais-je la seule à voir ? En tout cas, Nash n'y accordait aucune attention tandis que, moi, je distinguais les deux niveaux de réalité en même temps, et j'éprouvais le besoin désespéré de les séparer. De repousser ce brouillard.

Et pendant tout ce temps, je hurlais.

« Non ! » Emma venait d'articuler ce mot mais je n'entendais rien. Elle s'effondra à côté de moi, à demi masquée par le brouillard. A genoux, presque roulée en boule sous le choc, elle avait plaqué les mains sur ses oreilles. Des formes sombres ondoyaient autour d'elle et je me mis à frissonner de révulsion. Des larmes emplirent mes yeux puis me coulèrent le long des joues.

« Non ! » dit-elle encore, son désespoir étouffé par ma plainte.

Nash releva la tête. Les couleurs déferlaient dans ses yeux ; j'y lus de la douleur, du remords, de la culpabilité et de l'horreur. Ses iris étaient aussi mouvants à présent qu'ils avaient été impavides quelques instants plus tôt. Il s'éloigna de son ami, qui était toujours secoué de convulsions au milieu du brouillard et des ombres mouvantes, et il s'agenouilla à côté de moi. Il prit ma tête dans ses mains et la tourna de sorte que je ne puisse plus voir Doug. Ses lèvres effleurèrent mon oreille, mais je n'entendais rien. Il n'utilisait pas son influence. Parce que je lui avais demandé de ne plus le faire.

S'écartant de moi, il répéta les mêmes phrases en criant, tandis qu'Emma sanglotait. Je ne les entendais ni l'un ni l'autre. Pourtant, je savais ce que Nash me disait. *Ravale ton cri. Tu peux le faire, Kaylee. Libère Doug…*

C'était difficile. C'était atrocement difficile, sans l'aide de Nash pour me calmer. Mais je refusais de le laisser s'insinuer de nouveau dans ma tête.

Je fermai les yeux et plaquai mes deux mains sur ma bouche. Cela ne suffit pas. Je sentais presque le brouillard gris lécher ma peau. Je forçai ma mâchoire à rester verrouillée, mais ma plainte continuait de s'échapper d'entre mes lèvres scellées, me déchirant la gorge. Je la ravalai donc, les poings serrés pour lutter contre la douleur ; j'enfermai mon cri dans mon ventre, et je le sentis bondir et vibrer comme un essaim de guêpes en colère.

Quand je rouvris les yeux, le brouillard avait disparu. Nash nous regardait, Emma puis moi. Des secousses parcouraient encore le corps de Doug. Emma pleurait toujours.

— Tu te sens capable de prendre le volant pour la reconduire ? me demanda Nash, anxieux.

J'acquiesçai, soulagée de pouvoir l'entendre de nouveau. Je n'étais pas certaine d'être en état de conduire tant la plainte funèbre provoquée par la mort de Doug me consumait, mais Emma avait bu et je n'avais pas le choix. C'était moi ou un taxi.

— Je vais le faire, dis-je.

Nash souleva Emma par les bras, aussi délicatement que le lui permettait l'urgence de la situation.

— Emma, calme-toi. Il est toujours vivant, et je vais faire tout mon possible pour le sortir de là.

Sauf que nous savions tous deux que le décès de Doug n'était plus qu'une question de minutes. Emma ignorait sans doute que, jusque-là, toutes mes prémonitions s'étaient réalisées.

— Mais il faut que toi et Kaylee partiez d'ici avant qu'elle recommence à crier.

Tout en lui parlant, il l'avait accompagnée jusqu'à la voiture. Il l'aida à s'asseoir à l'avant puis ferma la portière.

— Amène-la directement chez elle, me dit-il en faisant le tour de la voiture pour m'ouvrir la portière. Conduis doucement, juste au cas où. Je t'appelle tout à l'heure.

Je hochai la tête, une main toujours fermement plaquée contre ma bouche. Je prendrais son appel, même si nous venions d'avoir la dispute du siècle : entre Nash et moi, ce n'était pas seulement une question de rupture et de réconciliation. Entre nous, c'était une question de vie et de mort. Littéralement.

Il ferma ma portière et, de ma main libre, je tournai la clé dans le contact. La dernière scène que je vis dans le rétroviseur avant de bifurquer au bout de la rue fut Nash qui s'agenouillait auprès de l'un de ses meilleurs amis, le téléphone déjà en main. Personne n'était encore sorti — l'incident avait duré moins de deux minutes, et la musique de la fête avait permis de couvrir mes cris — mais quelqu'un n'allait certainement pas tarder à faire un tour dehors et, pour la deuxième fois en une semaine, la soirée tournerait mal.

Après avoir bifurqué au coin de la rue — en braquant trop brusquement tant j'allais vite —, je sentis ma panique refluer et ma gorge se détendre. La sensation d'être percée par mille aiguilles s'atténuait lentement et, quelques centaines de mètres plus loin, je pus ouvrir la bouche et aspirer une grande goulée d'air, soulagée de constater que le seul son qui s'échappait maintenant de ma gorge était celui de ma respiration.

Et Emma qui n'avait pas cessé de pleurer…

Elle était recroquevillée sur le siège passager, sans ceinture de sécurité, les jambes repliées contre la poitrine et la tempe droite pressée contre la vitre froide. Je voyais ses épaules se soulever à chaque sanglot. Quand elle s'aperçut que je la regardais, elle s'essuya le visage avec la manche de sa veste.

— Ça va ?

Je mis mon clignotant en atteignant un carrefour, puis ralentis pour m'arrêter au feu rouge.

— Non. Il est mort ?

— Je ne sais pas.

Si je n'avais pas dû garder les yeux sur la route, j'aurais pu la regarder vraiment, et me faire une idée précise de la façon dont elle prenait cette tragédie.

— Mais il le sera bientôt.

Emma se tourna vers moi, ses yeux bruns grands ouverts. Implorants.

— Tu ne peux pas le sauver ? Comme tu l'as fait avec moi ?

Sa voix se brisa, et elle porta la main à son visage pour essuyer un nouveau torrent de larmes.

Je secouai tristement la tête puis jetai un coup d'œil à mon amie. Les réverbères devant lesquels nous passions éclairaient la voiture, les uns après les autres. Arriverais-je jamais à expliquer clairement ces choses-là ?

— Emma, si nous l'avions sauvé, quelqu'un d'autre serait mort à sa place.

En effet, même si nous ne l'avions pas vu, il se trouvait dans les parages un Faucheur — ou une Faucheuse — prêt à recueillir l'âme de Doug. Si nous avions sauvé ce dernier, le Faucheur se serait simplement emparé de l'âme d'une autre personne.

Du moins, c'est ainsi que cela se passait généralement. J'étais moins certaine de ce qui se produisait quand l'âme n'était pas inscrite sur la Liste, mais je ne voulais prendre aucun risque.

— Toi, Nash et moi étions les seules personnes présentes, et je refuse de sacrifier l'un d'entre nous pour sauver qui que ce soit.

Pas même ton petit ami. Mais ce n'était pas une chose que je pouvais dire à voix haute.

— Mais si ce n'est pas son heure ? Quand je suis morte, mon heure n'était pas venue.

O.K., un point pour elle. Et un casse-tête à la clé.

Je fermai les yeux et soufflai doucement avant de

reporter mon attention sur la route. Je m'étais posé la même question. Mais au final…

— Ça ne change pas grand-chose, répondis-je en ralentissant et en mettant mon clignotant. Toi, les autres filles et Sophie — aucune d'entre vous n'était censée mourir. Mais, pour vous sauver, il fallait de toute façon que quelqu'un d'autre prenne votre place. C'est un risque que je ne veux plus prendre.

— Attends… *Sophie ?*

Pendant quelques secondes, la surprise éclipsa la douleur et la confusion qui semblaient emprisonner Emma comme un linceul.

— Sophie est morte aussi ?

— Mais elle n'est pas au courant, alors, s'il te plaît, pas un mot là-dessus.

— Comme si j'avais envie d'adresser la parole à Sophie…

Emma s'interrompit et une lueur de curiosité éclaira ses yeux rougis par les larmes.

— Qu'est-ce qui est arrivé ?

J'appuyai sur l'accélérateur pour passer au feu orange puis revins aussitôt en dessous des limitations de vitesse. Si la police nous arrêtait alors qu'Emma sentait encore la bière, ce serait une bien mauvaise façon de finir la plus affreuse des semaines de toute l'histoire.

— Tante Val a pris sa place.

Elle avait fait pour sa fille exactement le même

sacrifice que ma mère pour moi. Sauf que, au départ, c'était sa faute si Sophie était morte. Ce qui, de mon point de vue, minimisait l'importance du sacrifice.

— C'est comme ça que ta tante est morte ?

Du revers de sa manche, Emma essuya ses joues barbouillées de mascara.

Je haussai les épaules.

— Sophie croit qu'elle s'est évanouie à cause du choc et que, quand elle est revenue à elle, sa mère était morte. Elle n'a pas la moindre idée de pourquoi et comment c'est arrivé. Tout ce qu'elle sait, c'est que j'étais là. Voilà pourquoi elle a décidé que, d'une façon ou d'une autre, j'étais responsable de la mort de sa mère.

Rien n'aurait pu être plus loin de la vérité, mais personne — moi y compris — ne tenait à informer ma cousine que sa mère avait tenté de voler cinq âmes innocentes en échange de la jeunesse et de la beauté éternelles.

— Pas étonnant qu'elle te déteste…

Sauf qu'en réalité Sophie ne m'avait jamais portée dans son cœur, même avant ça.

Durant quelques minutes, Emma regarda par la vitre sans rien dire. Je me doutais qu'elle ne voyait pas vraiment les maisons sombres devant lesquelles nous passions. Puis elle se tourna vers moi. L'attente que je lus dans son regard était dévastatrice.

— Kaylee, qu'y avait-il dans ce ballon ?

Les yeux fixés sur la route, je battis des paupières et expirai lentement.

— Il vaut mieux que tu n'en saches rien.

— J'ai vu que Nash te tirait en arrière.

Elle changea de position, et le cuir du siège craqua.

— Il voulait t'empêcher d'en absorber la moindre bouffée. Je ne sais pas ce que c'est, mais ça doit être superfort.

— C'est vrai.

Et pourtant il n'avait pas hésité à m'embrasser et à me faire respirer son haleine alors qu'il inhalait du givre. Comment concevoir qu'il m'accorde une réelle importance alors qu'il avait pris le risque de me mettre en contact avec cette drogue ?

— J'aurais dû intervenir, gémit Emma, je savais qu'il en prenait trop, et je l'ai laissé faire !

Elle tapa du pied sur le sol de la voiture, avec tant de violence que le choc se répercuta dans l'habitacle. J'en eus le cœur brisé pour elle.

— Emma, tu n'aurais pas pu l'arrêter.

Voilà bien une chose dont j'étais sûre. Tout comme j'étais certaine que Nash et moi, en revanche, aurions pu faire quelque chose. C'était raté pour Scott et Doug, mais il n'était pas trop tard pour Nash. Peu importaient ses actes, je ne pourrais plus me regarder en face si je le laissais finir comme ses amis.

— Je devrais être avec lui, déclara Emma en se

redressant, indifférente à mes états d'âme. Tu peux m'amener à l'hôpital ? Il n'est peut-être pas encore mort, et je devrais être là, avec lui. Je sais que ça paraît stupide — ce n'est pas comme si on était amoureux ou un truc dans le genre — mais je me sens minable de l'avoir laissé.

Je secouai la tête et m'engageai dans la rue où elle habitait.

— Je ne trouve pas ça stupide. Mais tu sais, Emma, ils ne te laisseront pas l'approcher. Tu n'es pas un membre de la famille.

Quant à la famille de Doug — à savoir son père et sa belle-mère —, ils étaient toujours en week-end à New York. Cela voulait-il dire que Doug allait mourir tout seul ? Mais Nash pouvait sûrement user de son influence pour entrer aux urgences…

— De toute façon, Emma, ce n'est pas vraiment le moment que tu fréquentes des salles d'hôpital grouillantes de flics.

Emma soupira et s'enfonça dans son siège au moment où je m'arrêtais devant chez elle. La maison n'était pas éclairée.

— Où sont-ils tous passés ?

Le grondement du moteur s'affaiblit puis cessa quand je retirai les clés du contact.

— Traci travaille et Cara est à la fête de Noël de son assoc. d'étudiantes, répondit Emma pendant que j'ouvrais ma portière.

Je ne m'étais pas spécialement attendue à ce que ses sœurs soient à la maison un vendredi soir, mais j'étais inquiète à l'idée qu'Emma se fasse surprendre par sa mère avant qu'elle ait lavé son chemisier et se soit brossé les dents.

— Quant à maman, tu ne vas pas me croire : elle avait un rendez-vous galant !

Elle ouvrit la portière de son côté, sortit de la voiture et avança sur le gazon d'un pas étonnamment sûr.

De toute évidence, la mort l'avait fait dessoûler. Rien de très surprenant, en fait.

J'attrapai mon sac à dos — délesté d'un T-shirt —, claquai la portière et verrouillai la voiture. Emma était déjà à mi-chemin sur la jolie petite allée de pierre, fouillant dans sa poche à la recherche de son trousseau de clés, avant de se souvenir qu'elle me les avait données. Je les lui rendis, et elle entreprit d'introduire la clé dans la serrure de la porte d'entrée ; mais sa main tremblait tellement qu'elle n'y parvint pas, et je dus m'en occuper moi-même.

— Je me sens tellement paumée !

Emma se laissa tomber sur le canapé moelleux tandis que je verrouillais la porte d'entrée derrière nous.

— Je me sens nulle. Complètement frustrée et… impuissante !

Elle se redressa alors et, du poing, frappa l'accoudoir du canapé. Dans le mouvement, elle s'écorcha les phalanges — ce qui n'avait rien de surprenant étant donné la violence de son geste.

Je pris une poignée de mouchoirs en papier dans une boîte posée sur la table basse et la lui tendis.

— Ce n'est pas un mot qu'on entend très souvent, venant d'une fille.

J'affichais un sourire contraint, mais ma plaisanterie tomba complètement à plat.

Je savais exactement ce qu'elle ressentait.

— Je suis sérieuse.

Elle tamponna sa main blessée puis laissa tomber les mouchoirs sur la table basse.

— Quel est l'intérêt de savoir à quel moment une personne va mourir si on ne peut rien faire pour elle ? Comment arrives-tu à supporter un truc pareil ?

J'ôtai mes chaussures et les alignai à côté des autres en bas du placard de l'entrée. Je retournai ensuite m'asseoir à côté d'elle sur le canapé et posai ma tête sur son épaule.

— Est-ce que quelqu'un que tu connaissais est déjà mort ?

Ses parents avaient divorcé quand elle n'avait que quatre ans, mais j'étais presque sûre que son père était toujours en vie. Quelque part.

— Seulement Roger.

— C'est qui, Roger ?

— Mon hamster, quand j'avais sept ans. Est-ce que ça compte ?

— Je ne crois pas.

J'allais sourire, mais je me ravisai en prenant conscience qu'elle pourrait se vexer. Après tout, elle avait peut-être eu beaucoup d'affection pour son petit animal.

— Alors non, personne.

Elle ramena une jambe sous elle et pivota pour me faire face.

— En tout cas, je n'avais jamais été obligée de *regarder* quelqu'un en sachant qu'il allait mourir bientôt. Comment arrives-tu à supporter ça ? répéta-t-elle.

A ce moment précis, je fus à deux doigts de lui avouer la vérité : qu'en réalité, je ne le supportais pas. Pas sans l'aide de Nash.

— Ce n'est pas facile…

Je me levai et, saisissant les mains d'Emma, l'aidai à se lever.

— En fait, c'est une vraie galère. Il y a de la glace ?

— Oui.

Les larmes s'étaient remises à couler sur ses joues. Elle les essuya et désigna la cuisine d'un geste de la main.

— Traci s'est fait larguer par son copain hier. C'est le quatrième, cette année.

C'était quelque chose qui me dépassait : les filles Marshall étaient toutes des bombes.

— Il y a un pot de Phish Food dans le congélateur.

— Super. Choisis un film pendant que je vais chercher la glace.

Emma hésita avant d'acquiescer puis, traversant le salon, se dirigea vers l'étagère à DVD intégrée dans un meuble hi-fi tout simple.

— Apporte deux cuillers ! me cria-t-elle en s'agenouillant pour parcourir les titres des disques.

Pendant la première demi-heure du film — une comédie romantique bon enfant au dénouement prévisible —, Emma enfourna cuillerée sur cuillerée de glace, sans cesser de jeter de fréquents coups d'œil à mon portable posé sur sa table de nuit. De toute évidence, elle lui envoyait des signaux pour qu'il se mette à sonner — Nash avait promis de nous tenir au courant.

Mais mon téléphone resta muet.

Quand le générique se mit à défiler sur l'écran, Emma s'était endormie, sa cuiller à la main. Quelques gouttes de glace au chocolat en avaient coulé et maculaient à présent le T-shirt qu'elle m'avait emprunté. Au moment où je m'apprêtais à me lever pour éteindre la télévision, sa cuiller tomba par terre. Je me glissai donc avec précaution hors du lit et ramenai les deux cuillers et le pot de glace vide dans la cuisine, bâillant à m'en décrocher la mâchoire.

La pendule du micro-ondes indiquait 1 heure moins

le quart ; je me demandai vaguement à quelle heure Mme Marshall rentrerait. Je n'avais aucune référence concernant les sorties amoureuses entre adultes.

Je saisis un Coca dans le frigo puis revins à tâtons dans la chambre d'Emma. Il fallait que j'appelle Nash. Mon téléphone était resté sur la table de nuit, du côté où se trouvait Emma. Je tentai de l'attraper sans réveiller mon amie, mais ce fut peine perdue : je vis ses yeux s'ouvrir d'un coup, comme si la pince invisible qui les tenait fermés jusque-là venait brutalement de s'écarter.

Effrayée, je poussai un cri aigu et reculai d'un bond.

— Emma, ça va ?

Elle finit par cligner les yeux, le visage toujours enfoncé dans l'oreiller. Mais même alors, son regard ne perdit pas son expression hagarde ; il ne se fixa pas non plus sur moi. Ni sur quoi que ce soit d'autre.

— Emma ?

D'un seul mouvement, étrangement raide, elle passa en position assise et cligna de nouveau les yeux, cette fois en me regardant. Elle parcourut alors la pièce du regard comme si elle la voyait pour la première fois — c'était franchement un des trucs les plus bizarres que j'aie jamais vus.

Dans ce monde, ou même dans l'autre.

— Emma ?

Un pas après l'autre, je m'éloignai du lit à reculons,

le poing serré autour de mon portable et l'esprit agité d'un lourd pressentiment.

— Pas exactement..., répondit une voix grave, rauque et *inconnue* par la bouche de ma meilleure amie.

Mon cœur se mit à battre si fort que je crus qu'il allait exploser.

— Qui, alors, *exactement* ?

— Je suis Alec. Actuellement représenté par Emma Dawn Marshall.

Actuellement représenté... ?

— Qui êtes-vous ? Comment vous trouvez-vous *à l'intérieur* de ma meilleure amie ?

Je m'éloignai encore du lit, une main tendue derrière moi afin d'éviter de me cogner dans les obstacles. Si je m'étais écoutée, je me serais enfuie à toutes jambes. Mais je ne pouvais pas abandonner Emma avec... cette chose qui s'exprimait par sa bouche. Qui la possédait. Parce que, de toute évidence, il s'agissait bien de possession.

— Veuillez m'excuser de vous contacter par le biais d'un intermédiaire, mais je ne dispose actuellement d'aucune alternative, poursuivit Emma avec la voix d'Alec.

La synchronisation était imparfaite, comme dans un film mal doublé. Sauf qu'ici l'actrice et le doubleur parlaient la même langue.

— Je vous promets solennellement que votre amie

ne gardera aucun souvenir de cet incident. Il est possible qu'elle se sente fatiguée et désorientée à son réveil, mais, en dehors de cela, il n'y paraîtra pas.

Il tendit les bras d'Emma, comme s'il vérifiait la bonne tenue d'une nouvelle chemise.

Son geste et l'image incongrue qu'elle m'inspira me retournèrent l'estomac. Mon cerveau, quant à lui, traitait à toute vitesse ces informations pour en extraire le sens. Sans beaucoup de succès. Emma s'adressait à moi *avec la voix de quelqu'un d'autre.* On se servait d'elle comme d'un micro humain. Elle était le médium de cet « Alec ».

Et, soudain, dans mon cerveau pourtant passablement chamboulé, le puzzle s'assembla avec une précision terrifiante. Je sentis le sang se retirer de mon visage, et le froid m'envahit.

Nash avait avoué qu'Avari le contactait à travers un médium — en possédant le corps d'une personne de notre monde. Et, à plusieurs reprises ces dernières semaines, je m'étais endormie en présence de Nash, et réveillée auprès de lui. Fatiguée et désorientée, oui, même lors des quelques visites que Nash m'avait rendues en cachette quand j'étais punie. Rien qu'au cours de la semaine passée, cela s'était produit avant que je parte pour le travail, puis dans le parking du lycée pendant la pause déjeuner…

NON !

Mes mains se crispèrent, formant deux poings le

long de mes hanches, et je dus me forcer à desserrer les doigts qui tenaient le téléphone. La colère et la peur montaient en moi comme le tonnerre dans un ciel sombre, bas et menaçant. Accompagné d'un éclair fulgurant qui vrillait chacune de mes terminaisons nerveuses : l'éclair de la trahison.

C'était *moi* qui avais joué les médiums entre Nash et Avari. Le démon s'était servi de moi comme de son talkie-walkie personnel.

Et Nash l'avait laissé faire.

18

— Sortez !

Je balayai la chambre du regard, à la recherche d'une arme — avant de réaliser que je ne pouvais pas atteindre le démon sans blesser Emma du même coup.

— Sortez de son corps ! Elle n'a rien à voir avec tout ça.

Même si je n'avais qu'une vague idée de ce qu'était « tout ça ».

— Emma est humaine et ignore tout des démons, du monde des ténèbres ou du souffle de démon, et de votre saleté de dimension parallèle tordue et toxique !

Le fait de ne rien dire à Emma des monstres planqués sous le lit était censé la protéger des monstres en question. Alors pourquoi, maintenant, m'interpellait-elle avec la voix d'un démon ? Quel genre de lien pouvait-elle bien avoir avec ce Ténébreux ? Et tant qu'à parler de choses qui fâchent, quel était mon lien avec Avari ?

Les sourcils de mon amie se soulevèrent de surprise.

— *Ma* saleté de monde… ?

Et puis son visage s'éclaira, comme si elle — il — venait de comprendre mon erreur. Alec sourit par la bouche d'Emma, et je fus frappée de voir à quel point l'expression qu'elle affichait me semblait insolite si l'on considérait qu'elle passait son temps à me sourire avec ces mêmes traits.

— Vous me prenez pour un démon.

Ce n'était pas une question, et la surprise transparaissait autant dans le ton d'Alec que sur le visage d'Emma.

Il secoua lentement la tête de mon amie, et le sourire qu'ils partageaient s'effaça, laissant place à une moue mélancolique.

— Je suis humain. Il se trouve simplement que, par un malheureux concours de circonstances, je suis bloqué dans le monde des ténèbres.

Stupéfaite, je m'accrochai au bord du bureau d'Emma ; c'était la seule chose que j'avais sous la main et qui me rattachait à la réalité. J'avais besoin de cela pour digérer ce qu'Alec tentait de me faire croire.

Il commença à agiter le corps d'Emma pour la faire lever, mais je tendis le bras devant moi, doigts écartés.

— Ne bougez pas !

Elle haussa les épaules et se rallongea sur le matelas.

— Si cela peut vous mettre à l'aise…

Comme si quoi que ce soit pouvait me mettre à l'aise !

— Vous mentez.

Je m'efforçai de relâcher discrètement l'étreinte de mon autre main sur mon téléphone ; je ne voulais pas attirer l'attention sur celui-ci.

— Vous n'êtes pas humain.

C'était impossible : les humains ne peuvent survivre dans le monde des ténèbres. Pas en conservant l'intégrité de leur corps et de leur âme.

Par conséquent, soit Alec mentait, soit il avait perdu son âme. La troisième option, c'était qu'il se passait du nouveau dans le monde des ténèbres, des événements hors de ma portée et de ma compréhension.

Avec ma chance, c'était sûrement les trois à la fois.

— Pas exclusivement, j'en conviens, admit Alec.

Il redressa la tête d'Emma, entraînant dans le mouvement une mèche de cheveux blonds sur son épaule.

— Mais je vous donne ma parole que je ne vous veux aucun mal ni à l'une ni à l'autre.

J'émis un soupir incrédule tandis qu'il poursuivait, plissant le front délicat de mon amie :

— Si j'avais eu la moindre intention de la blesser,

je lui aurais déjà fait absorber un flacon de somnifères ou je l'aurais forcée à se trancher elle-même la gorge.

Alec fit glisser l'un des ongles effilés d'Emma sur son cou mince et je sentis la terreur me parcourir comme si un bataillon d'araignées défilait le long de mon dos.

— Mais ce n'est pas le but de ma visite.

Bizarrement, ça ne me rassurait pas du tout.

— Vous êtes quoi, alors ? A part humain ?

Je devais me libérer les deux mains, au cas où j'aurais à me défendre. Moi ou Emma. Mais je rechignais à poser mon téléphone — c'était mon filet de sécurité et mon seul lien avec le reste du monde. Le monde des humains, en tout cas.

Alec croisa les bras d'Emma. Pour la première fois depuis qu'il était entré dans son corps, il avait l'air à l'aise. Cependant, son expression laissait deviner de la colère et une rancune qui ne datait pas d'hier. Et qui avait eu le temps de s'envenimer.

— Je suis le proxy d'un démon du monde des ténèbres.

— Le *proxy* ?

La grimace d'Alec s'accentua, évoquant un profond dégoût de lui-même.

— Un serveur mandataire. Il m'utilise à la fois comme homme de main et comme réservoir énergétique. Un peu comme un secrétaire. Un secrétaire comestible.

— Comestible ?

Je ne fis pas mine de cacher mon écœurement et Alec opina avant de repousser une mèche des cheveux d'Emma qui lui tombait sur les yeux.

— Pas au sens littéral du terme, bien entendu. En fait, il ne me mange pas comme nous mangeons, nous, poursuivit-il en haussant les épaules d'Emma. De nombreux démons sont de grands consommateurs de chair. Fort heureusement pour moi, mon maître n'en fait pas partie. Je lui sers de réserve en cas d'urgence, il m'utilise quand la quantité d'énergie qui s'échappe du monde des humains n'est pas suffisante pour le nourrir. Un peu comme une barre énergétique.

Beurk ! Pas étonnant qu'Alec soit en colère.

Je consultai le réveil posé sur la table de nuit — 1 h 8. Mme Marshall rentrerait-elle suffisamment tard pour que j'aie le temps de me débarrasser du visiteur d'Emma ?

— Ecoutez, je suis désolée de ce qui vous arrive, mais je ne vois pas en quoi ça concerne Emma.

— En rien. C'est de vous qu'il s'agit, rétorqua-t-il avec un sourire sous-entendant que je devais me sentir flattée. Emma était le seul médium disponible dans les parages.

— Elle n'était pas disponible, elle était endormie,

aboyai-je avec un courage décuplé par l'indignation que je ressentais à la place de mon amie.

C'est alors que, me souvenant m'être endormie quand Nash m'avait emmenée au travail dimanche, j'eus une intuition.

— C'est vous qui l'avez endormie ?

Alec secoua la tête d'Emma d'un air sombre.

— C'est au-delà de mes capacités. Nous pouvons tout au plus donner à une personne déjà fatiguée une légère *poussée* l'amenant à s'endormir. Pendant le sommeil, l'esprit est plus facilement susceptible de partager un peu son espace dans le corps.

— Ça veut dire que vous avez poussé Emma hors de son corps ?

— Pas du tout.

Il eut un petit rire. Cette chose riait !

— Elle est toujours à l'intérieur. Je l'ai seulement poussée un peu pour m'y mettre.

Il haussa les épaules, faisant montre de la même indifférence quant à la violation du libre arbitre de mon amie que Tod vis-à-vis des portes fermées.

— Quoi qu'il en soit, elle dormait presque.

Je poussai un soupir exaspéré. J'en avais ma claque des personnes — et des non-personnes — qui prenaient les règles morales par-dessus la jambe ! Les biens personnels — que ce soit le corps, l'esprit ou la maison — n'étaient pas des objets de négociation !

— Sortez d'Emma, et ne revenez plus jamais la « pousser » !

Les mains sur les hanches, j'adoptai une attitude que j'espérais menaçante. Sauf qu'évidemment il devait savoir que jamais je ne prendrais le risque de blesser ma meilleure amie, même pour l'atteindre, lui.

— Trouvez-vous un autre médium. Attendez, j'ai mieux : restez en dehors de mes amis et ne m'approchez plus !

Les lèvres d'Emma laissèrent échapper un soupir.

— Rien ne me ferait plus plaisir que d'utiliser un autre corps — et de préférence un qui ne soit pas équipé de seins…

Ma meilleure amie baissa les yeux sur sa poitrine, comme si elle se demandait que faire des courbes généreuses dont la nature l'avait dotée.

— Malheureusement, les médiums potentiels ne sont pas légion dans votre entourage.

Le désespoir assombrit fugacement le visage d'Emma.

— Mais je vous jure sur ma vie et sur mon âme que si vous acceptez de m'aider — si vous acceptez que nous nous aidions l'un l'autre — je n'aurai plus jamais à réquisitionner de médiums.

Je lançai un regard incrédule à Emma/Alec :

— Vous me demandez un service ?

La tête d'Emma fit signe que oui.

— Et je vous propose également de vous en rendre un.

Ma curiosité fut plus forte que mon besoin désespéré de redonner à Emma le contrôle de son corps.

— Que pourriez-vous bien faire pour moi ?

Le sourire qu'affichait Emma s'élargit, dévoilant ses dents blanches et régulières. Avec une expression presque narquoise, il répondit :

— Vous rendre votre amoureux.

Me le rendre ?

Ma confusion devait être visible car Emma fronça les sourcils dans une mimique amusée relativement masculine.

— Votre petit ami. Nash. J'ose espérer que vous vous souvenez de lui. Ou bien le cœur est-il si prompt à l'oubli ?

Un accès de terreur m'envoya un jet d'adrénaline brûlante dans le sang avant de plomber mon estomac. De ma main libre, j'empoignai le dossier de la chaise de bureau d'Emma et m'effondrai dessus, abasourdie.

— De quoi parlez-vous ?

Le sourire d'Emma se dissipa et son front se plissa tandis qu'Alec se rapprochait de moi ; ses mouvements, dans ce corps qui ne lui appartenait pas, étaient un peu saccadés.

— Mon patron retient votre ami en otage dans le

monde des ténèbres. Je peux vous aider à le récupérer — en échange du passage dans votre monde.

Saisie de vertige, j'oscillai sur ma chaise, sonnée par ce qu'Alec venait de m'annoncer.

— *Non.*

Je secouai si fort la tête que la chambre d'Emma se brouilla autour de moi. Il était impossible que Nash soit dans le monde des ténèbres. Je l'avais laissé à la soirée de Doug à peine deux heures plus tôt.

— Non, vous refusez de me faire traverser, ou non, vous ne me croyez pas ?

— Non, Nash ne peut pas être dans le monde des ténèbres.

Déboussolée et terrifiée, je me levai et, d'un pas chancelant, m'éloignai de lui. Du regard, je parcourais la chambre, à la recherche de réponses que les meubles et les vêtements d'Emma n'étaient évidemment pas à même de me fournir.

— Il ne peut pas traverser.

Et, à ce propos, comment Alec savait-il que *moi* j'en étais capable ?

— Oh, il s'est fait aider, répondit Alec en rentrant le cou pour croiser mon regard.

Aider par qui ? Pas par Tod. Il n'aurait rien fait qui…

A part l'emmener dans le monde des ténèbres s'il lui devait un service. Et sans poser de question.

Tod, si tu es impliqué dans cette histoire, je vais te tuer !

Sauf qu'on ne pouvait pas tuer quelqu'un de déjà mort ou presque. En revanche, je pouvais le faire licencier…

En supposant, évidemment, qu'Alec dise la vérité, ce qui était tout de même loin d'être certain. Il pouvait avoir menti sur toute la ligne.

Dans ce cas, où était Nash ? Pourquoi n'avait-il pas appelé ou répondu aux deux textos que je lui avais envoyés ?

— Vous avez vraiment vu Nash là-bas ? Ce soir ?

Emma hocha la tête, et Alec dit :

— Il y a moins de dix minutes, heure locale.

Dans le monde des ténèbres, en effet, le temps n'était pas constant. Il s'emballait à intervalles irréguliers en fonction de la façon dont un lieu spécifique était relié à son emplacement correspondant dans le monde des humains.

— Comment était-il habillé ?

Emma leva les yeux au ciel et se rassit sur le lit.

— Jean, T-shirt, veste vert et blanc. Et je dois vous avouer que la coupe des jeans a beaucoup évolué depuis la dernière fois que j'en ai acheté.

Je ne pus empêcher mes yeux de s'agrandir de surprise. *Il avait acheté des jeans ?* A moins que le monde des ténèbres ne se soit récemment lancé dans le commerce de détail, Alec avait dû, à un moment ou à un autre, habiter notre monde. Et, à en croire son langage, cela devait faire un sacré bout de temps qu'il n'y avait pas remis les pieds.

La surprise fut pourtant remplacée par une quasi-certitude, plus perturbante celle-là : Alec avait bel et bien vu Nash ce soir. Pas forcément dans le monde des ténèbres — il pouvait tout à fait avoir aperçu Nash dans notre monde en piratant un autre corps — mais je ne tenais pas à prendre des risques.

Si Nash était passé de l'autre côté, il fallait que je le ramène.

— Donc, tout ce que j'ai à faire, c'est traverser et vous récupérer ? Comme ça, tout simplement ?

Cela paraissait trop facile.

— A vrai dire…, hésita Alec, il est probable que ce ne sera pas aussi simple.

Evidemment, il y avait un piège…

— Et pourquoi ?

— Parce qu'en ce moment même Nash se trouve en compagnie de mon patron. Mais une fois qu'il sera seul, je pourrai entrer en relation avec lui.

Je fermai les yeux, tâchant de ne pas me laisser décourager par la frustration et la très faible probabilité de revoir Nash vivant.

— Votre patron, le démon ? Nash est avec *ce* patron-là ?

— Celui-là même.

— Pourquoi ? demandai-je en me levant si brusquement que la chaise alla heurter le bureau derrière moi. Pourquoi est-il dans le monde des ténèbres ? Que lui veut votre chef ?

Alec haussa les épaules et étira mon T-shirt sur la poitrine d'Emma.

— Je l'ignore. Peut-être a-t-il besoin d'un autre proxy ?

Alors Nash risquait de devenir le proxy d'un démon…

— Pourquoi votre démon aurait-il besoin d'en avoir deux ?

Les yeux bruns d'Emma se levèrent au ciel et Alec rallongea son corps sur le lit, appuyé sur un coude comme une poupée grandeur nature.

— Vous vous adressez à la mauvaise personne. Je ne pense pas que, dans l'absolu, il ait besoin de proxys, mais il lui est arrivé d'en posséder jusqu'à huit.

Elle haussa de nouveau les épaules.

— Que voulez-vous ? C'est le démon de l'avidité.

Je pris une profonde inspiration ; j'aurais donné cher pour ne pas avoir à poser cette question.

— Votre chef… il ne s'appellerait pas Avari, par hasard ?

Les yeux d'Emma s'écarquillèrent démesurément.

— Vous le connaissez donc ?

Avec un soupir, je me rassis.

— Nous nous sommes rencontrés, mais ça m'étonnerait qu'il me considère comme une amie.

Emma eut un reniflement de mépris et je ne pus m'empêcher de sourire. C'était la première fois qu'Alec émettait un son qui appartienne vraiment à ma meilleure amie.

— L'amitié n'est pas une notion des plus répandues par ici.

Je n'en étais pas surprise. Dans le monde des ténèbres, la loi du plus fort prévalait. En dehors de celles qui se trouvaient au sommet de la chaîne alimentaire, à savoir les démons, aucune créature n'était à l'abri d'être dévorée. Et au cours des trois petits mois durant lesquels j'avais pu faire connaissance avec mon espèce et celles du monde des ténèbres, j'avais réalisé l'exploit de me faire des ennemis de deux d'entre elles.

Mais il faut dire qu'elles m'avaient énervée.

— Nash sera seul dans combien de temps ?

Alec fixa la couette où Emma et lui étaient allongés.

— C'est la partie délicate de l'opération. Nash est le nouveau joujou d'Avari, et le patron risque de s'y accrocher pendant un certain temps.

Si j'avais encore eu des doutes sur le fait qu'Emma n'était pas aux commandes de son corps, ils s'évanouirent quand son regard rencontra le mien. Ce n'était pas mon amie qui me dévisageait avec ces grands yeux bruns.

— Mais demain soir il se passe quelque chose. Une sorte de gigantesque fête. Je pourrai alors entrer en contact avec lui sans difficulté.

— Demain soir !

Il me fallut prendre plusieurs profondes inspirations par le nez pour me calmer.

— Vous voulez dire que je vais devoir le laisser croupir là-bas une journée entière ?

Le corps d'Emma s'assit et son regard se durcit.

— Vous n'avez guère le choix. Il vous est impossible d'arriver jusqu'à lui sans mon aide, et je ne suis pas en mesure de le voir seul à seul d'ici là. En outre, sachez que si nous laissons passer cette opportunité demain, nous n'en aurons peut-être plus jamais d'autre.

Ses paroles me firent l'effet d'un coup de massue. Je sentis la pièce vaciller autour de moi. Je dus fermer les yeux et m'accrocher au bord de la chaise pour conserver mon équilibre.

— Comprenez-vous, Kaylee ? C'est demain ou jamais.

— J'ai compris, répondis-je en avalant ma salive avec peine. Donc, on attend demain soir, et, à votre commandement, je traverse et je vous ramène tous les deux, un sous chaque bras, c'est ça ? C'est bien ça ?

— Si la chance est avec nous, oui.

La chance ? C'était une question de chance ? *Nash était-il tout simplement condamné ?...*

Je me penchai en avant, les coudes posés sur les genoux.

— Vous avez d'autres choses à me dire ? Des détails que vous auriez oublié de me donner ? On va être pris dans une embuscade ? Ou écrasés sous une botte géante descendue du ciel ?

Ou simplement tomber dans un piège qui n'attendait que nous pour se refermer ?

En dépit de l'inquiétude que j'éprouvais pour Nash, j'avais du mal à avaler cette coïncidence. Deux jours plus tôt, l'homme invisible de Scott — qui s'avérait être Avari — avait tenté de m'attirer dans le monde des ténèbres, et, à présent, Alec le proxy essayait de faire la même chose pour le compte du même démon. Même si, cette fois, il utilisait un appât autrement plus efficace, j'étais bien loin de lui faire confiance.

Et, franchement, j'étais fière de m'être rappelé que n'importe quoi pouvait arriver — c'était la première règle d'or quand on partait en voyage dans le monde des ténèbres.

La seconde étant qu'il fallait aussi s'attendre à *être mangé* par n'importe quoi...

Alec se contenta de hausser les épaules.

— Le seul autre élément que je peux vous apporter, c'est ceci...

Il se pencha en avant et me regarda avec sérieux,

les lèvres charnues d'Emma pincées en une ligne rose et ferme.

— Vous allez traverser pour vous retrouver au beau milieu d'une grande cérémonie. La manifestation la plus importante depuis que je suis ici. L'endroit va fourmiller de Ténébreux.

— Où voulez-vous en venir ?

Je posai la question, même si j'étais presque sûre de connaître la réponse.

— Je sais que vous allez être tentée d'amener des renforts. Si je ne m'abuse, des personnes plus âgées, pleines de sagesse et d'expérience, non ?

Mon père, bien entendu. Je n'avais pas encore, à proprement parler, pris la décision de le faire traverser avec moi, mais j'admets que je l'envisageais sérieusement. Il en savait plus que moi sur le monde des ténèbres, et la vie de Nash était en jeu.

Devant mon silence, Alec reprit :

— Kaylee, vous avez, certes, le pouvoir de revenir dans votre monde à la seule évocation d'une pensée…

Objection. Ce n'était jamais aussi simple !

— … mais si vous emmenez quelqu'un qui ne peut pas traverser seul, vous signez son arrêt de mort. Vous en êtes consciente, n'est-ce pas ?

Mon estomac se tordit d'appréhension à l'idée d'être séparée de mon père dans le monde des ténèbres. Si cela devait arriver, il était perdu.

— Et quant à traverser avec plus de deux personnes

à la fois, cela vous ralentira juste assez pour que tout le monde soit tué. Vous comprenez ? Il ne s'agit pas seulement de votre vie. Ni même de la mienne ou de celle de Nash. Si vous demandez de l'aide à quelqu'un, cela revient à lui trancher la gorge. Bien qu'en réalité je sois sûr que sa mort, dans ce cas, sera beaucoup moins rapide et bien plus douloureuse.

Je réprimai une brusque nausée et acquiesçai. Il avait raison — mais cela ne me plaisait pas pour autant.

Le bruit d'un moteur devant la maison perça le silence pesant qui s'était installé après les derniers mots d'Alec. Mme Marshall était revenue.

Mais pas Emma.

Je pivotai sur ma chaise, comme si j'étais capable de voir à travers les murs qui me séparaient de l'allée. Mon cœur s'emballa et je me tournai vers Alec.

— Il faut que vous partiez. Tout de suite.

Il secoua la tête de mon amie et se leva. Une panique étrangère à Emma faisait briller ses yeux.

— Il faut qu'on s'organise. Nous ne disposons que d'une seule chance, et nous ne pouvons nous permettre de la gâcher.

— Je sais. Mais pas maintenant.

Je jetai un coup d'œil en direction du couloir en entendant la clé tourner dans la serrure.

— Il faut que je me débarrasse de sa mère.

Et que je parle à Tod.

Même si je brûlais de courir au secours de Nash, il n'entrait pas dans mes intentions de me ruer dans le monde des ténèbres sur les conseils de quelqu'un que je n'avais jamais vu — quelqu'un dont je n'étais même pas en mesure de confirmer l'humanité — sans avoir de preuves que Nash avait effectivement disparu.

Et il était absolument *hors de question* que je le fasse sans demander de renforts. Tod pouvait traverser seul et emmener quelqu'un si nécessaire. Et si toute cette histoire s'avérait être un piège — une tentative d'Avari pour récupérer une âme qui lui avait glissé entre les doigts —, je voulais être sûre d'avoir dans mon camp quelqu'un sur qui je pouvais compter.

— Dans combien de temps ? demanda Alec.

Le bruit de la porte qui s'ouvrait résonna dans toute la maison.

— *Chuuuut…*, sifflai-je, le cœur battant. Deux heures. C'est possible, avec le décalage horaire ?

Emma acquiesça.

— Je pense que oui.

L'idée de laisser Emma se faire posséder de nouveau me répugnait, mais je ne voyais pas d'autre option.

— D'accord. Et maintenant, allez-vous-en !

Alec fronça les sourcils. Puis les yeux d'Emma se fermèrent et elle tomba à la renverse sur le lit.

— Emma, tu es rentrée ?

La voix de Mme Marshall retentit et ses talons

claquèrent dans le couloir. Elle se dirigeait vers la chambre.

— Mmmh ?

Emma battit des paupières et roula sur le côté en se passant les doigts dans les cheveux. Un automatisme qui n'appartenait qu'à elle.

Je traversai la pièce et m'assis sur le lit à côté d'Emma.

— Nous sommes rentrées ! criai-je. On s'est endormies en regardant un film.

Mme Marshall apparut sur le seuil de la chambre, chaussée de talons hauts, le pot de glace vide à la main. Elle le brandit et examina la pochette du DVD posée sur la commode.

— Folle soirée ?

Et encore ! elle n'avait rien vu…

19

— Tod…, chuchotai-je.

Je fouillai frénétiquement du regard l'obscurité du labyrinthe de béton ; le parking était presque vide. Il y avait peu de chances que le Faucheur s'y trouve, mais, pour être honnête, Tod était rarement là où je m'attendais qu'il soit.

Pas de réponse. J'appuyai sur le bouton de verrouillage de ma voiture de prêt, et je me dirigeai vers l'entrée. Je n'avais pas pensé à me changer avant de partir de chez Emma et, à présent, je le regrettais : mes chaussures à talons compensés claquaient sur le sol de ciment et la soie de mon chemisier brillait de mille feux dans la lumière faible des néons — côté discrétion, c'était raté.

Le panneau de verre du sas d'entrée se referma derrière moi dans un bruit de succion. Je regardai autour de moi, scrutant le couloir désert et stérile. De tout mon cœur, j'espérais apercevoir le Faucheur dont Nash et moi avions généralement du mal à nous débarrasser.

— Tod ! Viens ici tout de suite ! D'où que tu arrives !

Pour me rejoindre, il pouvait surgir de n'importe où.

Malheureusement, une ouïe surnaturelle ne faisait pas partie de la panoplie de superpouvoirs dont disposaient les Faucheurs. Il me faudrait donc attendre qu'il soit à portée de voix pour attirer son attention. Et dans la mesure où je ne pouvais pas le voir — il considérait en effet comme une faute professionnelle le fait de se matérialiser sur son lieu de travail, alors que, de toute évidence, crier aux patients qui lui étaient confiés : « *Dépêche-toi de mourir !* » ne heurtait en rien son éthique —, définir l'endroit précis où il pourrait m'entendre constituait un défi de taille.

Comme il ne se montrait pas dans le hall d'entrée, je remontai le couloir au pas de course et bifurquai avant de pousser les portes battantes qui menaient dans la salle des urgences. C'est là que Tod passait l'essentiel de son temps de travail. S'il ne s'y trouvait pas, j'étais fichue : je ne voyais pas comment, moi, une adolescente, j'allais pouvoir me balader au milieu de l'unité de soins intensifs en pleine nuit sans me faire repérer.

Malheureusement, même à 2 heures du matin, la salle des urgences était presque pleine et la moitié des patients semblaient suffisamment éveillés pour trouver étrange que j'appelle à tue-tête quelqu'un qui ne se trouvait pas là.

— Tod ! chuchotai-je de nouveau en approchant du renfoncement qui abritait les distributeurs de boissons et d'en-cas.

Après avoir opposé une résistance farouche à un paquet de Chipster qui me faisait de l'œil derrière la vitrine de l'automate, je partis explorer les toilettes en face du distributeur d'eau, mais j'en sortis bredouille.

De retour dans la zone d'attente, je passai rapidement devant le poste de garde des infirmières. J'avais une main posée sur la porte qui menait aux urgences quand une voix familière m'interpella.

— Emma est avec toi ?

Je me retournai d'un bond, le cœur battant. Tod se tenait derrière moi, les mains enfoncées dans les poches d'un large jean délavé. Comme d'habitude, il était en manches courtes et sans veste. Apparemment, les presque-morts ne sentaient pas le froid comme la plupart d'entre nous. A moins que ça n'ait fait partie des attributions du grand méchant Faucheur.

— Non. Pourquoi ? demandai-je.

Une infirmière de garde me lança un coup d'œil étonné. Autant dire que Tod n'était ni visible ni audible pour elle. J'allais devoir me procurer d'urgence une oreillette Bluetooth si je voulais continuer à parler avec Tod sans risquer de me faire enfermer à l'HP.

— Son copain est arrivé en ambulance il y a quelques heures, et l'atmosphère est un peu tendue, ici, répondit-il, indifférent à la présence de l'infirmière.

Je souris à celle-ci et éloignai subtilement Tod de la porte. Avec un peu de chance, personne, ici, ne se rappellerait m'avoir vue la veille au soir.

De retour dans la zone d'attente, je signifiai au Faucheur de poursuivre.

— Son père est un avocat superimportant. Le conseiller personnel du gouverneur, un truc comme ça. Il s'est pointé il y a un quart d'heure, en direct de l'aéroport, et, depuis, il fait un foin de tous les diables. Il menace de traîner l'hôpital devant les tribunaux, il veut porter plainte contre la direction pour négligence, contre le médecin de garde pour faute professionnelle, et aussi contre la *femme de ménage* qui passait la serpillière dans le couloir où il a glissé, alors qu'il y avait un de ces énormes panneaux « Attention, sol mouillé » juste à côté de lui quand il s'est vautré.

— Tu veux dire que Doug est… toujours vivant ? chuchotai-je en m'engageant dans un autre couloir, Tod sur les talons.

— Ben non. Quand il est arrivé, il était en état de mort cérébrale. J'ai abrégé ses souffrances dans l'heure qui a suivi. Le plus bizarre, c'est qu'il n'était pas sur la Liste. A peu près vingt minutes après l'arrivée de Crésus junior, Levi a envoyé un coursier avec ça…

Tod fouilla dans sa poche droite et en sortit un bout de papier jaune qu'il me tendit.

Je le dépliai, les mains tremblantes. C'était un morceau d'une page de bloc-notes. Une écriture précise et ronde s'étalait en travers des lignes : *Douglas Aaron Fuller 23 : 47 : 33.*

— Qu'est-ce que c'est ?

Je n'arrivais pas à replier le papier. Je le rendis à Tod qui le rangea dans sa poche.

— Un addendum. Un fauchage non-programmé. Ça aurait dû revenir au type en charge du secteur où le copain d'Emma est tombé, mais notre bureau n'a pas eu l'information à temps. Du coup, on me l'a confié.

La fatigue et le choc avaient eu raison de moi ; je commençais à voir trouble. Le couloir se brouilla et je clignai les yeux pour rétablir la netteté de ma vision.

— Ça veut dire qu'on aurait pu éviter tout ça…

Tod haussa les épaules.

— Ça veut dire que ça n'aurait sans doute même pas dû se produire. En deux ans, c'est seulement le deuxième addendum que je vois passer, et, comme par hasard, il concerne le nouvel amoureux d'Emma. Et elle n'est pas arrivée avec lui. Qu'est-ce qui se passe, Kaylee ?

Et soudain la mort de Doug m'atteignit en plein cœur — pas en tant que *banshee*, mais en tant qu'être humain. Suffoquée de chagrin et happée par ma propre culpabilité, je trébuchai sur mes chaussures à talons et me rattrapai au mur. La douleur qui explosa alors dans mon bras blessé me fit à peine sursauter tant elle était minime en comparaison de celle qui me broyait le cœur.

— Ça va ? demanda Tod sur un ton qui semblait indiquer qu'il s'inquiétait réellement pour moi.

— Non.

Je m'écartai du mur et l'entraînai à ma suite le long du couloir, heureuse de constater, quand je l'attrapai par le bras, que mes doigts ne se refermaient pas sur le vide.

— Ils savent de quoi Doug est mort ?

Tod eut une moue dubitative.

— Il avait quelques coupures et des hématomes, mais le toubib pense qu'il se les est faits quand il est tombé. Les tests sanguins révèlent qu'il avait bu de l'alcool, mais pas assez pour que ça le tue. Rien d'autre pour le moment, mais Crésus père crie sur tous les toits que son gosse est nickel, qu'il ne prenait rien d'illégal, et que, si les tests affirment le contraire, il fera un procès au labo. Bon sang, quand le nom de ce casse-pieds apparaîtra sur la Liste, j'espère que je serai de service.

Je m'engageai dans un couloir à gauche afin de rester loin des urgences et de M. Fuller.

— Un de ces jours, Tod, ton karma t'attendra au tournant, et il te fera avaler tes dents.

— Je m'en fous, je suis déjà mort.

D'un large geste de la main, il désigna l'ensemble de son corps.

— Je n'aurai plus jamais de problème de dents ou de quoi que ce soit d'autre.

Pas faux, ça…

— Bon, alors : où sont Nash et Emma ? Et toi, tu trouves que tu es habillée normalement pour te balader ici à 2 heures et demie du matin ?

— Il est si tard que ça ?

Je jetai un coup d'œil à ma montre et poussai un grognement. Il avait fallu une demi-heure pour qu'Emma se rendorme et ma chasse au Faucheur m'avait pris plus de temps que prévu. Je disposais à présent de moins de quarante-cinq minutes pour être de retour dans la chambre de mon amie et attendre que mon étrange correspondant se manifeste de nouveau à travers elle.

— C'est une longue histoire.

Je passai une main nerveuse dans ma chevelure emmêlée puis croisai les bras.

— Et si je suis ici, c'est à cause de Nash. Est-ce qu'il est arrivé avec Doug ?

Le Faucheur fronça les sourcils.

— Non, pourquoi serait-il venu avec lui ?

— Parce que c'est sa faute si Doug est mort.

Sur le visage de Tod, la confusion laissa place à un intense désarroi, et je vis le sang se retirer de son visage. Ce qui pouvait paraître bizarre concernant un mort.

— Bon sang, Kaylee, de quoi tu parles ?

Mais avant que je puisse répondre, la porte située à l'extrémité du couloir s'ouvrit, livrant passage à un courant d'air froid et à un couple d'une quarantaine d'années au visage marqué de fatigue et de tension.

— J'irais bien m'asseoir quelque part, suggérai-je en essayant de passer mon bras sous le sien.

Cette fois, ma main passa à travers. Irritée, j'enfonçai mes mains dans mes poches et baissai le ton.

— Cafétéria ?

Tod eut un reniflement de mépris.

— Aujourd'hui, le café a un goût de chaussettes sales, mais oui, pourquoi pas ?

Me précédant le long du couloir immense, il me fit traverser le bâtiment et, après avoir bifurqué deux fois, nous entrâmes dans une cafétéria vieillotte mais fonctionnelle où étaient disposées des tables carrées et de vieilles chaises en plastique dans le style des années 70.

— Tu sais, tu as de la chance de m'avoir intercepté. Ma garde finit à minuit, et si je n'avais pas fait ce remplacement pour un ami, tu te serais cassé le nez.

Ben voyons. Je passai devant la pile de plateaux et pris une bouteille de Coca dans l'armoire réfrigérée. Après son service, Tod n'aurait rien eu de mieux à faire que d'aller nous espionner, Nash ou moi. Il était toujours dans les parages, que nous le voulions ou non. Du moins, c'était le cas jusqu'à la mort d'Addison.

Mais, tout en fouillant dans ma poche pour y trouver de quoi payer mon Coca, je me contentai de ce commentaire :

— Alors comme ça, tu as un ami ?

Tod grimaça.

— En fait, ce n'est pas vraiment un ami dans le sens traditionnel du terme. Mais dans la mesure où il m'impose constamment sa présence et n'hésite pas à souligner mes défauts, je dirais que c'est ce qui s'en rapproche le plus.

— Ça ressemble plutôt à un cousin, si tu veux mon avis.

Je choisis la table la plus éloignée du comptoir et m'affalai sur une chaise, dos au mur. Tod s'assit juste à ma gauche. De là, il avait vue sur toute la pièce.

— O.K., dis-moi tout.

Sa chaise grinça sur le sol tandis qu'il la rapprochait de la table. Je réalisai qu'il était maintenant complètement matérialisé et visible pour toutes les personnes présentes — et que c'était probablement le cas depuis le moment où nous avions poussé les portes de la cafétéria.

— Dans quelle sale histoire Nash s'est-il fourré ?

Son expression était sombre et sa voix grave, mais il ne semblait pas surpris. Il devait se douter depuis longtemps que quelque chose ne tournait pas rond. Sans doute depuis plus longtemps que moi.

— Le souffle de démon, répondis-je à voix basse pour éviter qu'on nous entende. Il y est accro depuis presque un mois, mais, la semaine dernière, deux de ses coéquipiers en ont pris sans trop savoir ce que c'était. Doug est tombé sur le ballon rouge de Nash, et maintenant il est mort. Et Scott est attaché sur un lit dans le service psychiatrique. Tu étais déjà au courant de tout ça, non ? Et, en ce moment, Nash est coincé dans le monde des ténèbres et c'est peut-être un piège, mais, quoi qu'il en soit, *on doit absolument le sortir de là* !

— Holà, respire !

Tod tendit le bras par-dessus la table. Il dut littéralement desserrer mes doigts pour pouvoir me prendre la main et l'étreindre. Je fus surprise par la chaleur que dégageait sa peau. Est-ce que les morts n'étaient pas censés être froids au toucher ? Ou était-ce seulement dans les films ?

— Nash prend du souffle de démon ?

— Oui, mais ce n'est pas le pire.

— C'est ce que j'ai cru comprendre.

Ses yeux se posèrent un instant sur le bandage de gaze qui formait une bosse sous mon chemisier.

— En revanche, pour le reste, je n'ai rien compris.

— Je sais.

De ma main restée libre, je m'essuyai les yeux. Remarquant que le gardien m'observait, je baissai le ton et poursuivis :

— C'est l'horreur complète. Alec dit qu'on a une seule chance de récupérer ton frère, mais je refuse de traverser s'il ne me prouve pas que Nash est bien là-bas.

Les yeux de Tod s'écarquillèrent. Ses longs cils blonds lui donnaient un air curieusement enfantin.

— Bon, d'accord. Tu vas reprendre depuis le début, mais moins vite.

Il se cala contre le dossier de sa chaise et repoussa une boucle pâle qui lui balayait le front. Avec un sourire forcé, je hochai la tête.

— Pour commencer, dis-moi ce que Nash a à voir avec le fauchage hors programme du fils Fuller.

Je pris une profonde inspiration et m'efforçai de détendre ma gorge brûlante et douloureuse d'avoir retenu tant de larmes.

— Le souffle de démon — le dealer appelle ça du givre — se vend dans des ballons de baudruche noirs. Sauf celui de Nash. Les siens sont rouges.

Je joignis mes mains sur la table au revêtement

craquelé et délavé, puis plantai mon regard dans les yeux bleus de Tod ; ils étaient vifs et brillants, comme épargnés par la mort.

— Doug a trouvé le ballon de Nash et en a sniffé une bouffée. Mais la concentration du givre de Nash est trop forte pour les humains. En tout cas, c'est ce que j'ai compris. Du coup, Doug s'est mis à convulser, moi j'ai commencé à crier, alors Nash nous a mis, Emma et moi, dans ma voiture — en fait elle n'est pas vraiment à moi — et nous a dit d'y aller. Il devait appeler pour nous tenir au courant, mais il ne l'a pas fait. Ensuite, ce type, Alec, a *possédé* Emma ; il a dit que son patron tenait Nash en otage dans le monde des ténèbres, et que, si je voulais le revoir, je devais l'aider à retraverser dans le monde des humains.

— Attends…, m'interrompit Tod en levant les mains pour me faire ralentir. Qui dois-tu faire traverser ? Nash ou Alec ?

— Alec. Enfin, les deux, en fait. Mais Alec refuse de m'aider à trouver Nash si je ne promets pas de le ramener avec nous.

— Qui est Alec ?

— Aucune idée, répondis-je avec un geste d'impuissance. Il est juste… apparu cette nuit, il parlait par la bouche d'Emma. Il dit qu'il est humain mais habite dans le monde des ténèbres. Mais les humains ne vivent pas chez les Ténébreux. Ils ne peuvent pas, non ? C'est vraiment n'importe quoi, tout ça.

Tod soupira.

— Si tu parlais moins vite, j'y comprendrais peut-être quelque chose.

— Désolée. Mais je dois être rentrée dans une demi-heure.

J'avais la bouche tellement sèche que j'avais du mal à parler. J'ouvris mon Coca et en avalai la moitié d'un coup. La caféine me ferait du bien, de toute façon : de toute évidence, pour la troisième fois d'affilée, une bonne nuit de sommeil n'était pas au programme.

— Alec prétend être un proxy d'Avari, le démon qui retient Nash dans le monde des ténèbres. Un *proxy*, ça te dit quelque chose, à toi ?

Tod hocha la tête, l'air sombre.

— Ce sont des sortes de valets qui servent aussi d'en-cas. Pour les démons. Mais on n'en trouve pas beaucoup parce que les humains ne tiennent pas très bien la distance dans le monde des ténèbres. Ils s'usent assez rapidement. On dirait que ce démon-ci cherche un modèle plus résistant. Nash, par exemple.

Je secouai la tête.

— Je ne crois pas. Alec ne m'a pas semblé particulièrement usé.

Tod posa ses coudes sur la table. Ses yeux étaient maintenant exactement au niveau des miens.

— Très bien, reprenons. Avec Nash : depuis quand prend-il du souffle de démon ?

— Un mois, à peu près.

Les yeux bleus du Faucheur s'assombrirent jusqu'à prendre la couleur de l'océan la nuit, et il tapa du poing sur la table.

— Pourquoi tu ne me l'as pas dit plus tôt ?

— Parce que tu n'étais pas là et que je ne le savais pas, sifflai-je en jetant des coups d'œil furtifs autour de moi pour m'assurer qu'on ne nous écoutait pas. Et d'abord, c'est ta faute s'il en a pris la première fois ! Il a accidentellement inhalé du givre quand on a traversé pour aller au secours de ta copine ! Et ensuite c'est *toi* qui l'as fait traverser pour qu'il aille acheter sa première dose !

— Je n'ai jamais…

Un silence brutal tomba entre nous quand le Faucheur assimila l'ensemble des informations et de leurs conséquences.

— Je ne savais pas ce qu'il faisait, et il refusait de me le dire. Il m'a juste dit que j'avais une dette envers lui, que je la payais en le faisant traverser, et que je n'avais pas besoin d'en savoir plus. Franchement, je n'ai pas cherché à obtenir de détails. A ce moment-là, j'étais tellement anéanti que je n'arrivais pas à penser de façon cohérente.

Parce que Addison venait juste de mourir, et sans son âme, en plus. L'absence de Tod, tout comme son manque d'intérêt envers ce qui l'entourait, m'avait inquiétée. Mais c'est pour Nash que j'aurais dû me faire du souci.

— J'aurais dû le suivre. J'aurais pu arrêter tout ça avant même que ça commence !

Tod se passa la main dans les cheveux et des boucles tombèrent en cascade sur son front. Quand il releva la tête, quelques instants plus tard, j'eus du mal à savoir si ce qui me surprenait le plus était son aveu ou la culpabilité et la colère qui tournoyaient dans ses yeux.

Je ne voyais presque jamais les émotions se mouvoir dans les yeux de Tod…

— Moi aussi, avouai-je en fixant mes mains toujours étroitement serrées sur la table. J'aurais dû remarquer que quelque chose n'allait pas. Je n'aurais pas dû me laisser abuser par un paquet de chewing-gums. Pas pour un truc de cette importance.

Tod soupira.

— Comment est-il passé dans le monde des ténèbres, cette fois ?

— Ce n'est pas toi qui l'y as emmené ?

— Bon sang, non, je ne l'ai pas emmené ! s'exclama Tod, assez fort pour s'attirer quelques regards.

Je me penchai au-dessus de la table et baissai la voix.

— Alors je ne sais pas comment il a traversé. Il était censé se trouver ici, avec Doug. Mais tu dis qu'il ne l'a pas accompagné… ?

Il me le confirma d'un signe de tête.

— Moi, en tout cas, je ne l'ai pas vu, et j'étais là

quand ils ont admis Doug. Et lui, comment est-il tombé sur le... ballon de Nash ?

Je soupirai et repris une gorgée de Coca.

— Emma l'a trouvé dans le sac de Nash pendant la fête. Je l'ai laissée dans ma voiture avec le ballon. Mais elle a dû aller aux toilettes.

Elle me l'avait expliqué pendant que nous regardions le film, tout à l'heure.

— On pense que Doug est sorti la chercher et qu'il est tombé sur le ballon, soupirai-je en fixant la table. Si seulement on n'était pas allés chez Doug, ce soir... Mais on ne pouvait pas laisser Emma toute seule là-bas.

Je levai les yeux, cherchant un signe d'assentiment sur le visage de Tod. N'importe quoi qui m'aurait convaincue que mon manque de jugement n'était pas seul en cause dans cette catastrophe.

— ... pas avec Everett et son chargement de ballons. Il y en avait assez pour faire décoller la maison.

— Everett ?

La main de Tod glissa de ses cheveux sur la table où elle atterrit avec un bruit sourd.

— Le dealer s'appelle Everett ? Tu es sûre ?

— Certaine. Il est grand et plutôt maigre. D'après Nash, il est moitié Harpie, et on n'arrive pas à comprendre comment il fait passer ses doses du monde des ténèbres au monde des humains.

— Everett, cette face de rat, ce fils de Belzébuth !

cracha Tod avant de croiser mon regard. Je sais comment il se fournit.

Il ferma le poing sur la salière de plastique de mauvaise qualité comme si elle contenait tous les secrets de l'univers.

— Je te jure que je n'avais aucune idée de ce que je transportais. Mais… c'est *moi* qui ai fait passer le givre

20

— Quoi ?

Les questions tournaient dans ma tête, s'entrechoquaient avec fracas, un peu comme des chaussures dans le tambour d'un sèche-linge — la douleur en plus. Ainsi, Tod faisait passer du souffle de démon depuis le monde des ténèbres pour le compte d'Avari ?

— Vous avez perdu la tête, Nash et toi, ou quoi ? C'est pourtant une équation d'une extrême simplicité — et c'est vous qui me l'avez apprise : démon = Mal. Point barre !

Tod poussa un long soupir chargé de remords.

— Avari avait quelque chose que je voulais, et il n'accepte pas les paiements en espèces ou par chèque. Je n'ai ni l'un ni l'autre, d'ailleurs, mais j'aurais pu me débrouiller pour trouver un peu d'argent.

Le Faucheur haussa les épaules avant de poursuivre :

— De toute façon, lui, il savait déjà quel type de paiement il voulait. Et je te jure, Kaylee, que je n'avais aucune idée de ce que je transportais.

L'engourdissement s'effaça en moi pour laisser place à une colère noire.

— Et ça excuse tout ? Le fait que tu n'aies même pas daigné te demander ce que contenait ton chargement, tu crois que ça efface tout ? Franchement, tu pensais qu'il t'avait confié quoi ? Des ours en peluche et des colis de bonbons pour l'enfance défavorisée ?

A présent, les gens nous regardaient ouvertement, mais je m'en moquais complètement.

— Et ça ne les dérange pas, ici, que tu travailles pour un démon ? Ce n'est pas une rupture de contrat ? demandai-je, les dents serrées, appuyant ma question d'un grand geste du bras qui englobait l'hôpital tout entier et l'emploi que Tod y occupait.

— Ça en serait une si je lui vendais des âmes fauchées ici ou un truc dans le genre. Mais mes relations avec lui n'ont rien à voir avec mon travail ou avec mes compétences de Faucheur.

— Tu plaisantes ?

Je repoussai ma chaise derrière moi. J'avais haussé la voix et prononcé mon dernier mot sur un ton tellement aigu que tous les chiens du quartier devaient être en train de hurler par solidarité avec moi. Ou par douleur.

— Tes compétences de Faucheur te permettent de passer dans le monde des ténèbres et d'en revenir. Sans elles, Avari n'aurait fait aucun cas de toi, sauf pour que tu lui serves de casse-croûte. Une âme de plus à gober. Tu abuses *à fond* de tes compétences. Et à cause de ce que tu as fait, un type est mort, un autre va finir ses jours à l'asile, et ton propre frère erre dans le monde des ténèbres comme une barre de céréales sur pattes !

Tous les regards étaient maintenant fixés sur nous. Je fis donc mine de m'intéresser à la table et comptai jusqu'à dix pour regagner mon calme. Quand je relevai les yeux, Tod était en train de se frotter le visage. La tension faisait saillir les muscles de ses bras.

— Je ne sais pas ce qu'il te donne en échange, mais j'espère que ça vaut le coup, poursuivis-je avec hargne mais aussi bas que possible. J'espère pour toi que ça valait le coup de foutre trois vies en l'air.

Quatre, à vrai dire, en comptant celle d'Emma. Cinq avec la mienne, vu que rien ne me garantissait que j'allais revenir saine et sauve du monde des ténèbres. Ni même revenir tout court.

Tod tressaillit mais soutint mon regard.

— C'est Addison, dit-il d'une voix si grave et si basse que je ne fus pas certaine de l'avoir entendu. Je me suis vendu comme coursier en échange d'une heure chaque jour en compagnie d'Addy.

Pardon ?

— Euh, Tod… Addison est morte.

Il acquiesça gravement.

— Son corps est mort, je sais. Mais, dans le monde des ténèbres, son âme est vivante et plutôt mal en point. Mon seul moyen de la soulager, c'est de lui offrir une heure quotidienne loin de la torture et de l'humiliation. Pour l'empêcher de devenir folle. Il m'a semblé que c'était le moins que je pouvais faire dans la mesure où j'ai échoué à lui rendre son âme avant qu'elle meure.

La mâchoire de Tod se crispa, et il garda ses yeux plantés dans les miens. Fermement. Sans la moindre trace de honte. Et, cependant, son regard était empreint de chagrin et de détermination.

Je sentis mon cœur se fendre, et, pendant un instant, il me sembla l'entendre craquer pour de vrai. Comment allais-je pouvoir rester en colère contre lui, après ça ? Tod avait fichu des vies en l'air en appliquant sa propre conception de l'esprit chevaleresque. Une version interdimensionnelle postmoderne. *Y a-t-il un homme digne de ce nom dans la salle ?*

— Je te jure que je ne savais pas ce que je transportais…

J'eus envie de lui demander si cela aurait changé quelque chose. S'il avait été au courant du contenu du chargement qu'il acceptait de convoyer, aurait-il considéré que cinq vies — et potentiellement beaucoup plus — étaient un prix raisonnable en échange d'une heure de sursis quotidienne pour Addison ? Mais je ravalai ma question : je savais déjà que, pour tout ce qui concernait Addy, Tod n'avait aucune de limite. Il s'était déjà montré prêt à me laisser mourir dans le monde des ténèbres pour sauver l'âme de cette fille. Il était capable de tout pour elle. Pour être avec elle.

Même par-delà la mort.

Je soupirai et me passai les mains sur le visage avec lassitude.

— O.K., alors comment ça marche ? Tu te présentes, il te laisse une heure avec Addison, et ensuite il te raccompagne à la sortie en te confiant un gros bouquet de ballons ?

Tod fronça les sourcils dans une expression où l'amertume le disputait à l'amusement.

— J'ai une tête à jouer les clowns ? Non, c'est juste un grand sac de voyage dont la fermeture est cadenassée. J'aurais pu forcer le cadenas ou ouvrir le sac au cutter mais, franchement, Addy et moi avions tellement à y perdre que je me suis dit qu'il était plus sage de ne pas fourrer mon nez dans des histoires de Ténébreux.

— Je vais être dure avec toi, Tod, mais tu y es déjà jusqu'aux oreilles, dans ces histoires. Et grâce à ton frère et à toi, Doug, Scott, Emma et moi ne sommes pas mieux lotis.

Sans compter les personnes que Doug avait peut-être initiées au givre sans qu'on le sache. Malgré toute son horreur, l'ironie de la situation me frappait : les deux frères Hudson, chacun de leur côté et sans se consulter, avaient agi en cachette pour, finalement, servir les desseins du même démon.

Tod s'appuya au dossier de sa chaise et soupira bruyamment.

— Avari va être furax quand il apprendra que je me suis retiré de son petit trafic de drogue, et il passera sans doute ses nerfs sur Addison. Mais le plus urgent, ça reste Nash. Si on n'arrive pas à le tirer du monde des ténèbres avant que je refuse la prochaine cargaison, on n'aura sans doute jamais d'autre occasion.

— Alec prétend que le meilleur moment, c'est demain soir. Ils font une sorte de fête géante…

Je me demandais bien ce qu'il y avait à fêter dans le monde des ténèbres.

Le Faucheur hocha la tête et rejeta ses boucles blondes en arrière.

— Ouais, je les ai vus faire les préparatifs. C'était flippant.

— … et il pense qu'il va y avoir assez de remue-ménage pour qu'il entre en contact avec Nash sans être remarqué. Il doit me rappeler dans une demi-heure — vingt minutes, maintenant — pour qu'on s'organise.

Je me levai. Tod m'imita et, sans nous concerter, nous nous dirigeâmes vers le couloir.

— Il n'y a pas de téléphone portable dans le monde des ténèbres, me souligna-t-il alors. Comment va faire Alec pour te joindre ?

Ravalant mon dégoût, je répondis :

— Il passe par Emma.

Tod eut un moment de flottement avant de comprendre. Il fut secoué d'un frisson de répulsion.

— Il l'utilise comme médium ? C'est pour ça que tu disais qu'il l'avait possédée ? siffla-t-il sans prendre la peine de vérifier que le couloir était bien désert.

J'acquiesçai.

— C'est affreux. Elle garde exactement la même apparence, mais elle a la voix d'un autre, et ses gestes et son rire ne sont plus ceux d'Emma. Il la *porte* comme un vêtement. Ça me flanque la trouille.

— Tu m'étonnes.

La grimace de Tod s'accentua et il accéléra le pas. Je dus presque courir pour me maintenir à sa hauteur.

— Je n'ai vu ça qu'une fois, mais c'était le spectacle le plus infâme auquel j'aie assisté de ma vie.

De la part d'un Faucheur, ça n'avait rien d'un euphémisme.

— Et c'est le médium qui trinque. Parce que, inconsciemment, il lutte contre l'envahisseur. Ça l'épuise pendant plusieurs jours.

Pas étonnant que je sois tout le temps fatiguée. En plus d'avoir dû renoncer à dormir la nuit, de crainte de me réveiller en plein monde des ténèbres, j'avais dû prêter mon corps à un intrus à deux reprises au cours de la semaine passée.

— Merci, Nash…

Au ton ironique de ma voix, Tod se figea et plissa les yeux en me dévisageant.

— Qu'est-ce que tu sous-entends ?

Je soupirai. Soutenant mon bras blessé, je répondis :

— Avari se sert de moi pour communiquer avec Nash. Je ne m'en étais pas rendu compte jusqu'à ce que je sois témoin de ce qui se passait avec Emma, mais je suis sûre que c'est ce qui m'est arrivé.

Je frissonnai violemment en réalisant à quel point j'avais été manipulée, tant physiquement qu'émotionnellement. Avari était entré dans mon corps sans que je le sache et, a fortiori, sans que je l'y aie autorisé. Il n'y avait rien de plus horrible et de plus révoltant. C'était un viol.

Tod était hors de lui. Jamais, auparavant, je n'avais vu personne afficher un tel dégoût — et une telle rage. Je voyais presque des flammes bleues vriller ses pupilles.

— Comment Nash a-t-il pu laisser faire une chose pareille ?

Haussant les épaules, je balançai ma bouteille de soda vide dans une poubelle accrochée au mur.

— Je crois qu'il n'avait pas le choix. En ce qui me

concerne, quand Alec a pris le contrôle d'Emma, je n'ai rien pu faire.

Tod poussa des deux mains les portes menant au parking, alors qu'il aurait pu passer à travers.

— Tu ignorais ce qui se passait, et il fallait que tu joues le jeu pour avoir une chance de récupérer ton petit ami. Nash, lui, avait le choix. S'il avait voulu se débarrasser d'Avari, il aurait trouvé un moyen. Mais il a juste laissé les choses se faire — il a laissé ce salaud se servir de toi — sans rien te dire.

Sa bouche se referma sur la suite, mais je savais ce qu'il s'empêchait de dire :

« Si tu avais eu autant d'importance pour Nash que sa prochaine dose, il n'aurait jamais permis que tout cela arrive. »

— Mais c'est quoi son problème, à la fin ?

— Il a beaucoup changé, Tod, répondis-je.

Il avançait tellement vite que je devais courir pour rester à sa hauteur. Il ne savait même pas où j'étais garée.

— Il a usé de son influence sur moi, et il n'arrête pas de mentir. Il m'a dit qu'il t'avait remis le premier ballon de Scott pour que tu t'en débarrasses, mais je me doute bien que tu n'en as jamais vu la couleur.

Tod eut une grimace de colère. Je m'engageai dans l'allée où était garée ma voiture, et il corrigea sa trajectoire pour me rejoindre.

— Ça s'est passé quand ?

Avec la télécommande, je déverrouillai la voiture à distance.

— Lundi. La fois où, d'après Nash, tu as dû bosser quarante-huit heures non-stop.

Sauf que, ce jour-là, Tod avait fait une apparition dans la cafétéria au moment du déjeuner pour me demander si c'était sérieux entre Doug et Emma…

— Tu n'as jamais eu d'ennuis avec Levi, n'est-ce pas ? Tu n'as jamais eu à faire d'heures sup ?

Tod secoua la tête, les dents serrées, visiblement furieux.

— Malgré la taille de l'hôpital, non ; et à mon grand regret, parce que, du coup, je m'ennuie à mourir, on n'assure pas plus de trois ou quatre morts par jour. Entre deux interventions, je me balade où je veux, et Levi s'en fiche tant que je suis présent au moment crucial. Nash est d'ailleurs parfaitement au courant.

— Mais quelle idiote je fais !

De frustration, je balançai un coup de pied dans le pneu avant de ma voiture, avec pour tout résultat d'érafler ma chaussure.

— Je n'ai rien vu alors que ça sautait aux yeux !

— Moi non plus, je n'ai rien vu.

Tod continua d'avancer pour se diriger du côté passager, mais le bruit de ses pas s'interrompit. Je compris qu'il venait de se rendre invisible aux yeux d'autres que moi. Quoi qu'il en soit, j'étais heureuse qu'il n'ait pas décidé de se téléporter directement dans la chambre d'Emma, et de me laisser seule pour faire le trajet du retour.

— Alors tu n'auras pas d'ennuis si tu quittes ton poste maintenant ? demandai-je en m'installant au volant.

— C'est plutôt calme, cette nuit, dit-il d'un ton détaché. Le prochain décollage pour un monde meilleur est prévu dans seulement une heure et demie, et si je ne suis pas rentré d'ici là, je trouverai quelqu'un pour me remplacer.

— Et si tu as un autre… addendum ?

Son sourire angélique s'effaça.

— Dans ce cas, mon absence sera le cadet de nos soucis.

J'attachai ma ceinture et démarrai, me retournant pour regarder par la vitre arrière tandis que je manœuvrais pour sortir de ma place de parking.

— On a besoin d'aide, mais mon père ne nous servira à rien. Si on amène quelqu'un qui ne peut pas traverser tout seul, ça risque juste de nous ralentir et de compliquer les choses, commençai-je.

Puis je m'empressai d'enchaîner avant qu'il puisse m'interrompre :

— Je crois qu'il va falloir qu'on mette ta mère dans le coup.

— Ah non ! s'exclama Tod.

Je passai en première et lui lançai un coup d'œil surpris.

— C'est hors de question, reprit-il.

— Mais elle a cinq fois mon âge et elle peut traverser par ses propres moyens !

Je tournai à gauche pour sortir du parking et m'engager dans la rue, m'efforçant de ne pas laisser ma voix trahir ma frustration.

— Je ne vois pas à qui d'autre on pourrait faire appel.

— Je refuse qu'on traîne ma mère dans le monde des ténèbres. Et on ne peut rien lui dire au sujet de Nash, sinon elle va traverser seule et se faire tuer.

Sa main rejoignit la mienne sur le levier de vitesse et, de nouveau, je fus surprise par la chaleur qu'elle dégageait.

— Je suis sérieux, Kaylee. Si tu veux mêler ton père ou ton oncle à cette histoire, c'est ton problème. Mais laisse ma mère en dehors de tout ça. J'ai déjà perdu mon père et Addison, et, si ça se trouve, je vais perdre Nash aussi. Je ne veux *pas* ajouter ma mère à la liste.

Impressionnée par sa ferveur et surprise par ce qu'il me laissait entrevoir de ses émotions, je ne pus qu'acquiescer. *Peut-être n'est-il pas si différent des vivants, après tout…*

— Très bien, dis-je résolument. Pas de parents.

***

Il était 3 h 10 quand je pénétrai en catimini dans la chambre d'Emma. Elle dormait encore. Heureusement pour nous, j'entendais sa mère ronfler derrière la porte de sa chambre et ses deux sœurs n'étaient toujours pas rentrées. Apparemment, le plus sympa, quand on allait en fac, c'était l'absence de couvre-feu.

Je m'agenouillai pour examiner Emma, persuadée de voir apparaître sur son corps, dans une sorte de réaction à retardement, les stigmates de la possession qu'elle avait subie. Mais elle semblait calme et détendue dans son sommeil. Elle dormait profondément. Sans doute parce que, comme je venais de le découvrir, se faire posséder est une expérience épuisante.

— Elle a l'air d'aller bien, dit Tod en écho à mes propres pensées. Espérons que ça sera encore le cas après la deuxième séance. On va faire en sorte de surveiller cet Alec de près, juste au cas où.

J'opinai en bâillant et me relevai, les mains appuyées sur le matelas. Compte tenu du fait que je n'avais jamais vraiment rencontré Alec, je serai en niveau d'alerte maximal.

— Combien de temps on a ? demanda Tod en se penchant sur Emma.

Du doigt, il lui caressa la lèvre inférieure.

Je consultai l'horloge du lecteur DVD.

— Cinq minutes environ. Ne la touche pas, tu vas la réveiller !

Il émit un petit bruit dédaigneux.

— Ça m'étonnerait. On dirait la Belle au bois dormant.

— Ce n'est pas grâce à toi.

Je le poussai pour l'éloigner du lit. J'avais toutes les peines du monde à garder les yeux ouverts.

— Il me faut un Coca.

Ce qu'il me fallait, en réalité, c'était une injection d'adrénaline directement dans le cœur, mais j'allais devoir me contenter de caféine.

— Je crois que tu devrais t'éclipser, ajoutai-je à l'intention de Tod en tournant les talons vers le couloir. Alec était contre le fait que j'amène des renforts…

C'était d'ailleurs la principale raison de ma méfiance à son égard. Ça, et le fait qu'il ait utilisé, pour entrer en contact avec moi, le corps inconscient de ma meilleure amie.

— On ferait mieux de garder ta présence secrète.

— Pas de problème.

Tod sourit et, bien qu'il me soit impossible de percevoir une quelconque différence dans son apparence, j'eus la certitude qu'il n'avait plus aucune présence physique dans cette pièce. Pour autant qu'il en ait eu auparavant.

En chaussettes et sur la pointe des pieds, je me rendis

dans la cuisine pour prendre un autre Coca dans le frigo. Le temps que je revienne dans la chambre d'Emma, j'en avais déjà englouti la moitié.

— Tu veux de ça ? lançai-je.

Même s'il me semblait ne jamais l'avoir vu ingurgiter quoi que ce soit, j'avais eu l'intention de demander au Faucheur s'il voulait un soda. Mais il m'interrompit au moment où je franchissais la porte.

— Chut ! *Il* est là.

Je me tus instantanément. Silence tendu. Mon regard passa du Faucheur à la forme étendue d'Emma sur le lit. Emma n'avait pas bougé depuis que j'avais quitté la pièce, mais si Tod pensait qu'Alec était arrivé — avec quatre bonnes minutes d'avance —, je n'allais pas prendre le risque de mettre en doute son intuition.

Je pris un air aussi détaché que possible et, tout en buvant mon Coca, je traversai la pièce pour m'approcher d'Emma. Cette fois, quand elle ouvrit les yeux d'un coup, j'étais prête. Je ne renversai pas une seule goutte.

— Je veux quoi ? demanda Alec par la bouche d'Emma, ses grands yeux bruns posés sur moi.

— Du Coca.

Emma fronça les sourcils puis se redressa.

— Comment saviez-vous que j'étais là ?

Je décidai d'improviser et, haussant les épaules, je répondis :

— Vous vous êtes tendu quand je suis entrée dans la chambre. Alors, vous en voulez un, ou pas ? enchaînai-je sans lui laisser le temps de s'appesantir sur ma réponse.

Les yeux d'Emma s'écarquillèrent.

— Est-ce possible ? Puis-je boire quelque chose en étant ici ?

Il écarta les bras pour désigner le corps qu'il occupait.

J'eus un nouveau haussement d'épaules.

— Comment je le saurais ? Je n'ai jamais été dans le corps d'un autre.

Le sourire qu'il me lança était du pur Alec.

— Moi non plus ; avant ce soir, j'entends.

— Vraiment ? rétorquai-je avec une acide ironie. Vous êtes un débutant ? Un jeune conducteur qui n'a pas le droit de prendre le volant non-accompagné ? Mais alors, qui freine si un truc tourne mal ?

Son sourire s'éteignit.

— Faites-moi confiance, Kaylee. Je suis sans doute la seule personne du monde des ténèbres susceptible d'occuper sans dommage le corps de votre amie.

— Du monde des humains aussi…, railla Tod.

J'eus toutes les peines du monde à faire mine d'ignorer sa plaisanterie — ou sa présence.

— Alors, ce Coca, vous me l'offrez ?

Alec balança les jambes d'Emma hors du lit et posa ses pieds nus sur le sol.

— Auriez-vous quelque chose de plus fort, d'ailleurs ?

Du chlore, par exemple ? L'ennui, c'est que je pouvais difficilement me permettre d'empoisonner Emma — surtout en me fondant sur l'hypothèse vaseuse qu'Alec essayait de m'attirer dans un piège.

— Vous êtes gentil, mais elle a assez bu comme ça ce soir.

— Voilà qui explique pourquoi j'ai eu si peu de mal à la pousser à s'endormir.

Comme je ne faisais pas mine de céder à sa demande, il soupira.

— Un soda, ce sera parfait, merci. Je n'en ai pas bu depuis des années.

Je ressortis de la chambre et me dirigeai vers la cuisine. Ainsi que je l'avais espéré, Tod me suivit ; dès que nous fûmes hors du champ de vision d'Alec, je me tournai vers lui et lançai :

— Toi, pas un mot ! Tu te tais et tu écoutes. Sinon, je te promets que je révèle à ton patron que tu travailles au noir comme trafiquant de drogue dans le monde des ténèbres.

Sans lui laisser le temps de répliquer, j'ouvris le frigo, attrapai une nouvelle cannette et retournai à grands pas dans le couloir.

Alec était maintenant planté au milieu de la chambre d'Emma, les bras croisés. Il examinait les photos posées sur sa commode.

— Tenez. Dépêchez-vous de boire, et surtout de parler. Si qui que ce soit se réveille ou rentre, la séance sera levée dans l'instant, vous m'entendez ?

Alec hocha la tête en signe d'assentiment avant de décapsuler la cannette. Au passage, il cassa l'un des ongles d'Emma. Il ne faisait aucun doute que, demain, ce serait une des premières choses dont elle s'apercevrait.

— Mmmh, dit-il en avalant une première gorgée, j'avais oublié la façon dont les bulles pétillent sur la langue. C'est presque douloureux. Avez-vous une quelconque idée de la date où j'ai bu un Coca pour la dernière fois ? Je n'arrive pas à croire que je vive toutes ces sensations à travers elle. Je pourrais peut-être rester…

— Je ne crois pas, non. Vous n'avez pas envie de ressentir les choses dans votre propre corps ?

Emma haussa les épaules.

— Dans un corps dépourvu de seins, ce serait déjà un progrès. Ces machins se mettent dans le passage chaque fois que je bouge les bras.

Je levai les yeux au ciel et me laissai tomber sur la chaise de bureau.

— Je n'ai pas ce genre de problème, personnellement. Mais Emma devrait avoir ses règles d'ici à deux jours. Vous tenez à y être ?

L'expression horrifiée qui se peignit sur son visage me fit rire, et le gloussement idiot de Tod à cet instant me conforta dans l'idée que j'avais mis dans le mille.

— Dans ce cas, je vous suggère de tout me raconter maintenant. C'est quoi, le plan ?

— Fort bien. Voilà de quoi il s'agit…

Alec saisit sa cannette et installa Emma au bord du lit, penchée en avant, un coude sur le genou, les jambes largement écartées. Une vraie position de garçon.

— Demain, c'est le solstice d'hiver, dans les deux mondes. Pour la première fois en quelque soixante ans, Avari dispose des ressources nécessaires pour organiser une véritable Cérémonie Liminale. Les moyens engagés pour la mettre en œuvre sont proprement stupéfiants.

— C'est quoi, une Cérémonie Liminale ? demandai-je.

Alec allait-il enfin en venir aux faits !

— Il s'agit d'un festival destiné à honorer les temps et les espaces liminaux. La notion de liminalité vous est-elle familière ?

Je secouai la tête et, à mon grand agacement, il hocha celle d'Emma, dans un mouvement qui signifiait que mon ignorance ne le surprenait aucunement.

— La liminalité, c'est l'espace et le temps « entre ».

— Entre quoi ? demandai-je, exaspérée.

L'épuisement avait raison de ma patience.

— Entre différentes entités. L'aube et le crépuscule, par exemple, sont les périodes liminales entre le jour et l'obscurité. Les portes sont les espaces liminaux entre le dedans et le dehors. Vous comprenez ?

Je hochai la tête, sans être bien certaine, cependant, d'avoir réellement saisi son explication.

— Donc, midi serait la période liminale entre le matin et l'après-midi, c'est ça ?

Emma opina, et la satisfaction d'Alec transparut dans l'éclat qui fit briller ses yeux.

— Les seuils de liminalité sont cruciaux parce qu'ils amenuisent les frontières entre les deux mondes et rendent l'énergie humaine plus accessible aux Ténébreux. Les solstices d'été et d'hiver sont les plus importants seuils de liminalité répertoriés. Ce sont, dans l'année, deux points de bascule majeurs, concernant la durée du jour et de la nuit ; le solstice d'hiver marque la nuit la plus longue de l'année. Pour les Ténébreux, c'est un peu comme le réveillon du nouvel an.

— Vous essayez de me dire que le monde des ténèbres organise un réveillon géant, et que vous voulez que je m'y introduise clandestinement ?

— En gros, oui.

Les yeux d'Emma devinrent pensifs.

— Je pense pouvoir tirer profit de l'agitation de la fête pour attirer votre ami à l'écart. Ensuite, vous pourrez traverser et nous ramener tous les deux.

Ça me paraissait correct, comme plan — en admettant qu'Alec dise la vérité.

— Et c'est où, ce grand festival ?

Alec soupira.

— Voilà bien longtemps que je ne me suis pas retrouvé de votre côté de la brume grise, et ce n'est donc qu'une estimation, mais, je situerais ça en face du parc municipal, de l'autre côté de la rue. C'est là qu'ils sont en train de tout installer. Et je ne sais pas ce qui a été construit à la place de l'ancien palais de justice, mais il doit y avoir beaucoup de monde qui y passe, parce que le bâtiment est complètement perméable. Des kilomètres de couloirs et des dizaines de grandes pièces en enfilade qui laissent filtrer de l'énergie humaine.

Soudain, le cœur me manqua. Il parlait du lycée. De *mon* lycée. Il avait été construit cinq ans plus tôt, après l'incendie qui avait ravagé le palais de justice, et le déplacement de celui-ci sur un autre site.

— A quelle heure commence la cérémonie ? murmurai-je, frissonnant d'horreur.

— Au crépuscule. Pendant les quelques minutes qui séparent le coucher du soleil de l'obscurité totale, quand on distingue encore ce qui nous entoure et qu'on peut déjà voir les étoiles et les planètes dans le ciel. C'est le seuil de liminalité idéal.

Evidemment, ça commençait au crépuscule ! Le coup d'envoi de notre kermesse d'hiver aurait lieu à

17 h 30 — l'heure approximative à laquelle le soleil se couchait à cette période de l'année. Il aurait lieu à l'heure et à l'endroit précis où se tiendrait leur Cérémonie Liminale.

Il ne pouvait s'agir d'une coïncidence. Quelque chose de terrible se tramait. Quelque chose de pire que le givre et la disparition de Nash dans le monde des ténèbres, même si ça me paraissait impossible. Et, à en croire l'horloge du lecteur de DVD, je n'avais que quatorze heures devant moi avant que le crépuscule réduise à néant mes chances de ramener Nash dans ce monde.

— Nous nous retrouverons donc à 17 h 30 devant la fontaine du parc, en face du nouveau bâtiment.

En face du lycée. Mon lycée…

Mais Alec ne me laissa pas aller au bout de ma pensée.

— *Chut, il arrive,* souffla-t-il avant de reprendre : Oui. 17 h 30, quoi qu'il advienne. Il faut que…

Et, sur ces mots, il disparut.

Mais cette fois, au lieu de se rendormir comme cela avait été le cas lors du premier départ, le corps d'Emma se tendit et elle se leva, raide comme un piquet. Sa tête pivota lentement sur ses épaules et son regard détailla posément chaque élément de la chambre. Puis elle me vit. Les coins de sa bouche se relevèrent alors nonchalamment en un sourire narquois.

— Tiens donc, quelle agréable surprise…

Cette voix, je ne l'avais pas entendue depuis un mois, mais je l'aurais reconnue entre mille.

Avari.

21

— Mademoiselle Cavanaugh... Quel plaisir de vous retrouver en ces lieux.

Le démon s'interrompit pour observer de nouveau le décor qui l'entourait.

— Quels que soient les lieux en question.

D'abord saisie de terreur, je soupirai discrètement, soulagée à l'idée que, s'il ne savait pas où il se trouvait, il ignorait sans doute aussi *dans qui* il était. Et cela impliquait très probablement qu'il aurait du mal à se servir de nouveau d'Emma comme médium.

Mais les yeux d'Emma s'étaient rétrécis : Avari observait une photo encadrée posée sur la commode ; un cliché qui nous représentait, Emma et moi, devant ma vieille voiture, le jour où je l'avais achetée.

— Voilà décidément un proxy très futé ! déclara-t-il.

Avari traversa la chambre sur les pieds nus d'Emma, dans un balancement exagéré des hanches qui révélait son embarras quant au déplacement de ces attributs féminins inhabituels pour lui. Au passage, ses yeux croisèrent son reflet dans le miroir, et ils s'écarquillèrent dans une mimique d'admiration lubrique.

— Et on peut dire qu'il a du goût !

Voir Emma possédée par Avari était mille fois pire qu'être témoin du même phénomène avec Alec. C'était insupportable. Comment pourrais-je, après cela, la regarder en face ?

— Dégagez ! murmurai-je, les dents et les poings serrés.

Avari ignora mon injonction et tendit vers la photo la main délicate et gracieuse d'Emma.

— Ôtez vos sales pattes de là !

Surpris, il se tourna vers moi. J'eus le souffle coupé quand il posa sur moi des yeux qui, pour être ceux d'Emma, n'avaient pourtant rien de commun avec les expressions de ma meilleure amie.

— Vous préféreriez que je les pose ailleurs ? demanda Avari.

Ses paroles, doucereuses et sinistres, profanaient la gorge d'Emma aussi brutalement que sa présence dans son corps désacralisait son existence.

— Ici, par exemple ?

La main gracile changea de direction et les doigts d'Emma s'écartèrent pour se poser sur son ventre plat, puis se glisser sous la ceinture élastique de son pantalon de pyjama.

— Ou bien là ?

La voix d'Avari avait pris une tonalité suggestive,

et je vis la main remonter vers les seins d'Emma et les caresser.

Mon pouls s'accéléra et ma vision se brouilla soudainement.

— Sortez d'elle, et maintenant !

Avari se tourna vers le miroir, insensible à mes pauvres protestations ; je lançai à Tod un regard suppliant pour qu'il me vienne en aide. Mais il était aussi impuissant que moi et posa un doigt sur ses lèvres pour me rappeler de ne pas dévoiler sa présence. Si le démon découvrait que Tod était de mon côté, il se vengerait sur Nash et sur l'âme d'Addison.

— Oh ! ouiii…

Avec un soupir lascif, Avari se caressa les hanches tout en fixant son reflet dans le miroir.

— J'adore celle-ci. Trop mignonne. Elle vaut vraiment le coup qu'on s'y attarde.

J'aurais crié de dégoût et de révolte. Pourtant, je m'efforçai de rester impavide. Je ne pouvais pas agresser Avari sans risquer d'atteindre Emma, et j'ignorais de quels pouvoirs était doté le démon quand il possédait un corps étranger. Peut-être aucun. Mais connaissant ma chance, si j'essayais de l'attaquer — mais comment faire ? —, il me transformerait en glaçon géant avant que j'aie pu lever le petit doigt, ou il utiliserait les mains d'Emma pour un truc bien plus affreux que de la caresser.

— Comment a-t-elle pu échapper à mon attention ? J'ai l'impression de la connaître…

Les deux mains d'Emma se refermèrent sur ses fesses. Le regard d'Avari n'avait pas quitté son reflet.

— … mais de loin. Et comment Alec a-t-il fait pour mettre la main dessus… ?

Avari soutint mon regard furieux.

— Un proxy plein de ressources, c'est vraiment *précieux.*

Mais la colère que je décelai chez lui m'indiquait que ce n'était pas tout à fait vrai. Manifestement, Alec avait comploté dans le dos d'Avari. Le démon était furieux.

— Et Alec a toujours été très précieux.

— Vous… l'avez depuis combien de temps ? hasardai-je.

J'essayais désespérément de gagner du temps. J'entendais presque les rouages de mon cerveau grincer tandis que je cherchais un moyen de me débarrasser du démon.

Avari inclina la tête d'Emma, comme si mon intérêt soudain le surprenait.

— Oh, vingt ou trente ans, finit-il par répondre. Il a toujours su se rendre utile. Même involontairement.

Le corps d'Emma fit un pas dans ma direction, provocant, presque obscène.

— Par exemple, vous êtes une jeune personne avec

qui il est difficile d'entrer en contact. Pourtant, une fois qu'on vous connaît, vous êtes d'un accès plutôt facile… Voyez-vous ce que je veux dire ?

Un sentiment de rage et d'horreur m'envahit tandis que le regard du démon serpentait sur mes formes. J'eus soudain envie de couvrir le peu de chair que mes vêtements ne cachaient pas. Bon sang, qu'est-ce qu'Avari avait fait de mon corps quand il l'avait occupé ? Et combien de fois cela s'était-il produit ?

Si je réussissais à tirer Nash d'affaire, et qu'on sortait vivants de cette histoire, il allait devoir me faire le récit circonstancié de tout ce qui s'était passé pendant que j'étais, au sens propre, hors de moi. Sans cela, je le tuerais de mes propres mains.

Et Tod, à en croire la noirceur de son regard, devait en ce moment même avoir des pensées similaires.

Emma avança encore d'un pas. Ma réaction fut de reculer. Mon sang battait à mes tempes, mon cœur tambourinait dans ma poitrine.

— Combien de fois ? chuchotai-je en tâchant de mettre en avant ma colère plutôt que ma peur.

Il avança encore, roulant des hanches. Il portait le corps de mon amie comme une prostituée porte une panoplie de latex. Cette fois, quand je fis un pas en arrière, je heurtai le bureau. Je n'avais plus nulle part où aller, à moins de le laisser me poursuivre à travers toute la maison. Ce qui n'entrait pas dans mes intentions.

— Combien de fois je suis entré en toi ? reprit Avari en battant des cils.

Sa formulation me fit tressaillir de répulsion. Mon estomac se soulevait à la seule pensée que le démon s'était trouvé à l'*intérieur* de moi, dans mon corps, violant les plus sacrées de mes limites : celles qui préservaient mon âme.

— Plusieurs fois, finit-il par répondre en avançant encore d'un pas.

Il n'était plus qu'à quelques centimètres de moi.

— Et je dois dire que j'y ai pris un réel plaisir.

Le corps d'Emma se pencha vers moi et sa joue effleura la mienne. Mon cœur déraillait, à présent.

— Vraiment…

Ses lèvres frôlèrent la naissance de mon cou. Je déglutis pour ne pas vomir.

— … chaque…

Son souffle tiède enveloppa mon oreille et je fermai les yeux, essayant de retenir ma respiration.

— … fois.

Le dernier mot d'Avari fit frissonner le duvet sur ma nuque, juste sous mes oreilles, et je ravalai un gémissement. Puis, ouvrant les yeux, j'aperçus Tod. Il était figé, poings serrés, fou de colère.

Et puis le démon recula. Il souriait à travers la bouche pulpeuse d'Emma, et il y avait une telle lubricité dans ses yeux que j'en fus désorientée et bouleversée. Je tremblais de tout mon être.

— Il est vrai que je me suis beaucoup amusé à jouer les *banshee* adolescentes — surtout la fois où votre fiancé ne s'est pas aperçu que vous n'étiez plus dans votre corps…

A ces mots, une rage folle m'envahit. Elle était si vive et si brûlante que je crus que j'allais prendre feu. *Mon Dieu*, qu'est-ce qu'il m'avait fait ? Pire : que m'avait-il fait faire ? Et Nash pensait-il vraiment que c'était moi qui faisais… ce qu'Avari avait fait avec mon corps ?

— … mais je n'ai pas encore trouvé la façon idéale d'entrer en communication avec vous. Bien que, l'autre jour, nous ayons obtenu de bons résultats avec votre camarade de lycée.

Sa réflexion me déconcerta, et Avari dut le percevoir car il se tourna, fit courir sur le bureau l'index délié d'Emma, leva l'arc parfait de ses sourcils et reprit :

— A ce sujet, comment va votre bras ?

Son regard chargé de sous-entendus vint se poser sur le renflement de ma manche droite.

Et soudain je compris.

Cette révélation me fit l'effet d'un coup de marteau asséné sur le crâne.

Tout était lié à Avari.

Toute cette histoire, de A à Z.

Nash avait raison : Avari était tout simplement l'homme invisible de Scott.

C'était à lui aussi que Doug s'adressait, dans sa voiture, lors d'une de ses hallucinations. C'était lui, le démon qui vendait son souffle à Nash. Avari était en possession de l'âme d'Addison. Il avait soudoyé Tod et Everett pour qu'ils revendent et disséminent ses miasmes toxiques. Il retenait Nash en captivité dans le monde des ténèbres. Et c'était lui, encore, qui organisait la Cérémonie Liminale qui, comme par hasard, coïncidait avec notre kermesse d'hiver !

Comment le rapprochement avait-il pu m'échapper ?

Tous les chemins conduisaient à Avari. Et, pour une raison que j'ignorais, il s'acharnait à entrer en contact avec moi.

— Que voulez-vous ?

J'eus subitement la certitude d'avoir enfin posé la bonne question.

Se retenant d'une main à l'un des montants du lit, Avari fit pivoter le corps d'Emma, dénudant au passage une bande de peau au niveau de la taille, puis il rapprocha son visage du mien.

— Toi.

La voix du démon devint basse et profonde, si grave, surtout sortant de la bouche ingénue d'Emma.

— Je te veux, *toi*. Et si tu traverses maintenant, je te donne ma parole d'honneur que je renverrai ton fiancé dans le monde des humains.

Tod se mit à gesticuler, derrière Avari, pour me

dissuader de céder. J'eus toutes les peines du monde à ne pas tourner les yeux vers lui, trahissant ainsi sa présence. Mais je n'avais pas besoin de regarder Tod en face pour deviner ce qu'il pensait : peut-être Avari libérerait-il Nash, mais nous n'aurions aucune garantie sur la date de la livraison ni sur l'état du colis quand il arriverait.

Ou *des* colis.

— Pourquoi moi ?

Dans mes veines, une terreur glacée avait remplacé mon sang.

— Vos proxys, vos suppôts et vos garde-manger vivants ne vous suffisent plus ?

— On n'a jamais assez de proxys.

J'avais presque oublié que j'étais en train de m'adresser au démon de l'avidité.

— Mais ce n'est pas ce qui m'intéresse, dans ton cas.

Emma sourit, arborant, pour la première fois depuis qu'Avari était entré dans son corps, une expression qui lui ressemblait.

— Si tu veux des détails, il va falloir que tu traverses maintenant pour que nous discutions de tout cela en personne.

Je résistai, adoptant une attitude d'opposition farouche.

— Désolée, ce n'est pas au programme.

— Même pour sauver ton fiancé ?

Pour récupérer Nash, je disposais d'un autre moyen que de me retrouver entre les griffes d'Avari, mais ma prochaine réplique n'en était pas moins difficile à prononcer. En fait, les mots se coinçaient dans ma gorge, et je dus m'éclaircir la gorge pour parler.

— Un fiancé qui tient plus à sa drogue qu'à moi, ça ne m'intéresse pas.

Les larmes qui me montaient aux yeux n'étaient pas feintes, mais, avec un peu de chance, le démon les attribuerait à l'émotion causée par la perte de mon amoureux plutôt qu'à la souffrance qui me paralysait à l'idée que j'étais en train de trahir Nash, voire de condamner son âme à d'éternels tourments.

— Pas plus qu'un fiancé qui laisse n'importe qui utiliser mon corps sans mon consentement et qui me traite comme un préservatif usagé.

Une lueur de surprise et d'amusement mêlés fit scintiller les yeux d'Emma. L'expression d'Avari était presque… satisfaite. Comme s'il venait de découvrir avec plaisir que certains aspects en moi étaient dignes de lui.

Ce qui augmenta ma terreur.

— Ça veut dire que tu refuses ma proposition ?

J'acquiesçai. Mais avec lenteur, pour faire croire que j'avais du mal à prendre cette décision — et pour cacher que j'étais en train de comploter pour traverser plus tard et l'affronter à ma façon. Et en appelant des renforts.

— Catégoriquement.

Pendant un bref instant, il ne se passa rien, et j'espérai de tout mon cœur que je ne venais pas de commettre la plus grosse erreur de ma vie. Puis Avari étira les lèvres d'Emma en un sourire cruel.

— Dans ce cas, sache que tu peux, tout aussi catégoriquement, dire adieu à ton fiancé.

Les yeux d'Emma se fermèrent et ses jambes se dérobèrent. Elle s'effondra sur le tapis avec un léger gémissement, très féminin. Je m'agenouillai précipitamment à côté d'elle. Ses paupières battirent une fois. Puis une deuxième. Enfin, ses yeux s'ouvrirent et se posèrent paresseusement sur moi.

— Kaylee ?

C'était sa voix, la vraie. J'exhalai un soupir de pur soulagement, et il me sembla que mon haleine embaumait, comme si l'air avait meilleur goût à présent qu'Avari avait quitté les lieux.

— Qu'est-ce qui s'est passé ?

— Je ne sais pas.

Haussant les épaules, je lançai un coup d'œil à Tod, agenouillé en face de moi mais que, de toute évidence, Emma ne pouvait ni voir ni entendre.

— Je suis allée aux toilettes et, en revenant, je t'ai trouvée allongée par terre. Tu es tombée du lit ?

Et, pour comble d'horreur, je mentais à ma meilleure amie…

Sourcils froncés, Emma s'aida de ses mains pour se redresser.

— Je ne crois pas.

Son regard se posa ensuite sur mon chemisier, descendit sur mon jean, et je sus que j'avais commis un faux pas. Emma était intelligente.

— Tu dors tout habillée ? s'étonna-t-elle.

Je soupirai et lui adressai un sourire contraint. Il s'agissait de réfléchir vite et bien.

— J'espérais que Nash allait m'appeler et qu'on pourrait se réconcilier.

— Tu comptais le rejoindre au milieu de la nuit ?

Son sourire était soucieux et je réalisai avec surprise que notre dispute l'avait perturbée, elle aussi.

— Sauf qu'il n'a pas appelé.

Et ma prochaine escapade pour voir Nash ne se réduirait pas à un trajet de cinq minutes dans une zone résidentielle du Texas.

— Il va le faire.

Emma se mit debout. Ses yeux se refermaient déjà, et les mots qu'elle prononça ensuite furent articulés entre deux bâillements.

— Et tout ira bien. Parce que Nash t'aime, et c'est tout ce qui compte. D'accord ?

J'acquiesçai tandis qu'Emma se recouchait. Si seulement, pour une fois, les choses avaient pu être aussi simples !

— Salut, papa.

De la main, je couvris le micro de mon téléphone, le temps de remercier la serveuse qui venait de verser de l'eau glacée dans mon verre.

— Tu es debout drôlement tôt, pour quelqu'un qui a fait une soirée pyjama, dit mon père sans masquer son soulagement.

Cette fois, je ne pouvais pas lui en vouloir de s'être fait du souci, même si, cette nuit, j'avais laissé plusieurs messages sur son répondeur pour lui assurer que j'allais bien et que j'étais toujours de ce monde. Celui des humains.

— C'était plutôt une nuit blanche qu'une soirée pyjama, répondis-je en étouffant un bâillement. Mais Emma a été sympa, elle m'a aidée à rester éveillée toute la nuit.

Techniquement, c'était vrai. Je l'avais vue se faire posséder tour à tour par deux entités ténébreuses ; je ne vois pas comment j'aurais pu fermer l'œil après ça.

— On a regardé des films en mangeant de la glace.

En face de moi, Tod leva les yeux au ciel. Apparemment, il était frustré de n'avoir été témoin d'aucune des scènes mythiques généralement associées aux soirées pyjama. C'est vrai, quoi : c'était mesquin, ces histoires d'adolescentes possédées alors que nous aurions pu, en récompense de sa présence — invisible — à nos côtés, lui offrir le spectacle d'une bonne vieille bataille de polochons où nous aurions toutes deux été à demi nues. Au lieu de cela, il avait juste veillé à ce que je ne m'endorme pas. Et guetté une éventuelle réapparition d'Avari.

Cela dit, je n'allais rien raconter à mon père au sujet du Faucheur ou du démon. Je ne voyais pas l'intérêt de l'inquiéter davantage dans la mesure où la moindre de ses réactions, même la plus noble, lui vaudrait de se retrouver coincé dans le monde des ténèbres. Dans le meilleur des cas.

D'un signe de tête, Tod remercia la serveuse venue poser devant lui un verre de jus d'orange. J'avais refusé de lui parler dans le restaurant s'il ne se matérialisait pas complètement.

A l'autre bout du fil, j'entendis des bruits de vaisselle qui s'entrechoquait : mon père était en train de se faire du café.

— Je vais partir au travail.

Même au beau milieu d'une crise, il n'avait guère d'alternative si nous voulions payer le loyer du mois prochain. Et franchement, pour moi, s'il y avait quelque chose de pire que d'être convoitée par un démon, c'était bien d'être convoitée par un démon *et* de me retrouver à la rue.

— Je ne veux pas que tu restes seule aujourd'hui.

Tu as besoin de repos et c'est dangereux pour toi, en ce moment, de dormir seule.

Venant de mon père, c'était plutôt inattendu, comme remarque… Mais je voyais ce qu'il voulait dire.

— Tout va bien, papa. Je fais attention.

J'étais trop fatiguée pour trouver autre chose à lui dire que ces banalités destinées à le rassurer.

— Mais non, Kaylee, tout ne va pas bien.

J'entendis le claquement de sa tasse sur la table.

— Tu ne peux pas continuer à dormir aussi peu ; tu vas finir par tomber malade.

— Tu as une solution ? demandai-je.

La serveuse déposa une assiette de pancakes aux pépites de chocolat devant moi. Le sucre allait me réveiller, c'est sûr. Je la remerciai puis étalai le beurre fondu sur la crêpe à l'aide de mon couteau.

Mon père soupira.

— Je n'en sais rien. On cherche toujours. Tu peux rester avec Harmony ou Nash ? Je ne fais pas tellement confiance à ce garçon sous bien des aspects, mais je sais que si tu commences à crier dans ton sommeil, il te réveillera.

Malheureusement, rester main dans la main avec Nash ne faisait pas partie des possibilités actuelles, sauf si pour cela j'étais prête à traverser et à offrir à Avari mon âme sur un plateau. Et je me voyais mal rester avec Harmony sans évoquer la disparition de son fils. Restait Tod, et ensuite Emma, une fois qu'il serait parti travailler… ?

— Moui, dis-je, la bouche pleine de chocolat. Ne t'en fais pas, je ne resterai pas seule.

— Très bien. Il faut que j'y aille.

Dans la brève pause qui suivit, je perçus son doute et son inquiétude.

— J'appellerai pour vérifier que tout va bien ; alors, si ton téléphone sonne, tu réponds. On se voit ce soir.

— Oui, à ce soir, répondis-je en espérant que ce ne soit pas qu'un vœu pieux.

Je raccrochai et rangeai mon téléphone dans ma poche. Pendant ce temps, Tod regardait fixement mes pancakes.

— Tu veux quelque chose… puisque maintenant tu te nourris.

A ma grande surprise, il avait déjà avalé la moitié de son jus de fruits. En revanche, je n'avais pas le souvenir de l'avoir déjà vu manger.

— Les Faucheurs n'ont pas besoin de nourriture, pas plus qu'ils n'ont besoin de sommeil. Mais leurs capteurs sensoriels sont toujours là et en parfait état de marche. Papilles comprises, ajouta-t-il en me voyant lever les sourcils dans une mimique amusée. Malheureusement, le métier ne paie pas, en tout cas pas en monnaie humaine et, du coup, je suis toujours un peu juste de ce côté-là…

Voilà qui, au moins, avait le mérite d'être clair.

— Tiens. De toute façon, j'en avais trop.

Je poussai mon assiette dans sa direction et lui tendis des couverts en Inox enveloppés dans une serviette en papier.

— En plus, je ne peux pas manger si tu me regardes en salivant comme un gamin affamé.

— Merci.

Il s'attaqua aux pancakes et je l'observai en souriant, amusée par l'idée que la Mort avait un faible pour les sucreries.

— Bon, je suppose que je ne suis pas la seule à trouver que cette coïncidence entre la kermesse d'hiver et la Cérémonie Liminale n'en est pas une…

Jusque-là, du fait de la présence d'Emma, nous n'avions pas pu aborder le sujet —, qu'elle soit possédée ou simplement endormie.

Tod avala sa première bouchée et opina.

— Il est évident que les deux événements sont liés. A mon avis, Avari organise cette grande fête ténébreuse pour profiter d'une énorme concentration d'énergie humaine au moment où la frontière entre les deux mondes est la plus mince. Ils vont pouvoir l'absorber comme des éponges, presque sans effort, à l'heure du crépuscule.

Je hochai la tête.

— Mais ça ne se réduit pas à ça, n'est-ce pas ? Je

veux dire, ce n'est pas juste un pique-nique géant ? Ça ne peut pas être ça, le plan du siècle d'Avari ? Sinon, ça le rend à peu près aussi dangereux qu'un Bisounours…

Tod haussa les épaules.

— Un Bisounours qui serait aussi un démon mangeur d'âmes, un voleur de corps et le pire bourreau que le monde des ténèbres ait connu. Tu crois qu'il envisage quoi d'autre ?

— Je ne sais pas. Mais le solstice d'hiver a lieu chaque année, et Alec a dit que c'était la toute première cérémonie qu'ils organisaient depuis des décennies. Pourquoi ? Qu'y a-t-il de différent cette année ?

Je portai une autre bouchée de pancake à ma bouche, attendant une réponse qu'aucun de nous deux ne détenait.

— Peu importe ce que c'est, il faut qu'on le sache avant d'aller là-bas. Tu es censé voir Addison, aujourd'hui ?

Tod fit signe que oui et posa sa fourchette en travers de son assiette.

— Oui. Mais si je refuse de prendre la cargaison de givre ensuite, Avari va se douter que quelque chose se trame.

Je découpai un morceau de crêpe et haussai les épaules.

— Dans ce cas, prends-la, cette cargaison. Mais ne

la remets pas à Everett. On se débrouillera pour s'en débarrasser une fois qu'on aura tiré Nash de là.

Tod grimaça. Sa fourchette resta en suspens à quelques centimètres de sa bouche.

— Kaylee, on n'est même pas sûrs qu'Alec sera au rendez-vous, surtout maintenant qu'Avari l'a surpris en train de se la jouer « E.T. téléphone maison » en douce. Si ça se trouve, il va mettre son proxy sous surveillance rapprochée, encore pire que pour Addison ; et quand on aura traversé, on va se retrouver au milieu d'une foule de monstres prêts à nous gober les yeux et à nous aspirer les boyaux comme un plat de spaghettis.

J'eus un hoquet de surprise dégoûtée.

— Gober les yeux ? Aspirer les boyaux ? Tod, ça fait un mois que tu traverses tous les jours. Quelqu'un — ou quelque chose — a déjà fait mine de s'intéresser de si près à ton anatomie ?

— Non, mais c'est parce que je travaillais pour Avari, murmura-t-il en se penchant vers moi. Ou alors c'est parce que je suis mort et que même les Ténébreux les plus répugnants n'aiment pas la viande froide. Mais toi, tu n'es pas morte, et tu n'as pas l'autorisation de circuler là-bas. Alors, si j'étais à ta place, je m'inquiéterais d'abord pour ma propre anatomie.

Il eut un geste d'excuse en me voyant avaler avec difficulté ma bouchée de pancake. S'appuyant au dossier de sa chaise, il croisa les bras sur son T-shirt moulant qui laissait deviner des pectoraux bien dessinés.

— Je voulais juste que tu saches où tu vas mettre les pieds.

Malgré le café brûlant qui réchauffait mon ventre, je sentis le froid m'envahir.

— C'est bien pour ça que je tiens à ce que tu sois aux aguets pendant ton entretien avec Addison, répondis-je. Il faut qu'on sache ce qui est arrivé à Alec, à quel endroit Nash est enfermé, et dans quel état il est, au cas où Alec ne pourrait pas nous aider. Il faut aussi que tu réunisses autant d'informations que possible au sujet de cette Cérémonie Liminale. Et même si tu arrives à faire tout ça, j'ai le sentiment que, ce soir, on aura malgré tout de sales surprises.

— Tout à fait d'accord.

Tod sauça le reste du chocolat avec sa dernière bouchée de pancake. Son assiette s'en trouva nettoyée.

— Mais je ne peux rien te promettre au sujet de la mission d'espionnage. Ce n'est pas comme si j'avais carte blanche dans le monde des ténèbres.

Je m'en étais doutée, mais…

— Tu fais quand même la moitié de ton boulot là-bas, non ? Je veux dire : c'est bien là que tu amènes les âmes pour qu'elles soient recyclées ?

Le visage de Tod revêtit une expression où se mêlaient stupéfaction et horreur.

— Dans le monde des ténèbres ? Mais non ! Si j'amenais les âmes là-bas, elles seraient dévorées, pas recyclées. C'est leur qualité de morts qui permet aux Faucheurs d'avoir accès au monde des ténèbres, Kaylee. Pas les attributions de leur poste.

Je sentis mon visage s'empourprer. Quelle idiote je faisais !

— Dans ce cas, où les amènes-tu ?

— Je ne peux pas te le dire.

Le sourire dont il accompagna sa réponse me parut, cette fois, sincère.

— Secret professionnel. Quant à mes activités dans le monde des ténèbres, je me contente d'apparaître dans le bureau d'Avari — celui où nous nous trouvions quand Addy est morte. Ensuite, il la fait entrer. Nous disposons d'une heure, que je passe essentiellement à lui parler pour distraire son esprit des tortures et humiliations qu'elle endure en permanence.

— Elle a un esprit ?

J'avais du mal à me faire à cette idée. Et en même temps, si cela n'avait pas été le cas, je ne vois pas pourquoi il aurait perdu son temps à lui rendre visite.

— Elle est morte, pourtant.

— Moi aussi.

Tod posa sa fourchette sur mon assiette.

— Il faut que tu arrêtes de voir la mort comme la fin de toute chose. Oui, en règle générale, les âmes sont recyclées. Mais ce n'est pas toujours le cas. Il y a des tas de manières d'être mort, avec ou sans corps, mémoire ou âme. Addy a tout gardé, sauf son corps, et pour ma part, comme tu l'as sans doute remarqué, il ne me manque même pas ça.

Il souligna ses paroles en ouvrant largement les bras. Son corps était en effet tellement présent qu'il faillit, dans le mouvement, envoyer valser le plateau d'une serveuse qui avait la malchance de passer par là.

— Je sais. Mais comment se fait-il qu'Addy ait encore son âme alors qu'elle l'a vendue à Avari ?

— Son âme et elle ont été réunies dans le monde des ténèbres, mais son vrai propriétaire, c'est Avari. D'où la torture permanente qu'il lui fait subir.

— Oh.

Je me promis, pour la prochaine fois, d'éviter de pérorer au sujet des choses qui me dépassaient. Et de laisser Tod rester invisible chaque fois qu'il le souhaiterait. Incroyable mais vrai, il posait moins de problèmes de cette façon.

— Je veux juste que tu restes sur tes gardes et que tu écoutes ce qui se dit quand tu y seras, O.K. ?

Tod acquiesça avec réticence. Je comprenais sa frustration. Une fois dans le monde des ténèbres, les seuls pouvoirs qu'un Faucheur pouvait utiliser étaient ceux qui consistaient à récolter des âmes et à retraverser vers notre monde. Maintenant que je savais qu'il ne travaillait pas là-bas, ça me paraissait logique. Il ne pouvait pas se rendre invisible, ni traverser les murs, ni faire en sorte que sa voix ne soit entendue que des personnes auxquelles il avait choisi de s'adresser.

Là-bas, il redevenait pratiquement humain, et cette pensée ne semblait pas le réjouir.

— Et toi ? Tu vas faire quoi ?

Il jeta un coup d'œil sur sa gauche afin de consulter la pendule accrochée au-dessus de la porte menant aux cuisines.

— On a encore neuf heures à tuer. Disons huit, si tu veux arriver en avance.

Ce qui était le cas, bien entendu.

— Je vais voir si je peux squatter chez Emma. Je peux lui parler de mes problèmes de sommeil, non, puisqu'ils sont sans rapport avec l'épidémie de souffle de démon ou le fait que Nash ait disparu ?

Mais Tod secoua la tête.

— Kay, je crois que tu devrais rester loin d'Emma pendant quelque temps.

J'allais porter ma tasse de café à ma bouche, mais j'interrompis mon geste, sourcils froncés.

— Pourquoi ?

Elle et moi pouvions veiller l'une sur l'autre. Elle,

pour que mes rêves ne soient pas perturbés par les démons, et moi pour que son corps ne soit pas envahi par eux.

— Il faut que je sois là si Avari doit de nouveau se servir d'elle comme médium.

Tod se pencha vers moi, bras croisés sur la table. Il me dévisagea avec intensité.

— Je sais bien, mais il faut que tu saches que ça n'arrivera sans doute que si tu es avec elle. Emma est un excellent vecteur pour communiquer avec toi. En revanche, si tu n'es pas là, il est fort probable que personne n'essaiera de la posséder pour te parler.

De sorte que la meilleure manière pour moi de protéger Emma était en effet de ne pas m'approcher d'elle.

En somme, j'allais passer la journée en tête à tête avec moi-même.

Tod laissa son regard flotter un instant avant de revenir à moi.

— Je vais avoir un peu de temps entre ma visite à Addy et le début de mon service à l'hôpital.

Et il était *obligé* de faire au moins la moitié de ses heures aujourd'hui, parce qu'un Faucheur au chômage était un Faucheur mort, et un Faucheur mort n'était utile à personne.

— J'en profiterai pour passer te voir, et tu pourras faire une sieste.

Je fus incapable d'étouffer le bâillement que la seule évocation du sommeil avait provoqué.

— Merci.

Une sieste ! Ça allait être trop bon. Du moins, si j'arrivais à rester assez longtemps dans ce monde-ci pour en profiter.

22

Pendant l'heure et demie qui suivit, je vidai une cafetière entière en regardant la télé et filtrai mes appels téléphoniques, acceptant ceux d'Emma et de mon père, et refusant ceux d'Harmony et de Sophie. Quand Emma appela, elle était en larmes ; il me fallut près de vingt minutes pour la calmer. La mort brutale de Doug, la position sociale de son père et l'attitude menaçante que celui-ci avait eue vis-à-vis de l'hôpital mettaient l'affaire à la une des nouvelles locales. Je me sentais mal de ne pouvoir consoler moi-même Emma, mais Tod m'avait convaincue de ne pas l'approcher. Je ne bougeai donc pas de mon canapé, me répétant en boucle que si je restais loin d'Emma, c'était pour son propre bien.

Mon père m'appelait juste pour vérifier que tout allait au mieux. Je répugnais à lui mentir, mais si je lui avais avoué que j'étais seule, il aurait quitté son travail — sans doute au risque de le perdre — pour venir me tenir la main pendant que je dormais.

Sophie me laissa un message furibond dans lequel elle exigeait de savoir pourquoi il suffisait que je sois présente quelque part pour que cela tourne au désastre. Elle avait regardé les nouvelles et l'une de ses amies lui avait dit que Nash et moi étions à la fête de Doug. Fort heureusement, Sophie ne semblait pas être au courant que Nash avait disparu ; ce qui signifiait que je n'avais pas besoin de la rappeler pour savoir si elle l'avait vu avant qu'il ne s'évapore.

Harmony appela sur le téléphone fixe pour savoir où était Nash, car il ne répondait pas sur son portable. Comme elle venait seulement de rentrer du travail, elle ignorait depuis combien de temps il était parti et ne semblait pas vraiment inquiète pour le moment. Bien entendu, au fur et à mesure que la journée avancerait sans qu'elle puisse le joindre, les choses allaient évoluer. Surtout quand elle aurait regardé les nouvelles à la télé et appris la mort de Doug.

A la fin de son message, elle ajouta qu'elle avait trouvé un moyen de me garder ancrée dans notre monde pendant que je dormais. J'étais sincèrement heureuse de cette petite note d'espoir, et je brûlais d'en savoir plus. Je me retins à grand-peine de décrocher le téléphone et de lui réclamer des détails : si je faisais ça, il me faudrait également lui mentir. Pour une raison que j'ignorais, mentir à la mère de Nash me paraissait encore plus ignoble que mentir à mon père.

Une heure après son appel, j'étais toujours sur le canapé. Je sirotais une cannette de Red Bull en regardant le film d'action le plus bruyant que j'aie trouvé en zappant sur les chaînes câblées. J'étais en T-shirt et en jean, et je tremblais de froid car j'avais éteint les radiateurs et ouvert toutes les fenêtres dans l'espoir de me tenir éveillée. Pourtant, malgré la caféine, la basse température et le bruit, mes yeux ne demandaient qu'à se fermer.

Une nouvelle sonnerie stridente du téléphone fixe me fit bondir.

Sur l'écran, l'inscription *Numéro inconnu* était affichée. Je faillis décrocher, mais préférai laisser le combiné sur le socle. Le répondeur s'enclencha. La voix de mon père emplit la pièce, demandant aux correspondants de bien vouloir laisser un message après le bip sonore. L'affreux indicatif retentit, vrillant mon cerveau épuisé. Puis, pendant quelques secondes, je n'entendis rien d'autre qu'un souffle. Persuadée qu'il s'agissait d'une erreur, je commençai à me détendre. C'est alors qu'une voix familière s'éleva et prononça mon nom.

— Kaaayleeeeeee.

Avari.

La voix d'un démon sur mon banal répondeur, fabriqué par des êtres on ne peut plus humains, me sembla tellement décalée que j'en eus le vertige.

— Je sais que tu es là. Tu ne peux être que là, maintenant que tu n'as plus ton fiancé pour te réchauffer ou ton père pour te protéger.

Je rampai jusqu'au bout du canapé, si vite que mon genou heurta l'accoudoir et que mon bras blessé frotta contre le tissu rêche ; dans ma hâte à attraper le téléphone, pourtant, je sentis à peine la douleur.

— Pourquoi me parlez-vous de mon père ? demandai-je avant même d'avoir porté le téléphone à mon oreille.

— Parce qu'il est assis à un mètre de moi, inconscient. Mais en vie. Pour le moment.

— Vous mentez ! criai-je tandis que la panique montait avec chacun de mes battements de cœur. Il ne peut pas traverser !

Avari éclata de rire. C'était un son aussi désagréable que le raclement d'une fourchette sur une assiette.

— M. Hudson non plus, que je sache. Et pourtant ils sont là tous les deux, attendant que tu daignes voler à leur secours.

Oh non… Il mentait, forcément.

— Prouvez-le.

De nouveau, le démon éclata de rire, et cet obscène tintamarre me mit les nerfs à vif.

— Ton père est un homme d'une certaine stature, mais il est aussi terrifiant qu'un ours en peluche. Et quand il geint dans son sommeil, comme en ce moment, il t'appelle « Kay Chaton ». Il réclame également une femme prénommée Darcy, dont je présume qu'il s'agit de ta défunte mère.

Une bouffée d'angoisse me saisit à la gorge. Pendant

quelques secondes, le seul son qui me parvint fut celui des battements de mon cœur. Je ne sentais plus rien, juste une espèce de paralysie, presque un soulagement désespéré qui m'envahissait tout le corps.

— Qu'est-ce que vous voulez ? demandai-je quand j'eus retrouvé l'usage de la parole.

Le son de ma propre voix me parvint, distant, comme chuchoté à l'extrémité d'un long tube.

— Il me semble avoir déjà répondu à cette question, dit Avari. Ma réponse n'a pas changé. Rejoins-moi maintenant, et je les libérerai.

Ou bien… il nous garderait tous les trois et je serais officiellement proclamée championne du monde de la naïveté.

Mais si je refusais de traverser ?

Allait-il les tuer ? Y avait-il moyen que je bluffe, ou que je gagne du temps d'une façon ou d'une autre ?

Les larmes qui noyaient mon regard plongeaient la pièce dans une sorte de brouillard mouvant. Ma main était serrée autour du combiné. Des frissons me traversaient la peau.

— Kaylee ? Qu'est-ce qui se passe ? s'exclama Tod.

Levant les yeux, je l'aperçus qui me dévisageait avec inquiétude. Cette fois, j'étais trop bouleversée pour me formaliser de sa brutale apparition.

— Et pourquoi est-ce qu'il fait un froid de canard mort, ici ?

— Chuuut…, chuchotai-je, une main sur le micro du téléphone tandis que j'essuyais de l'autre les larmes qui me coulaient sur les joues.

Il balaya d'un geste mon avertissement.

— Il n'y a que toi qui puisses m'entendre. C'est qui ?

— Il a enlevé mon père…

Le démon reprit la parole.

— Le temps n'attend pas, Kaylee Cavanaugh, même pour une *banshee*. Tu viens, oui ou non ?

— Avari ? Au téléphone ?

Fou de rage, Tod se mit à tourner en rond, les poings serrés comme s'il allait frapper ; mais il n'y avait rien à portée de main contre quoi se défouler.

— Bon sang, mais comment il a fait… ?

Le Faucheur me fit face et ses yeux se plissèrent.

— Dans *qui* est-il ?

Je n'avais même pas pensé à ça.

De nouveau, je couvris le micro du téléphone et les mots se précipitèrent. Je contrôlais à peine ce que je disais mais Tod eut l'air de suivre.

— Emma. C'est forcément elle. Tu peux l'aider ?

Il grimaça, les poings toujours serrés sur le vide.

— Je ne sais pas. Je reviens tout de suite.

Il disparut et je me retrouvai seule dans mon salon glacial, en direct avec le Mal.

J'ôtai ma paume du micro.

— Comment vous l'avez ramené ? demandai-je.

Certes, je cherchais à gagner du temps ; mais je devais également apprendre comment il avait fait traverser mon père, si je voulais l'empêcher de recommencer. Sinon, négocier la liberté de mon père, ou même sa vie, se révélerait totalement inutile.

— Mes ressources sont immenses, Kaylee, et, contrairement à toi, je n'ai aucun scrupule particulier à les utiliser pour mon profit personnel.

Je me levai et, tout en parlant, me mis à faire les cent pas.

— C'est une façon de dire qu'il y a des personnes qui travaillent pour vous ?

Il poussa un gloussement.

— Oui, on peut dire ça. J'ai beaucoup de *personnes* qui m'entourent. Des légions. Et, à cet instant précis, j'en ai une de plus qu'il y a une heure.

Son sous-entendu me fit l'effet d'un coup de poignard, mais je m'efforçai de contrôler ma colère. Avari essayait de me faire sortir de mes gonds. Il voulait m'amener à prendre une décision dans la précipitation, ce qui aurait sans doute pour résultat de nous faire tuer tous les trois, Nash, mon père et moi.

Du coin de l'œil, je vis quelque chose bouger. Je me retournai : Tod était de retour.

— Ce n'est pas Emma, dit-il d'une voix essoufflée,

comme s'il avait dû faire un effort physique pour recueillir cette information. Ou bien était-ce la fureur qui l'empêchait de respirer normalement ?

— Elle est en train de déjeuner avec sa mère et l'une de ses sœurs. Ce n'est pas non plus ma mère, je viens de vérifier.

Qui d'autre, dans ce cas ?

— Alors, et tes *personnes* à toi, ma chère Kaylee ? demanda Avari.

A mon grand soulagement, il semblait ne pas s'être aperçu que je tenais une autre conversation simultanément.

— Qu'es-tu prête à risquer en échange de leurs vies ?

La main sur le micro du téléphone, je m'assis lourdement sur la table basse, la tête bourdonnante de colère, de frustration et de fatigue.

— Ça peut être n'importe qui, lançai-je à Tod avec un regard désespéré. On est combien, sur cette planète, six milliards et quelque… ?

— Il ne peut pas se servir du premier venu, Kaylee, m'objecta Tod. Il faut que le médium ait un lien avec le monde des ténèbres. Qu'il y ait laissé une empreinte psychique, soit parce qu'il a déjà traversé, soit parce qu'il a été en contact avec la mort d'une manière quelconque. C'est comme ça qu'Alec a pu posséder Emma. Techniquement, elle est restée morte durant quelques minutes en septembre dernier, non ?

J'opinai. Mes pensées s'éparpillaient, aussi fugaces et instables qu'une poignée de poussière dans le vent. Emma était morte, et j'avais plusieurs fois traversé dans le monde des ténèbres. C'étaient nos liens avec ce monde-là. Et cela faisait de nous des proies faciles pour les démons en mal de possession.

— Je pense qu'il faut aussi que cette personne ait un lien avec toi. Sinon, comment aurait-il eu ton numéro de téléphone ? Il est sur liste rouge, il me semble ?

— Kaylee ?

Le ton impatient d'Avari me fit revenir à la conversation. Cependant, les informations que venait de me fournir Tod faisaient leur chemin dans mon esprit.

— Ce que je suis prête à risquer n'est pas la question ! m'écriai-je dans le téléphone, hors de moi. La question, c'est ce que j'ai à gagner en prenant ce risque. Et la réponse, c'est : rien. Parce que nous savons très bien, tous les deux, que même si je traverse pour vous rejoindre, vous ne les libérerez pas pour autant.

Après tout, j'avais quand même affaire au démon de l'avidité.

— C'est possible, m'accorda Avari.

Dans ma tête se forma l'image d'une tête aux traits indistincts, une tête qui ne lui appartenait pas et acquiesçait avec gravité.

— Mais si tu veux avoir une chance de revoir ton

père et ton fiancé, c'est un risque que tu es obligée de prendre.

Je cherchai le regard de Tod.

— Quelqu'un qui a eu affaire à la mort et possède un lien avec moi. Comme Emma…, chuchotai-je.

Oh non. Non, non, non…

— C'est Sophie.

Mes yeux s'en fermèrent d'horreur, mais je savais que je ne me trompais pas.

— Avari est dans Sophie.

Tod fronça les sourcils et s'évapora.

— Eh bien ? souffla Avari dans mon oreille. Qu'est-ce qui a le plus de valeur à tes yeux ? Leurs vies ou ta liberté ?

Il m'était impossible de répondre à une question pareille — si je traversais, je renonçais de toute façon à tout.

— Donnez-moi une preuve de votre bonne volonté, exigeai-je alors. Quelque chose qui me montre que vous tiendrez parole.

Avari se mit à rire si fort qu'on l'entendit sans doute jusque dans les dimensions voisines.

— Tu penses à quelque chose en particulier ? s'enquit-il, encore secoué de rire. Du genre « croix de bois, croix de fer, si je mens je vais en enfer » ?

— Renvoyez l'un d'eux maintenant, expliquai-je. Ensuite, je traverserai, et vous pourrez renvoyer l'autre.

Bien entendu, je ne comptais aucunement traverser, parce que je ne croyais pas une seule seconde qu'il me rendrait réellement mon père ou Nash. La question qu'il me posa alors me laissa donc sans voix.

— Lequel ?

— Quoi ? demandai-je quand j'eus enfin saisi le sens de ce mot.

— Lequel des deux veux-tu en échange de toi ? Lequel vas-tu sauver ?

Je dus rassembler tout mon courage pour poursuivre — tout en priant pour que mes provocations n'entraînent pas la mort de qui que ce soit.

— Comme si vous aviez vraiment l'intention de libérer l'un ou l'autre !

Avari partit dans un rire proprement démoniaque, si révulsant qu'il déclencha une série de frissons le long de mon dos.

— C'est que ta proposition attise ma curiosité. Mais uniquement parce que l'angoisse et la douleur liées au dilemme devant lequel tu vas te trouver promettent d'être un mets de choix, aussi rare qu'original.

Sauf qu'il était hors de question que je le laisse se délecter de mes émotions…

Cependant, cette offre pouvait me donner l'occasion de sauver sur-le-champ la vie de l'un de ses deux otages, ce qui signifiait que Tod et moi n'aurions plus que deux passagers, au lieu de trois, à transporter quand nous quitterions le monde des ténèbres.

— Alors, lequel choisis-tu ? Ton père ou ton amoureux ? Lequel aimes-tu le plus ?

Je ne sais pas. Mon père qui, malgré tout son amour pour moi, m'avait abandonnée et confiée à son frère ? Ou mon « amoureux » qui, malgré tout son amour pour moi, m'avait menti, m'avait influencée, et avait laissé mon corps en pâture à un démon ?

Rien ne me garantissait que j'allais sortir vivante du monde des ténèbres, et accompagnée de celui des deux que je déciderais de confier aux... bons soins d'Avari. Par conséquent, le seul dont j'avais la certitude qu'il serait sauvé — en supposant que les *personnes* au service du démon n'aillent pas aussitôt remettre la main dessus — était celui qu'il renverrait maintenant dans le monde des humains.

Et j'étais incapable de choisir.

— Mon offre expire dans deux minutes, Kaylee...

Le chuchotement d'Avari dans mon oreille avait revêtu une tonalité intime qui me fit me sentir sale ; elle présageait des tourments qui m'attendaient quand nous nous rencontrerions sur son terrain. Des tourments qu'avaient sans doute déjà subis mon père et Nash. Et je ne parvenais pas à décider lequel d'entre eux j'allais sauver...

Heureusement, au moment où j'allais laisser échapper une réponse impulsive et désespérée, j'entendis un bruit étouffé à l'autre bout du fil, suivi du choc de quelque chose qui heurtait le sol.

Un instant après, la voix de Tod me parvint dans l'écouteur :

— Tu avais raison. C'était bien Sophie.

— Qu'est-ce que tu as fait ? demandai-je.

Le soulagement que j'avais éprouvé sur le moment fut éclipsé par mon inquiétude quant au sort de ma cousine, laquelle n'avait pas exactement déclaré être volontaire pour que son corps soit occupé par des forces hostiles. Même si l'hostilité était l'un des modes d'expression habituels de son corps.

Tod émit un petit rire.

— On ne peut pas posséder quelqu'un qui n'a pas le contrôle de son corps. C'est comme voler un âne sans attraper sa bride — il faut bien s'accrocher à quelque chose pour tirer l'animal.

Ma cousine, une bête de somme ? Les circonstances ne se prêtaient pas au rire, mais la comparaison de Tod me plaisait...

— Alors, qu'est-ce que tu as fait ? répétai-je.

— J'ai donné à Sophie un coup derrière la tête. Avec une télécommande universelle, un truc énorme. Aussi gros qu'un téléphone portable des années 90.

— Tu étais censé nous débarrasser d'Avari sans blesser le médium !

— Ah ouais ? Je n'ai pas dû lire entre les lignes du contrat, alors. La prochaine fois que je te sauve la mise, essaie d'être plus claire dans tes instructions. Et puis, franchement, cette pétasse geignarde a de la chance de s'en tirer avec une simple bosse, parce que ça faisait un moment qu'elle le cherchait.

Là, je ne pouvais qu'abonder dans son sens.

— Elle respire encore, au moins ?

— Kaylee, c'était une télécommande, pas une batte de base-ball… De toute façon, son heure n'est pas venue. Elle va s'en remettre.

— Ça vaudrait mieux pour toi.

Je soupirai et me rassis sur le canapé. J'essayai de ne pas penser que je venais sans doute de signer l'arrêt de mort de mon père. Ou celui de Nash.

— Maintenant, la vraie question, c'est : comment on fait pour que ça n'arrive plus ? Comment on va faire pour empêcher Avari de posséder tous les gens que je connais ?

— Ceux qui ont le profil pour être médium, tu veux dire ? Tu connais combien de personnes qui ont un lien avec le monde des ténèbres ?

Peu, heureusement. Ou alors je n'étais pas au courant. Mais il y en avait quelques-unes — Emma, Sophie, oncle Brendon et Harmony — et je ne tenais pas à ce qu'on leur fasse du mal. Surtout par ma faute.

— En plus, je crois que le moyen de tenir Avari à distance de ta famille et de tes amis, on l'a pratiquement sous le nez.

Tod venait d'apparaître au milieu du salon, le téléphone fixe de Sophie à la main.

— Ah bon ?

Je reposai négligemment mon téléphone sur son socle. Tod acquiesça d'un air solennel, indifférent au bruit de friture que laissait échapper le combiné téléphonique qu'il tenait.

— Alec.

— Le proxy.

Je n'avais plus du tout sommeil. Je me dirigeai vers la fenêtre de la cuisine, toujours grande ouverte.

Le Faucheur me suivit du regard, mais, en bon Tod qu'il était, il ne fit pas un geste pour me venir en aide tandis que je pesais de tout mon poids sur le lourd battant pour le refermer.

— La possession requiert une énorme quantité d'énergie et la plupart des démons n'y recourent qu'occasionnellement, et pendant de brefs laps de temps. Quelques minutes au plus. Mais ça fait un bon mois qu'Avari se sert régulièrement de toi comme médium, pas vrai ?

Je tournai la poignée de la fenêtre puis passai à celle du salon.

— D'après ce que je sais, oui.

Ça me rendait malade rien que d'y penser. Comment Nash avait-il pu laisser Avari me posséder ? Avait-il seulement *essayé* de virer ce squatteur de mon corps ? Même si j'arrivais à pardonner à Nash de m'avoir menti au sujet du souffle de démon — après tout, il y avait été exposé en me venant en aide —, je n'étais pas sûre d'être capable de lui pardonner d'avoir laissé Avari entrer dans mon corps. Et même si je lui accordais mon pardon, je n'oublierais jamais…

La voix de Tod me ramena aux réalités du jour.

— Et il a été en mesure de le faire deux fois en deux jours depuis qu'il s'est emparé de Nash et de ton père, poursuivit-il. Ce qui donne à penser qu'il se sert d'eux comme compléments énergétiques — logique pour un démon de l'avidité, tu ne crois pas ?

Le Faucheur leva les sourcils pour appuyer ses dires.

— Oui.

Cela confirmait également ma théorie selon laquelle Avari n'avait aucunement l'intention de relâcher ses otages, quoi que je fasse. Et surtout pas maintenant que je venais de lever la clause de livraison partielle.

— Mais s'il n'a pas de proxy à disposition pour booster ses réserves énergétiques, Avari n'aura même plus la force de posséder sa propre garde-robe, et encore moins la fine équipe du Kaylee Cavanaugh show.

— D'accord, c'est logique…

Je hochai pensivement la tête, tout en ouvrant le frigo pour y prendre une énième cannette de Coca.

— Mais est-ce qu'il ne va pas juste essayer de récupérer un maximum de proxys ?

La bouche de Tod s'étira dans le premier véritable sourire que je lui voyais depuis très longtemps.

— Il va essayer, oui. Mais on va miser sur le fait que des proxys comme ceux dont il s'entoure sont rarissimes.

— Attends ! Mon père et Nash sont des *banshee* — ça, je comprends. Mais Avari m'a possédée bien avant qu'il les enlève, à l'époque où Alec était son seul casse-croûte. Et Alec est humain, non ? Il a dit qu'il était un proxy humain.

Le Faucheur secoua la tête avec gravité.

— Je ne sais pas exactement ce qu'est cet Alec, mais je parie mon éternité qu'il n'est pas seulement humain. Si c'était le cas, il n'aurait jamais pu posséder Emma si longtemps. Ni deux fois dans la nuit.

Tod avait raison : le seul moyen de désactiver la fonction « possession » d'Avari, c'était d'éloigner Alec de lui. Sans parler de mon père et de Nash. Mais comme il venait juste d'être physiquement expulsé du corps de ma cousine par une tierce personne inconnue, le démon allait sans doute deviner que non seulement je m'apprêtais à venir à la rescousse de mes hommes, mais qu'en plus j'amènerais des renforts.

Quelque chose me disait qu'il serait beaucoup moins aisé de nous sortir tous du monde des ténèbres qu'Alec semblait le penser.

23

Tod devait se présenter à midi à son travail, mais à midi moins trois, juste avant de disparaître de mon salon, il me promit d'être de retour à 17 heures. Il trouverait quelqu'un pour le remplacer, même s'il avait brûlé presque toutes ses cartouches lors de ses précédentes absences. Il disparut ensuite de mon champ de vision et de ma réalité, me laissant seule, confrontée à l'absence de mon père et de Nash.

Ou plutôt, constatai-je un instant plus tard, confrontée à leur absence et au téléphone de Sophie.

Génial.

Avec un soupir frustré, j'empoignai l'appareil et pris mes clés et ma veste que j'enfilai rapidement en me dirigeant vers la porte. Sur le trajet qui menait chez Sophie, je réfléchis à divers scénarios pour lui expliquer comment j'étais entrée en possession de son téléphone, et pourquoi elle s'était réveillée par terre dans son salon avec une grosse bosse derrière la tête.

Inutile. Quand j'entrai chez elle, ma cousine n'avait pas encore repris connaissance.

Du temps où j'habitais ici, j'avais une clé et je l'avais gardée. Quand j'ouvris la porte d'entrée, je trouvai Sophie allongée à plat ventre dans le salon, la joue sur le tapis, les yeux clos.

Elle avait l'air tellement fragile — quand elle ne découvrait pas ses crocs pour s'adresser à moi ou que ses yeux n'étincelaient pas de triomphe à l'idée des avantages dont elle était dotée par rapport à moi… Inconsciente, elle paraissait frêle et tragiquement humaine. J'éprouvais moins de difficultés que d'habitude à me rappeler qu'elle n'avait pas choisi d'être ce qu'elle était ; pas plus que moi. Elle n'avait pas non plus choisi de voir son corps détourné par une entité ténébreuse malfaisante dont elle ignorait jusqu'à l'existence.

Même si, d'une certaine façon, elle avait bien mérité ce coup sur la tête.

Et à ce propos…

Je m'agenouillai sur le tapis. La télécommande géante reposait à côté d'elle. Je tâtai délicatement la grosse bosse à l'arrière de son crâne. Ma cousine ne tressaillit même pas. Sans faire de mauvais jeu de mots, Tod n'y était pas allé de main morte…

Avec un soupir résigné, je m'assis sur la table basse et sortis mon portable de ma poche. Je composai le numéro de mon oncle. Il répondit à la seconde sonnerie.

— Kaylee ? Il y a un problème ?

Et comment ! Si seulement il n'y en avait qu'un ! Pour être honnête, je ne savais même pas par où commencer sans lui faire la peur de sa vie.

— Oncle Brendon, j'ai quelque chose à te dire. Mais, d'abord, il faut que tu me promettes de ne rien dire à Harmony. J'ai juré à Tod que sa mère resterait en dehors de tout ça quoi qu'il arrive.

J'entendis un déclic, et la musique que je percevais jusque-là en fond sonore s'interrompit, laissant place à des bruits de moteur. Il était en voiture. Avec un peu de chance, en route pour la maison.

— Il est arrivé quelque chose à Nash ?

Je soupirai.

— Promets-moi, sinon je ne pourrai rien te dire jusqu'à ce que tout soit fini…

— Kaylee, tu me fais peur…

— Alors promets.

Il soupira bruyamment.

— Promis.

— Merci.

Je pris une profonde inspiration puis entrepris de lui raconter toute l'histoire. Je m'efforçai de la rendre aussi cohérente que possible en dépit de l'état d'épuisement, de stress et de peur dans lequel je me trouvais.

— Avari, le démon de l'avidité, retient Nash et mon père en otages dans le monde des ténèbres. Après les avoir enlevés, il a utilisé Sophie comme médium pour pouvoir me parler et essayer de me convaincre de servir de monnaie d'échange contre leur liberté. Mais je sais qu'il ne compte pas réellement les libérer. Alors Tod a assommé Sophie avec la télécommande universelle pour faire sortir Avari de son corps. Ça a marché, mais, maintenant, Sophie est évanouie dans le salon, et elle a une grosse bosse sur le crâne. Tu peux rentrer et garder un œil sur elle ? Et aussi me prêter votre canapé pour que je fasse une sieste ?

Pendant quelques instants, il n'y eut que le silence à l'autre bout de la ligne. Puis j'entendis mon oncle pousser un long soupir, comme s'il avait retenu sa respiration jusque-là.

— J'arrive tout de suite.

Il raccrocha. Je souris, ravie qu'il soit si différent de mon père.

Vingt-cinq minutes plus tard, il poussait la porte d'entrée de sa maison. Le soulagement évident qu'il éprouvait à me trouver encore là le disputait à l'inquiétude de découvrir que Sophie était toujours inconsciente.

— Je crois que c'est en partie dû à l'épuisement provoqué par la possession, expliquai-je tandis qu'il s'agenouillait à côté de moi. Emma aussi a dormi longtemps, après.

— Emma Marshall ? demanda-t-il en tournant délicatement sa fille sur le dos. Ce démon l'a possédée, elle aussi ?

Je hochai la tête avec solennité.

— Tod affirme qu'il peut s'emparer du corps de toute personne connectée au monde des ténèbres, à partir du moment où cette personne dort. Emma et Sophie ont cette connexion, puisqu'elles ont toutes les deux été techniquement mortes.

— Certes, mais cela demande énormément d'énergie à un démon. Il ne peut pas le faire souvent ni très longtemps.

Il repoussa les cheveux de Sophie pour dégager son visage et souleva ses paupières pour vérifier la dilatation de ses pupilles.

— Sinon, on entendrait tout le temps parler de gens qui commettent des crimes pendant leur « sommeil ».

Je haussai les épaules et m'assis au bout de la table basse.

— Eh bien, Avari a un proxy, et il se nourrit aussi de l'énergie de mon père et de celle de Nash, maintenant qu'il leur a mis la main dessus.

Les traits d'oncle Brendon se durcirent ; jamais je ne l'avais vu aussi sombre.

— Je vais le tuer.

Je suppose qu'il parlait d'Avari, pas de Tod. Surtout que Tod était déjà mort. Mais pouvait-on considérer Avari comme vivant ?

— Ce serait génial, sauf que je ne crois pas qu'un

démon puisse mourir, et en plus tu ne peux pas traverser tout seul.

— Emmène-moi.

Il se leva, soulevant entre ses bras sa fille endormie.

— Certainement pas. Il faut que tu restes ici pour surveiller Sophie et t'assurer qu'Avari ne remet pas ça. Ce n'est pas parce que tu veux te venger que tu dois la laisser seule et sans défense, oncle Brendon.

« De toute façon, dans le monde des ténèbres, tu ne peux pas te défendre ni t'échapper tout seul », aurais-je pu ajouter.

D'un pas décidé, mon oncle traversa le couloir pour se rendre dans la chambre de Sophie.

— Ce n'est pas seulement une question de vengeance. Je veux récupérer mon frère. Et Harmony a eu suffisamment de malheurs. On ne peut pas la laisser perdre Nash sans rien faire.

— Moi aussi, je veux qu'ils reviennent.

Bras croisés, je m'assis sur le bureau de ma cousine.

— Et on va les ramener ce soir. Mais tu dois rester ici, et tu m'as promis de ne rien révéler à Harmony. Si tu lui dis quoi que ce soit, elle va foncer tête baissée dans le monde des ténèbres pour récupérer son fils ; et elle va se faire tuer. Ou pire. Et ce sera ta faute.

Oncle Brendon me dévisagea comme si j'étais devenue folle. Une fois de plus.

— Il pourrait t'arriver la même chose, Kaylee. Dans ce cas, qu'est-ce que je dirais à ton père ?

Il se pencha pour déposer sa fille avec douceur sur son lit.

— Si je ne m'en sors pas, rétorquai-je sombrement, il n'y aura pas non plus de père à qui raconter quoi que ce soit.

Mon oncle soupira.

— Une heure. Je t'accorde une heure.

Il se redressa et me fixa. Je sus que je n'obtiendrais pas plus, et encore seulement parce qu'il n'avait pas le choix.

— Tod et toi, répéta-t-il, vous disposez d'une heure dans le monde des ténèbres ; si vous n'êtes pas revenus, Harmony et moi, on traverse et on vient vous chercher. C'est compris ?

J'opinai.

— Mais on ne peut pas traverser avant 17 heures. Je peux dormir ici, en attendant ?

Il rapprocha la chaise de bureau du lit et s'assit, enveloppant la main molle de sa fille dans la sienne.

— Tu sais que tu es toujours la bienvenue, Kaylee.

Tant que Sophie ne se réveille pas, en tout cas.

— Super. Ça me rappellera le bon vieux temps.

Sauf qu'à présent il y avait un démon du monde des ténèbres qui avait un faible pour le corps et l'âme de ma cousine.

***

Quelque chose de dur frappa mon bras. Je luttai pour m'extirper du sommeil épais dans lequel je m'étais embourbée comme dans un marécage. Un marécage tiède et moelleux…

Les coups reprirent, assez forts, cette fois, pour ébranler mon bras blessé.

— Qu'est-ce que tu fais vautrée sur notre canapé ? C'est pas un banc public !

Sophie.

J'ouvris les yeux. Ma cousine se tenait au-dessus de moi, les mains posées sur ses hanches osseuses, le visage apprêté comme pour un concours de beauté. Ses yeux brillaient de mépris, mais j'étais tellement soulagée de la voir vivante, et apparemment en bonne santé, que j'en oubliai presque de m'offusquer.

— Ton père a fini par te virer ? s'enquit Sophie avec une moue ironique.

Et puis son sourire s'effaça, laissant place à une expression où se mêlaient crainte et agacement.

— Tu ne vas pas revenir habiter ici, hein ?

Je m'appuyai sur mon bras valide pour me redresser et fis rouler ma tête pour détendre ma nuque douloureusement raide. Je n'étais pas assez stupide pour m'attendre à des remerciements pour avoir contribué à arracher son corps à l'emprise d'un démon ou pour avoir prévenu son père qu'elle était blessée, mais j'aurais apprécié un minimum de politesse. Ou simplement un peu de calme pendant que je dormais.

Bien sûr, je ne savais pas ce qu'oncle Brendon lui avait dit, mais je me doutais qu'il avait pris pas mal de libertés avec la vérité, ou le rôle que j'avais joué. Pour ne pas changer.

— Je faisais juste une sieste, grommelai-je en me penchant pour attraper mes chaussures sous la table basse.

— Eh bien, va dormir ailleurs. Il faut que je me prépare pour la kermesse. Je n'ai pas envie de t'avoir dans les pattes. Tu es vraiment trop grave, ça me fait flipper que tu respires le même air que moi.

La kermesse d'hiver. La Cérémonie Liminale ! Mon Dieu !

Sophie se dirigea vers sa chambre. La robe qu'elle porterait pour le concours de la Reine des Neiges était suspendue au chambranle de la porte. En chemin elle s'arrêta pour me lancer un regard.

— Laura pense qu'on devrait tout annuler à cause de ce qui est arrivé à Doug ; mais je lui ai rappelé que c'était un gala de charité, et je crois que Doug n'aurait pas voulu que sa mort tragique contribue à ôter la nourriture de la bouche d'enfants affamés, pas vrai ? De toute façon, nous allons ouvrir la soirée par une minute de silence, et, la semaine prochaine, il y aura une cérémonie commémorative.

La mort de Doug était certes tragique et prématurée, mais je doutais fort qu'il ait beaucoup pensé à d'autres bouches que celles des filles qu'il jugeait assez sexy. Quoi qu'il en soit, si Sophie avait besoin d'un prétexte pour maintenir cette soirée — en dépit de la mort d'un ami et de la démence d'un autre —, il n'était pas dans mon intérêt de la faire changer d'avis : car si la kermesse d'hiver était annulée, les Ténébreux n'auraient plus de raison de se réunir ; nous n'aurions donc plus aucune chance de tirer Nash et mon père du monde des ténèbres.

J'entrai dans la cuisine, à cloche-pied, pour enfiler mes chaussures. La pendule du four indiquait 16 h 45. J'allais être en retard.

— Où est oncle Brendon ?

J'avançai vers l'entrée tout en enfilant une manche de ma veste.

— En train de tester les guirlandes lumineuses de Noël dans le garage.

Sans m'accorder un regard, Sophie lissa un pli sur le jupon de la robe suspendue à sa porte.

— J'ai un mal de crâne d'enfer, et, avec tous ces clignotements, ça n'a rien arrangé.

J'affichai une expression préoccupée et fis de mon mieux pour masquer un petit sourire satisfait. Une main dans la poche de ma veste à la recherche de mes clés et l'autre sur la poignée de la porte, je dévisageai ma cousine.

— Comment tu te sens, au fait ?

Elle s'empourpra de façon notable.

— Papa t'a dit que je suis tombée ?

Je vis sa bouche s'étirer dans un simulacre de sourire ; ses traits se durcirent.

— Je te jure, Kaylee, si tu dis à qui que ce soit que je suis somnambule, je te…

— Somnambule ?

Je ne pus me retenir de rire. Oncle Brendon, par le passé, avait eu recours à des tas d'explications farfelues pour couvrir nos activités de *banshee*, mais là, c'était le pompon.

— Tu es somnambule ?

Le regard de Sophie était dur comme l'acier.

— C'est la première fois. Mais comme par hasard, ça arrive le jour où tu es là. Je ne sais pas pourquoi, mais quand il se passe un truc tordu, tu es toujours dans les parages. Tu es un porte-malheur ambulant, conclut-elle, l'air plus hostile que jamais.

— Amuse-toi bien, Sophie, lançai-je en ouvrant la porte. Je suis sûre que c'est dans la poche pour le titre de Pétasse des Glaces.

Je claquai la porte avant qu'elle ait le temps de répondre.

J'étais à moins de cent mètres de chez elle quand Tod se matérialisa devant moi, vêtu comme d'habitude de son jean large et d'un T-shirt sombre.

— Ça va ?

— J'ai eu un réveil difficile. Et Sophie va bien aussi, au cas où ça t'intéresserait.

Le Faucheur haussa les épaules.

— Je n'allais quand même pas rater une occasion d'assommer ta cousine.

Je souris. J'espérais presque que, la prochaine fois que Sophie serait possédée, je pourrais lui administrer le traitement en personne.

— Tu es prêt ?

— A fond.

Il me dépassa pour se diriger vers la voiture. Ses tennis crissaient sur le bitume.

— Tu crois qu'Alec va réussir à venir ?

— Addy m'a dit qu'elle ferait de son mieux. Avari ne la laisse pas approcher Nash ou ton père, mais elle pense pouvoir parler à Alec. En revanche, après, il le lui fera payer.

Tod serra les dents et enfonça les poings dans ses poches.

— On n'aurait pas dû la mêler à ça.

— C'est sa décision, Tod. Si elle veut nous aider, elle en a parfaitement le droit. Et si elle n'arrive pas à parler à Alec, on est mal.

— Je sais.

Des émotions contradictoires se lisaient sur son visage. Il entra dans la voiture et s'installa sur le siège passager. Son corps avait adopté cette espèce d'étrange visibilité sélective, propre aux Faucheurs.

Ça avait dû être l'enfer, pour lui, de choisir entre la jeune fille qu'il aimait et son propre frère. Sans doute aussi douloureux que ça l'était pour moi de décider *qui* j'allais sauver, de mon père ou de Nash.

Mais, contrairement à moi, Tod avait déjà fait son choix.

Le parking du lycée était à moitié plein quand nous arrivâmes. Le coucher de soleil lançait de longs éclats mordorés qui se reflétaient sur les rangées de pare-brise. Quand la kermesse battrait son plein, il y aurait des voitures garées jusque sur la chaussée à l'extérieur du parking. Heureusement, le parc en face du lycée était encore presque désert et, la température glaciale aidant, personne n'était assis devant la fontaine. Pas dans notre dimension, en tout cas.

Je me garai aussi près que possible, puis Tod et moi nous dirigeâmes vers la fontaine. C'était une simple vasque de brique surplombée d'un bord en ciment. Elle était dotée d'un seul jet d'eau, qui jaillissait en dépit de la température glaciale. Compte tenu de notre avance, nous espérions que le public, dans le monde des ténèbres, serait encore aussi peu nombreux que celui de notre monde.

— Tu veux que je jette un coup d'œil avant d'y aller ? demanda Tod.

Il avait dû s'apercevoir de la terreur qui tournoyait dans mes iris.

— Ce serait génial.

En fait, je souhaitais avant tout qu'il découvre l'endroit où étaient détenus Nash et mon père, afin que nous puissions traverser juste à côté d'eux, puis décamper avant qu'on se soit aperçu de notre présence. Malheureusement, tous deux risquaient fort d'être enfermés dans la version ténébreuse d'un bâtiment auquel je n'avais pas accès dans notre monde.

Voilà pourquoi nous avions besoin d'Alec.

— Je reviens tout de suite, dit Tod. Et si je suis retenu, je t'interdis de traverser seule, c'est compris ?

J'acquiesçai, mais nous savions tous les deux que je n'en ferais qu'à ma tête. S'il ne revenait pas, certes je n'aurais plus personne pour m'accompagner dans le monde des ténèbres, mais je n'allais pas laisser Nash et mon père mourir là-bas.

Ou pire.

Tod me décocha un de ces sourires angéliques dont il avait le secret avant de s'évaporer dans l'air glacial.

Je m'assis sur le bord de la fontaine, hors de portée des gouttelettes glacées du jet d'eau. Je m'apprêtais à attendre une éternité, mais celle-ci ne dura que quinze secondes.

— On ne va pas y arriver, dit Tod.

Ses mots me parvinrent avant même qu'il se soit matérialisé devant moi.

— Ils sont partout. Ça ressemble à cette grosse

fête d'Halloween, sauf qu'ils ont tous l'air affamés et que les costumes sont vrais.

Super. Le sang se mit à battre à mes tempes et mon cœur s'emballa.

— Quelqu'un t'a vu ?

— Je n'en sais rien, ; je crois que ça n'a pas d'importance. Les Faucheurs ne sont pas très appétissants, pour eux. Toi, en revanche…

— O.K., alors, qu'est-ce que tu proposes ? Que je me déguise ?

J'avais un masque de loup-garou poilu dans une boîte au-dessus de mon armoire…

Tod eut une moue dédaigneuse :

— Je ne connais aucun déguisement qui pourrait te donner l'apparence d'un de ces monstres, même de loin. Mais, de toute façon, il y en a qui ont presque figure humaine, alors…

Il s'interrompit, et je vis ses yeux étinceler au moment précis où une idée naissait.

— En fait, ils sont tous sur leur trente et un pour la Cérémonie, alors si tu avais une robe de soirée ou quelque chose d'un peu habillé, tu pourrais passer pour une Harpie ou une sirène en visite. Si tu veux, je vais vite fait dans une boutique et je te rapporte un truc.

Il recula d'un pas et me jaugea d'un regard critique.

— Tu fais quoi, comme taille ?

— Ce n'est pas la peine...

Je m'interrompis net. Un mouvement, de l'autre côté de la rue, venait d'attirer mon attention. Sophie. Si je ne l'avais pas côtoyée depuis des années, je n'aurais peut-être pas reconnu ma cousine à cette distance, mais là, je n'avais aucun doute : cette silhouette longiligne qui balançait nonchalamment des hanches, accompagnée d'une personne tout aussi mince... Oui, c'était forcément Sophie, et Laura Bell. Et si Sophie était arrivée, sa robe n'était pas loin.

— Viens. Je crois que j'ai trouvé ma tenue de soirée.

En espérant qu'avec mon corps de format normal j'arriverais à rentrer dans sa robe taille squelette.

Nous trouvâmes la voiture de Laura dans la troisième allée. Quand nous fûmes certains d'être seuls, Tod traversa la portière et s'assit au volant, une jambe à l'extérieur, pour déverrouiller le coffre de l'intérieur. J'entendis le déclic, j'ouvris le coffre et en retirai la grande boîte blanche qui contenait la robe. Pourvu qu'elle soit assez longue pour cacher mes tennis ! Parce que, même si j'arrivais à entrer dans la robe de Sophie, je ne pourrais jamais mettre ses chaussures à talons pointure 36, et il n'était pas question que je me promène pieds nus dans le monde des ténèbres. Pas après avoir failli mourir parce qu'une pousse de lierre pourpre s'était enroulée autour de ma cheville.

Je me changeai aussi discrètement que possible à l'arrière de ma voiture, mais je dus sortir pour que Tod m'aide à remonter la fermeture de la robe pendant que je retenais ma respiration. Maintenant, je comprenais pourquoi les candidates des concours de beauté étaient toujours raides comme la justice : elles n'avaient pas le choix. Il était, en effet, impossible de respirer dans ce genre de robe, et encore plus de s'avachir.

— Ouah !

Tod recula d'un pas, et je dus baisser les yeux pour comprendre ce qu'il regardait si intensément. La robe de Sophie était trop petite pour moi, ce qui signifiait que mes pauvres seins étaient comprimés par le bustier brodé de fils dorés, et ma taille douloureusement pincée par la ceinture étroite. Le jupon de la robe, fait de volants de satin superposés, frôlait à peine le sol, masquant tout juste mes chaussures. La robe aurait été plus longue, sur Sophie, mais je n'allais pas me plaindre qu'un vêtement volé ne soit pas tout à fait à ma taille.

— Tu crois vraiment que je vais passer inaperçue en portant ce truc ?

Je lui lançai un regard sceptique, soudain certaine que le Faucheur était en train de me faire une blague de très mauvais goût, et qu'il choisissait mal son moment.

Il sourit.

— En fait, maintenant, je suis sûr qu'on ne verra que toi. Tu es… stupéfiante.

— Mais je ressemble toujours à une humaine. Surtout avec tous ces frissons sur la peau.

— Les sirènes aussi. De toute façon, ils vont tous partir du principe que tu caches une queue ou une troisième jambe sous le jupon de ta robe.

— Tu ne peux pas savoir comme ça me rassure…, grommelai-je.

Puis j'avançai et m'aperçus que je venais de refermer la portière sur l'ourlet de la robe de Sophie. Avec un grognement de frustration, je rouvris la portière et libérai le bas du jupon. Une large tache de graisse s'étalait à présent sur le satin blanc brodé de perles, très visible. Sophie allait me *trucider.*

— Allez, on bouge. Il faut en finir.

Avec un peu de chance, je pourrais récupérer mes hommes et remettre en place la robe de Sophie avant qu'elle s'aperçoive de sa disparition. Et compte tenu des circonstances, je serais ravie de la laisser se perdre en conjectures le reste de sa vie sur l'origine de cette tache.

— Très bien. Maintenant, essaie d'avoir la démarche de quelqu'un qui est ici chez lui, mais ne regarde surtout personne dans les yeux, dit Tod en prenant ma main.

Il me fit traverser la rue en me tirant derrière lui,

empêtrée dans la jupe, et nous retournâmes dans le parc.

— Au moindre signe de danger, je veux que tu retraverses. Tu ne nous serviras à rien si tu te fais prendre.

— Ça vaut pour toi aussi, remarquai-je avant de serrer les dents pour les empêcher de claquer.

Nous étions arrivés devant la fontaine.

— C'est noté, répondit Tod avec un sourire forcé. Tu es prête ?

— Absolument pas.

Malgré cela, je fis silencieusement mes adieux au monde des humains et fermai les yeux. Je sentis la main de Tod serrer la mienne. C'était lui qui me faisait traverser ; de cette façon, je pouvais économiser ma voix pour le voyage retour.

Les Faucheurs n'avaient pas besoin d'invoquer de chant funèbre pour passer de l'autre côté ; par conséquent, le processus était presque immédiat et, habituée à ma propre routine, j'en fus désorientée.

J'avais gardé les yeux fermés, et je sentis que l'air qui caressait mes bras et mes épaules nus n'était plus le même. Il était tout aussi glacé que celui du monde des humains, mais j'avais la sensation qu'il était plus vif.

Tranchant.

Dangereux.

Les bruits humains décrurent rapidement. Disparus

le grondement lointain du moteur des voitures et le tintement discret des carillons de Noël s'échappant du gymnase… Je n'entendais plus le ronronnement des becs de gaz au-dessus de ma tête ni le bruissement des branches squelettiques agitées par le vent d'hiver.

Tout ceci était maintenant remplacé par la rumeur de conversations aux tonalités étranges. Même les mots les plus familiers me parvenaient comme à travers un filtre ; ils étaient prononcés avec un accent inconnu, sur un ton de voix irréel ou avec un phrasé bizarre. Jusqu'au crachotement léger produit par la fontaine qui avait changé, comme si ce n'était pas de l'eau, mais un liquide plus lourd et plus épais qui éclaboussait à présent le fond de la vasque.

J'ouvris les yeux et retins mon souffle. Je me trouvais juste face à la fontaine de pierre, vêtue de la robe de soirée de Sophie. L'une comme l'autre avaient fait le voyage d'une dimension à l'autre sans bouger d'un atome. Sauf qu'à présent, au lieu d'eau, la fontaine vomissait un flot de sang qui tapissait la vasque d'une flaque rouge et visqueuse.

J'aurais dû m'y attendre.

D'ailleurs, la fontaine n'était qu'un avant-goût de ce qui se préparait. Car cette version ténébreuse du parc, au contraire de sa version humaine, n'était pas du tout déserte : Tod et moi n'étions plus seuls.

Bien loin de là.

24

— Ça va ? me chuchota Tod.

Il se tenait si près de moi que je sentis son souffle sur mon oreille, brûlant en comparaison du froid qui régnait alentour et me glaçait les sangs.

— Mouais, marmonnai-je.

J'hésitais à parler, craignant de dévoiler mon identité humaine. Sa main serra la mienne, et ce témoignage de sa présence physique, inévitable pour lui dans le monde des ténèbres, me rassura un peu.

Tout autour de nous, des silhouettes circulaient, massées en grappes mouvantes ou déambulaient sans but dans le parc presque dépourvu de végétation. Je saisissais au passage des bribes de paroles, certaines aussi éthérées que le vent, d'autres rauques et lourdes. Partout où je regardais, de longues robes flottaient, pailletées ou décorées de grandes plumes de formes étranges, des plumes d'oiseaux que j'étais incapable d'identifier. De longs fourreaux taillés dans une matière aux reflets cristallins drapaient le corps de créatures dont je ne parvenais pas à déterminer le sexe.

Certaines d'entre elles portaient des masques. Je vis un homme affligé de trois jambes et d'une queue abaisser le sien, qui représentait un faciès pourvu de quatre yeux violets, pour révéler, là où aurait dû se trouver son visage, un amas de chair livide, lisse et sans traits. J'étouffai un cri. Tod pressa ma main puis m'entraîna à l'écart de la foule.

Il s'arrêta auprès d'un arbre au tronc massif et biscornu, tout en dégradés de bruns et d'ocres, et m'attira sous les branches chargées d'un épais feuillage épineux couleur de rouille.

— Si tu veux te fondre dans la masse, murmura-t-il, évite de sursauter et de crier chaque fois que tu tombes nez à nez avec un Ténébreux. D'après ce qu'on m'a dit, il y en aurait pas mal, par ici.

— Je sais. Désolée.

Il avait beau dire, cette créature sans visage était flippante. Tout comme l'étaient les espèces de gnomes dotés de serres incurvées à la place des mains, et de longs becs effilés à l'emplacement du nez.

— Et Alec, tu le vois ? demandai-je.

— Je n'en sais rien. A quoi il ressemble ?

— Tu ne l'as jamais vu ?

Frustrée, je levai le bras pour balayer une feuille effilée qui s'était prise dans mes cheveux, puis suspendis mon geste. Juste à temps. Il était tout à fait possible que l'arbre sous lequel nous nous trouvions soit aussi vénéneux que le lierre pourpre qui avait failli me tuer.

— Et quand voudrais-tu que j'aie rencontré le proxy d'Avari ? rétorqua Tod. Tu crois qu'il fait défiler son petit personnel devant moi chaque fois que je viens rendre visite à Addy ?

Quelle charmante idée !

Je haussai les épaules.

— Bon, au moins, on sait qu'il est humain. Ou, en tout cas, il croit qu'il est humain.

Cela dit, moi aussi, j'avais cru l'être.

Tod tourna la tête vers la foule.

— D'accord, on cherche quelqu'un d'à peu près aussi repérable que nous. Ça rend la tâche plus facile ?

La suite nous prouva que non. Il y avait des gens partout — par « gens », j'entends des créatures capables de bouger de leur propre chef —, et bien qu'une grosse majorité d'entre eux ait présenté un aspect affreusement non-humain, dans l'étalage hétéroclite de membres surnuméraires, extrémités manquantes, jointures montées à l'envers, ailes, cornes, griffes et autres tentacules, je repérai çà et là quelques êtres d'allure humaine, de proportions classiques et pourvus d'un nombre raisonnable d'appendices.

L'humanité de certains d'entre eux ne résistait pas, cependant, à un examen plus approfondi : une femme d'apparence normale se révéla dotée d'iris d'un turquoise aveuglant cerclés de violet. De près, la peau d'un autre homme m'apparut couverte de rides profondes, comme celle d'un chaton de race sphinx. Je dus résister à l'envie effarante d'attraper la peau qui pendait sous son bras et de tirer pour voir si elle était élastique.

Malgré cela, bon nombre de ces créatures auraient pu être des ados de mon âge, ou les parents de ceux-ci. J'étais en présence de variétés de formes, de tailles et de couleurs proprement stupéfiantes, et j'étais trop déboussolée par le choc et la peur pour toutes les noter. Alors, quand mon regard se posa enfin sur un profil familier dans la foule, j'eus toutes les peines du monde à me retenir de hurler son nom par-dessus le brouhaha de la multitude — ce qui nous aurait certainement valu d'être tués.

Au lieu de cela, je saisis vivement le bras de Tod.

— Addison..., murmurai-je en me haussant sur la pointe des pieds pour lui parler à l'oreille.

Comme si elle m'avait entendue, Addy se tourna brusquement vers nous et ma respiration resta bloquée en travers de ma gorge. Il n'y avait pas de mot pour décrire l'horreur de ce que je voyais. Le profil gauche d'Addison était tel que je me le rappelais : regard bleu clair, longs cils épais, pommette haute et nez parfait. Mais, de face, je vis que l'autre moitié de son visage n'était plus qu'une masse de tissus sanguinolents où se côtoyaient plaies ouvertes et chair calcinée jusqu'à l'os. Une partie de sa magnifique chevelure blonde avait apparemment brûlé, et ses blessures, dont certaines semblaient purulentes, s'étendaient jusqu'à sa clavicule. En deçà, la peau — ou ce qui en restait — disparaissait sous ses vêtements.

J'enfonçai mes ongles dans le bras de Tod. Il desserra ma prise, me caressa la main puis lâcha mes doigts.

Je détachai avec peine mon regard d'Addison et le reportai sur Tod. Il n'avait l'air ni choqué ni horrifié. Il poussa un soupir de soulagement puis avança vers Addy d'un pas décidé et rapide.

J'attrapai à deux mains les pans de la fichue robe de Sophie et me précipitai à sa suite. Je le rattrapai au moment où il arrivait à la hauteur d'une grande femme squelettique aux yeux sombres et aux joues tellement creuses qu'on aurait pu y caler des boules de billard.

— Qu'est-ce qui lui est arrivé ? murmurai-je tout en marchant.

Je parlais d'Addison. Ma stupeur éclipsait presque la crainte que m'inspiraient les créatures environnantes.

— On dirait que, aujourd'hui, Avari lui a mis le feu.

— Comment ça, *aujourd'hui* ?

Tod hocha la tête, l'air sombre, en croisant le regard d'Addison dont la bouche à demi calcinée s'étira en un effroyable et douloureux sourire.

— Dans « tourments éternels », c'est quoi, la partie que tu ne comprends pas ? Hier, par exemple, il lui a dépecé le visage pendant qu'elle hurlait, jusqu'à ce qu'on voie ses dents à travers sa joue. Il prend toujours soin de laisser la moitié de son corps intact pour qu'elle puisse constater à tout moment à quel point elle était belle. Sa chambre est tapissée de miroirs et les dégâts sur son corps s'étendent des pieds à la tête.

C'était tellement atroce que j'en restai d'abord muette. Puis, la voix brisée, je demandai :

— Comment peut-elle avoir encore un corps ? Je l'ai vue dans son cercueil, à l'enterrement.

— Avari le lui a rendu.

J'évitai un homme dont la grande chemise blanche masquait une large excroissance mouvante et baissai les yeux au dernier moment pour éviter son regard.

— Mais il est vrai ?

Tod se crispa.

— Assez vrai pour qu'elle sente chaque parcelle de la douleur qu'il lui inflige.

Entre-temps, nous avions rejoint Addison et je m'appliquai à me taire ; je ne tenais pas à ce que mon ignorance les mette dans l'embarras. Tod passa un bras autour de sa taille. Addy tressaillit, mais elle n'essaya pas de se dégager. Sans un mot, il nous ramena toutes deux vers le grand arbre au tronc biscornu. Et c'est seulement quand nous fûmes à l'abri derrière son épais feuillage qu'il respira. Addison elle-même sembla se détendre.

— Kaylee, tu es magnifique !

Elle tendit une main mutilée — les cicatrices fraîches dont ils étaient couverts donnaient à ses doigts figés l'aspect de griffes — pour la poser sur la robe de satin de Sophie.

— Merci.

J'aurais aimé pouvoir lui retourner le compliment. Surmontant mon saisissement, je lui adressai un petit sourire.

— C'est la robe de ma cousine.

Ce n'est pas ta faute, me répétai-je pour la douzième fois au moins, les yeux fixés sur mon jupon pour éviter de voir les plaies d'Addison. Ce n'était pas moi qui avais fait cela à Addison ; ces blessures, elle se les était infligées elle-même quand elle avait vendu son âme. Tout ce dont j'étais coupable, c'était d'avoir échoué à la sauver…

— Tu l'as trouvé ? demanda Tod, me sauvant de mes pensées.

Addy acquiesça avec ferveur, retenant un gémissement quand la peau de la partie droite de son visage se tendit.

— Je l'ai fait sortir. Il est censé nous retrouver ici quand il aura déniché ton frère. Et ton père, ajouta-t-elle en me lançant un regard de compassion. Tenez, le voilà !

Je pivotai pour scruter la foule entre deux branches basses, et les yeux faillirent me sortir de la tête. S'écartant de la foule, un jeune homme avançait vers nous d'un pas vif.

C'était le garçon au couvercle de poubelle que j'avais aperçu dans le champ d'herbe coupante quand je m'étais réveillée dans le monde des ténèbres.

— C'est toi ! m'exclamai-je, tandis qu'il baissait la tête pour se couler entre les branches de notre cachette improvisée.

— Moi-même, répondit-il.

La dernière fois que j'avais entendu cette voix, elle sortait de la bouche d'Emma.

— Vous vous connaissez ?

Les yeux de Tod se plissèrent tandis qu'il nous détaillait l'un après l'autre d'un air soupçonneux. Pour ma part, je n'arrivais pas à détacher mon regard du proxy d'Avari.

— Tu es Alec ?

Il posa sur moi ses yeux sombres et attentifs.

— Depuis que j'ai vu le jour, oui. Mais ce nom est tout ce qui me reste du monde des humains.

— Je t'ai vu dans l'herbe coupante, mercredi.

Alec opina.

— J'étais à ta recherche, et il m'a semblé que ton domicile était un point de départ logique pour entamer ma quête.

Génial. Un proxy *sarcastique.*

— Je tiens à dire que tu portes beaucoup mieux la robe de soirée que le pyjama, poursuivit-il avec un regard appréciateur.

J'eus soudainement envie d'un manteau, et pas seulement pour affronter le froid.

— Attends. Pourquoi tu la cherchais, mercredi ? s'enquit Tod. Nash n'a disparu qu'hier.

— Certes, mais voilà vingt-cinq ans que je rêve de quitter ce monde, et, pour la première fois depuis des années, Kaylee représente pour moi une vraie chance de réaliser ce rêve.

Je me plantai devant lui ; je brûlais d'envie de savoir qui il était et comment il avait su que je pouvais le sortir du monde des ténèbres ! Mais il y avait plus urgent.

— Je ne t'amènerai nulle part tant que tu ne m'auras pas conduite à Nash et à mon père, affirmai-je sèchement.

— Ils sont à *Prime Life* ? demanda Tod

La version ténébreuse de *Prime Life*, l'une des plus grosses sociétés du pays, était le quartier général d'Avari quand il était en ville.

Avec des mouvements raides et clairement douloureux, Addison fit signe que non.

— D'après ce que j'ai vu, non. J'ai regardé partout où je pouvais entrer.

— Ils sont là-dedans, fit Alec, désignant quelque chose au-delà du rassemblement.

Je suivis des yeux la direction indiquée : un bâtiment s'élevait au-dessus de la foule. Le lycée.

Sa version ténébreuse, en tout cas.

— Pourquoi sont-ils dans le lycée ? demandai-je, la gorge nouée d'appréhension.

— Avari manigance quelque chose d'énorme. J'ai dans l'idée qu'il a besoin de les garder tous les deux à proximité pour avoir des réserves d'énergie sous la main, répondit le proxy.

Addison confirma d'un signe de tête.

Je jetai un coup d'œil vers le premier étage du lycée. Le rez-de-chaussée était masqué par la foule.

— Ça veut dire qu'ils ne sont pas forcément avec lui ? dis-je.

— Ils n'ont pas besoin d'être dans la même pièce, en effet, répondit Alec. Il suffit qu'ils soient assez près pour qu'il puisse pomper leur énergie.

J'entrevis un espoir.

— Alors on peut aller les chercher, non ?

— En théorie…, commença Addison.

Cela me suffisait.

— Allons-y.

Les créatures d'apparence humaine étant relativement rares dans le monde des ténèbres, nous ne pouvions rester tous les quatre ensemble sans risquer d'être repérés. Alec et Addison partirent donc les premiers, chacun de leur côté. Tod et moi resterions ensemble afin d'allier nos forces puisque ni l'un ni l'autre ne connaissions les lieux ou n'avions de capacités de défense. Nous fonçâmes droit devant nous et longeâmes le rassemblement, espérant ne pas attirer l'attention là où la foule était moins dense.

Elle nous avala d'un coup. Je me laissai emporter, respirant profondément par la bouche, tâchant de rester calme et de maîtriser les battements de mon cœur au cas où l'un des prédateurs dont nous étions cernés pourrait l'entendre. La robe de Sophie me caressait les chevilles, balayant au passage d'autres vêtements fabriqués dans des matières irisées et souples que je ne connaissais pas et qui, pour certaines, semblaient bouger indépendamment des mouvements de leur propriétaire.

Une queue frôla ma main, m'arrachant un frisson. Un souffle chaud et délicat caressa mon visage et mon décolleté, et j'entendis qu'on me chuchotait, en passant, des mots à l'oreille, mais je n'en compris pas la signification.

Je m'accrochai à la main de Tod en traversant la rue bondée. Dieu merci, il était très *présent* dans le monde des ténèbres, même si, et je n'en doutais pas, sa vulnérabilité physique devait le gêner au plus haut point. Nous sortîmes enfin de la foule et débouchâmes sur le trottoir devant le lycée, et je poussai un long soupir. Ouf ! Nous étions vivants, et nous touchions au but.

— Prêts ?

Addison venait d'arriver à côté de Tod. Elle lui prit la main tandis qu'Alec émergeait sur ma droite.

Nous hochâmes tous deux la tête. A cet instant, la grande porte de l'entrée du lycée s'ouvrit. Aussitôt, mon regard fut attiré par la silhouette éblouissante qui venait d'apparaître.

— Qui est-ce ?

J'étais incapable de quitter cette fille du regard. Elle avait l'air complètement humaine si l'on exceptait le fait qu'elle resplendissait d'une lumière intérieure magnifique et intense. Comme si elle était éclairée du dedans. Elle irradiait tellement fort que cela blessait mes yeux de la regarder.

Pourtant, ses yeux à elle étaient réduits à deux points sombres dans son visage clair — si clair que je ne pouvais distinguer ses traits. Elle était vêtue d'une courte robe très ajustée, immaculée et qui semblait terne en comparaison de sa peau scintillante et luisante comme les rayons du soleil sur l'océan. Dans une main, la créature tenait un objet cylindrique que je ne parvenais pas à identifier à cette distance.

— C'est Lana. L'une des Lampades, chuchota Alec.

La fille s'assit sur la plus haute marche de l'escalier, comme une petite fille qui attend qu'on vienne la chercher après l'école.

— C'est l'un des joujoux favoris d'Avari, en ce moment ; il n'en a pas eu d'aussi beau depuis des décennies. La Cérémonie d'aujourd'hui a lieu en l'honneur des Lampades. Elle a lieu *pour* elles, en quelque sorte. Et, pour la première fois depuis la nuit des temps, Avari en possède deux exemplaires. Lana et sa sœur, Luci. Elles sont arrivées ici hier.

— Qu'est-ce qu'elles sont ? demandai-je, incapable, malgré l'éblouissement, de détourner le regard de cette fille qui brillait.

— Les Lampades sont à ma connaissance les seules créatures qui existent simultanément dans les deux mondes, exactement au même endroit et au même moment.

Alec s'éloigna lentement de la foule et nous le suivîmes avec le sentiment d'être poussés dans le dos par le vent froid du monde des ténèbres.

— Si vous deviez passer de l'autre côté à cet instant précis, vous la verriez assise au même endroit dans votre monde. Les Lampades sont des liminalités ambulantes. Vous voyez comme Lana brille, au point qu'on a l'impression qu'elle a avalé une ampoule allumée ? demanda Alec.

Je hochai la tête, amusée par l'image malgré les circonstances tragiques.

— C'est la lumière liminale, et elle circule dans ses veines comme le sang dans les nôtres. Une concentration de cette lumière peut, de façon temporaire, fusionner une partie du monde des ténèbres avec la section correspondante du monde des humains si la Lampade se poste, pour l'éclairer, sur un seuil liminal. Par exemple une fenêtre ou une porte.

Un éclair de compréhension me foudroya.

— Est-ce qu'une personne pourrait passer à travers ce… cet espace fusionné ? Comme à travers une porte ? murmurai-je, redoutant déjà la réponse.

— C'est possible…, commença Alec.

Le regard de Tod croisa le mien et je vis qu'il venait, lui aussi, de saisir les implications des révélations d'Alec.

Celui-ci poursuivit :

— Mais il faudrait qu'elle soit très rapide. Pour les Lampades, briller revient à saigner, et elles peuvent saigner à mort si on n'y prend pas garde.

— Mais tu as dit qu'elles étaient deux, non ? demandai-je.

Le proxy opina. Ses boucles noires se fondaient presque dans l'ombre du bâtiment.

— Alors, si elles agissaient ensemble…

— … elles saigneraient moitié moins, finit Alec.

A la ride qui barrait son front, je réalisai que lui aussi avait compris.

— C'est comme ça qu'il les a eus, intervint Tod. Ces Lampades ont enlevé Nash et ton père.

Je fermai les yeux un instant, envahie d'une cruelle certitude.

— Quand je pense que j'aurais pu les arrêter.

— Comment ? demanda Addison.

Elle descendit du trottoir et fit quelques pas jusqu'à l'un des parterres de pelouse jaunâtre devant le lycée.

Je fis un geste en direction des marches où Lana demeurait assise, les bras autour des genoux.

— Je crois que je les ai vues toutes les deux hier soir. Elles accompagnaient Everett à la soirée de Doug. Nash les a virées, mais elles ont dû revenir après mon départ et celui d'Emma. Après la mort de Doug.

— Quoi ?

Les yeux de Tod lancèrent des éclairs de colère, et je sus exactement ce qu'il ressentait.

— Je parie tout ce que vous voulez que c'étaient elles, les deux bombes qui entouraient Everett hier soir chez Doug. Sauf qu'à ce moment elles ne brillaient pas.

Alec se frotta le front de la main, comme s'il essayait de soulager une migraine naissante.

— Elles ne brillent qu'ici. Dans votre monde, elles sont comme vous.

Je levai les yeux au ciel.

— A ce détail près qu'elles sont physiquement parfaites et identiquement symétriques.

C'était plus qu'il n'en fallait pour donner des complexes d'infériorité à toute fille normalement constituée ; il n'était pas nécessaire d'y ajouter la composante maléfique.

— Je vais traverser et vérifier que je ne me trompe pas.

— Tu veux que je t'accompagne ? demanda Tod.

— Non, reste avec eux.

Je savais qu'il n'avait pas envie de laisser Addy, et je voulais qu'il garde un œil sur Alec. Je n'avais pas l'intention de ramener celui-ci dans le monde des humains tant que nous n'aurions pas retrouvé Nash et mon père.

— Je ne serai pas longue.

Je contournai rapidement le bâtiment pour traverser sans être vue dans aucun des deux mondes. Cette fois, j'invoquai sans difficulté mon cri, ce qui me terrifia presque autant que la nécessité de l'utiliser. Je réapparus dans le monde des humains à proximité de l'arrière du parking puis rasai le mur du bâtiment jusqu'à me retrouver à l'entrée du lycée pour éviter d'être repérée. La robe de satin de Sophie bruissait contre la brique rugueuse, et je dus à deux reprises tirer sur le tissu qui s'était accroché dans la pierre. Ma cousine allait *m'étriper.*

Si je vivais assez longtemps pour ça.

Arrivée au coin du bâtiment, j'avançai la tête et vis Lana — c'était sans nul doute l'une des deux filles que j'avais vues avec Everett — assise sur les marches, exactement au même endroit que dans le monde des ténèbres. A ce détail près qu'ici elle tenait à la main une lampe torche de métal au manche curieusement ouvragé, pour l'instant éteinte.

Je retraversai et rejoignis le groupe sans prendre la peine de relever le jupon de ma robe en marchant.

— C'est elle, dis-je, frissonnant de froid. Les Lampades sont bien les filles de la soirée d'hier.

— Que font-elles ici ? demanda Addison.

La porte du lycée s'ouvrit et Luci rejoignit sa sœur sur les marches. Elle avait en main une lampe torche éteinte, identique à celle de Lana.

— Elles attendent d'être célébrées ? poursuivit Addy.

— En tout cas, elles attendent quelque chose, dis-je.

A peine avais-je achevé ma phrase que les deux filles, d'un seul mouvement, pivotèrent pour regarder le ciel, en direction de l'est. Le soleil était en train de disparaître à l'horizon. La même image, en miroir, devait être visible dans le monde des humains, à l'exception du ciel pommelé vert et pourpre caractéristique du monde des ténèbres.

— Oh oh…

Je sentis soudain une nouvelle crainte me lester l'estomac.

— Quoi ? lança Tod.

Mais c'est vers Alec que je m'étais tournée — c'était lui qui détenait les réponses.

— Quel effet auraient d'autres liminalités sur cette porte que les Lampades peuvent créer ? De grosses liminalités. Du genre, un truc qui n'arrive qu'une fois par an ?

Un solstice d'hiver, par exemple.

Alarmé, Alec ferma les yeux. Le Faucheur, lui, s'était tendu.

— Elles amplifieraient la puissance de la lumière liminale.

— Et ça agrandirait la porte ? Ou ça la garderait ouverte plus longtemps ?

Le proxy se contenta d'acquiescer ; à ce stade, les mots n'étaient plus nécessaires. Nous avions fini par comprendre l'objectif de la Cérémonie Liminale organisée par Avari.

— Il se sert du solstice d'hiver comme d'un pont, pour franchir l'espace entre les deux mondes là où il est le plus mince, murmurai-je, la voix assourdie de terreur.

Entre-temps, les deux sœurs s'étaient levées. Elles se positionnèrent de chaque côté des grandes portes, face à face. C'est alors que la dernière pièce du puzzle se mit en place.

— Oh ! lala !..., chuchotai-je.

J'attrapai la main mutilée d'Addison sans y penser.

— Ils vont commencer.

— Commencer quoi ? demanda-t-elle en dégageant vivement sa main de mon étreinte.

— Tu ne comprends pas ? Avari a tout prévu ! Le lycée, une kermesse pleine de visiteurs, le solstice… Le crépuscule est un seuil liminal, les Lampades sont des créatures liminales et les adolescents sont à un âge liminal de leur vie. Lana et Luci vont projeter leur lumière à travers ce seuil au crépuscule. Au moment où la kermesse ouvrira ses portes, on aura deux cents ados qui, au lieu d'entrer dans le lycée, vont se précipiter directement dans le monde des ténèbres, comme des agneaux à l'abattoir.

25

Des élancements parcouraient mon crâne, en rythme avec ceux qui traversaient la cicatrice de mon bras, et mon cœur était douloureux comme jamais auparavant. J'avais affronté pas mal d'ennuis en tant que *banshee*, mais, là, c'était le summum. Il s'agissait de l'enlèvement de près de deux cents élèves à l'entrée de leur propre lycée. Des disparitions qui resteraient à jamais incompréhensibles pour les autorités humaines, et qu'on ne résoudrait jamais sur cette Terre.

Et nous étions les seuls à pouvoir empêcher cela.

— S'il veut mettre en place un plan de migration forcée, pourquoi s'est-il encombré de Nash et de ton père ? demanda Addison.

Tod nous guidait vers la lisière de la foule ; en effet, l'idée de rester juste devant les Lampades nous avait soudain paru une tactique risquée.

— Pour augmenter sa puissance, répondit Alec en se frottant les bras pour se réchauffer. J'ai d'abord cru que ce n'était qu'une manifestation de son avidité, ce qui était logique, et demeure sans doute partiellement vrai. Mais Avari aura besoin de toute la puissance qu'il pourra trouver — il comptait aussi en tirer une certaine quantité de Kaylee. Il va devoir insuffler de l'énergie à Lana et Luci pour les garder en vie pendant qu'elles maintiennent la porte ouverte.

— Est-ce que mon père et Nash survivraient à ça ? demandai-je en frottant moi aussi mes bras couverts de chair de poule.

— Non. Et elles non plus, fit Alec en désignant du menton les deux Lampades. Mais je doute fort qu'elles soient au courant.

— Bon, et comment on fait pour empêcher tout ça ? On leur pique leur lampe torche ?

— Les lampes ne sont que des points focaux — des leurres pour tromper les humains. Les Lampades répandent leur propre lumière, et on ne peut pas les éteindre sans les tuer.

Quelle que soit la menace qu'elles représentaient pour l'humanité, je n'étais pas prête à une telle extrémité. Malgré tout ce qu'elles avaient fait, Lana et Luci n'étaient en effet que les marionnettes d'Avari, tout comme Nash et mon père, et il me semblait injuste de les condamner à mort pour cela. Quoi qu'il en soit, si Avari parvenait à ses fins, elles mourraient de toute façon.

— Et si on enlevait ces filles ? proposai-je comme alternative au meurtre.

— Pour les emmener où ?

Tod grinça les dents de frustration, les doigts enlacés à ceux de la main valide d'Addison.

— Ce n'est pas comme si on pouvait traverser avec elles. Je te rappelle qu'elles sont dans les deux mondes à la fois.

— On ne pourrait pas juste... les chasser de l'entrée du lycée ? Et aussi les séparer ?

Je respirais mal. En fait, je souffrais d'être engoncée dans cette robe ; j'aurais aimé être attifée autrement que comme une poupée de porcelaine pour ce qui promettait d'être les dernières minutes de ma vie. Des minutes intenses.

— Si elles ne sont pas ensemble — et si elles sont loin du seuil —, elles ne pourront pas ouvrir cette porte, non ?

— En tout cas, pas la grande porte qu'escompte créer Avari, m'accorda Alec. Cela pourrait donc se révéler efficace, du moins assez longtemps pour tirer d'affaire Nash et ton père. Ce qui privera Avari de l'énergie dont il a besoin pour atteindre son objectif.

— Si on doit le faire, c'est maintenant ou jamais, murmura Tod.

Autour de nous, le brouhaha s'estompa soudain, bientôt remplacé par un étrange silence. Comme un seul homme — ou un seul démon —, la foule se tourna vers les portes du lycée. De toute évidence, elle se préparait au clou du spectacle : l'ouverture sur un bâtiment rempli de nourriture prête à avaler.

— Sinon, on va louper le coche.

Nous nous tournâmes comme les autres afin d'éviter d'attirer l'attention. Je me sentais affreusement mal à l'aise de me trouver ainsi au milieu des loups, attendant que les agneaux soient abattus. Ou dévorés. Ou gobés comme des œufs. Ou n'importe quel autre truc dégoûtant.

— On devrait agir depuis notre monde, dis-je à voix si basse que j'avais du mal à m'entendre. Pour empêcher Avari d'intervenir.

— Je suis partant, répondit Tod.

De nouveau, il étreignit la main d'Addison puis, croisant mon regard, s'adressa discrètement à moi du coin de la bouche :

— Je vais embarquer une des lanternes ambulantes, ensuite je reviens pour t'aider à trouver Nash et ton père. Ça ira, en attendant ?

J'opinai, prenant garde à ne pas laisser paraître mon incertitude.

— Oui, ça ira. Mais fais vite.

La seconde d'après, Tod disparaissait.

Quelques instants plus tard, l'une des Lampades poussa un cri perçant. Lana fut soudain soulevée de terre par des bras invisibles. L'effet était bizarre et me rappela une scène d'un vieux film d'horreur où une adolescente coincée dans un cauchemar est tirée le long du mur de sa chambre par une force maléfique invisible.

Lana tomba en arrière, ouvrant la porte du bâtiment dans sa chute, puis disparut hors de notre vue.

Des cris de surprise et de colère s'élevèrent dans la foule qui nous entourait. Les protestations allaient du couinement le plus aigu à des grognements assez graves pour se répercuter dans mes os. Il me sembla même en entendre certaines directement dans ma tête plutôt que dans mes oreilles.

Peu après, quelques représentants des créatures rassemblées accoururent auprès de Luci, visiblement choquée de se retrouver seule. Tod réapparut à mon côté, arborant un sourire dont même le chat du Cheshire d'*Alice au pays des merveilles* aurait été jaloux.

Mais ce n'étaient pas des merveilles qui nous attendaient.

— Où est-elle ?

Je m'étais mise sur la pointe des pieds pour lui hurler dans l'oreille. Autour de nous, les cris ne cessaient de s'amplifier, atteignant un niveau sonore douloureux.

— Dans le placard à fournitures de la salle d'arts plastiques. J'ai été obligé de l'assommer, et elle devrait se tenir tranquille pendant un bon moment. Trouvons Nash et ton père et foutons le camp d'ici avant qu'Avari ne recolle les morceaux.

Son regard rencontra alors celui d'Addison et une expression de profond regret s'afficha sur ses traits. Il lui saisit la main, comme pour s'excuser de la quitter, mais elle sourit et secoua la tête.

— Va chercher ton frère. On savait très bien que ça prendrait fin tôt ou tard, et je suis heureuse d'avoir pu passer tout ce temps avec toi. Merci de me l'avoir donné, ce temps.

Tod hocha la tête et lui étreignit la main. Puis il se détourna pour nous suivre. Alec et moi nous dirigions au pas de course vers l'autre côté du bâtiment. Nous ne cherchions pas à nous cacher tant l'agitation alentour était à son comble. Alec était rapide, et je le vis bientôt disparaître dans la foule devant moi. C'est alors que mon pied écrasa quelque chose d'épais et mou. Le machin sur lequel j'avais marché se souleva d'un coup et me fit perdre l'équilibre. Un râle plaintif, affreux, s'éleva au-dessus de moi. Mon pied droit se prit dans le bas de la robe de Sophie et l'instinct me fit porter une main à mon oreille tandis que l'autre s'élançait en avant pour empêcher mon visage de heurter l'asphalte.

Mais avant que ma paume ait eu le temps de toucher le sol, quelqu'un me retint et me remit sur mes pieds. Avec un craquement mat, le tissu de la robe se déchira. Tod me tira en arrière et me pressa contre sa poitrine. Sur notre droite, la créature se dressa de toute sa hauteur ; elle était d'une taille stupéfiante. Des ailes grises membraneuses battaient dans son dos, entraînant dans le mouvement les pans lourds de la robe de Sophie. Sa queue — que j'avais apparemment piétinée — s'enroula autour de ses jambes, fouettant mes chevilles au passage.

— Je suis vraiment désolée! criai-je tandis que Tod nous éloignait prestement de la bête dont les pommettes me parurent littéralement assez effilées pour trancher la peau de ses propres joues.

La créature poussa un nouveau grognement et baissa la tête comme un taureau s'apprêtant à charger. C'est alors que son aile droite s'abattit sur l'épaule d'un des collègues poilus qui se trouvaient derrière elle, et les deux Ténébreux se livrèrent alors à une explosion de violence comme deux chats géants, toutes griffes dehors.

Tod et moi nous enfuîmes en courant, heureux de constater que nous ne représentions pas une menace assez importante pour retenir l'attention de ces bêtes.

Devant nous, les boucles brunes d'Alec apparaissaient de temps à autre dans la foule. Nous le suivîmes. Tod m'écarta à plusieurs reprises de la trajectoire de monstres particulièrement imposants. Pour reprendre notre souffle, nous attendîmes d'avoir complètement contourné le bâtiment. La parcelle d'herbe grise — correspondant, dans ma version du lycée, à la cour de récréation — était toujours déserte et relativement calme. Cela n'allait pas durer :

les Ténébreux finiraient bien par découvrir que le bâtiment comportait une autre issue.

Je menai Tod et Alec à l'entrée de la cafétéria. Ensuite, nous passâmes frénétiquement en revue toutes les salles de classe, regardant par les vitres des portes fermées, prêts à nous jeter à terre au moindre bruit de pas — qu'il soit lourd et menaçant ou léger et trottinant.

Le rez-de-chaussée du lycée était désert, à l'exception du placard où Tod avait caché la Lampade inconsciente. Nous nous ruâmes alors dans l'escalier et répétâmes l'opération à l'étage, salle après salle. Enfin, à travers la vitre de la dernière porte sur notre droite, j'aperçus mon père, avachi sur le vieux bureau métallique du professeur, portant toujours la chemise de flanelle qu'il avait pour partir au travail.

Mon cœur bondit dans ma poitrine. Saisissant la poignée, je m'escrimai à la tourner, mais en vain. Elle ne bougeait pas et la porte demeurait fermée.

— Papa ! hurlai-je, priant pour qu'il se réveille et vienne nous ouvrir.

Pour que nous puissions l'aider, il fallait qu'il nous aide d'abord. Mais j'eus beau crier, il ne bougea pas. Je luttai pour retrouver mon calme ; puis, observant attentivement mon père, je pus enfin constater qu'il respirait encore.

— Attends, laisse-moi essayer.

Tod m'écarta et je me souvins qu'ici, dans le monde

des ténèbres, il n'avait pas le pouvoir de traverser les murs. Alec et moi reculâmes, le Faucheur passa à l'action. Son pied s'envola et vint frapper la porte juste au-dessous de la poignée, faisant craquer le bois.

Mais la porte ne s'ouvrit pas.

Tod fit donc un pas en arrière et lança de nouveau son pied dans la porte, accompagnant son geste d'un grognement venu des tripes.

Cette fois, le panneau de bois vola en éclats et la porte s'ouvrit d'un coup, dans un grincement de charnières qui montrait qu'elle ne devait pas souvent servir. Je me ruai dans la pièce, bousculant Tod au passage, et me jetai à genoux à côté de mon père.

— Papa ?

Je passai la main sur sa joue rude où la barbe commençait à pousser.

— Je crois qu'il va bien.

Je levai les yeux vers Tod et posai une main sur l'épaule de mon père.

— Je vais traverser avec lui, mais je reviens tout de suite.

— Emmène-moi aussi !

La voix d'Alec tremblait, et, pour la première fois, je vis une peur véritable faire briller ses yeux verts.

— S'il te plaît. Tu n'as plus besoin de moi ici.

— Tu n'iras nulle part tant que nous n'aurons pas trouvé Nash, insistai-je en refermant ma main sur celle de mon père.

Je me sentais presque coupable car, si nous abandonnions Alec, il subirait à coup sûr le même sort qu'Addy : il serait puni, ou pire, pour avoir joué un rôle dans l'évasion de mon père. Mais les vieilles habitudes ont la peau dure : malgré tout ce qu'il m'avait fait, Nash revêtait plus d'importance à mes yeux que le premier inconnu venu. Même si cet inconnu venait de contribuer à me rendre mon père.

— Je reviens tout de suite.

Sans laisser au proxy ou au Faucheur le temps de protester, je fermai les yeux et invoquai mon chant avec une rapidité née de l'expérience, tâchant de ne pas penser que plus je traversais souvent, plus j'aurais de mal à m'empêcher de le faire par accident. Ainsi que le prouvaient mes récentes escapades nocturnes dans le monde des ténèbres.

L'affreuse cacophonie provenant de l'extérieur s'atténua pour se transformer en un brouhaha lointain, plus familier et moins menaçant. J'ouvris les yeux. Je me trouvais dans l'une des classes d'espagnol, entourée de bureaux vides et d'affiches touristiques vantant les beautés de l'Espagne, du Mexique et de l'Amérique du Sud. Mon père était assis à côté de moi. Je m'assurai qu'il respirait bien puis me levai et sortis mon téléphone portable de ma poche. L'idée d'être rentrée dans mon monde natal ne me procurait pas de réel soulagement.

Je composai un numéro de mémoire et la tonalité familière, électronique, retentit à mon oreille.

— Kaylee ? dit oncle Brendon d'une voix tendue. Tu vas bien ? Tu les as récupérés ?

— J'ai mon père. Il faut que tu viennes le chercher. Il est dans la dernière salle de classe à droite, au premier étage. La porte est ouverte.

— Tu es au lycée ?

Tout en parlant, je m'élançai à travers la pièce et tournai la poignée pour m'assurer que la porte était ouverte.

— Je suis au lycée, oui. Mais je dois retourner là-bas chercher Nash et Alec. Sinon, Avari va se servir des Lampades pour ouvrir une énorme porte entre nos deux mondes, et tous les gens de la kermesse se retrouveront précipités dans le monde des ténèbres.

— Mon Dieu, Kaylee, mais c'est terrible : Sophie y est, à la kermesse.

— Je sais. J'ai mis sa robe.

— Quoi ?

A l'autre bout du fil, j'entendis une porte claquer et un moteur se mettre en marche. Mon oncle était déjà en route.

— Kaylee, il faut que tu la sortes de là.

— Je ne peux pas t'expliquer, oncle Brendon. Je dois m'occuper de Nash et d'Alec. Appelle Sophie et dis-lui de rentrer à la maison. Et aussi que je suis désolée, pour sa robe.

— Attends, Kaylee. Qui est Alec… ?

Mais je raccrochai sans répondre. J'embrassai mon père inconscient sur la joue et invoquai une nouvelle fois ma plainte funèbre pour traverser.

Je me retrouvai dans la version ténébreuse de la salle de cours. Alec se tenait la tête entre les mains, les doigts crispés sur ses boucles brunes comme s'il allait les arracher de son crâne. Tod était debout dans l'encadrement de la porte, surveillant le couloir au cas où quelqu'un arriverait.

— Allez, on va chercher Nash, lançai-je.

Les deux têtes se tournèrent vers moi.

— Tu es revenue…, dit Alec d'une voix où le soulagement le disputait à l'incrédulité.

— Evidemment que je suis revenue. Tu croyais que j'allais abandonner Nash ici ?

Le proxy fronça les sourcils dans une mimique qui m'arracha un sourire.

— Ou même toi ? Allons-y !

Mais nous n'avions pas parcouru la moitié du couloir qu'un hurlement de triomphe général s'éleva dehors, et mon sang se glaça dans mes veines. J'attrapai le satin de ma robe à pleines mains et me ruai dans la salle de classe la plus proche. Je courus aux fenêtres qui — grâce à la forme en H de l'établissement — surplombaient la grande pelouse de la façade principale.

Je tirai sur le cordon poussiéreux qui pendouillait devant mes yeux et les stores d'aluminium se relevèrent dans un tintamarre métallique, laissant entrer dans la salle sombre la pâle lumière du dehors. La foule rassemblée devant le lycée avait doublé depuis que nous avions pénétré dans le bâtiment. Tous les visages, des plus communs aux plus contrefaits, étaient tournés vers l'entrée principale, en direction du large porche sous lequel se trouvaient à présent trois silhouettes familières.

Au centre se tenait un homme de grande taille, élégant et sombre, qui ne pouvait être qu'Avari, le maître de cérémonie de cette manifestation tordue. Vêtues de blanc et brillant de tous leurs feux, deux silhouettes l'encadraient.

Avari avait retrouvé la Lampade disparue ! Le programme des festivités allait se dérouler comme prévu.

Comme pour corroborer ce fait, Alec se plia soudain en deux, les bras serrés autour de son ventre, semblant saisi d'une violente colique.

— Il aspire mon énergie. C'est trop fort, ça va trop vite, sans ton père pour prendre le relais, hoqueta le proxy.

Il s'efforça de se redresser en dépit de la douleur.

— Il les nourrit de mon énergie, et ça va me tuer. Et ton fiancé aussi.

— Tod, fais quelque chose ! m'écriai-je, paniquée et incapable de détourner les yeux du spectacle dehors. Débrouille-toi pour les empêcher d'ouvrir cette porte !

Les yeux du Faucheur passèrent de mon visage à la scène qui avait lieu à l'extérieur. Ils se posèrent ensuite sur le proxy livide avant de revenir sur moi.

— Je ne peux pas te laisser là, Kaylee.

— Je vais m'en sortir. Je suis avec Alec.

Je souris, et le proxy acquiesça avec difficulté. La douleur avait donné à son visage une teinte cireuse.

— On traversera dès que j'aurai trouvé Nash. Maintenant, file, sinon on va tous y rester !

Tod hésita encore un instant puis disparut du monde des ténèbres au moment où, dehors, un faisceau de lumière aveuglante montait du sol, tirant de la foule fascinée un grand « Aaah » et d'Alec un grognement sourd. Et, alors que tous les yeux étaient rivés sur la lumière qui resplendissait à l'entrée du lycée, un mouvement brusque dans la direction opposée attira mon attention.

Quelque chose bougeait dans la foule. Quelque chose s'éloignait des Lampades alors que tout le monde s'en approchait graduellement.

Clignant les yeux pour les protéger de la lumière

aveuglante, je finis par distinguer la longue chevelure blonde et lisse qui ornait un côté de la tête d'Addison, l'autre ayant brûlé presque jusqu'à l'os. Et juste derrière elle, accroché à sa main intacte, elle traînait une silhouette que j'aurais reconnue partout, dans ce monde ou dans l'autre, même ainsi, courbée de douleur.

Nash…

— Il est là ! criai-je d'une voix rendue suraiguë par l'excitation.

Je pointai mon doigt sur la vitre glacée et le regard d'Alec, embrumé de douleur, suivit la direction qu'il indiquait tout en s'accrochant au rebord de la fenêtre pour ne pas perdre l'équilibre.

— Tu le vois ? Il va derrière l'attroupement, en direction de l'arbre.

Celui qui nous avait abrités il y avait à peine un quart d'heure.

Alec hocha la tête et étouffa un grognement.

— Je le vois.

Malheureusement, en même temps qu'elle l'entraînait à l'écart des créatures ténébreuses et des nouveaux jouets d'Avari, Addison éloignait également Nash de nous. Je n'étais pas sûre que nous puissions les rejoindre à temps. Pas sans nous faire remarquer.

Il nous fallait pourtant essayer.

— Allez, viens !

Je relevai la robe de Sophie, à présent maculée de

boue, et aidai Alec à sortir de la salle. Je le soutins pour traverser le couloir, espérant de tout mon cœur qu'il n'allait pas trébucher ou s'effondrer complètement. Arrivée sur le palier, je m'arrêtai et le regardai, un doigt posé sur les lèvres. Un geste universel — et, je l'espérais, interdimensionnel — pour signifier le silence. Puis, tenant fermement sa main dans la mienne, je m'engageai dans l'escalier d'un pas aussi léger que possible.

Depuis la dernière marche, j'aperçus distinctement, au travers de la porte d'entrée vitrée, Avari et les Lampades resplendissantes de lumière. Je sentis mon cœur s'emballer. Il me semblait qu'il faisait autant de vacarme qu'un marteau-piqueur sur du béton, et je me pris à espérer qu'ils ne l'entendaient pas.

— Que fais-tu ? chuchota Alec en me tirant faiblement à l'écart de l'entrée. Existe-t-il une autre issue ?

Je clignai les yeux pour évacuer les larmes qui s'y étaient formées à force de regarder en face la lumière violente des Lampades qui persistait derrière mes paupières.

— Oui. Par le gymnase.

Je l'attrapai par la taille pour mieux le soutenir et nous remontâmes le couloir afin d'entrer dans le gymnase. Là, je dus presque le porter pour traverser le parquet — dénué, ici, du marquage délimitant les terrains de basket —, avant de m'arrêter devant la sortie la plus proche.

En priant pour que tout se passe bien, j'entrouvris la porte avec précaution, juste assez pour pouvoir jeter un coup d'œil à l'extérieur.

Au même instant, le grondement hystérique de la foule massée devant le lycée enfla. Néanmoins, de ce côté du bâtiment, pas une seule créature n'était en vue. J'adressai un signe de tête à Alec puis me faufilai dans le mince interstice entre les portes — et, de nouveau, je sentis l'ourlet de la robe de Sophie se prendre dans quelque chose de coupant. Je tirai pour libérer le jupon et retins la porte afin de laisser passer Alec, puis la refermai doucement.

Le plus difficile restait à venir ; il nous fallait traverser discrètement la cour de l'école en contournant l'attroupement par l'arrière, ainsi que l'avait fait Addison. Sans nous faire prendre. Et ça aurait pu marcher si, à cet instant précis, le ciel ne nous était pas tombé sur la tête.

Le halo éblouissant qui provenait de la porte d'entrée s'éteignit brusquement, laissant place à une lueur pâle.

Les acclamations de la foule se muèrent en nouveaux hurlements de rage : comme celle de sa sœur précédemment, la silhouette de Luci semblait danser dans les airs avec l'allure d'une poupée désarticulée.

Tod avait encore frappé.

Dans le monde des humains, il devait à présent être en train de traîner Luci à l'écart du lycée, contournant la version humaine de la foule dans notre direction. Malheureusement, ici, ce mouvement attirait tous les regards sur nous.

— Viens ! criai-je à l'intention d'Alec.

Je le tirai par le bras en direction de l'arbre biscornu. Je constatai avec satisfaction que, maintenant que le démon avait cessé de nourrir ses deux jouets, le proxy semblait reprendre des forces. Bientôt, il fut en mesure de courir sans que je le soutienne.

Nous n'étions plus qu'à quelques mètres de l'arbre.

Mais Avari émergea d'entre ses branches…

D'une main, il serrait cruellement le bras brûlé d'Addison, de l'autre, celui de Nash.

La surprise et la peur firent bondir mon cœur dans ma poitrine.

A mon grand effroi, Nash ne semblait pas se rendre compte qu'il était entre les griffes d'un démon. Ni même de l'endroit où il se trouvait. Ses yeux étaient fixés sur le vide et, à un moment, ils se révulsèrent ; je n'en distinguais plus que le blanc. Nash était en orbite, complètement défoncé, et je compris très vite qu'il ne nous serait d'aucune aide dans notre plan de sauvetage.

— Je savais que tu finirais par montrer le bout de ton nez, ricana Avari.

Un craquement léger attira mon attention sur le sol, juste à ses pieds : une couche de glace, mince et délicate, commençait à se propager sur l'herbe grisâtre, dans notre direction.

— C'est trop tard, répondis-je en levant les yeux vers lui. Il vous manque une Lampade, et vous n'arriverez pas à ouvrir une porte, si petite soit-elle, si vous n'avez pas les deux.

— Pas ce soir, en effet, concéda le démon.

La couche de glace s'épaississait, obscurcissant le sol gris qu'elle recouvrait.

— Mais l'équinoxe de printemps a lieu dans trois petits mois, et je suis certain que, d'ici là, nous trouverons des tas d'occupations amusantes. Vu que nous serons tous réunis ici…

Alec m'étreignit la main et me tira en arrière. Ses doigts glacés tremblaient entre les miens.

— Traverse ! siffla-t-il entre ses dents sans quitter le démon des yeux.

Avari secoua lentement la tête, l'air très sûr de lui, froissant le col de sa chemise blanche amidonnée dans le mouvement.

— Elle ne partira pas sans celui-ci.

Il donna au bras de Nash une secousse brutale qui ébranla tout son corps et me fit tressaillir.

— La loyauté est son talon d'Achille, poursuivit cruellement Avari. Ça la rend prévisible et tellement facile à manipuler ! Si seulement tous les humains étaient aussi faibles… Ah, mais, dans ce cas, où serait le plaisir ?

— Kaylee, *traverse* ! supplia Alec en me tirant sur le bras.

De nouveau, je secouai la tête.

— Je ne l'abandonnerai pas ici !

— Ce ne sera pas la peine.

C'était Addison qui venait d'intervenir.

Avant que je puisse comprendre ses intentions, elle avait dégagé son bras de la poigne de fer du démon et reculé précipitamment derrière lui. Le mouvement qu'elle fit pour se libérer déchira sa peau parcheminée, lui arrachant un cri suraigu. Le sang se mit à couler le long de sa chair martyrisée ; Avari tendit la main pour la rattraper, mais ses doigts glissèrent sur le bras ensanglanté. Les hurlements d'Addison atteignirent un nouveau paroxysme quand, alors qu'elle essayait de s'écarter de lui, la peau de son bras céda tout à fait.

La main du démon se referma alors sur ce qui lui restait de cheveux, et elle poussa Nash de toutes ses forces avec un grognement de douleur. Il trébucha, tête en avant. Alec et moi nous précipitâmes vers lui.

— Emporte-le ! hurla Addy.

Je m'attendais à ce qu'elle tente de tirer Avari loin de nous. Mais, au lieu de cela, elle s'agrippait à lui, les doigts accrochés à son torse. Le démon fulminait et, à mesure que sa colère montait, une fine couche de glace aux teintes bleutées traversait le corps d'Addison, congelant au passage le sang qui coulait de ses blessures.

— Maintenant !

Avari poussa un grondement féroce ; d'un geste bestial, il brisa littéralement l'étreinte d'Addison. Son avant-bras calciné vola en éclats et retomba par terre en plusieurs morceaux congelés. C'était un spectacle effroyable.

Addison hurlait, serrait contre sa poitrine ce qui lui restait de son bras tandis que son corps brisé de douleur s'effondrait sur le sol.

C'était plus que je ne pouvais en supporter. Le cœur prêt à se rompre, j'empoignai Nash et Alec. Puis je fermai les yeux pour invoquer ma plainte. Cette fois, c'était pour Addison que je chantais ; pour Addison dont les souffrances n'avaient commencé que le jour de sa mort, et qui allait devoir les endurer éternellement, ou du moins jusqu'à la mort d'Avari.

Dans les deux cas, ce serait interminable.

Je sentis ma gorge s'irriter et s'enflammer, torturée par le cri que j'y emprisonnais. Mais, en contrepartie, les grognements furieux d'Avari s'estompèrent, et le froid surnaturel du monde des ténèbres céda la place au vent comparativement inoffensif de décembre. Mes bras et mes épaules dénudés se couvrirent aussitôt de frissons.

A ma gauche, Alec tomba à genoux et éclata en sanglots nerveux. A quatre pattes sur l'herbe gelée, visiblement soulagé et extatique, il se mit à aspirer de grandes goulées d'air glacé. On aurait juré qu'il n'avait jamais rien goûté de meilleur dans sa vie.

Nash tituba et, à son tour, se laissa tomber sur le sol. Son regard restait aussi affreusement vide dans le monde des humains qu'il l'avait été dans celui des ténèbres. D'ailleurs, il ne s'était même pas aperçu que nous avions traversé.

Harmony pourrait le soigner. Elle saurait certainement comment faire renaître le Nash qui m'avait invitée à danser trois mois plus tôt, même s'il devait ne jamais se rappeler ce qu'il avait ressenti à cette occasion.

Epuisée, je m'effondrai à côté de lui, sur le dos. Je sentais à peine le froid mordre mes épaules nues, l'herbe se prendre dans mes cheveux. Je ne pensais qu'à une chose : j'étais vivante. Nous étions *tous* en vie.

A l'exception d'Addison, pour qui je ne pouvais rien faire de plus, même si cela me brisait le cœur de l'admettre.

Au-dessus de moi, les branches de la version humaine de l'arbre étaient maigres et nues. A travers elles, je distinguais le ciel orné d'étoiles et de constellations aussi familières que rassurantes. De ce côté du brouillard gris, nous étions seuls, à cet endroit. La foule des humains était rassemblée devant la façade du lycée. Adultes et adolescents faisaient la queue pour entrer dans l'établissement…

Je m'appuyai sur un coude pour me redresser et constatai que les portes venaient de s'ouvrir. Les visiteurs commencèrent à pénétrer dans le lycée. Aucune des personnes venues assister à la kermesse ne me sembla disparaître dans un grand gouffre de lumière. Tod avait fait son travail. D'une certaine façon…

Un remue-ménage soudain attira mon attention sur la gauche : quand on parle du loup… Le Faucheur se dirigeait justement vers nous en courant, complètement matérialisé, traînant sur le sol gelé la version humaine de Luci la Lampade. Deux agents de sécurité, obèses et haletants, les joues rougies par le froid, étaient à leur poursuite. Tod s'arrêta sous les branches de l'arbre et lâcha brusquement Luci. Dans ses yeux, je vis passer une lueur de soulagement, mêlée à celle de la peine qu'il éprouvait d'avoir abandonné Addy aux griffes furieuses d'Avari. Puis il lança un regard inquiet en direction de Nash — avant de s'évaporer. Il devait, je l'espérais, retourner à l'hôpital pour reprendre son poste.

Pour autant qu'il ait toujours un poste.

— Où est-ce qu'il est passé ?

L'un des agents s'arrêta devant moi, plié en deux. Les mains sur les genoux, il essayait de reprendre son souffle.

Je me relevai, lissant le jupon déchiré et maculé de la robe de Sophie.

— Qui ça ? demandai-je en ouvrant de grands yeux innocents.

A côté de moi, la Lampade restait bouche bée de stupeur.

L'agent grimaça et son front se plissa.

— Le... garçon. Qui la traînait derrière lui.

— Il n'y a que nous, ici, objecta Alec en essuyant des larmes de joie sur son visage.

Il avait l'expression de quelqu'un qui a failli mourir de rire.

— Vous allez bien ? demanda l'autre agent de sécurité à Luci.

Celle-ci acquiesça d'un signe. Les incidents qui avaient lieu de chaque côté du brouillard gris, et qu'elle vivait de façon simultanée, l'avaient apparemment abasourdie.

— T-très b-bien, merci, bredouilla-t-elle enfin.

— Prévenez-nous s'il réapparaît, conclut le premier agent.

Dépités, son collègue et lui s'en retournèrent à leur poste à l'entrée de la kermesse. Une fois qu'ils se furent éloignés, nous nous dévisageâmes les uns les autres avec lassitude. Nous formions un drôle de groupe... *banshee*, proxy à la retraite, Lampade... tous encore sous le choc de ce que nous venions de vivre.

— Nous reviendrons les chercher. Avari nous

enverra de nouveau pour les lui ramener, dit enfin Luci.

Ses yeux se posèrent à peine sur Nash, comme s'il n'avait aucun intérêt pour elle. Comme si, dans ce monde ou dans l'autre, le sort qu'elle subissait lui était totalement indifférent.

— Oui, mais si tu ramènes Nash et mon père à Avari — ou à n'importe qui d'assez fort pour alimenter son petit générateur humain —, autant te coller un revolver sur la tempe. Et ça vaut aussi pour ta sœur.

Luci fronça les sourcils et je pris conscience que je venais, pour la première fois, de retenir son attention.

— Je ne comprends pas.

— Il vous aurait tuées toutes les deux, répondis-je.

Je saisis Nash par le bras pour l'attirer vers moi. Il se laissa faire mais ne fit pas mine d'esquisser le moindre mouvement de son propre gré.

— Avari avait l'intention de vous laisser saigner à mort, toutes les deux. Vous auriez répandu votre lumière jusqu'à ce que son pont entre les deux mondes soit construit, et vous en seriez mortes. Il va recommencer dans quelques mois si vous le laissez faire.

Je serrai Nash contre moi. Il s'était mis à trembler, et sa peau glacée absorbait la chaleur de la mienne.

Luci battit des cils ; une expression stupéfaite se peignit sur son visage, avant d'être remplacée par de la méfiance.

— Tu mens.

Je haussai les épaules.

— D'accord. Crois ce que tu veux. Mais nous savons toutes les deux que Tod aurait pu te tuer s'il l'avait voulu. Et plutôt deux fois qu'une. Je suis sûre que la tentation a été très forte, vu que toi et ta sœur avez kidnappé son frère. A la place, il t'a sauvé la vie, et tu n'as pas la moindre égratignure. Alors maintenant, demande-toi un peu qui te veut du bien et qui te veut du mal.

La grimace de Luci s'accentua et une expression de peur lui traversa le visage. Le bref regard qu'elle avait accordé à Nash, néanmoins, n'était pas empreint du moindre regret, et elle ne s'était pas inquiétée le moins du monde du sort de mon père.

— Ecoute, je me fous de savoir où tu vas et ce que tu fais tant que tu te tiens à l'écart de nous tous. Si tu veux vivre, tu ferais mieux de récupérer ta sœur et de rester loin d'Avari.

Après quelques instants, Luci finit par opiner. Alec et moi, tout en soutenant Nash, nous éloignâmes alors sans plus nous occuper d'elle.

— Kaylee Cavanaugh, sale garce !

Une voix suraiguë venait de m'interpeller au

moment où, quelques minutes plus tard, j'arrivais à ma voiture.

— Une robe à *six cents dollars* ! Tu l'as ruinée ! Et d'abord, qu'est-ce que tu fais dedans ?

Sophie était flanquée de deux autres candidates au titre de Reine des Neiges, toutes deux vêtues de longues robes de soirée. Pour sa part, elle était toujours en jean et en pull d'angora sous une longue veste rose à carreaux.

— C'est mon costume de super-héros, et je viens de sauver le monde, répondis-je en refermant la portière derrière Nash.

Tandis qu'Alec s'installait à l'arrière, je fis le tour de la voiture et m'assis au volant, entassant les volutes de tissu autour de mes jambes.

— Ne me remercie pas, ajoutai-je avant de claquer ma portière.

Je démarrai et m'éloignai, plantant là Sophie et ses amies, raides de stupéfaction.

26

Toute tremblante, j'arrivai peu après à destination. Je coupai le moteur et retirai les clés du contact. Le porche de la maison de Nash était illuminé, et cette lumière éclairait son visage à travers les vitres de la voiture. Je ne pouvais m'empêcher de songer que lui m'avait longtemps tenue dans l'ombre, pendant qu'il succombait à son mal et luttait tout à la fois contre lui-même.

A présent, il était appuyé contre la vitre, le regard fixé sur sa maison. Sa mère était absente. Elle ignorait sans doute encore ce que nous venions de vivre. Elle avait bien de la chance. Malheureusement, cela ne durerait guère : il nous faudrait très vite tout lui raconter ; sinon, mon père s'en chargerait.

Mais, pour le moment, le bref répit qui nous était accordé au beau milieu de tout ce chaos était trop précieux pour qu'on le laisse passer sans en profiter.

Comme je n'avais nulle part où l'amener, j'avais déposé Alec chez moi, en compagnie de mon père et de mon oncle. J'en avais profité pour me changer. Mon père était inquiet pour moi, furieux après Nash et, de façon bien compréhensible, terrorisé par toute cette histoire. Cependant, il cachait ces sentiments derrière une façade incroyablement bravache.

Oncle Brendon, de son côté, était soulagé que tout le monde ait survécu et que Sophie n'ait pas été aspirée dans le monde des ténèbres. Quant à la robe de soirée fichue, c'était le cadet de ses soucis. Il m'avait également promis de faire son possible pour calmer mon père pendant que je déposais Nash chez lui.

Mais ramener Nash chez lui n'était qu'une étape sans grande importance sur le chemin qui nous attendait tous les deux. C'était au-delà que tout se jouerait, et j'ignorais ce qu'il adviendrait de notre amour si malmené.

Nash se tourna vers moi.

— Et maintenant, on fait quoi ?

Il était livide et trempé de sueur en dépit du froid de la saison, mais son regard était redevenu clair, il était cohérent et ne montrait pas de signes de manque. Ou pas encore. Si nous devions parler, lui et moi, c'était l'occasion ou jamais.

— Je n'en sais rien.

Je tripotai nerveusement mon porte-clés, tâchant de rassembler mes esprits et de me concentrer. Mais mon cerveau refusait de se laisser faire. Mon cerveau voulait que mes pensées restent éparpillées, m'évitant ainsi de me confronter à la réalité et d'opérer le douloureux constat de ce que j'avais perdu. Et de ce à quoi j'allais encore devoir renoncer.

— Kaylee…

— On parlera à l'intérieur.

J'ouvris ma portière sans le regarder.

— Je ne veux pas qu'on règle tout ça ici.

Pas dans l'allée. Sous le regard des voisins, pour peu qu'ils décident de jeter un coup d'œil par la fenêtre.

Je verrouillai la voiture pendant que Nash partait ouvrir la maison. Il me tint la porte, s'effaça pour me laisser entrer dans le salon puis referma derrière moi. Il me précéda ensuite dans le couloir jusqu'à sa chambre — nous connaissions tous deux le chemin par cœur, même dans le noir — dont il referma la porte. Cette fois, Harmony ne s'en serait pas offusquée, je pense, même si elle avait été à la maison. Car il n'entrait pas dans mes plans pour la soirée de m'approcher des mains de Nash, et encore moins de son lit.

Il se débarrassa de ses chaussures et les poussa dans un coin avant d'enlever sa chemise qu'il laissa tomber par terre. Il s'effondra sur le matelas. J'aurais pu être tentée. Ce ne fut pas le cas. Nash avait une allure à faire peur.

Avari l'avait presque vidé de sa substance.

Je tirai la chaise de sous son bureau et m'assis face à lui. Je n'avais pas ôté ma veste.

— Nash, je ne sais pas par où com…

— Je te demande pardon, Kaylee. Tu ne peux pas imaginer comme je regrette.

Il m'observa, guettant mes réactions. Les yeux remplis de larmes, je fixais mes mains posées sur mes genoux.

— Mais ce n'est pas assez, n'est-ce pas ?

Deux mois plus tôt, ses excuses auraient suffi. Nash était alors le soleil de ma vie, il éclairait mon horizon. Il était la plus belle chose que la vie m'ait offerte. Je me rappelais avoir souvent pensé que ce que nous vivions était trop beau pour être vrai, d'ailleurs.

Apparemment, mes craintes étaient fondées.

— Kaylee, supplia-t-il.

Sa voix avait la fragilité du cristal. Un mot de moi, et il allait se briser en miettes.

— Je ne sais pas.

Je me forçai à le regarder. La peine et le regret que je voyais tournoyer dans ses yeux m'affligeaient profondément. Je refusais d'être la cause de tant de souffrance. Pourtant, je ne voulais pas en être la victime non plus, et il n'était pas le seul à souffrir.

— Tu m'as menti.

— Je sais. J'ai menti à tout le monde.

Je perçus de la honte dans sa voix. Hélas, aucun remords ne pourrait jamais réparer ce qu'il avait cassé. Les excuses ne ramèneraient pas tout ce qu'il avait perdu. Ce que *nous* avions perdu.

— Mais tu m'as menti à *moi*, Nash.

Avec difficulté, je ravalai mes larmes et m'éclaircis la gorge.

— Tu as dit que tu m'aimais. Et, ensuite, tu m'as menti, tu m'as influencée, tu as essayé de me faire passer pour folle devant mon père, et tu as laissé Avari me posséder et faire… je ne veux même pas imaginer quoi avec mon corps.

— Kaylee, je suis…

Je me redressai sur le siège ; la colère m'avait envahie, supplantant pour le moment toute autre émotion.

— Arrête de me répéter à quel point tu es désolé. Ça ne résoudra rien.

Je ne savais même pas s'il restait encore quelque chose à sauver.

— Combien de fois ? demandai-je dans un souffle.

Incapable de le regarder pendant qu'il menait une lutte intérieure pour me répondre, je me rongeais les ongles.

— Combien de fois l'as-tu laissé… se servir de moi ?

Il soupira. Le lit grinça. Nash s'était rapproché. Je ne levai pas les yeux pour autant.

— Je ne sais pas. Je n'ai pas compté. J'essayais d'oublier.

— Tu aurais plutôt dû essayer de l'arrêter. Alors, combien de fois en gros ?

Je fis rouler la chaise pour m'éloigner du lit.

— On ne s'est pas vus très souvent quand tu étais

punie. Alors disons… une fois par semaine. Jusqu'à la dernière semaine d'école.

— Et deux fois cette semaine ?

Nash hocha la tête, l'air plus misérable que jamais.

— Ça fait six fois, donc ?

— Je crois.

— Et j'ai fait quoi ? poursuivis-je en me demandant si j'avais réellement envie d'entendre la réponse.

— Kaylee, c'est mieux pour toi si tu ne…

— Non, c'est mieux pour *toi* que je n'en sache rien, coupai-je sèchement.

Parce qu'il était déjà torturé par la culpabilité. Mais il fallait que je sache.

— Alors ?

— La plupart du temps, il se contentait de parler à travers toi. Pour fixer les rendez-vous avec Everett. Il me faisait aussi évoquer mes souvenirs pour que je puisse le payer.

Cette idée n'en finissait pas de me glacer d'effroi.

— Mais c'est arrivé plus d'une fois, n'est-ce pas ? Que tu le laisses me… toucher. Ou plutôt *te* toucher à travers moi.

Sauf si Avari avait menti. S'il vous plaît, faites qu'il ait menti…

Nash ferma les yeux et se rallongea.

— La première fois…

Il ouvrit les yeux et soutint mon regard pour que

je puisse voir tourbillonner dans ses iris les couleurs de la franchise. La vérité brute.

— Je ne savais pas ce qui se passait, Kaylee, je te le jure, je n'en avais aucune idée. Je n'imaginais même pas que c'était possible.

— Que s'est-il passé ?

— Ton père était au travail, et je suis passé te voir. J'avais apporté un film. Tu t'es endormie sur le canapé, et j'ai voulu partir pour te laisser dormir. Mais, à ce moment, tu t'es réveillée, et on a commencé à… s'embrasser.

— C'est tout ?

Je savais bien, hélas, que ça ne s'arrêtait pas là. L'idée qu'Avari ait embrassé Nash par ma bouche me révoltait ; pas suffisamment, cependant, pour expliquer la violence avec laquelle Nash venait de s'empourprer. Il était rouge de honte.

— Non. Tu… *Il* m'a laissé… te caresser. Il a enlevé ton T-shirt. J'aurais dû me douter que ce n'était pas toi, mais je…

— Oui, tu aurais dû le savoir !

Un maelström de colère et d'humiliation faisait rage dans ma tête avec tant de violence que j'en avais le vertige. Je m'enveloppai de ma veste comme si cela pouvait protéger ma pudeur de quelque chose que, cela dit, il avait déjà vu. Et touché.

Impossible de revenir en arrière. Tout cela était

arrivé dans des circonstances où j'étais impuissante à l'arrêter. Quant à lui, il avait laissé faire.

Je me levai, la respiration courte. Horrifiée d'avoir ainsi été privée de tout contrôle sur mon propre corps. C'était trop.

Je me retournai vers Nash comme une chatte en colère.

— Tu ne peux plus te rappeler tes émotions lors de nos premières fois, et je n'étais même pas *présente* pour cette première fois-là ! Comment crois-tu que je vais pouvoir gérer ça, dis-moi ?

Nash se leva mais prit soin de rester à distance de moi.

— Kaylee, je te promets que je n'avais pas la moindre idée de ce qui se passait.

— Parce que tu ne *voulais* pas savoir ! Tu pouvais enfin avoir ce que tu voulais, et tu en as profité sans te demander s'il n'y avait pas un truc qui clochait, jusqu'à ce que...

Je m'interrompis et le fixai avec attention. Une certitude affreuse venait de s'emparer de moi.

— Tu as su quand ? Tu t'es arrêté tout seul ? Tu as compris toi-même, ou c'est lui qui te l'a dit ?

Nash baissa les yeux. Il serra les poings et les enfonça dans les poches de son jean.

— On était en train de... Il a dit quelque chose, et ce n'était pas ta voix.

Mon malaise se transforma en nausée.

— Alors c'est lui qui t'a arrêté ; mais sans doute uniquement parce que c'était plus amusant de te mettre au courant de ce qui se passait. Tu serais allé jusqu'où, s'il n'était pas intervenu ? Est-ce que tu te serais seulement interrompu ?

Avant moi, Nash Hudson avait-il déjà patienté deux longs mois avant qu'une fille accepte de coucher avec lui ? Les avait-il toutes larguées avant ? Et aurais-je dû m'attendre à ce qu'il résiste à la tentation alors qu'Avari donnait l'air d'être consentante ?

Nash lut la peur sur mon visage.

— Kaylee, non. Je m'en serais rendu compte.

Il avança d'un pas. Je reculai jusqu'à rencontrer le mur dans mon dos. J'aurais voulu m'y enfoncer pour échapper à Nash. Immobile, il me fixait droit dans les yeux. Dans ses prunelles, je lisais une prière : *Ecoute-moi ; essaye de me comprendre.*

— Je connais tes limites, Kaylee. Je te connais, toi. J'aurais compris que quelque chose n'allait pas. J'aurais arrêté, je te jure.

— Et pourquoi je te croirais ?

Je me sentais souillée. Trahie, manipulée. Et j'avais beau admettre que Nash n'était pas vraiment fautif, je ne pouvais m'empêcher de le détester — un peu, juste un peu.

— Tu m'as dit que je t'allumais. Tu m'as dit que n'importe qui d'autre que toi m'aurait quittée. Mais puisque j'avais l'air consentante ? Tu as déjà essayé de m'influencer pour que j'enlève mes vêtements.

— Kaylee, ce n'est pas juste. J'étais incapable de réfléchir. J'étais…

— Défoncé ?

Il opina lamentablement.

— Oui. Tu étais camé jusqu'aux yeux. Et tu as raison : c'était injuste, pour moi avant tout. Alors pourquoi je devrais te croire maintenant ?

— Parce que, après ça, Avari n'a plus jamais cherché à m'abuser.

Nash soutint mon regard pour que j'y lise la vérité.

— Je te connais. Je t'aime, Kaylee. Je sais que tu ne me pardonneras sans doute jamais — moi-même je ne crois pas que je pourrai me pardonner —, mais je te jure sur ma vie que ça n'arrivera plus jamais. Plus rien de tout ça. Le givre, c'est fini. Les mensonges, fini aussi. Et plus d'influence. S'il te plaît, donne-moi une chance de te le prouver. Tu veux bien me donner cette chance, dis ?

— Je…

Mais avant que j'aie pu répondre, Tod apparut, assis sur la chaise que j'occupais quelques minutes plus tôt.

— Salut. Je ne vous dérange pas, au moins ?

— Si, répondit Nash. Barre-toi.

Sauf que c'était moi que Tod observait et dont il

attendait la réponse. A son expression, je devinai qu'il écoutait notre conversation depuis un moment sans se montrer. Il avait entendu Nash évoquer les manœuvres perverses d'Avari. Ce que Nash l'avait laissé me faire.

— Tu veux que je m'en aille ? me demanda Tod en tournant le dos à son frère.

Du regard, Nash m'implora de dire oui. Tod attendait patiemment ma réponse.

— Non, répondis-je enfin en regardant Nash droit dans les yeux.

Il se résigna.

— Comme tu voudras.

Tod se leva et, du pied, écarta la chaise à roulettes de son chemin.

— Je viens de rendre visite à votre copain, celui qui porte si bien la camisole de force. Mais d'abord…

Le geste du Faucheur nous prit tous les deux par surprise. Il se lança en avant et, contre toute attente, son poing s'abattit sur la mâchoire de Nash dont la tête sembla partir en vrille sous l'impact, avant qu'il ne titube et percute le mur.

Pour soulager sa main endolorie par le coup, Tod secoua les doigts.

— Ça, c'est pour ce que tu as laissé Avari faire à Kaylee.

Nash se ressaisit et tenta de frapper à son tour. En vain. Son poing traversa la tête du Faucheur qui s'était dématérialisé entre-temps, et Tod se contenta de froncer les sourcils. Puis il se détourna de son frère et le laissa écumer de rage.

Moi, je les dévisageais, abasourdie. Cet intermède inattendu m'avait permis de ne pas répondre à la dernière question de Nash.

— Comment va Scott ? finis-je par demander. Il entend toujours des voix ?

— Une seule, répondit Tod. Si j'en crois les rumeurs au poste de garde des infirmières, cette nuit a été particulièrement rude. J'ai dans l'idée qu'Avari se venge sur lui depuis que nous avons traversé.

Si Avari passait sa colère sur Scott, je ne voulais même pas imaginer ce qu'il faisait subir à Addy.

— Il a l'air d'aller comment ? demanda Nash en se frottant la mâchoire, le regard fuyant.

Tod haussa les épaules.

— Fou. Il fixe les murs comme s'ils allaient l'avaler, et on laisse la pièce éclairée de façon à éliminer toutes les ombres. Même la nuit. Sinon, il crie tellement qu'on est obligé de lui administrer des calmants.

Cette image réveilla des souvenirs de l'époque où j'avais moi-même été sanglée à un lit d'hôpital dans le pavillon psychiatrique.

— Ils ont l'air de penser que sa peur des ombres fait partie intégrante de sa psychose.

Mais nous savions ce qu'il en était : les ombres en avaient *réellement* après Scott Carter.

Parce que Avari s'y trouvait.

— Maman dit que, maintenant, Avari et Scott sont liés l'un à l'autre. Scott a inhalé une si grande quantité de son souffle qu'Avari dispose d'une connexion permanente et presque physique avec son cerveau. Ce salaud joue avec les ombres, et il lui implante sans doute des pensées dans la tête.

Je déglutis, proprement horrifiée.

— Ça ne m'arrivera pas, déclara Nash, devançant ainsi ma question.

Apparemment, il avait lu sur mon visage. Ou dans mes yeux.

— Si Avari pouvait me parler directement, il l'aurait fait, ajouta-t-il.

Ce qui n'était pas en son pouvoir. Les possessions en série qu'Avari m'avait infligées en étaient la preuve.

Je hochai la tête. Dieu soit loué, Nash semblait prémuni contre cette connexion interconscience. Probablement grâce à son appartenance *banshee*.

— Alors… tu as parlé à maman ? demanda Nash avec une grimace.

— Ouais, répliqua Tod. Je ne lui ai pas tout dit, mais il a bien fallu que je lui révèle que tu avais traversé. Elle est en chemin, elle ne va pas tarder à arriver. Considère ça comme un avertissement, ajouta-t-il en fronçant les sourcils.

— Merci de m'avoir prévenu.

De nouveau, Nash signifia alors à Tod que sa

présence n'était plus nécessaire. Il était toujours furieux d'avoir reçu son poing dans la figure mais, de toute évidence, il s'était résigné : il était tout aussi vain d'essayer de se battre contre le Faucheur que de se disputer avec lui.

Tod me regarda d'un air interrogateur, l'air de dire : *Tu es d'accord pour que je parte ?*

Cette fois, je soupirai mais je hochai la tête. Je ne pouvais éviter éternellement la question de Nash.

— Merci, Tod, dis-je.

Et puis, saisie d'une impulsion, je me levai et le serrai fort dans mes bras avant qu'il ait eu le temps de s'éclipser. Pour le remercier de m'avoir aidée à sauver Nash et mon père ? d'avoir veillé sur Scott ? de s'être préoccupé de ce qui m'arrivait ? Sans doute de tout cela à la fois.

Mais, au-delà de ces raisons, je lui étais reconnaissante de m'avoir montré qu'un homme pouvait aimer profondément une femme ; l'aimer assez fort pour la protéger à tout prix.

C'était de cette façon que Tod aimait Addy.

C'était de cette façon que je voulais que Nash m'aime.

Quand je relâchai mon étreinte, Tod soutint mon regard un long moment, comme s'il lisait dans mes yeux. Puis il disparut de notre vue sans un mot.

Le temps était venu pour moi d'affronter Nash. Mon cœur battait à se rompre. Je fixai le sol, passant en revue les options que me dictaient ma raison et mon cœur.

— Kaylee ?

Je levai les yeux. Il m'observait et attendait ma réponse, comme si Tod ne nous avait jamais interrompus.

— Je sais que faire des promesses n'arrange pas mon cas, parce que, en ce moment, tu ne me fais pas confiance. Mais je te jure que, chaque jour à venir, je travaillerai à regagner ta confiance. Laisse-moi te le prouver. Donne-nous notre chance, Kaylee.

Il se leva, et ajouta, les yeux pleins de larmes :

— S'il te plaît. J'ai besoin de toi.

Je ne savais que répondre. Qu'il ait besoin de moi n'était pas suffisant. Pas après ce qu'il avait fait. L'amour qu'il éprouvait pour moi aurait dû surpasser son besoin de se droguer. J'aurais dû, *moi,* être plus importante que tout…

Nash m'aimait réellement. Les couleurs de ses yeux parlaient pour lui. Seulement voilà, Avari ne mourrait jamais, et même si Nash se libérait de son addiction au givre, il resterait pour toujours lié au démon.

Ce qui impliquait qu'aimer Nash revenait à risquer tout ce que j'avais.

Je ne pouvais pas.

Pas sans être certaine qu'il allait vraiment reprendre sa vie en main pour moi. Ou, tout du moins, la reprendre en main pour lui-même.

— Je ne peux pas, Nash. Pas encore. Je suis désolée.

Mes yeux s'emplirent de larmes, mais je les chassai d'un battement de cils et ouvris la porte.

— Kaylee, attends…

Il retint ma main dans les siennes. Ses yeux étaient brillants.

— Qu'est-ce que tu veux ? Dis-moi ce que tu veux, et je le ferai. Je t'en prie.

Je refusais de pleurer devant lui. Je respirai un grand coup et, malgré mon chagrin, ravalai mes larmes. Alors, seulement, je soutins son regard, essayant de ne pas y voir le chagrin et les regrets sincères qui tournoyaient dans ses iris.

— J'ai besoin que tu changes. Complètement. Que tu sois unique. Différent des autres. Pour moi. Et pour toi. Ensuite… on verra.

Je dégageai ma main et sortis, refermant la porte derrière moi. Puis je courus jusqu'à ma voiture et rentrai à la maison.

En pleurant tout le long du trajet.

Avari laissera-t-il du répit à nos héros ? Kaylee et Nash se retrouveront-ils ? Vers quelles aventures le monde des ténèbres les appellera-t-il ?

Ne manquez pas le prochain roman de la série
« Les voleurs d'âmes », de Rachel Vincent,
à paraître en 2011, dans la collection Darkiss.

REMERCIEMENTS

En tout premier lieu, merci à Numéro 1 qui prend en charge l'essentiel des corvées quotidiennes pour que je puisse vivre et travailler dans mon petit monde.

Merci à Rinda Elliott pour ses avis tous plus sincères les uns que les autres, aux Dames Deadline pour leur esprit de camaraderie, et à Jocelynn Drake et Kim Haynes pour leur amitié dont je me félicite un peu plus chaque année.

Merci, comme toujours, à mon agent, Myriam Kriss, pour avoir permis que ce rêve se réalise.

Et merci à mon éditrice, Mary-Theresa Hussey, ainsi qu'à Elizabeth Mazer et à bien d'autres qui travaillent en coulisse.

Sans votre patience et votre enthousiasme, ce livre n'aurait jamais vu le jour.

12,50 €

Chamane

de P.C. Cast 672 pages

Redonner l'étincelle de vie n'est pas sans danger. Même pour une chamane.

Rebelle et libre, Brighid a rompu avec le peuple des Centaures. Elle mène une vie de chasseresse et refuse obstinément d'exercer ses pouvoirs. Mais sa nature de chamane la rattrape malgré elle quand elle rencontre, au cours d'un rêve magique, l'esprit brisé d'un guerrier blessé. Comment le guérir ? En ranimant l'amour dans son cœur. Un défi qui expose Brighid à des émotions interdites…

Composé et édité par les
éditions Harlequin

Achevé d'imprimer en Allemagne
par GGP Media GmbH, Pößneck
en novembre 2010

Dépôt légal en décembre 2010
N° d'éditeur : 15399